THOMAS MARIA CLASSEN
Mordsradler

TOD AM NIEDERRHEIN Wie jeden Sonntagmorgen führt der Journalist Manni Hanraths eine Gruppe unerschrockener Radfahrer durch Wald und Feld am klirrend kalten Niederrhein. Unterwegs wollen sie einen Mitfahrer treffen, der aber liegt erschlagen am Rande eines alten Mottenhügels. Kurz darauf wird eine schwer verletzte Radkurierin in ihrer Wohnung entdeckt. Wenige Tage später findet Mannis Hund im Grenzwald zu den Niederlanden erst eine blutige Fahrradpumpe – und dann die nächste Leiche. Die Kripo ermittelt in der Radfahrerszene. Derweil kommt Manni seinem Freund und Kriminalhauptkommissar Martin Brockmann hilfsbereit in die Quere und platzt unerlaubt in jeden Tatort.

Die Ereignisse überschlagen sich, als Manni mit einem Praktikanten der Tageszeitung den Tätern zu nahekommt. Schwer verletzt muss er am Heiligen Abend fern seiner Familie auf Rettung hoffen. Die Polizei, seine Frau Britta und die Kinder Freddy und Mitch setzen alles daran, ihn zu finden …

© Foto Alois Müller

Thomas Maria Claßen ist leidenschaftlicher Fahrradfahrer. Mit seinem Tourenrad bevorzugt er Strecken durch Wald und Feld fern jedes Autolärms. 2017 veröffentlichte er seinen Debütroman »Felgenkiller« und in der Folge erschienen mehrere Radtourenführer aus seiner Feder. Als profunder Kenner des Niederrheins und der niederländischen Provinz Limburg verbindet der Autor seine spannenden Kriminalgeschichten mit touristischen Highlights seiner Heimat.
Claßen ist Mitglied im Verband Deutscher Sportjournalisten e. V., im Vorstand des ADFC in Mönchengladbach engagiert und dort seit Jahren als Tourenleiter aktiv.

THOMAS MARIA CLASSEN

Mordsradler

NIEDERRHEIN-KRIMI

GMEINER

Immer informiert

Spannung pur – mit unserem Newsletter informieren wir Sie
regelmäßig über Wissenswertes aus unserer Bücherwelt.

Gefällt mir!

Facebook: @Gmeiner.Verlag
Instagram: @gmeinerverlag
Twitter: @GmeinerVerlag

Besuchen Sie uns im Internet:
www.gmeiner-verlag.de

© 2023 – Gmeiner-Verlag GmbH
Im Ehnried 5, 88605 Meßkirch
Telefon 0 75 75 / 20 95 - 0
info@gmeiner-verlag.de
Alle Rechte vorbehalten
1. Auflage 2023

Lektorat: Christine Braun
Herstellung: Julia Franze
Umschlaggestaltung: U.O.R.G. Lutz Eberle, Stuttgart
unter Verwendung der Fotos von: © Christian-P. Worring / stock.adobe.
com und oliver / stock.adobe.com
Druck: GGP Media GmbH, Pößneck
Printed in Germany
ISBN 978-3-8392-0495-5

Für Romy und ihr erstes Fahrrad

SONNTAG, NIKOLAUSTAG

Viel zu schnell jagten sie über den Flüsterasphalt der Mürntalstraße. Zu viert traten sie kräftig in die Pedale, um die
frostigen Temperaturen abzuschütteln. Die leicht abschüs-
sige Strecke und der eisige Ostwind im Rücken unter-
stützten ihre Fahrt, bald zeigten die Tachos ihrer Fahrräder 30 Stundenkilometer an.

In der Dunkelheit waren sie vor 15 Minuten am Grawenhorster Juliapark gestartet. Seit zehn Tagen war kein
Tropfen Regen gefallen, aber in der Nacht hatte es zum
ersten Mal kräftig gefroren, und nun war das Thermometer auf gerade mal vier Grad unter null geklettert. Ganz
bewusst fuhren sie mit einigem Abstand, denn wenn
der Boden glatt wurde, wollten sie sich nicht gegenseitig gefährden.

Wie gewohnt führte Manfred Hanraths die kleine
Gruppe an. Ihm folgten Daniel, Rüçhan und Hilde. Es
war seine sechste Sonntagmorgen-Sporttour in dieser Win-
tersaison. Trotz der Einsamkeit des frühen Morgens fuhren sie weit rechts auf der schmalen Straße, denn die Kurven der Strecke waren schlecht einsehbar.

Prompt kamen ihnen vier Fahrradfahrer entgegen. Sie
waren dunkel gekleidet, trugen ebensolche Helme und
Gesichtsschutz. Wie ein Blitz fuhren sie aneinander vorbei.

Weit vor Gogenrath hob Manfred die Hand und verlangsamte das Tempo. Auf dem Smartphone am Lenker
seines Tourenrads sah er die nahe Abzweigung zum Pfad

neben der Mürn. Zwischen zwei reetgedeckten Häusern fädelten sie vorsichtig hintereinander in den Weg ein, näherten sich schnell dem Bachlauf und querten ihn auf der kleinen Holzbrücke.

»Hinter der Brücke rechts und dann noch 600 Meter, da wartet Luuk auf uns.« Hilde meldete sich schrill und lautstark von hinten.

Sie hatte die Truppe am Start darauf vorbereitet, dass ihr Mann heute mitfahren werde. Manfred hatte sich gewundert, denn bisher war Luuk nie an ihren Touren interessiert gewesen. Er fuhr seit Jahren nur BMX-Räder und bevorzugte Anlagen mit anspruchsvollen Rampen, auf denen er seine akrobatischen Kunstsprünge trainieren und verfeinern konnte. Bis vor einem Jahr hatte er zur europäischen Spitze der Freestyle-Profis gehört und war von Event zu Event getingelt. Ein Sturz und eine böse Knieverletzung hatten ihn aus dem Rennen geworfen.

Durch das tagelange, ungewöhnlich trockene Wetter war der schmale Pfad bestens befahrbar. Manfred fuhr konzentriert vorweg und dachte kurz an die schrecklichen Wochen im vergangenen Jahr, als bei seiner Sommertour auf so einem Weg ein Mitfahrer getötet worden war. Zwei weitere Morde im Radfahrermilieu in wenigen Tagen hatten den Niederrhein gehörig aufgewirbelt. Nicht nur Manfred war heilfroh gewesen, als die Mordserie endlich aufgeklärt worden war. Unwillig verdrängte er den Gedanken an die Ereignisse.

Knapp neben ihrer Route gab es eine ehemalige Motte. Von der Burg, die hier einmal auf dem Ringhügel gestanden hatte, war fast nichts mehr zu sehen. Auf dem Hügel schlängelte sich jedoch zwischen dicken Eichen noch immer ein schmaler Weg. Manfred hatte ihn gelegentlich zu Fuß erkundet und Abstand davon genommen, ihn mit dem Rad auszuprobieren. Es ging nicht nur pausenlos auf und ab, alle paar Meter lagen auch Baumstämme kreuz und quer. Hier sollten sie Luuk treffen.

Manfred stoppte ein gutes Stück davor und lehnte sein Rad an einen Baum. Die anderen taten es ihm nach.

Hilde bahnte sich zu Fuß den Weg durch das Gestrüpp auf den Mottenhügel und rief mit energischer Stimme nach ihrem Mann. »Luuk! Luuuuuk, kommst du? Es ist kalt, und wir wollen schnell weiter.« Sie wunderte sich, dass sie keine Antwort erhielt, denn Luuk sollte längst da sein.

Manfred kletterte hinterher und rief ebenfalls nach Hildes Ehemann, den sie einst in Holland kennengelernt hatte und mit dem sie nun in Grawenhorst lebte. Aber Luuk war weder zu sehen noch zu hören.

»Hilde, geh du rechts, ich geh linksherum.« Manfred wartete nicht auf ihre Antwort und zog los.

Der äußere Rand des Hügelrings war mit einem Durchmesser von etwa 120 Metern noch zu erahnen, die ursprüngliche Burg war längst restlos dem Zahn der Zeit zum Opfer gefallen.

Manfred war gerade einmal 30 Meter gelaufen, da hörte er einen entsetzten Schrei. Danach folgten kaum verständliche Hilferufe, Hilde auf der anderen Seite musste außer sich sein. Er machte kehrt, rannte zurück über den unwegsamen Pfad, rutschte aus und schlug hart gegen einen quer liegenden Baumstamm. Er raffte sich auf, unterdrückte den stechenden Schmerz in seinem Knie, umrundete weiter die Motte und sah bald Rüçhan und Daniel vor sich. Die beiden kamen kurz vor ihm neben Hilde an und schrien ebenfalls entsetzt auf.

Dann entdeckte Manfred den leblosen Körper, der mit dem Gesicht nach unten im Mottenteich lag. Um den Kopf herum schlängelten sich rote Fäden durch das flache Wasser.

»Um Himmels willen! Ist das Blut?« Rüçhan war fassungslos.

Hilde stand wie erstarrt und stammelte unverständliches Zeug, die Hände vor ihr Gesicht geschlagen. Manfred verstand nur »Luuk, Luuk« und immer wieder »Luuk«.

Daniel nahm das Heft in die Hand, und gemeinsam mit Rüçhan schaffte er es, den Reglosen umzudrehen und an den Rand des Gewässers zu ziehen. Es war Luuk, Manfred erkannte ihn sofort.

Daniel legte zwei Finger an Luuks Hals. »Ich glaube, er lebt noch.«

Manfred holte sein Handy vom Lenker seines Rads, doch der Notruf, den er wählte, ging nicht durch. »Kein Netz, ich lauf zur Straße.« Er drehte sich um und rannte zurück, an ihren Fahrrädern vorbei. Erleichtert sah er nach wenigen Metern einzelne Häuser vor der Mürntalstraße. Er bahnte sich einen Weg quer durch das dichte Gestrüpp. Dass seine lange Radlerhose mehrmals an den Brombeerdornen hängen blieb und lange Risse davontrug, merkte er nicht. Der Bach war hier schmal, und er überwand ihn mit einem Satz. Zwischen zwei Häusern konnte er ungehindert die Straße erreichen.

Manfred wählte erneut die 112. Sein Handydisplay zeigte nun drei Balken, das Freizeichen war sofort da, und Sekunden später meldete sich die Rettungszentrale.

Nachdem er mitgeteilt hatte, dass sie an der Mürntalmotte einen schwer verletzten Mann gefunden hatten, drehte er sich um, las am nächsten Haus die Hausnummer ab und gab als Adresse Mürntal 44b an.

»Rettungswagen und Notarzt sind unterwegs«, hieß es.

»Kann ich Ihnen helfen?« Vor ihm stand plötzlich ein älterer Mann.

Manfred merkte, dass ihm schrecklich kalt war. »Ja, bitte, haben Sie ein paar Wolldecken? Da hinten an der Motte liegt ein Verletzter, und wir sind zu viert mit dem Rad unterwegs. Warme Decken könnten wir gut gebrauchen.«

Der Mann ging wortlos ins Haus zurück, kam wenige Minuten später mit einem Stapel Decken auf den Armen wieder heraus und gab sie Manfred. »Wo sind Ihre Leute?«

»Da, auf dem Pfad hinter Ihrem Haus geradeaus, an der alten Motte. Vielleicht 100, 120 Meter. Ich geh zurück und bringe ihnen die Decken. Der Rettungswagen ist unterwegs, könnten Sie auf die Sanitäter warten und sie zu uns führen?«

»Mach ich. Und nehmen Sie das hier mit.« Der hilfreiche Alte reichte ihm ein großes, machetenähnliches Messer.

Manfred machte sich auf den Weg zurück zur Motte und befreite den Pfad dabei von den kräftigsten Brombeerranken.

Hilde kniete schluchzend neben Luuk. Rüçhan und Daniel schauten Manfred ernst an und schüttelten stumm den Kopf.

Manfred deckte trotzdem zuerst Luuk bis zum Hals zu. Dann reichte er den anderen die Decken, legte sich selbst eine um und hockte sich neben Hilde. Tröstende Worte fielen ihm nicht ein, er nahm sie nur wortlos in die Arme.

Schneller als erwartet vernahm Manfred das Martinshorn, und wenig später liefen zwei Sanitäter mit einer Trage auf sie zu.

Trotz der dicken Decken froren die vier erbärmlich und beobachteten, wie sich die Rettungssanitäter um Luuk kümmerten und versuchten, ihn mit einem Defibrillator zu reanimieren.

20 Minuten nachdem Manfred die Notrufzentrale informiert hatte, erreichte auch der Notarzt die Unfallstelle und stellte offiziell Luuks Tod fest.

Hilde saß wie erstarrt neben ihrem toten Mann. Urplötzlich hob sie ihre Hände und schlug wie wild auf den leblosen Körper ein. »Du Blödmann, du Idiot! Warum hast ... du das nur ... Keller ... gemacht?« Heftige Schluchzer sorgten dafür, dass Manfred nur Bruchstücke verstand. Schließlich versank sie in stiller Trauer.

Die Sanitäter hoben Luuk von der Trage auf den Boden und legten Hilde darauf. Der Notarzt versorgte sie mit einer kreislaufstärkenden und beruhigenden Spritze.

Nachdem der Rettungswagen mitsamt Hilde Richtung Krankenhaus abgefahren war, fragte Daniel: »Wo ist eigentlich Luuks Fahrrad?«

Sie sahen sich an und suchten die Umgebung ab, auch der noch anwesende Notarzt half dabei.

»Ich hab das Rad«, meldete sich Rüçhan. Kurz darauf tauchte er mit Luuks teurem Mountainbike auf.

Der Notarzt lief ihm entgegen. »Sie sollten hier nichts mehr verändern. Legen Sie das Fahrrad wieder genau dahin, wo sie es gefunden haben. Die Kripo wird gleich hier sein, ich habe sie verständigt.«

Rüçhan tat, wie ihm geheißen. Anschließend nahmen sie ihre Räder, auch Hildes, und schoben sie den Pfad entlang zur Straße, wo sie auf die Kripo warten wollten. Es war fast 10 Uhr.

Der freundliche Helfer vom Mürntal 44b entdeckte sie

und bat sie in sein Haus. Manfred und seine beiden Mitfahrer setzten sich an den offenen Kamin, das Feuer loderte kräftig, und sie genossen die Wärme.

Herr Lambertz war Rentner und lebte seit 70 Jahren hier in seinem Geburtshaus an der Mürn. Seine Frau kam aus der Küche und brachte ihnen Kakao, den der Radlertrupp anfangs höflich ablehnte, doch jede Widerrede war zwecklos. Nun schlürften sie dankbar das heiße Getränk. In den endlosen Minuten an der Motte war ihnen bitterkalt geworden.

Manfred dachte über die Worte des Notarztes nach. Warum hatte er die Kripo verständigt? War ihm etwas aufgefallen, das er ihnen nicht sagen wollte? War Luuk nicht einfach unglücklich gestürzt?

Auch Rüçhan war in Gedanken versunken, bevor er diese laut äußerte. »Schon seltsam. Wieso lag Luuks Rad 20 Meter vor der Unfallstelle?« Er sah ratlos in die Runde.

Manfred gingen die drei toten Fahrradfahrer wieder durch den Kopf, die ihn und die Kripo im Spätsommer des Vorjahrs so intensiv beschäftigt hatten.

Jemand klopfte energisch an die hölzerne Eingangstür des Hauses. Frau Lambertz stand auf, öffnete und kam zurück. »Die Polizei.«

Hinter ihr betraten zwei Männer den Raum. Manfred erkannte Kriminalhauptkommissar Martin Brockmann und seinen Assistenten Jürgen Schäbe, der unauffällig den Kopf schüttelte, als Manfred ihn anblickte. Manfred verstand, es sollte keine herzliche Begrüßung geben.

Brockmann legte sofort los. »Wunderbarer Sonntagmorgen! Kaum ist der ADFC unterwegs, haben wir wieder eine Fahrradleiche.« Er ließ sich ausführlich berichten, was sie wussten.

Und das war nicht viel. Manfred hatte Luuk nur einmal mit Hilde getroffen, ansonsten kannte er ihn nur von ihren Erzählungen.

»Sie haben das Fahrrad des Toten bewegt?« Brockmann sah Rüçhan giftig an, als dieser berichtete.

»Ich habe es wieder genau so hingelegt, wie ich es gefunden habe.« Rüçhan zuckte entschuldigend mit den Schultern.

Brockmann schüttelte den Kopf. »Ihr Deppen seid da rumgelaufen wie die Hasen und habt alles zertrampelt, was eventuell an Spuren vorhanden war.«

Schäbe rollte mit den Augen.

Manfred dachte sich seinen Teil. So kannte er die beiden. Brockmann, der kantige, ungehobelte Chefbulle, und Schäbe, sein engster Mitarbeiter, Kollege und Freund, der ruhig und nett um ihn herumwieselte und die Gemüter besänftigte, wo es ging.

Alles deutete darauf hin, dass die Kriminalbeamten nicht von einem Unfall ausgingen. Manfred wandte sich fragend an Brockmann, vermied jedoch eine direkte Anrede, obwohl sie nach den letzten Fällen längst beim Du waren. »Hat da jemand nachgeholfen?«

»Das wissen wir nicht. Und wenn wir es wüssten, würden wir Ihnen das nicht auf die Nase binden«, antwortete Brockmann laut und streng.

Nicht nur Manfred zuckte zusammen, alle sahen den Kripomann erschrocken an.

Dem war es egal.

Weil Brockmann ihn gesiezt hatte, schloss Manfred sich dem an. »Die Tour heute habe zwar ich wieder geführt, aber außer mir ist niemand ADFC-Mitglied. Und Luuk Meulendijks war noch nie dabei, nur seine Frau Hilde. Hilde und Daniel kennen Sie ja von letztem Jahr.« Das »Sie« betonte Manfred bissig, er war verärgert, wie unfreundlich Brockmann mit ihnen umging. Immerhin hatten sie ihm im Vorjahr wahrscheinlich das Leben gerettet und geholfen, den damaligen Fall zu lösen. Und an Brockmanns Krankenbett hatte er mit ihm und seinem Assistenten sogar Brüderschaft getrunken.

Brockmann scherte das alles wenig. »Wo ist die Kamera?« Dabei streckte er Manfred auffordernd die offene Handfläche entgegen.

»Habe ich nicht dabei. Der Akku schwächelt, bei der Kälte hält er keine halbe Stunde mehr.« Manfred hatte seine Action-Cam deshalb heute nicht mitgenommen.

Brockmann verzog ärgerlich das Gesicht.

Schäbes Handy klingelte. Er nahm es ans Ohr, hörte kurz zu und steckte es wieder weg. »Die KTU. Die sind so weit. Wir können zurück zum Tatort.«

Die Beamten standen auf. Schäbe bedankte sich bei der netten Hausherrin. Brockmann wies die drei Radler beim Hinausgehen darauf hin, morgen früh ins Präsidium zu kommen, um das Protokoll zu unterschreiben.

»Tatort« … Das Wort hallte wie ein Trompetenstoß in Manfreds Ohren.

Brockmann war bereits draußen, Schäbe ging gemächlich hinterher. Manfred folgte ihm schnell zur Haustür. Der jüngere Kriminalkommissar hatte das offensichtlich erwartet und drehte sich zu ihm um.

Manfred sprach ihn an. »Tatort, Jürgen? Ist das euer Ernst?«

»Sieht so aus. Der hat eins über die Rübe bekommen. Die SpuSi-Mädels gehen davon aus, dass die Kopfverletzung nicht von einem Sturz stammt. Sorry, Manni, ich muss los. Und mach dir keine Gedanken wegen Martin. Der ist im Mordfallmodus, da kennt er weder Freund noch Feind.«

Brockmann und Schäbe fuhren davon. Fast im selben Moment traf Manfreds Frau Britta mit dem Kombi vor dem Haus der Lambertz' ein. Auf ihren Fahrradträger passten drei Räder.

Die drei bedankten sich noch einmal für die Hilfe und verabschiedeten sich von Herrn und Frau Lambertz.

Im Wagen berichtete er seiner Frau im Wechsel mit Rüçhan und Daniel ausführlich, was geschehen war. Britta reagierte zuerst entsetzt und wurde dann nachdenklich. Sie hatte während der Mordserie im Vorjahr mitgelitten.

Zu Hause angekommen, luden sie die Räder ab, und Rüçhan und Daniel entschwanden schnell um die Ecke am Ende der Straße. Manfred rollte sein Rad in die Garage.

»Papa, ist was passiert? Warum musste Mama euch abholen?« Mitch empfing ihn an der Tür.

Manfred sah seinen elfjährigen Sohn ernst an. »Es gab einen Unfall, auf der Motte.«

»Zu mir hast du immer gesagt, man darf nicht um die Motte fahren, weil das gefährlich ist«, beschwerte sich Mitch.

»Wir sind nur daran vorbeigefahren. Der Mann war keiner von unserer Truppe, wir haben ihn nur gefunden.«

»Und wie geht's ihm?«

»Nicht gut.« Die ganze Wahrheit brachte Manfred nicht über die Lippen.

»Wer ist das denn? Kennt ihr den?«

»Ja, er ist der Mann von Hilde. Die den Kurierdienst hat.«

»Der Luuk?«

»Woher kennst du Luuk?« Manfred war überrascht.

»Alter, der ist doch der Bikerking bei Youtube.«

»Mitch! Sag nicht Alter, wenn du mit deinem Vater sprichst.« Britta funkelte ihren Sohn wütend an.

Manfred winkte ab. Ihm war das gerade völlig egal.

»Ich hab mich gewundert, warum ihr gestoppt habt und nicht weitergefahren seid.« Mitch war ganz aufgeregt.

Sein Sohn hatte vor zwei Wochen eine Software im Internet gefunden und Manfreds altes Notebook an Brittas Hometrainer angeschlossen. Als er Manfred davon erzählt hatte, war der zuerst wenig interessiert gewesen. Doch dann hatte er sich das vermeintliche Spiel vorführen lassen und war fasziniert gewesen.

Mitch hatte sich auf den Sattel gesetzt, ein paar Einstellungen vorgenommen und war dann losgestrampelt. Auf dem Display des Notebooks war eine enge Straße in einer schönen, flachen Landschaft mit Äckern, Wiesen und Bauernhäusern erschienen. Während Mitch immer schneller in die Pedale des Heimtrainers getreten hatte, war das Kamerabild der Straße gefolgt. Manfred hatte gestaunt. »Das sieht aus wie bei uns am Niederrhein.«

»Klar, hab ich ja gewählt.« Mitch hatte auf einen kleinen Tacho am oberen rechten Bildschirmrand gezeigt. Dort hatte gestanden: »Routentyp: wenig befahrene Straße; Boden: Asphalt; Landschaft: Niederrhein; Speed: 22km/h.«

»Ist ja toll!« Manfred war begeistert gewesen. Nicht nur wegen des technischen Highlights, auch weil sein Elfjähriger auf Umwegen Spaß am Radfahren gefunden hatte.

»Pass auf, kommt noch besser.« Mitch hatte wieder auf dem Display herumgetippt. »Lion ist online.«

Auf dem Bildschirm hatte sich ein weiteres Fenster geöffnet und zeigte das stilisierte Bild eines schwarzhaarigen Jungen neben dem Chat.

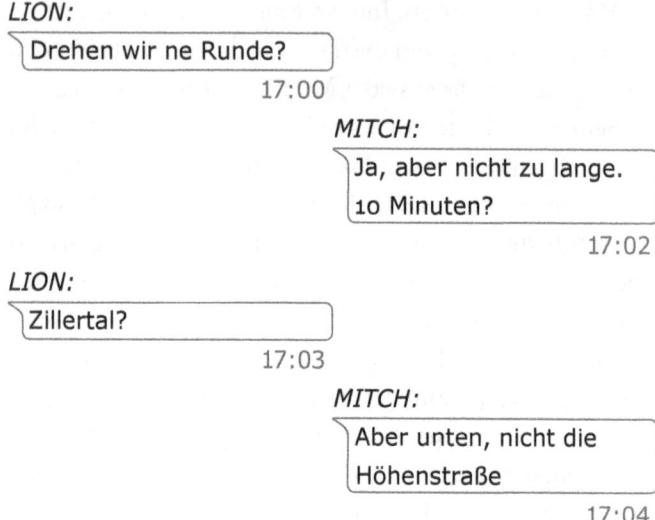

LION:
Drehen wir ne Runde?
17:00

MITCH:
Ja, aber nicht zu lange.
10 Minuten?
17:02

LION:
Zillertal?
17:03

MITCH:
Aber unten, nicht die
Höhenstraße
17:04

Manfred hatte erstaunt gelernt, dass Routen in ganz Europa zur Verfügung standen, und wie gebannt auf den Bildschirm gestarrt. Links neben der Straße hatte er tatsächlich einen Fluss erkannt, der aussah wie der Ziller in Tirol, den er von etlichen Urlaubsreisen kannte. Vor der Kamera war nun ein Fahrradfahrer in der vorbeihuschenden Landschaft gefahren.

»Das ist Lion. Pass auf, den greif ich mir jetzt.« Mitch hatte auf den Bildschirm getippt, und am oberen Bildschirmrand war zu sehen gewesen, dass sein Sohn in einen höheren Gang geschaltet hatte.

Mitch hatte sich vom Sattel erhoben, sein Tempo erhöht und den voranfahrenden Lion überholt. Das nächste Fenster hatte sich automatisch geöffnet, und Manfred hatte den schwarzhaarigen Jungen von vorne auf dem Rad erkannt, nun hinter seinem Sohn.

»Ist alles noch virtuell, in ein paar Wochen kommt ein Update, dann kann ich eigene Routen hochladen. Dann können wir mit deiner Lenkerkamera den ganzen Niederrhein filmen.«

»Mitch, wie kommst du an die Software?«

»Ja, äh. Sei nicht sauer. Ich habe ein bisschen geschummelt und gesagt, ich wäre im Club und würde Touren führen. Das fanden die toll und haben mich als Tester für die Software zugelassen.«

»Na ja, zum Tourenleiter bist du zu jung, aber ADFC-Mitglied, das stimmt schon.«

Manfred war stolz auf seinen Sohn gewesen. Er hatte nicht lange gezögert und die App »TourPilot« auch auf sein Handy installiert.

Danach hatte er sein Rad genommen und war eine halbe Stunde durch das Mürntal gefahren. Gemeinsam mit seinem Sohn, nur dass der auf dem Heimtrainer seiner Mutter unterwegs gewesen war. Mitch hatte ihn ganz schön ins Schwitzen gebracht, zuletzt sogar gnadenlos abgehängt. Auf dem Display seines Handys hatte Manfred gesehen, wie Mitch ihn zuerst überholte und dann vor ihm mit immer größerem Abstand fuhr.

Nach seiner Rückkehr hatte Mitch ihm grinsend gebeichtet, dass er ein E-Bike und starken Rückenwind gewählt habe. »Mama hat zugeschaut und sich kaputtgelacht.«

Auch bei der heutigen Tour war Mitch dabei gewesen. Wieder am Computer, wieder im E-Bike-Modus. Manfred war froh, dass die App noch keine realen Bilder zeigte.

»Mitch, vielleicht fahren wir heute am späten Nachmittag. Mama und ich drehen gleich eine Runde mit Pakko. Ich melde mich aus dem Auto, wenn wir auf dem Heimweg sind.«

Normalerweise hätten sie um halb elf gefrühstückt. Manfred brachte nach seiner Frühtour immer Brötchen mit, und wenn er aus der Dusche kam, hatte Britta das Frühstück gerichtet.

Heute hatte Britta mit Mitch und ihrer 16-jährigen Tochter Freddy enttäuscht alleine gefrühstückt. Es war Nikolaus und der zweite Adventssonntag, und an solchen Tagen legte sie Wert darauf, dass die Familie beim Essen gemeinsam am Tisch saß. Da hatte sie allerdings den Grund für Manfreds Verspätung noch nicht gewusst. Er hatte sie lediglich angerufen, ihr gesagt, dass sie eine Reifenpanne hätten und er sich verspäten würde. Vielleicht müsse sie ihn sogar abholen, er melde sich dann noch mal. Er hatte ihr die üble Geschichte nicht am Telefon erzählen wollen.

Nun war es fast eins, Manfred trank seinen Kaffee im Auto und aß die geschmierten Brötchen unterwegs. Britta hatte nicht auf ihren Sonntagsspaziergang verzichten wollen. Sie wusste außerdem, dass dies die beste Methode war, um ihren Mann auf andere Gedanken zu bringen. Sie wollte den Ausflug mit einem Kulturerlebnis verbinden und hatte ein Ziel bei Neuss vorgeschlagen.

Am Eingang der Museumsinsel Hombroich stellten sie enttäuscht fest, dass keine Hunde aufs Gelände durften. Der freundliche Mann an der Kasse gab ihnen einen guten Tipp, und sie fuhren zwei Kilometer weiter zu der ehemaligen NATO-Raketenstation. Zuerst sahen sie das avantgardistische Gebäude der »Langen Foundation«.

Manfred kam der Anblick bekannt vor. »Waren wir hier schon mal, Britt?«

»Nein, noch nie, aber du hast recht.« Britta überlegte. Als sie ausgestiegen waren, fiel es ihr ein. »›Tatort‹. Das war im Münster-Tatort. Hier war das Finale mit dem Dreckskerl, der exotische Tiere verspeiste wie du Steaks. Boerne und Thiel haben die kleine Pinguindame im letzten Moment vor dem Schlachtermesser gerettet ... Ähm, Sandy hieß die Süße.«

Der Spaziergang über das großzügige Gelände mit Gebäuden in unterschiedlichster Architektur und kleinen Ateliers, von denen einige sogar besucht werden konnten, entschädigte sie völlig.

Auch Pakko hatte Spaß, er konnte zwischen den schmalen Straßen des alten Militärgeländes frei laufen. Es gab viel Gras, einige Bäume und keinen Autoverkehr. Außerdem spielten sie ihr Pumpenspiel, wozu Pakko immer große Lust hatte.

In den ersten Monaten mit ihrem jungen Mischling hatten sie verzweifelt versucht, Pakko das Stöckchenholen beizubringen. Sie warfen kleine Stöcke, große Stöcke, Stöcke mit Spucke, zuletzt einen Stock, den sie mit Leberwurst bestrichen hatten. Den fand ihr Hund klasse, lief hin, leckte ihn ab und kam zu ihnen zurück. Ohne Stock. Danach versuchten sie es mit Tennisbällen, auch die ignorierte der kleine Pakko, und sie hakten das Thema ab.

Wochen später hatte Manfred sein Fahrrad im Garten geputzt. Bei diesem seltenen Ereignis prüfte er auch immer den Reifendruck. Die Luftpumpe hatte er auf dem Gartentisch schon bereitgelegt. Ein heftiger Windstoß hatte sie vom Tisch auf den Terrassenboden gefegt. Wie der Blitz war Pakko herbeigesprungen, hatte die Pumpe gepackt, war mit ihr im Maul einmal um den Teich gerannt und hatte sie dann schwanzwedelnd vor ihm auf den Boden gelegt. Britta hatte die Szene von der Terrassentür aus beobachtet. »Wirf ihm die Pumpe, Manni. Schnell, mach mal!«

Manfred hatte seine Luftpumpe aufgehoben, sie wortlos seinem Hund gezeigt und sie in weitem Bogen über den Teich in die entlegenste Ecke ihres Gartens geworfen. Pakko war hinterhergestürzt und hatte sie wenige Sekunden später wieder vor seine Füße gelegt.

Nun hatte Britta die Pumpe genommen und sie in eine andere Ecke geworfen. Pakko hatte sie prompt zurückgebracht und sie zwischen Britta und Manfred abgelegt.

Manfred hatte sich daraufhin endlich eine moderne Zweiwegpumpe gekauft, die war nur halb so lang und passte besser in seinen Rucksack. Die alte, verklemmte Luftpumpe, die sein Vater schon benutzt hatte, als er noch lebte, lag seitdem neben Pakkos Hundeleine auf dem Schränkchen neben der Haustür. Ohne Leine und Pumpe gingen sie mit ihrem Hund nicht mehr aus dem Haus.

Wieder im Wagen, meldete sich Britta bei Mitch.

BRITTA:

Wird 17 Uhr.

16:35

MITCH:

Geht nicht. Lion ist da.

16:36

BRITTA:

Papa sagt schade!

16:40

Britta hatte ihrem Mann Mitchs Nachricht vorgelesen, während er fuhr. Manfred atmete auf. Ihm stand heute nicht mehr der Sinn nach einer Radtour, obwohl es vielleicht eine gute Ablenkung gewesen wäre.

Da piepte Brittas Handy erneut.

MITCH:

Brauchen einen zweiten

16:45

BRITTA:

?

16:48

MITCH:

Hometrainer

16:50

BRITTA:

Wieso???

16:51

MITCH:

Für Lion, damit wir
nebeneinander fahren
können.

16:53

BRITTA:

Ja bestimmt, so weit
kommt es noch.

16:54

Bis gleich

16:54

Britta las ihrem Mann auch diesen Dialog vor und sie lachten. Insgeheim fand Manfred die Idee jedoch gar nicht so übel. An nassen Winterabenden ging er hin und wieder für zwei Stunden ins Fitnessstudio. Stattdessen gemeinsam mit Mitch zu Hause auf dem Fahrrad zu trainieren, das reizte ihn. In letzter Zeit war sein Sohn immer seltener mit ihnen zusammen, und lange Gespräche fanden gar nicht mehr statt.

Auf dem Heimweg leisteten sie sich ein dickes Eis beim kleinen Italiener in Marienheide, das einzige Eiscafé weit und breit, das Anfang Dezember noch geöffnet hatte.

Um sechs saß Manfred auf seiner Couch, und Britta widmete sich ihrem Gulasch, das sie bereits am Morgen fürs Abendessen angebraten hatte.

»Britta!«

»Ja?«

»Komm mal eben.«

»Geht gerade nicht, brauche noch ein paar Minuten.«

Als Britta wenig später ins Wohnzimmer trat, fand sie Manfred mit schmerzverzerrtem Gesicht auf der Couch. Er hielt sich das Knie.

»Auf der Motte bin ich gegen einen Baumstamm geprallt. Tut jetzt ganz schön weh. Mist!«

»Hose runter. Lass sehen.«

Während Britta an den Dielenschrank ging und etwas holte, zog ihr Mann seine Hose aus.

»Herrje, Manni, was sind denn das für Schrammen?«

»Von den Brombeeren zwischen Motte und Straße. Ist halb so wild. Aber mein linkes Knie ... Ist das dicker?«

Britta kannte das. Männer und ihre Wehwehchen. Ihr Mann war zwar selten krank, doch wenn es ihn erwischt hatte, dann brauchte er intensiven ehelichen Trost und liebevollen Beistand. Sie legte das mitgebrachte Handtuch neben Manfred auf die Couch und reichte ihm eine kleine Dose mit grünlichem Inhalt. »Halt mal und leg das Bein auf das Tuch.«

Manfred las das Etikett. »Pferdesalbe?«

»Hat mir meine Mutter geschenkt. Nimmt sie seit Jahren für ihren Rücken. Ich reibe sie immer damit ein. Sie schwört darauf.«

»Sie muss es ja wissen.« Manfred verdrehte die Augen. »Das ist keine Verspannung, sondern eine ernsthafte Sportverletzung.«

»Halt die Klappe und das Bein ruhig.«

Manfred ergab sich gehorsam in sein Schicksal.

Britta nahm ihm die Dose ab, holte mit dem Finger einen dicken Klecks der grünen Paste heraus und schmierte vorsichtig Manfreds lädiertes Knie ein.

»So, den Rest kannst du selbst erledigen. Schön einreiben, bis die Haut wieder trocken ist.«

Manfred hielt sich an die Anweisung. Die Salbe kühlte zuerst und wärmte dann. Er schlief bald darauf ein.

Als Britta ihn nach einer halben Stunde zum Essen weckte, hatte er sein Knie vergessen und stand ganz normal auf.

Das Sonntagabendessen zum Wochenendabschluss zelebrierten sie nach Möglichkeit mit beiden Kindern, auch wenn das immer seltener klappte. Heute saßen sie jedoch zu viert am Tisch.

Freddy und Mitch hatten aufgedeckt, Mitch stellte gerade die große Schüssel auf den Tisch, und Freddy platzierte zwei kleinere Schüsseln daneben.

Manfred erkannte Chicorée-Salat und Schupfnudeln und schnupperte. »Britta, ist das Wildschweingulasch?«

»Ja, das muss mal weg. In unsere Truhe passt nichts mehr rein, seitdem du die Sau vom Doktor gekauft hast.«

»Du bist ein Schatz!« Sein Lieblingsessen zum Nikolaustag. Manfred war entzückt und vergaß für einige Minuten sogar den toten Luuk.

Nach dem Essen gingen sie gemeinsam ins Wohnzimmer. Mit den Kindern. Britta hatte »Ice Age 2« aufgenommen, und obwohl sie ihn längst im Kino gesehen hatten, genossen sie erneut den wunderbaren Animationsfilm.

Als Manfred nach Mitternacht allein auf seiner Couch saß, meldete sich sein Knie erneut, und er wiederholte die Prozedur mit der Salbe. Danach ging es ihm besser, und er nahm sich nochmals die Zeitung vom Samstag.

Eigentlich müsste ich Bernd informieren, überlegte Manfred und beschloss, das am Morgen nachzuholen. Er ging nicht davon aus, dass die Rheinische Post am Montagmorgen von dem Vorfall berichten würde. Bernd war der Vorsitzende ihres Grawenhorster Fahrradclubs und würde aus allen Wolken fallen.

Um drei wachte Manfred auf dem Sofa auf. Er wollte seine Frau nicht wecken und schleppte sich deshalb schlaftrunken auf die breite Schlafcouch in seinem Kellerbüro statt in sein Bett.

MONTAG

»Pübüpp.«

Unsanft weckte das Messenger-Signal Manfred aus seinem Tiefschlaf. Bernd hatte geschrieben.

BERND:

> Polizei-PM, was ist passiert?

06:14

Manfred war freiberuflicher Marketingberater und Journalist und überflog nun die Liste der Pressemitteilungen der Grawenhorster Polizei, die er regelmäßig per E-Mail erhielt.

05:46 ots.e-mail	POL-GH: Radfahrer stirbt in Mürntalgrotte
06:01 ots.e-mail	POL-GH: Leergut-Betrug mit Büchsen
06:10 ots.e-mail	POL-GH: Korrektur: Radfahrer stirbt in Mürntalmotte

Ahnungsvoll öffnete er das Portal von rp-online.de und sah, dass die frühe Pressemeldung der Polizei bereits veröffentlicht worden war.

Todesfall in Mürntalgrotte
Schwer verletzter Radfahrer
stirbt am Unfallort

Am Sonntagmorgen kam es im Süden von Grawenhorst zu einem tragischen Unfall. Ein 24-jähriger Niederländer verlor auf einem Waldweg in der Nähe der Mürntalgrotte die Kontrolle über sein Mountainbike. Eine Gruppe von Radfahrern fand ihn am frühen Morgen und alarmierte unmittelbar den Rettungsdienst. Die Sturzverletzungen waren so schwer, dass der junge Mann beim Eintreffen der Rettungskräfte bereits tot war. Die Grawenhorster Polizei befragt zurzeit die Teilnehmer der Fahrradtour und untersucht das Fahrrad des Verunglückten.

Trotz allem musste Manfred lachen. »Mürntalgrotte« … Da hatte die Online-Redaktion die erste Pressemeldung der Polizei ungeprüft übernommen und aus der Motte eine Grotte gemacht. Dann beantwortete er Bernds Frage.

MANNI:

Wir haben Luuk gefunden, lag im Wasser. Tot.

06:24

BERND:

Oh Gott. Weiß Hilde es schon?

06:26

MANNI:

> War dabei, völlig
> geschockt. Ist im Kran-
> kenhaus.

06:27

> Ich muss gleich zur Kripo
> :-(

06:29

Nun brummte Manfreds Handy, Bernd rief an. Die Verbindung war grausig, der ADFC-Vorsitzende war auf dem Weg zu seiner Arbeitsstelle in Aachen und saß im Zug.

»Warum musst du zur Kripo?«, fragte Bernd.

»Sieht so aus, als ob es kein Unfall war. Sein Rad lag meterweit weg, und der Notarzt hat die Polizei alarmiert.«

»Wieder bei deiner Tour, Manni.«

Manfred hörte den Vorwurf und widersprach energisch. »Quatsch mit Soße. Hat nix mit meiner Tour zu tun. Wir haben Luuk nur gefunden.« Dass sie mit Luuk verabredet gewesen waren, verschwieg er, das würde sich früh genug herumsprechen.

»Wie geht es Hilde?«

»Ich ruf gleich im Hilla an, und wenn sie noch dort liegt, fahr ich nach dem Präsidium zu ihr.«

Das frühere Hildegardis-Krankenhaus war heute die Arbello-Klinik, die Grawenhorster nannten sie unbeirrt »Hilla«.

»Vielleicht kann Friedel sie trösten. Melde dich, wenn du mehr weißt. Bis dann, spätestens morgen.« Bernd legte auf.

Manfred fragte sich, was er mit »wenn du mehr weißt« gemeint hatte. Wie es Hilde ging oder was Luuk betraf?

29

Vermutlich beides. Mit »morgen« hatte Bernd auf ihren Stammtisch hingewiesen.

Manfred legte sein Handy weg und drehte sich auf seiner Couch noch mal um. Er fand nicht wieder in den Schlaf, stand schließlich auf und schleppte sich gähnend in die Zweitdusche neben seinem Arbeitszimmer.

Danach ging er hoch in die Küche, kochte Kaffee, schmierte seine Brote, holte die Zeitung aus dem Briefkasten und begann sein Morgenritual. Kaffee trinken, essen und Zeitung lesen. Nach 20 Minuten war er fertig.

Keine besonderen Vorkommnisse, der Aufmacher der Titelseite thematisierte die gestrige Forderung der größten Oppositionspartei nach Legalisierung von Cannabis für den Privatgebrauch. Der Lokalteil griff die baldige Sitzung des Grawenhorster Stadtrats auf und die anstehenden Entscheidungen zur zukünftigen CentralCity, zum neuen Gewerbegebiet West und zu dem zu erwartenden Verkehr dazwischen. Der Ratsbeschluss würde auch den geplanten »Oweras« betreffen, der möglicherweise nicht mehr als echter Radschnellweg, sondern nur als schneller Radweg realisiert werden würde. Zu Luuk Meulendijks Tod stand nichts in der Zeitung. Für die Papierausgabe war die Pressemeldung der Polizei viel zu spät gekommen.

Zurück im Büro setzte Manfred sich an seinen Schreibtisch und startete den Computer. Während er wartete, ging er im Geiste seinen Tagesplan durch. Um halb zehn musste er ins Präsidium, danach wollte er zu Hilde ins Krankenhaus, wenn sie noch dort war. Manfred prüfte die Wetterlage und beschloss, die kurzen Strecken mit dem Rad zu fahren.

Vor dem Bildschirm wartete er ungeduldig darauf, dass sich sein E-Mail-Programm öffnete. Seit dem letzten Update war sein Rechner deutlich langsamer geworden, und die Wartezeiten nervten ihn. Es wurde höchste Zeit für eine neue Kiste.

Um zwei hatte Manfred einen beruflichen Termin, dafür musste er noch ein paar Details ausarbeiten. Sein Kunde erwartete nicht nur den Entwurf einer neuen Broschüre, sondern auch ein Konzept, vor allem eine Kostenschätzung. Den Entwurf hatte Manfred längst präsentationsreif im Copyshop ausdrucken lassen. Nun klärte er mit seiner Hausdruckerei in Brüggen telefonisch die Details für die Produktion.

Um neun war er fertig und übertrug die Dateien auf sein Notebook.

Ihm fiel etwas ein, und er setzte sich wieder an seinen PC. Er zeichnete die Strecken seiner Touren immer per App auf, so auch die gestrige. Der Track wurde stets automatisch ins Internetportal übertragen, und von da sandte er die GPX-Datei an die Kripo. Die würden ihn sowieso gleich danach fragen.

Um Viertel nach neun saß er auf dem Fahrrad, fuhr bald in schnellem Tempo auf der abschüssigen Bemelmannstraße und querte die vierspurige Bernaustraße zum Polizeipräsidium. Den Weg zum Gebäude Z hätte er auch im Schlaf gefunden, nicht nur weil er im Spätsommer des Vorjahres hier mehrmals hatte erscheinen müssen. Sein verstorbener Vater war bei der Kripo gewesen, und sie hatten in der Nähe gewohnt, Manfred war hier aufgewachsen.

Er schloss sein Fahrrad an und bemerkte Brockmanns neues Rad in der überdachten Abstellanlage. Der Kriminalbeamte hatte ordentlich investiert; das Foto seiner Errungenschaft hatte er Manfred erst vor ein paar Tagen gemailt. Das auffällige Mountainbike war mit einem schweren Zahlenschloss angekettet.

»Heidenei, der fährt jetzt tatsächlich mit dem Rad zur Arbeit.«

Manfred ging zum Eingang, steuerte im Gebäude gezielt das Büro der Kriminalbeamten an und setzte sich im Gang auf die Bank. Er war zehn Minuten zu früh und wollte sich zuerst sammeln.

Ein junger Mann kam, öffnete die Tür zu Brockmanns Büro und steckte den Kopf hinein. »Der Chef versucht, Sie seit halb acht zu erreichen. Ist Ihr Handy aus?«

»Melde mich bei ihm.« Brockmanns Stimmorgan war nicht zu überhören.

Der junge Beamte drehte sich um und ging, ließ die Tür jedoch offen. Aus ihr trat Schäbe, schloss die Tür hinter sich und begrüßte Manfred.

»Handy abgeschaltet?«, fragte Manfred. »Ihr habt ihm doch ein Smartphone geschenkt, damit er immer erreichbar ist.«

»Marti hat gedacht, der Akku würde ewig halten. Nun ist er leer. Und das Handy ist weg. Er hat gestern in seiner Wohnung alles abgesucht und heute Morgen hier im Büro jede Akte umgedreht. Er hat keine Idee mehr, wo er noch suchen soll. Hat sich gerade eine Ersatzkarte bestellt und die alte sperren lassen. Ich hab ihm mein altes Handy geliehen.«

Manfred schüttelte den Kopf. »Martin und sein Handy.«

»Da kannst du ein Buch drüber schreiben.« Schäbe öffnete die Tür wieder, sah ins Büro, drehte sich anschließend zu Manfred und winkte ihm. »Komm rein, Manni.«

Manfred betrat den Raum und überlegte, wie er Brockmann begrüßen sollte.

Da kam der bereits auf ihn zu und umarmte ihn herzlich. »Nix für ungut, Manni, manchmal muss man privat und beruflich trennen, vor allem wenn Fremde dabei sind. Setz dich. Und dann erzähl noch mal, wie das abgelaufen ist.«

Manfred berichtete, dass sie pünktlich zwei Minuten nach acht am Juliapark gestartet waren, noch in der Dunkelheit. »Den Tourtrack hast du bekommen, oder?«

Brockmann schaute zu Schäbe, der nickte.

Manfred fuhr fort und ließ auch nicht aus, dass sie auf Hildes Vorschlag Luuk hatten treffen wollen, gegen 08:20 Uhr etwa. An der Motte.

»Ihr wusstet also, dass Meulendijks da sein würde?«

»Darum haben wir ihn überhaupt erst gesucht. Und gefunden. Hilde hat das Treffen vorher mit uns abgesprochen. Und sie hatte mich schon am Samstagabend über Facebook nach meinem Routenplan gefragt.«

»Über Facebook? Dann wusste alle Welt, wo ihr und der Holländer unterwegs wart?« Brockmann sackte regelrecht zusammen hinter seinem Schreibtisch.

»Nee, nee, keine Sorge, Marti. Nicht als Post, nur per Messenger, konnte keiner lesen außer Hilde und mir.«

Brockmann sah erst Manfred, dann Schäbe ratlos an. Manfred hegte den Verdacht, dass er Post wie Deutsche Post verstanden hatte.

Schäbe winkte ab. »Schon okay, Marti. Die haben nur per PN miteinander kommuniziert. Persönliche Nachrichten sieht sonst keiner.«

»Also wusstest du seit Samstag, dass Luuk an der Motte sein würde. Und Hilde wusste das. Und die anderen beiden?«

Manfred fiel ein, dass er zu Hause die Teilnehmerliste eingesteckt hatte, holte sie aus seiner Jackentasche und hielt sie Brockmann hin.

Der warf einen Blick darauf und las sie laut vor: »Manfred Hanraths, also du, Hilde, Daniel Tuscher und Rüçhan …«

Schäbe mischte sich ein. »Die Personalien habe ich gestern im Haus der Lambertz' schon aufgenommen. Mehmet Rüçhan heißt er.«

Manfred wunderte sich, sie hatten ihn immer nur Rüçhan genannt, auch in der Teilnehmerliste hatte er sich stets nur so eingetragen.

Brockmann fuhr fort: »Wann haben die zwei Männer erfahren, wo ihr langfahrt und dass ihr Luuk treffen wollt?«

»Erst am Juliapark, unmittelbar bevor wir losgefahren sind. Es waren alle Punkt acht da, es war schweinekalt gestern Morgen. Keiner wollte lange rumstehen.«

»Dann erzähl mal, was du von Hilde und Luuk weißt.«

Manfred überlegte kurz, berichtete dann, dass er Hilde erstmals im Frühjahr letzten Jahres begegnet war. Sie hatten sich zufällig bei der Fahrradsternfahrt in Düsseldorf kennengelernt und festgestellt, dass sie beide aus Grawenhorst stammten. »Hilde hat zuerst mit ihrem Mann in Holland gelebt, also eigentlich nicht in Holland, sondern in Limburg in den Niederlanden. Vor zwei Jahren hat Luuk hier einen besseren Job gefunden, und kurz danach sind sie in den Gründer gezogen, auf die Dyroffstraße, glaub ich.«

»Gründer« nannten die Grawenhorster das Gründerzeitviertel westlich vom Zentrum ihrer Stadt.

»Luuk war ein Ass auf dem BMX-Rad. Bald nachdem sie hierher gezogen sind, hat er den neuen Job an den Nagel gehängt und war nur noch unterwegs. Von Event zu Event ist er gereist, war fast jedes Wochenende weg.« Manfred zögerte, überlegte, ob Vermutungen gefragt waren.

Brockmann merkte sofort, dass da noch etwas war, und forderte ihn nachdrücklich auf, nichts auszulassen.

»Also, wir hatten den Eindruck, dass Hilde nicht so glücklich darüber war, dass er den Job geschmissen hat. Finanziell hat das wohl funktioniert, denn Luuk verdiente gutes Geld mit dem Sport, hat auch ein paar potente Sponsoren aufgetan. Jedenfalls bis zu seiner Verletzung vor ein paar Monaten. Hilde ist auch ein Freak auf dem Rad. Wenn die auf ihrem Fixie jongliert, wird dir schon beim Zusehen schwindelig.« Manfred erklärte, dass ein Fixie ein Fahrrad ohne Schaltung und ohne Bremsen war, mit dem man auch rückwärtsfahren konnte.

»Das hat nur einen festen Gang, da musst du immer mittreten, die Pedale halten nie an.«

Schäbe mischte sich ein. »Würde ich gerne mal ausprobieren.«

»Lass es besser sein, Jürgen. Ich hab es versucht – nie wieder! Es war so …«

Brockmann wies Manfred zurecht. »Bleib mal bei der Sache, Manni. Keine Geschichten. Weiter bitte.«

»Hilde hatte sich dann selbstständig gemacht mit ihrem Radkurierdienst. Zuerst ist sie viele Monate allein unterwegs gewesen, doch irgendwann schaffte sie die vielen Aufträge nicht mehr. Dann hat sie Friedel eingestellt, der suchte einen Job und hat eh ein Lastenrad. Der fährt jetzt die Touren mit den Paketen, und Hilde macht weiter ihre Expresslieferungen mit dem Riesenrucksack auf dem Rücken. Sie hat das alles erzählt, als ich sie mit Britta am Wellingplatz getroffen habe. Ist ein paar Wochen her, Friedel war auch dabei.«

Manfred fiel das Telefonat heute früh mit Bernd ein. Was hatte er gesagt? »Vielleicht kann Friedel sie ja trösten.« Wie Bernd das wohl gemeint hatte? Aber Manfred wollte keine Gerüchte in die Welt setzen, vor allem nicht hier im Polizeipräsidium. Man wusste nie, was die Kripo daraus machen würde.

»Luuk jedenfalls ist ein Star in der Szene, hat seinen eigenen Youtube-Kanal mit tollen Clips seiner BMX-Stunts.«

»Ich kenne Youtube.« Brockmann beantwortete die Frage, die unausgesprochen im Raum stand.

»Jedenfalls bis zu seinem Sturz und der Knieverletzung. Da war vorerst Schluss mit dem großen Sport. Hilde hat durchblicken lassen, dass Luuk nicht versichert war und die Sponsorenverträge nicht langfristig angelegt gewesen waren. Sie ist jedenfalls froh, dass sie ihren Kurierdienst hat.«

Brockmann hakte nach. »Habt ihr das Handy des Toten an euch genommen?«

»Der hatte kein Handy dabei. ›Luuk nimmt seit Wochen sein Handy nicht mehr mit‹, hat Hilde am Juliapark gesagt, als wir gefragt haben, ob sie ihn wegen des Treffens an der Motte noch mal anrufen wolle.« Manfred sah auf die Uhr. »Herrje, gleich elf. Ich will noch ins Krankenhaus, Hilde besuchen.«

Schäbe winkte ab. »Kannst du dir sparen, Manni, sie kommt gleich hierher, müsste eigentlich schon draußen sitzen.«

»Wenn dir noch was einfällt, lass es uns wissen.« Brockmann gab ihm zum Abschied fest die Hand und schaute ihm tief in die Augen.

Manfred wurde das Gefühl nicht los, dass der Kripomann ahnte, dass er nicht alles erzählt hatte.

Auf der Bank neben der Tür saß Hilde bereits. Manfred hatte den Eindruck, dass es ihr etwas besser ging. Er nahm sie wortlos in seine Arme und verabschiedete sich dann.

Als er draußen sein Fahrrad aufschloss, klopfte ihm jemand auf die Schulter. Er drehte sich um, Daniel und Mehmet standen vor ihm. Manfred fiel ein, dass sie auch zum Protokoll gebeten worden waren, und erfuhr, dass die beiden zur selben Zeit wie er in anderen Räumen ausgesagt hatten. Sie zeigten die Visitenkarten, ihm sagten die Namen dieser Kriminalbeamten nichts.

Manfred stieg in den Sattel und lenkte sein Rad zur Ausfahrt des Präsidiums.

»Dingding.«

Sein Handy. Die Erinnerung an den Nachmittagstermin. In aller Eile fuhr er über den leichten Anstieg heimwärts. Unterwegs fiel ihm tatsächlich noch etwas ein, und er nahm sich vor, am Abend bei der Kripo anzurufen.

Das Gespräch bei seinem Kunden am Nachmittag war kompliziert und dauerte länger als erwartet. Endlich jedoch war es geschafft, und Manni machte sich zum zweiten Mal am heutigen Tag auf den Nachhauseweg. Von unterwegs rief er Britta an, er hoffte, dass sie zusammen essen würden. Als sie abhob, fragte er unverblümt: »Hast du gekocht?«

»Nein, nicht geschafft, und gleich habe ich Training. Bring Pizza mit. Nur für dich. Freddy schläft bei Siglin, die üben für Mathe. Und oben bei Mitch ist Lion. Stell dir vor, die beiden haben selbst gekocht und bereits gegessen.«

»Oje. Und wie sieht die Küche aus?« Er ahnte Böses.

»Geht so, hätte ich mir schlimmer vorgestellt.« Britta lachte.

Brittas Volleyballtraining. Manfred verzog das Gesicht. Vor ein paar Monaten hatte der Verein den langjährigen 17-Uhr-Termin an eine Jugendmannschaft vergeben. Nun trainierte seine Frau immer um acht. Veränderungen dieser Art waren ihm ein Graus.

Er lenkte den Kombi auf einen freien Parkplatz neben der Josefskirche. Von hier aus waren es nur ein paar Schritte zu ihrer Stammpizzeria. Vor der Tür parkte der Wagen des Pizzaboten auf dem Gehweg. Mit dem Vorsatz, den Chef auf das Auto anzusprechen, betrat Manfred den kleinen Laden.

»Señor Hanraths, hace mucho tiempo sin verte.« Der Inhaber der Pizzeria empfing ihn mit seinem freundlichsten Lächeln.

Manfred musste lachen, war er doch erst vor fünf Tagen hier gewesen. Er begrüßte seinerseits herzlich sein Gegenüber.

»Was dürfen wir für Sie zubereiten?« Der rundliche Spanier sah ihn fragend an. Im Viertel hatten damals fast alle den Kopf geschüttelt, als bekannt wurde, dass die neue Pizzeria von einem Spanier geführt wurde. Längst interessierte sich niemand mehr dafür.

Manfred bestellte seine übliche Quattro Stagioni mit Extrakäse und viel Knoblauch in der Soße.

Als sie vor Jahren im Neubaugebiet am Rande von Grawenhorst gebaut und fast täglich den Fortschritt an der Baustelle kontrolliert hatten, war er regelmäßig hier in der »Casa Carlos« gewesen.

Seine Britta hatte das entstehende Wohngebiet damals gefunden. Zuerst war Manfred gar nicht begeistert gewesen. Er war Stadtkind, mitten in der City aufgewachsen und hatte stets nah an der trubeligen Altstadt gewohnt. Britta kam aus Anrath im Kreis Viersen. Als er sie kennenlernte, hatte sie mit ihren Eltern auf einem Bauernhof gelebt und gearbeitet.

An einem Sonntag hatte seine Frau ihm das Grundstück im Grawenhorster Süden gezeigt. Manfred war aus allen Wolken gefallen. »Minssen? Das ist doch am Arsch der Welt! Keine Disco weit und breit. Was machen wir da am Wochenende?«

Britta hatte nur auf ihren runden Bauch gezeigt und gelacht, und längst war Manfred froh, dass sie diese Entscheidung getroffen hatten. So weit war es gar nicht in die Innenstadt. Mit dem Rad schaffte er es in 15 Minuten bis zur Einkaufsmeile hinter dem Horgweiher, und die Buslinie 772 brauchte ab Minssen-Kirchplatz zehn Minuten. Den Bus hatte er jedoch noch nie genommen, der Fußmarsch bis zur Kirche war ihm zu lästig. Mit dem Auto fuhren sie nur selten in die Stadt. Seitdem das komplette Zentrum für den Verkehr gesperrt worden war, erübrigte sich jeder Versuch. Nur noch Anwohner hatten reservierte Parkplätze, und wer falsch parkte, wurde rigoros abgeschleppt. Das Parkhaus unter dem Theater war ihm zu teuer.

Inzwischen hatte sich die damalige Aufregung gelegt. Die Anwohner hatten erkannt, wie schön ihre Wohnstraßen ohne hupende Autos waren, und wetterfeste Sofas zu Sitzgruppen zwischen die Parkreihen platziert. Die Geschäftsleute der Einkaufsmeile stellten fest, dass ihr Umsatz anzog, weil immer mehr Menschen Spaß am Shoppen in der autofreien Zone fanden. Für Besucher aus dem Umland hatte die Stadt großzügige Parkplätze in den Außenbezirken und einen kostenlosen Shuttleservice mit Kleinbussen im Halbstundentakt eingerichtet.

»Buenas tardes, Señor Hanraths. Lassen Sie es sich schmecken und grüßen Sie Ihre Gattin ganz herzlich von mir.« Carlos drückte ihm zusätzlich eine Flasche Rioja in die Hand.

Im Hinausgehen fiel Manfred das falsch geparkte Lieferauto ein, das war jetzt weg und die Sache damit erledigt.

Wenige Minuten später war er daheim.

Britta war noch da. Er reichte ihr die Weinflasche. »Die hat mir Carlos geschenkt, mit ausdrücklichen Grüßen an die verehrte Gattin.«

»Der weiß doch genau, dass ich keinen Rotwein trinke, der alte Gauner.«

Britta hatte ihm den Tisch gedeckt, mit einem großen Pizzateller. Dafür hänselten die Kinder sie immer. Pizza mit Messer und Gabel zu essen, fanden sie »gruftig« und Teller und Besteck völlig unnötig.

Manfred zog den Rotwein auf und schob die Pizza auf den weißen Teller.

Britta hatte noch ein paar Minuten Zeit und setzte sich dazu. »Du könntest mal ne Woche bei Wasser bleiben und auch ein bisschen weniger essen.« Dabei starrte sie betont auf seinen Bauch. »Kann es sein, dass du zugenommen hast?«

»Ich?«

»Ist sonst jemand in unserem Wohnzimmer?« Britta sah sich um.

Manfred zog vorsichtig den Bauch ein und legte seine Hände davor. »Vielleicht ein, zwei Kilo, nicht weltbewegend, die trainiere ich mir wieder ab.« Manfred wechselte schnell das Thema. »Flossmann meckert über die Druckkosten. Dahinter steckt sein neuer Marketingmann. Berner, Bender oder so ähnlich heißt der. Der hat seinem Chef die Preise einer Internetdruckerei vorgelegt, und nun vergleichen die Äpfel mit Birnen.«

»Kann dir doch egal sein.«

»Sicher nicht! Die ganze Idee geht kaputt. In der diesjährigen Kollektion bestimmen viele Goldapplikationen den Style. Die wollte ich in Metallicfarben hervorheben. Das kann die blöde Internetdruckerei gar nicht. Wenn der zusätzliche Druckgang wegfällt, ist klar, dass das viel billiger wird. Dann sieht die Broschüre eben auch scheiße aus.«

»Aber die Pizza ist lecker.« Britta hatte sich ein Stück von Manfreds Teller genommen, griff auch zu seinem Glas und probierte einen Schluck. »Und der Rioja ist auch nicht schlecht. Wie war's im Präsidium?«

»Ach, hätte ich fast vergessen. Soll dir Grüße von Marti und Jürgen ausrichten.«

»Danke, das meinte ich nicht. Was sagen die zu Luuk? War es wirklich Mord?«

»Die haben mir ein Loch in den Bauch gefragt. Zu Hilde und Luuk.« Manfred berichtete ausführlich, was er ausgesagt hatte, erwähnte jedoch auch gegenüber seiner Frau nicht, dass Bernd eine komische Andeutung wegen Friedel gemacht hatte. Gleichzeitig fiel ihm wieder ein, was er vergessen hatte und was er der Kripo noch mitteilen wollte.

Da klingelte sein Handy. Auf dem Display las er »Unbekannter Teilnehmer«. Das konnte nur Brockmann sein.

»Ja bitte?«

Nicht Brockmann, sondern Schäbe war am Apparat. »Jürgen hier, 'n Abend, Manni. Kommst du morgen nochmals ins Präsidium? Wir hätten noch ein paar Fragen. Möglichst früh, am besten sofort um acht.«

»Acht Uhr?«

»Ja, bitte. Wir haben ab neun einen Termin nach dem anderen. Also, bis morgen.« Schäbe hatte das Gespräch schneller beendet, als Manfred reagieren konnte.

Manfred stöhnte. Außerhaustermine am frühen Morgen entsprachen nicht seinem Biorhythmus.

Britta sah ihn auffordernd an. »Was gibt's? Wieder die Kripo?«

»Schäbe.«

»Schon um acht? Warum?« Britta hatte halb mitgehört.

»Sie haben noch Fragen.«

»Warum fragt er nicht am Telefon?«

Ja, warum eigentlich, fiel Manfred erst jetzt ein. »Weiß ich auch nicht. Die müssen was Neues gefunden oder was Wichtiges vergessen haben, denke ich. Morgen weiß ich mehr, Britt.«

Er hatte keine Lust auf Spekulationen. Und was er vergessen hatte, konnte er der Kripo dann auch morgen mitteilen.

»Ich brauche früh den Wagen, Manni. Becker will, dass ich sein Fingerfood fotografiere.«

Egal, würde er halt mit dem Rad fahren. Becker war ihr Ortsteilmetzger. Sein Laden am Minssener Kirchplatz lag zwar keinen Kilometer weit weg, aber seine Frau musste die komplette Ausrüstung mitnehmen, auch Stative und Leuchten.

»Ich bin dann mal weg.« Britta griff sich ihre Sporttasche, nahm den Autoschlüssel und zog die Tür hinter sich zu, bevor Pakko sich ihr anschließen konnte.

Den weiteren Abend verbrachte Manfred lesend, reduzierte den Zeitungsstapel, der sich im Laufe der Woche angesammelt hatte. Zuerst sah er nochmals die Samstags- und Montagsausgabe der Tageszeitung durch, dann den neuen »Sportjournalist« und zuletzt die »Rad am Niederrhein«, das hiesige Mitgliedermagazin des ADFC.

Er blätterte das Heft durch, ihn interessierten nur die Grawenhorster Touren. Zufrieden stellte er fest, dass seine Sonntagstour im Heft war. Dass Hartmut Leijendekker erstmals auch durch den Winter hindurch seine monatliche Limburgtour anbot, überraschte ihn. Hartmut führte eine Radgruppe rüstiger älterer Damen und Herren an, die nicht nur bei schönem Wetter die Eiscafés und Biergärten um Grawenhorst unsicher machten. Einmal im Monat fuhren sie sogar gemeinsam durchs Grenzland ins nahe Maastal. Im Verein wurde die Gruppe heimlich »Rentnerband« genannt.

Um 23 Uhr hörte er die Tür. Britta kam vom Volleyball. »Waren noch auf ein Gläschen beim Pétros. Ich bin so müde.« Sie gab ihm einen Kuss und entschwand ins Schlafzimmer.

Manfred schaltete den Fernseher ein und wählte die Aufzeichnung der Spieltagsanalyse vom selben Abend. Seine Gladbacher Fohlen hatten am Samstag ihr Heimspiel gegen die Bayern gewonnen. Wie erwartet wurden die Fehler der Münchener eingehend beleuchtet. So machte ihm Fußball Spaß.

Danach sah er eine halbe Stunde in den »Doppelpass« vom Sonntagmorgen, wurde jedoch schnell schläfrig dabei. Er ließ Pakko kurz in den Garten, danach gingen beide schlafen. Manfred ins Bett neben seiner Frau, Pakko auf seiner Decke, ebenfalls neben Britta, aber auf dem Boden.

DIENSTAG

Manfred schloss sein Rad an den Abstellbügeln vor dem Gebäude Z an. Trotz seiner Regenjacke war er bis auf die Unterwäsche nass. In den 15 Minuten zum Präsidium hatte es wie aus Eimern geschüttet. Unter dem Dach der Abstellanlage zog er seine Jacke aus, machte den hoffnungslosen Versuch, sie auszuwringen und sich vom Wasser zu befreien.

Brockmanns Fahrrad sah er diesmal nicht, er war bei dem Sauwetter sicher mit dem Wagen gekommen.

Wie ein begossener Pudel stieg er in die erste Etage zu dessen Büro, klopfte und drückte gleichzeitig die Klinke nach unten, doch die Tür war fest verschlossen.

»Herr Brockmann wird sich verspäten, soll ich Ihnen ausrichten. Sie sind doch Manfred Hanraths?«

Manfred drehte sich um, hinter ihm war ein junger Mann aufgetaucht, der ihn mitleidig ansah.

»Herrje, Sie waren in dem Regen unterwegs?«

»Ja, mit dem Rad, von Minssen.«

»Kommen Sie mal mit. Ich bin Theo Lappen. Bin erst seit gestern hier im Dienst. Ein Frischling, wie die alten Hasen uns nennen. Sind Sie der Radfahrer, der dem Hauptkommissar im Sommer letztes Jahr den Arsch gerettet hat?«

»Wir hatten Glück und konnten helfen. Waren zu sechst auf der Tour damals.« Manfred fragte sich, woran ihn der junge Mann erkannt hatte.

Der führte Manfred die Treppe hinab in einen Kellerraum, öffnete einen Spind, zog eine große Sporttasche heraus und reichte Manfred ein Badetuch und einen blauen
Trainingsanzug. »Hier, sollte passen. Brauche ich erst am
Freitag wieder. Wollen Sie schnell duschen? Ich hab auch
einen Satz frischer Unterwäsche für Sie.«

Manfred fror inzwischen und nahm das Angebot dankend an. »Funktionieren die Duschen in der alten Turn-
halle nicht mehr?«

»Doch. Die hier sind für Kollegen, die einen anstrengenden Einsatz hatten. Und für Fahrradfahrer, die von
weiter her oder im Regen zum Dienst kommen. Wie Sie.«
Theo Lappen lachte. »Wieso kennen Sie die Duschen in
der alten Halle? Haben Sie im PSV gespielt?«

Manfred, inzwischen in Unterhose, erklärte dem Beamten, dass er nie Mitglied im Polizeisportverein gewesen war,
aber früher das Präsidium ein toller Spielplatz für ihn und
viele andere Kinder gewesen war.

»Mein Vater war auch bei der Kripo, und wir haben hier
in der Nähe gewohnt.«

»Hier gab's mal nen Kinderspielplatz?«

Manfred ließ ihn in dem Glauben, er wollte nur noch
duschen. Wie sie als Kinder damals die alte Polizeikaserne
unsicher gemacht hatten, konnte bei den heutigen Sicher-
heitsbestimmungen eh keiner mehr verstehen.

»Finden Sie alleine wieder hoch?«

»Klar, kein Problem. Und vielen Dank. Ich bringe Ihnen
Ihre Klamotten morgen zurück.«

Dann genoss er die heiße Dusche, trocknete sich danach
ab und schlüpfte in die schwarze Sportwäsche, anschließend in die blaue Trainingshose. Die Jacke machte ihm
einige Mühe. Die Länge stimmte, aber sie war reichlich

eng. Zuletzt ließ er den Reißverschluss offen und war froh, dass die Unterwäsche nicht weiß war.

Seine durchnässten eigenen Sachen hängte er sorgfältig über einen der großen Heizkörper.

Zufrieden wollte er sich auf den Weg machen, da fiel ihm sein Handy ein. Er griff in die Tasche seiner Jacke über dem Heizkörper, doch da war kein Handy. Er musste es am Lenker vergessen haben.

»Verdammt!« Wie der Blitz lief er zum Treppenaufgang, aber schon auf der dritten Stufe stoppte ihn ein stechender Schmerz in seinem linken Knie. Er musste sich kurz setzen, danach schleppte er sich mühsam die Stufen hinauf ins Erdgeschoss und vor das Gebäude.

In der Abstellanlage nahm er erleichtert sein Smartphone aus der Halterung und machte sich langsam humpelnd auf den Weg ins Obergeschoss.

Die Tür zum Büro des Kriminalbeamten war immer noch geschlossen. Drinnen tobte Brockmann, Manfred erkannte seine Stimme sofort, verstand aber kein Wort.

Er klopfte wieder, diesmal kräftig, damit es jemand hörte. Die Tür ging auf, Schäbe kam heraus und machte sie schnell hinter sich zu.

»Marti ist auf hundertachtzig. Kein guter Zeitpunkt. Warte ein paar Minuten. Jemand hat sein neues Fahrrad geklaut. Darum ist er erst seit fünf Minuten hier. Er musste mit dem Bus fahren, sein Wagen ist in der Werkstatt.«

Manfred setzte sich auf die Bank und warf einen Blick auf die Uhr am Ende des Gangs. Es war Viertel vor neun. Erst der Regen, und nun wartete er wieder vor Brockmanns Büro. Er war erbost. Vielleicht sollte ich ein Schild mit meinem Namen auf die blöde Bank schrauben, dachte er.

Die Tür ging erneut auf, und Schäbe winkte ihn herein. Manfred folgte der Aufforderung.

Bevor er Brockmann begrüßen konnte, polterte der bereits los. »Warum in aller Welt tauchst du in Polizeikluft hier auf? Ist schon Karneval? Hast du nicht mehr alle Tassen im Schrank?«

Auch Schäbe beäugte ihn zweifelnd, doch als Manfred die Situation erklärt hatte, grinste Schäbe und hatte offensichtlich große Schwierigkeiten, nicht lauthals loszulachen.

Brockmann fasste sich an den Kopf. »Warum bin ich nur in diesem Kaff geblieben? Hätte ich doch das Angebot vom BKA angenommen.«

Manfred sah Schäbe an, der zuckte mit den Schultern und schüttelte unmerklich den Kopf. Nicht nachfragen, sollte das wohl heißen.

»Setz dich, Manfred.« Brockmann war nun ruhiger. »Wir müssen etwas klären. Jürgen, mach du das.«

Schäbe nahm ein Blatt in die Hand und wandte sich, nun ein wenig förmlich, an Manfred, der sich den dritten Drehstuhl gegriffen hatte. Auf den harten Holzstuhl hatte er keine Lust.

»Manfred, wir haben dein Tourenportal ausgewertet. Demnach warst du schon mal an der Motte, ich meine, in der letzten Zeit.«

»Ja, mit Britta. Und mit Pakko. Zu Fuß. Ist aber Wochen her.« Manfred wunderte sich. »Den Spaziergang hab ich sicherlich nicht aufgenommen.«

»Die Route, die du am Sonntag fahren wolltest, ist nicht am PC entstanden, sondern ein Track, eine Aufzeichnung. Nach unseren Feststellungen bist du genau diese Strecke vor einer Woche gefahren. Inklusive einer Pause an der Motte. Das hast du uns nicht gesagt.«

»Warum?« Brockmann mischte sich leise, aber energisch ein.

»Das stimmt, das habe ich ganz vergessen. Ich bin die Strecke gefahren und hab sie aufgezeichnet. Als Video und als Route.« Er erzählte den beiden Kriminalbeamten die Geschichte mit der neuen App seines Sohns und berichtete stolz, dass Mitch als Tester engagiert worden war.

»Ihr habt die neue Version von TourPilot? Is nicht wahr!« Schäbe staunte.

»Tour… was? Wovon redet ihr, verdammt noch mal?« Brockmann wurde wieder laut.

Schäbe brauchte ein paar Minuten, um seinem Chef die Zusammenhänge zu erläutern. Bevor der Assistent ins KK 11 gewechselt war, hatte er sich die ersten Jahre seiner Kripokarriere im KK 14 mit Computerkriminalität beschäftigt. Er kannte sich aus, war auch immer bestens informiert, welche Computer und Anwendungen gerade entwickelt und gehandelt wurden.

Manfred meldete sich wieder zu Wort. »Die Route hab ich zuerst nur für Mitch ausgearbeitet. Ich bin so froh, dass er Spaß am Radfahren bekommen hat. Am Samstagabend habe ich dann beschlossen, die Strecke mit meiner Truppe am Sonntag zu fahren. Den Rest kennt ihr.«

»Und warum bist du minutenlang stehen geblieben?« Schäbe ließ nicht locker.

Manfred vermutete, dass er die akribische Befragung vornehmlich für seinen Chef durchführte. Ihm fiel ein, wie es gewesen war. »Ich war pinkeln.«

»Warum um alles in der Welt kletterst du zum Pissen extra auf die Motte, anstatt den nächsten Baum zu nehmen?« Brockmann platzte fast.

»Weil ich einen Elfjährigen dabeihatte, wenn auch nur digital, dem es total peinlich ist, wenn sein Vater sich an den Weg stellt. Darum! Wieso wisst ihr eigentlich, wo ich hingegangen bin? Mein Handy klemmte doch am Lenker.«

»Wir haben auch dein Kameravideo ausgewertet, da sieht man genau, dass du auf den Hügel hoch bist.« Schäbe lehnte sich zurück, sah die Wand an.

Brockmann kratzte sich verzweifelt am Kopf. »Manni, Manni, du machst es uns wahrlich nicht einfach. Erst vergisst du die Hälfte, dann erklärst du sie, als wäre sie das Normalste überhaupt. Wie, bitte, sollen wir damit umgehen?«

»Glaubt mir einfach. Ist die Wahrheit. Die reine Wahrheit und nichts als die Wahrheit.« Manfred versuchte einen unbeholfenen Wortwitz, aber Brockmann winkte ärgerlich ab.

»Mir ist übrigens noch etwas eingefallen.«

»Was?« Auffordernd blaffte Brockmann ihn an.

»Auf der Mürntalstraße sind uns vier Radfahrer entgegengekommen. Rasend schnell. Kurz bevor wir an den Bach abgezweigt sind.«

»Wann? Wann genau war das?«

»Etwa um Viertel nach acht. Am Sonntagmorgen, 15 Minuten nachdem wir losgefahren sind. Das war ungewöhnlich. Die frühe Zeit am Sonntag. Dann die Bekleidung und die Helme – alles dunkel, fast schwarz. Auch der Gesichtsschutz. Und die fuhren Mountainbikes, keine Rennräder. Seltsame Kombination. Das waren kräftige Typen, keine schmalen Rennradfahrer, sondern regelrechte Kleiderschränke. Irgendwie untypisch auf dem Rad. Ich geh ab und zu ins Fitnessstudio, wenn ein paar Tage lang so ein Usselwetter wie heute ist. Genau so sahen die aus.

Wie Kraftprotze aus der Muckibude, die Hantelscheiben um die Wette auflegen.«

Brockmann sah ihn skeptisch an. »Interessant, was dir alles einfällt mit der Zeit. Vielleicht sollten wir dich demnächst unter Hypnose vernehmen, um die Sache zu beschleunigen.«

Manfred war sich nicht sicher, ob Brockmann gerade einen Witz gemacht hatte. Plötzlich fiel ihm etwas ein, was er immer schon einmal fragen wollte. »Wieso hast du in deinem Büro eigentlich keine Pinnwand, Martin? Auf der Fotos von den Verdächtigen hängen und alle Hinweise mit Bindfäden verbunden sind?«

»Damit Besucher wie du nicht auf einen Blick sehen können, wen wir auf der Liste haben und ob sie selbst darauf stehen. Du guckst zu viel ›Tatort‹, Manfred. Viel zu viel.«

»Die Wand steht im Besprechungsraum der Mordkommission«, beschwichtigte Schäbe und befriedigte zugleich Manfreds Wissensdurst.

»Tauch da bloß nicht ungebeten auf, Manfred. Niemals!« Brockmanns Gesicht war eine einzige Drohung. »Anderes Thema, Manni. Du wolltest uns noch etwas zu Hilde erzählen. Oder? Sag nicht Nein. Ich hab dir das gestern an der Nasenspitze angesehen. Da ist doch was. Bitte!«

Manfred wurde klar, dass er antworten musste. Nur blöd, dass er nicht wusste, ob in der nebenbei geäußerten Bemerkung von Bernd ein Körnchen Wahrheit enthalten war. »Irgendwer hat mal ne Bemerkung fallen lassen, so zwischen Tür und Angel, dass der Friedel und die Hilde … Keine Ahnung, das war nichts Konkretes.«

»Wer, Manfred? Wer hat die Bemerkung fallen lassen? Und sag nicht, dass du das nicht mehr weißt.«

Manfred schluckte. Bernd würde ihn hassen. Doch es hatte keinen Zweck. Der erfahrene Kripomann hatte ihn längst durchschaut. Brockmann brauchte keinen elektrischen Lügendetektor. Den hatte er im Blut. Aus der Erfahrung unzähliger Berufsjahre.

»Gut, gut. Könnt ihr aber bitte so tun, als hättet ihr das irgendwo aufgeschnappt und nicht von mir erfahren?« Eine Bestätigung erwartete Manfred nicht. Er schenkte den beiden Krimimalbeamten reinen Wein ein und betete, dass Bernd nie erfahren würde, wer der Kripo den Hinweis gegeben hatte.

Im Hinausgehen legte ihm Brockmann die Hand auf die Schulter. »Du, Manni ... äh ... wir müssen auch deinen Jungen befragen. Wegen der Filmtour, verstehst du?«

»Ihr wollt Mitch vorladen? Ihn vernehmen? Der ist elf! Nur über meine Leiche!«

»Reine Formsache. Aber unvermeidlich. Und es ist keine Vernehmung, sondern eine Anhörung.«

»Meinetwegen, aber nur mit Anwalt.« Manfred war außer sich. Da kam ihm eine Idee. »Oder ihr kommt zu uns und sprecht zu Hause mit ihm. Das wäre okay. Ich muss aber vorher Britta fragen, was sie davon hält.«

»Ich finde den Vorschlag gut. Für Mitch ist das sicher einfacher als hier in unserem unfreundlichen Büro. Was meinst du, Marti?« Schäbe versuchte sich als Vermittler.

»Überlege ich mir. Wir melden uns. Komm gut heim, Manni.« Brockmann schob ihn Richtung Tür.

Da fielen Manfred Hildes gestammelte Worte ein, und er drehte sich nochmals um. »Äh ... da ist noch was, Marti, hätte ich fast vergessen.«

»Was?« Brockmann stierte ihn an. »Was hättest du fast schon wieder vergessen, Manfred?«

»Als Luuk da an der Motte lag, hat Hilde geheult wie ein Schlosshund. Dann wurde sie plötzlich sauer und hat auf dem toten Luuk rumgeklopft wie wild, und geredet hat sie auch mit ihm.«

»Was hat sie gesagt?« Brockmann und Schäbe fragten das wie aus einem Mund.

»Ich hab es nicht genau verstanden. Irgendwas mit ihrem Keller, mehr weiß ich leider nicht.«

Schäbe machte sich eine Notiz.

Brockmann sah ihn durchdringend an. »War das jetzt tatsächlich alles? Oder fällt dir noch etwas ein?«

Um zehn nach zehn saß Manfred wieder auf seinem Rad und fuhr aus dem Präsidium. Der Regen hatte sich verzogen und er rekapitulierte in Gedanken das Verhör. Wann die Kripo wohl Bernd ins Präsidium bestellen würde? Hilde und Friedel … Ob die wirklich was miteinander hatten?

Manfred grübelte noch immer, als er sein Rad in der Garage abstellte. Ein inzwischen nicht mehr ganz so langer Arbeitstag lag vor ihm, und heute Abend musste er pünktlich Feierabend machen, denn wieder einmal stand das Treffen der ADFC-Aktiven an, heute erstmals in der Kneipe »Dartvatter« seines Freundes Harry.

Um 19 Uhr machte Manfred Schluss. Als er sein Büro im Keller verließ und nach oben kam, stand Britta mit verschränkten Armen in der Küche. »Warum eigentlich das Dartvatter? Pass nur auf, dass du demnächst noch in deine Radlerhose passt, wenn es jetzt jeden Dienstag nach elf ein klitzekleines T-Bone gibt.«

In der Dartkneipe seines alten Freundes Harry standen sieben Tage die Woche pünktlich ab 23 Uhr bis in den frühen Morgen T-Bone-Steaks vom Feinsten auf der Speisekarte. Stolze 29 Euro kostete eine Portion. Beilagen gab es nicht, die waren auch nicht nötig. Die Fleischstücke hatten monströse Ausmaße, und jede Zutat wäre des Guten zu viel gewesen.

»Keine Sorge, Britta, ich bin ja nicht verrückt.«

»Nicht? Seit wann nicht?«

»Außerdem treffen wir uns nicht jede Woche, sondern nur einmal im Monat.«

»Und die zufälligen oder verabredeten Abende mit Marti und Jürgen?«

Manfred gab ihr schnell einen Kuss. »Ich muss los, bin eh zu spät dran.« Eigentlich war es ihm egal, wenn er zu spät zum Treffen kam, aber solche Diskussionen mit seiner Frau brachten erfahrungsgemäß wenig außer Ärger.

Er setzte sich auf sein Rad und fuhr erstmals zu ihrem Dienstagstreffen nicht mehr zum Wellingplatz, sondern zum Dartvatter auf der Zabelsberger Straße. Ihr langjähriges Domizil, das Nero, hatte den Besitzer gewechselt und wurde gerade umgebaut. Ihr über Jahre liebgewordener Raum würde bald die neue Küche sein. Dartvatter-Wirt Harry hatte zufällig ihr Tischgespräch dazu mitgehört und ihnen sein Sälchen angeboten.

»Müsste nur ein bisschen sauber gemacht werden nach all den Jahren. Ich habe es bisher nie benutzt.«

Die Kneipe im Grawenhorster Osten hatte einen zwielichtigen Ruf. Weder die Dartspieler am Abend noch die Nutten nach ihrem Feierabend am frühen Morgen genossen das Vertrauen der Durchschnittsbevölkerung. Harry hatte es daher nie mit Kommunionsfeiern oder Beerdigungskaffees versucht. Sein Hinterzimmer stand seit Ewigkeiten leer.

Hatten sie gedacht. Als sie vor drei Wochen zu viert das Sälchen besichtigt hatten, fiel ihnen beim Öffnen die morsche Tür entgegen, und dann brauchten sie bis in die Nacht, um den Raum einigermaßen freizuräumen. Immerhin gab es zwei Dutzend gut erhaltene Stühle und ein paar Tische. Alle anderen Fundstücke, darunter mehrere Kommoden und ein monströser Schrank, hatten sie nach draußen geschleppt und auf dem Bürgersteig deponiert. Manfred hatte Harry gefragt, wie er den Haufen Sperrmüll entsorgen würde.

»Wird morgen im Laufe des Vormittags abgeholt. Habe bei der Stadtverwaltung angerufen.«

»Du hast genau gewusst, was in deinem Sälchen los ist, du alter Sauhund.«

»Sagen wir mal, ich hatte eine Ahnung. Aber nun sammle deine Leute ein, Manni. Die Grundreinigung macht morgen mein Putzmann. Ich lade euch zum Essen ein.«

Manfred hatte Bernd, Hartmut und Hilde an den Tisch geholt. Sie hatten noch keine fünf Minuten gesessen, da hatte ihnen Harry persönlich ihr Essen serviert. Die vier Bambusbretter unter dem Fleisch waren kaum zu sehen gewesen, und in jedem Steak hatte senkrecht ein Messer gesteckt.

Als sie das Dartvatter verlassen hatten, war es 2 Uhr gewesen. Hilde hatte ihr Steak nur zur Hälfte geschafft, den Rest hatte ihm Harrys Küchenhilfe für Pakko eingepackt. Britta hatte es am Morgen gefunden und ihn anklagend angesehen.

Als Manfred heute das Sälchen mit halbstündiger Verspätung betrat, war er angenehm überrascht. Harry hatte die fehlende Tür durch einen dicken Vorhang ersetzt. Der Raum war sauber, strahlte in hellem Licht neuer Lampen, und auf den alten Tischen lagen frische Decken. Die meisten sahen ihn erwartungsvoll an. Manfred ahnte, dass sein Bericht vom Sonntag mit Spannung erwartet wurde.

Alle Plätze waren besetzt, Harry hatte sogar noch zwei der schwarzen Gastraumstühle dazugeholt. Bernd sprach gerade über ihr Weihnachtsradeln am vierten Advent. Sie würden sich um vier am Wellingplatz treffen und dann in einem Bogen über zehn Kilometer zum Horgweiher fahren.

»Verkleidet euch mit allem, was passt. Weihnachtsmann, oder -frau, Hans Muff oder Engel. Hauptsache weihnachtlich. Schmückt eure Räder schön bunt und leuchtend und bringt alle mit, die Lust auf den Spaß haben.« Bernd versuchte sie zu motivieren. »Und nun erzähl du, Manni, was am Sonntag passiert ist.«

Manfred fasste in wenigen Minuten zusammen, was die meisten ohnehin wussten. Die Tageszeitung hatte ausführlich von der Pressekonferenz der Polizei berichtet. Manfred war sauer gewesen. Er las regelmäßig die Pressemitteilungen der Polizei. Sie mussten ihn bei der Einladung zu dieser Konferenz aus dem Verteiler genommen haben, weil er Beteiligter war.

Schon vor 22 Uhr verabschiedete sich Manfred. Er entschuldigte sich mit einem anstrengenden nächsten Morgen. Die anderen nickten verständnisvoll, nach seinem Bericht ahnten sie den wahren Grund.

Als er nach Hause kam, las Britta in ihrem Krimi. Manfred verarztete nochmals sein Knie. »Du, Britt, die Pferdesalbe ist bald leer, wir brauchen eine neue.«

»Hab ich notiert. Kein Steak heute? Bist du krank?« Britta legte ihr Buch beiseite.

Manfred erzählte ihr, wie toll Harrys Raum geworden war, und erwähnte auch das Weihnachtsradeln, das in diesem Jahr ausnahmsweise erst am vierten Advent stattfinden würde.

»Hast du den Termin aufgeschrieben, Britta?«

»Das fragst du mich nun zum x-ten Mal. Und ja, ich fahr mit, versprochen! Wie war es heute Morgen?«

»Nass!« Manfred berichtete von dem unfassbaren Regen, dem netten jungen Beamten und Brockmanns Tobsuchtsanfall, als er im blauen Trainingsanzug in dessen Büro erschienen war.

Da fiel ihm siedend heiß etwas ein. »Kannst du den Anzug waschen? Ich habe versprochen, ihn morgen zurückzubringen.«

»Jetzt noch?«

Manfred nickte. »Ja bitte, Liebling.«

Nachdem Britta den Trainingsanzug zusammen mit den Fahrradsachen ihres Mannes in die Waschmaschine gepackt hatte, erzählte Manfred den weiteren Verlauf der Vernehmung und dass sie ihn in die Mangel genommen hatten, weil er vergessen hatte, die Tour mit Mitch zu erwähnen.

Britta nahm ihn in Schutz. »So ein Blödsinn, an die kleine Tour mit seinem Sohn hätte kein Mensch gedacht.«

»Sohn« war das Stichwort, und Manfred beichtete Britta, dass die Beamten mit Mitch sprechen wollten.

Britta war völlig aufgebracht, doch er beschwichtigte sie damit, dass die Befragung daheim stattfinden würde. Er hoffte inständig, dass Brockmann sich auf seinen Vorschlag einlassen würde.

Er merkte, dass seine Frau den Tränen nahe war, und nahm sie in den Arm. Sie war bisher die Ruhe selbst gewesen. Dass nun auch Mitch involviert wurde, brachte das Fass zum Überlaufen.

Beiden ging »die Sache«, wie Britta Luuks Tod nannte, nicht mehr aus dem Kopf.

Manfred lag lange wach und überlegte zwischendurch, ob er aufstehen und sich den Rest vom »Doppelpass« ansehen sollte. Dann schlief er doch ein.

MITTWOCH

Er hatte unruhig geschlafen und war um vier wach geworden. Luuk war durch seinen Kopf gegeistert, und auch sein Sohn, der nicht ahnte, dass er zum ersten Mal in seinem jungen Leben von der Polizei befragt werden sollte. Als Zeuge für seinen Vater. Was für ein Elend!

Jetzt war es halb sechs, er musste noch mal eingenickt sein. Manfred merkte, dass er nicht wieder einschlafen würde. Er schob sich leise aus dem Bett, um seine Frau nicht aufzuwecken. Mitch hatte heute eine Freistunde und konnte etwas länger liegen bleiben. Manfred gönnte es ihm.

Nach der Dusche zog er sich an und machte sich auf den Weg, um Brötchen zu holen. Weil Pakko ihn an der Haustür hoffnungsvoll ansah, beschloss er, nicht das Rad zu nehmen. Stattdessen schnappte er sich eine Leine, und Pakko verstand sofort. Schwanzwedelnd lief er vor seinem Herrchen her. Den Weg kannte er bestens, Britta ging ihn drei- oder viermal in der Woche mit ihm, zum Bäcker, zur Sparkasse oder zum kleinen Wochenmarkt, der jeden Mittwoch vor der Kirche stattfand.

Die frische Morgenluft tat Manfred gut. Er ging sogar einen kleinen Umweg, damit Pakko länger laufen konnte. An der Leine war ihr Hund unausstehlich, blieb ständig stehen, und Vorwärtskommen war kaum möglich. Von der Leine befreit, lief er gerne voraus, und Manfred musste manchmal im Laufschritt hinterher.

Er kaufte sein herzhaftes Lieblingsbrot, geschnitten wie immer, außerdem ein Kastenwiener. Die Kinder bevorzugten das helle Brot. »Das kann man auch trinken, das weiche Zeug«, zog er sie hin und wieder auf.

Die Verkäuferin kannte er seit Jahren, und sie ihn. An manchen Tagen lag sein Brot, wenn er den Laden betrat, bereits eingepackt auf der Theke. Mit dem Wechselgeld gab sie ihm fast jedes Mal ein Brötchen in die Hand, so auch heute. »Für den lieben Kleinen«, bemerkte sie augenzwinkernd.

Manfred bedankte sich höflich, nahm seine Tüten, machte draußen Pakko los und gab »dem Kleinen« das Brötchen. Sein Hund würde es sorgsam nach Hause tragen, sofort in den Garten bringen und verbuddeln. Er fragte sich manchmal, wie viele dort schon unter Laub oder Erde lagen. Gelegentlich kam Pakko mit einem alten, durchweichten und von Maden zerfressenen Brötchen aus dem Garten an die Terrassentür und war sehr enttäuscht, wenn sie ihn damit nicht ins Haus ließen. Britta hatte vor Monaten eins zwischen den Matratzen ihres Betts entdeckt und wollte das nicht noch einmal erleben.

Zu Hause angekommen, setzte Manfred die Kaffeemaschine in Gang und bereitete seine Morgenmahlzeit vor. Zwischendurch ging er zur Tür, um die Tageszeitung zu holen, doch das Fach unter dem Briefkasten war leer, auch im Kasten fand er sie nicht. Ein Frühstück ohne seine Zeitung war ihm ein Gräuel, sofort nach acht würde er den Leserservice des Verlags anrufen und sich beschweren.

Unwillig nahm er sein Notebook und öffnete das E-Paper der Zeitung. Lustlos sah er die Seiten am Bildschirm durch. Nichts erschien ihm so wichtig, dass er es vollständig lesen musste. Manfred vermisste die Papierausgabe und formulierte im Kopf seine Beschwerde. In manchen Dingen war er ein schwerfälliges Gewohnheitstier und hasste Abweichungen von gewohnten Abläufen. Vor Jahren hatte Britta von einem Tag auf den anderen sein Fahrradequipment aus dem linken in den rechten Kellerschrank verfrachtet.

»Ist für dich viel praktischer. Näher an der Tür und du hast rechts mehr Platz.«

Er hatte Wochen gebraucht, um sich an den neuen Lagerplatz zu gewöhnen. Immer wieder war er zuerst an den linken Schrank gegangen. Inzwischen passierte ihm das nicht mehr. Britta war sein Meckern satt gewesen und hatte ein großes Blatt auf die linke Tür geklebt mit der Aufschrift: »FALSCHE TÜR! Meine Fahrradsachen sind im anderen Schrank.«

Sie hatte sich köstlich amüsiert, und die Kommentare der Kinder hatten ihr Übriges getan. Letztlich hatte der Streich genützt. An den falschen Schrank ging Manfred nur noch, wenn er völlig in Gedanken versunken war.

Bevor er sich heute an seinen Schreibtisch setzte, prüfte er die Wetteraussichten auf dem Smartphone. Die Temperatur war wieder angestiegen, gegen Mittag war mit 16 Grad und Sonnenschein zu rechnen.

Manfred beschloss, den schlechten Tagesstart zu vergessen und den Morgen über so intensiv zu arbeiten, dass er am frühen Nachmittag zu einer Radtour starten konnte, an deren Beginn er bei Hilde vorbeischauen würde. Voller Tatendrang ging er nach unten in sein Büro.

»Ich bin beim Becker und zeige ihm die Fingerfood-Fotos«, rief Britta ihm eine Stunde später von der Treppe aus zu.

Manfred sah auf die Uhr. Die Zeit war wie im Flug vergangen. Mitch musste auch seit zehn Minuten unterwegs sein, Manfred hatte ihn gar nicht gehört.

Britta und Manfred waren froh, dass sie ihren Sohn nicht mehr zur Schule fahren mussten. Er nahm seit Beginn des Schuljahres das Rad, denn an den Schulen in Grawenhorst war eine ausgedehnte Bannmeile für Autos eingerichtet worden. Der Stadtrat hatte das Verbot von Elterntaxis einstimmig beschlossen. Obwohl Mitchs Ada-Lovelace-Gesamtschule sieben Kilometer weit weg lag, hielt sich Mitch eisern an die neue Regelung, sogar jetzt im Winter. Selbst Lion, der immerhin hinter Marienheide wohnte, fuhr nun mit dem Fahrrad. Wenn der Stundenplan passte, machte er einen kleinen Umweg und holte Mitch in Minssen ab.

Die Vorfreude auf seine Nachmittagstour hob Manfreds Stimmung merklich, und er erledigte den verhassten Schreibkram wie im Fluge. Die Produktionsfreigabe für die neue Flossmann-Broschüre ließ auf sich warten, aber Maier, der Redaktionsleiter der Düsseldorfer »Textil-Inside«, rief an und gab ihm den erhofften Auftrag für die Ligatrikots.

Das Thema eilte nicht, er musste zunächst ausgiebig recherchieren, welche Vereinstrikots wo produziert wurden, was das kostete und zu welchem Preis sie an die Fans verkauft wurden.

Seinen Ärger über die fehlende Zeitung hatte er längst vergessen.

Punkt 14 Uhr schaltete Manfred die Bildschirme seines Computers aus, holte sein Fahrradzeug aus dem Schrank und zog sich um. Seine Winterhandschuhe und die warme Zusatzjacke packte er sicherheitshalber ein. Wenn die

Sonne plötzlich von Wolken verdeckt wurde, konnte es kühl werden, vor allem zum Abend hin.

Er schrieb einen Zettel für Britta, streichelte kurz den enttäuschten Pakko und machte sich auf den Weg. Zuerst wollte er Hilde besuchen und sehen, wie es ihr ging.

Im Gründerzeitviertel angekommen, fand Manfred schnell die Dyroffstraße und die Hausnummer 75. Er sah sich nach einer Möglichkeit um, sein Fahrrad sicher festzumachen. An der nahen Laterne war bereits ein Mountainbike angekettet. Das Rad kam ihm bekannt vor. Gehörte es nicht Friedel? Dann hat sie ja schon jemand, der sie tröstet, dachte er, ärgerte sich aber sofort darüber, dass er das Gerücht bereits verinnerlicht hatte. Er entschied, weiterzufahren und die späten Sonnenstrahlen des Tages zu genießen.

In immer schnellerem Tempo radelte Manfred stadtauswärts in nordwestlicher Richtung. Ob hier bald der neue Radschnellweg langgeht, fragte er sich, passierte das Gelände des geplanten Gewerbegebiets und war froh, als er die asphaltierten Straßen hinter sich ließ und mit dem Wegener Wald das Grenzgebiet zum niederländischen Limburg erreichte.

Manfred hielt an, um die Navigations-App zu starten. Ärgerlich stellte er fest, dass er vergessen hatte, sein Handy aufzuladen. Er suchte in der Tasche, fand seine Powerbank und verband die Geräte mit dem Kabel.

Während er weiterfuhr, vergaß er alle Luuks und Hildes dieser Welt. Der feste Waldweg wurde nur gelegentlich von Pfützen des gestrigen Starkregens unterbrochen. Manfred genoss die würzige Waldluft. Nach einer Weile stoppte er erneut, stellte erleichtert fest, dass sein Handy wieder funktionierte, und tippte seine PIN ein.

Er startete die Touren-App und kontrollierte seinen Standort. Der Weg führte hinunter ins nahe Maastal, nach wenigen Kilometern gab es links eine Abzweigung nach Westen in die Siebauen. Das war perfekt, dahinter würde er an Borkenhain vorbei nach Hause finden.

Seine Blase meldete sich, und Manfred stellte sich an den nächsten Baum. Plötzlich hörte er ein surrendes Geräusch, drehte sich um und sah ein paar Radler, die mit hoher Geschwindigkeit an ihm vorbeirasten. Manfred musste nicht lange überlegen, die dunklen Typen kannte er von der Tour am Nikolaustag, wenn auch nicht persönlich.

Spontan sprang er auf sein Rad und nahm die Verfolgung auf. Doch nach wenigen Hundert Metern gab er auf, zu groß war der Vorsprung und zu hoch das Tempo.

Manfred zog das Handy aus der Lenkerhalterung, um seine Kripofreunde zu informieren. »Kein Netz«, las er frustriert auf dem Display. Er befand sich mitten im Mobilfunkniemandsland.

Ein paar Pedalumdrehungen später hatte er sich beruhigt und konnte die Tour wieder genießen. Die flach stehende Sonne blitzte im Sekundenabstand durch die hohen, blattlosen Bäume. Ab und zu unterbrach ein Nadelbaum den dichten Eichenwald. Dann wurde es lichter, und bald fuhr er in offener, sonnendurchfluteter Landschaft. Längst verblühte braune Heide, vereinzelte Ginsterbüsche in erstaunlich frischem Grün und bizarre alte Kiefern dominierten nun seinen Weg, der durch den sandigen Boden immer beschwerlicher wurde. Sein linkes Knie fing an zu schmerzen. Die Verletzung hatte er fast vergessen.

Vor sich erkannte er die markante Doppelspitze der Borkenhainer Kirche, der schönste Teil der Tour lag hinter ihm.

Sein Handy klingelte. Manfred musste anhalten, sein Headphone lag zu Hause.

Auf dem Display sah er, dass Schäbe nach ihm verlangte, und er nahm das Gespräch an. »Jürgen, was gibt's?«

»Wo bist du?«

»Kurz vor Borkenhain, mit dem Rad. Hab das schöne Wetter genutzt.«

»Wann bist du wieder im Lande?«

»Knappe Stunde. Warum?«

Schäbe antwortete nicht.

»Was ist los, Jürgen? Ist etwas passiert?«

»Wir hatten einen Notruf. Von der Dyroffstraße.«

»Hilde? Was ist mit ihr?«

»Sie hat selbst angerufen, war kaum zu verstehen. Die Kollegen in der Leitzentrale mussten den Anruf zurückverfolgen. Die Wohnungstür stand offen, als sie ankamen, und sie haben Hilde im Wohnzimmer gefunden. Übel zugerichtet.«

»Wann war das? Und wie geht es ihr?«

»Der Notruf kam um 15:30 Uhr. Ihr geht es nicht gut, sie ist nicht ansprechbar. Die Ärzte haben sie ins künstliche Koma versetzt. Wir befürchten, dass das dauern kann. Ich muss Schluss machen. Melde dich bitte, wenn du daheim bist. Ach ja, Martin will wissen, wo du gewesen bist um die Zeit. Bis gleich.«

Wie in Trance stieg Manfred wieder auf sein Rad und fuhr los. Lautes Hupen riss ihn aus seinen Gedanken. Er war einfach losgefahren, ohne auf den Verkehr zu achten, denn mittlerweile befand er sich auf der Kreisstraße. Nur der Aufmerksamkeit des Autofahrers hatte er es zu verdanken, dass er nicht auch im Krankenhaus gelandet war, oder auf dem Friedhof.

Er hob entschuldigend die linke Hand, hielt an, stieg ab, setzte sich auf die Bank neben dem Marterl am Rand der Straße und atmete tief durch. Er konnte keinen klaren Gedanken fassen und blieb minutenlang sitzen. »Christophorus«, las er unter dem kleinen Holzdach über der Heiligenfigur. Wie sinnig. Der Schutzpatron der Autofahrer. Ob es auch einen Heiligen für Fahrradfahrer gab? Er nahm sich vor, das herauszufinden, sobald er wieder zu Hause war, und trat den Heimweg an.

Dabei ging ihm Schäbes Satz durch den Kopf: »Martin will wissen, wo du gewesen bist um die Zeit.«

Manfred war nicht direkt nach Hause gefahren, sondern hatte einen kleinen Umweg gemacht. Als er nun heimkam, wartete Britta bereits mit dem Abendessen auf ihn. Sie hatte einen Salat zubereitet. Mitch war beim Hockey. Sondertraining. Manfred fragte, ob Training zu so später Stunde gut für einen Elfjährigen sei.

Britta konterte: »Besser, als wenn er am Computer hockt.«

Kurz nach Manfred kam auch Freddy zur Haustür herein, warf ihre Tasche auf die Treppe, zog sich die Jacke aus und setzte sich zu ihnen an den Tisch.

»Willst du auch was essen? Der Salat reicht für uns drei.«

»Nein, nein, keinen Hunger.« Freddy schüttelte heftig den Kopf. Sie strahlte ihre Eltern an.

Manfred ahnte, dass etwas im Busch war. Ihre 16-jährige Tochter neigte zu verblüffenden Ideen. Und teilte ihnen diese gerne in überraschenden Momenten und mit ihrem liebsten Lächeln mit.

»Gibt's was Neues?« Manfred wollte wissen, was los war.

Britta schaute ihn missbilligend an und schüttelte den Kopf. Doch diesmal trog ihn seine Ahnung nicht.

»Habt ihr am Freitag was vor? Also am Abend? Wir wollen euch zum Essen einladen.«

»Warum? Gibt's was zu feiern?« Britta freute sich.

Manfred prüfte seinen Handy-Kalender. »Ich denke nicht. Wer ist ›wir‹?«

Britta wusste offensichtlich längst Bescheid. Im Gegensatz zu ihm.

»Prima. Dann kochen wir am Freitag für euch. Sven hatte die Idee, und ich finde das toll. Dann werdet ihr ihn endlich kennenlernen. Ich freue mich so!«

»Sven? Wer ist Sven?« Manfred sah erst seine Tochter, dann Britta an.

»Mama hat dir gar nichts erzählt? Egal, du wirst ihn mögen. Sven ist Koch und macht sooo leckere Sachen. Ich muss ihn gleich anrufen. Wegen Freitag.« Freddy hauchte ihrem Vater einen Kuss auf die Wange, und weg war sie.

Er sah ihr hinterher. Schon auf der Treppe hatte sie ihr Handy am Ohr und brabbelte aufgeregt hinein.

Manfred runzelte die Stirn. »Wer um alles in der Welt ist Sven?«

Britta legte ihm beruhigend die Hand auf den Arm. »Ich weiß es auch erst seit ein paar Tagen. Irgendwie habe ich es nicht geschafft, dir davon zu erzählen. Immer kamen dieser Luuk oder die Polizisten dazwischen. Freddy hat ihn beim Eislaufen kennengelernt. In Grefrath, vor vier Wochen.«

»Und jetzt kommt der am Freitag und kocht für uns? Findest du das nicht etwas früh?«

»Was wäre dir denn lieber? Dass sie es uns monatelang verheimlicht? Ist doch gut, wenn sie so offen damit umgeht. So lernen wir den jungen Mann wenigstens kennen. Und wir bekommen eine leckere Mahlzeit serviert. Das wird bestimmt ein schöner Abend. Und … Freddy ist 16, vergiss das nicht.«

Manfred überlegte und freundete sich mit dem Gedanken an. Seine Frau hatte recht. Auf diese Weise konnte er dem Kerl wenigstens auf den Zahn fühlen.

»Wo warst du eigentlich so lange? Du bist ja ewig unterwegs gewesen. Wie weit bist du gefahren?«

Manfred war froh, dass sie fragte. Er hatte vor Freddys Auftritt bereits überlegt, wie er anfangen sollte. Nun war das Eis gebrochen, und er erzählte ausführlich, was passiert war.

Nach der Pause am Christophoruskreuz war er zuerst auf schnellstem Weg Richtung Grawenhorst gefahren. In Gelderath hatte er jedoch die Route geändert und sein Rad quer durch die Stadt ins Gründerzeitviertel gelenkt. Zu Hildes Wohnung, wo er die Kriminalbeamten anzutreffen hoffte. Gegen halb sechs war er dort gewesen. In zweiter Reihe hatten der Dienstwagen von Brockmann, ein silberblaues Einsatzfahrzeug und der Kastenwagen der Spurensicherung geparkt. Die Haustür hatte offen gestanden, und Manfred war vorsichtig die Holztreppe des Patrizierhauses hinaufgestiegen.

In der zweiten Etage war die rechte Tür nur angelehnt gewesen, und unüberhörbar hatte Brockmanns Stimme aus der Wohnung gedröhnt.

»Und du bist da reingeschneit wie Graf Koks? Warum machst du so was ständig? Kannst du nicht mal in Deckung bleiben? Irgendwann verbrennst du dir derart den Hintern, dass du nicht mehr sitzen kannst.« Seine Frau war fuchsteufelswild.

Manfred fiel es schwer, sie zu beruhigen. Im Stillen gab er ihr recht, er wusste selbst nicht, was ihn geritten hatte. Er war magisch angezogen worden. Von der Situation und dem vermutlichen Tatort.

Hildes Wohnzimmer hatte ausgesehen wie ein Schlachtfeld. Die schöne Tür des Jugendstilschranks hatte auf dem Boden gelegen, die alte Bleiverglasung zersplittert daneben. Vor vielen Monaten hatte Hilde den Schrank von einem Antiquitätenhändler auf dem Flohmarkt am Horgweiher erworben, und Manfred hatte ihr mit seinem Kombi beim Transport in die Wohnung geholfen. Die hohe Glasvitrine war umgekippt, etliche Porzellanfiguren hatten zerbrochen herumgelegen. Auf dem Perserteppich waren ihm rote Flecken aufgefallen.

Brockmann war bei seinem Eintritt laut geworden. Schäbe hatte Manfred eilends aus der Wohnung geschoben und dabei anklagend auf ihn eingeredet, was ihm einfallen würde. Brockmann hatte hinter ihm hergerufen, dass er am Morgen um zehn in seinem Büro erscheinen solle.

Britta hörte Manfred kopfschüttelnd zu, vermied aber weitere Vorwürfe. Sie wusste aus Erfahrung, dass ihr Mann spontane Entschlüsse oft unmittelbar ausführte. So hatte sie ihn kennengelernt vor bald 20 Jahren, so liebte sie ihn, und so stand sie auch zu ihm.

Auch sein Hochzeitsantrag war so eine spontane Sache gewesen. Noch immer wurde ihr ganz warm ums Herz, wenn sie daran dachte. Die meisten Männer bereiteten etwas vor, überlegten genau, was sie sagten. Manche schrieben sich den Text auf. Wenige sanken dabei sogar auf die Knie. Nicht jedoch Manfred.

Sie waren erst ein paar Monate zusammen gewesen, hatten sich verliebt und gelegentlich geliebt. Manfred hatte ihr bei einem ihrer Fotoshootings geholfen, an besagtem Tag am Bismarckturm auf den Süchtelner Höhen, nahe Brittas alter Heimat. Mit dabei gewesen war Geoffrey, ihr Wäschemodel.

Manfred sollte mit dem großen goldenen Reflektor die pralle Sonne so einfangen, dass das Licht genau auf den schwarzen Lederslip des muskulösen jungen Mannes fiel. Das war leichter gesagt als getan. Britta dirigierte ihn hin und her, mal links mal rechts, mal einen Meter nach vorne, dann nach hinten. Beim letzten »nach hinten« verhinderte ein quer liegender Baumstamm einen weiteren Rückwärtsschritt, und Manfred stürzte rücklings darüber und war in Sekunden mitsamt dem Reflektor verschwunden.

Britta drückte Geoffrey hektisch die Kamera in die Hand und sprang entsetzt hinter Manfred her über den Baumstamm. Die Böschung dahinter war nicht sehr steil, aber glitschig, und Sekunden später lag Britta neben Manfred im dichten Farn.

Er sah ihr tief in die Augen und sagte voller Inbrunst: »Ich liebe dich Britta. Willst du mich heiraten?«

Britta überlegte nicht lange und sagte Ja. Dann fielen sie übereinander her und küssten sich so lange, bis über ihnen Geoffrey auftauchte und sie mit lautem Applaus in die Wirklichkeit zurückholte.

Bei der Sichtung der endlosen Diastreifen des Shootings fand Britta auch ein Bild von sich und Manfred im Farn. Geoffrey hatte nicht nur geklatscht, sondern vorher den Auslöser bedient.

Nach dem Segen des Pfarrers und vor dem traditionellen Kuss in der Kirche hatten sie statt der üblichen Ringe zwei kleine viereckige Medaillons getauscht. Britta hatte lange gesucht, und Manfred hatte die Idee sofort gefallen. Seitdem trugen sie die goldenen Anhänger mit Geoffreys Schnappschuss um den Hals, und nie hatten sie das Bild jemandem gezeigt.

DONNERSTAG

Nach seinem Morgenritual mit Zeitung, Brot und Kaffee nahm Manfred früh seinen Schreibtisch ein und recherchierte zu den Fußballtrikots. Anschließend schrieb er alle 36 Vereine der ersten und zweiten Liga an und schickte einen kleinen Fragebogen zur Produktion der Teamhemden mit.

Pünktlich um zehn klopfte er an Brockmanns Bürotür im Präsidium. Schäbe ließ ihn ein und bat ihn, Platz zu nehmen.

Brockmann sah ihn wütend an. »Kannst du dir ein für alle Mal abgewöhnen, in unsere Tatorte zu platzen?«

»Jaja. Du hast ja recht. Aber Jürgen hat mich angerufen und gesagt, ihr hättet noch Fragen. Als ich eure Fahrzeuge vor Hildes Wohnung gesehen habe, bin ich spontan nach oben. Sorry.«

»Dein ewiges ›Sorry‹ geht mir am Arsch vorbei. Halt dich einfach fern in Zukunft. Bitte!«

Schäbe mischte sich ein. »Manni, du musst unsere Situation verstehen. Die Kollegen kennen dich inzwischen, auch die von der SpuSi. Die fragen sich, warum du immer genau da auftauchst, wo gerade ein Toter oder eine Fastleiche liegt.«

Manfred zuckte zusammen und bedachte Schäbe mit einem empörten Blick. Der hob die Hände und beschwichtigte wortlos. Ihm war seine taktlose Bemerkung selbst aufgefallen.

Brockmann winkte ab und kam auf den Punkt. »Also, wo warst du gestern Nachmittag zwischen 15 und 16 Uhr?«

Manfred überlegte fieberhaft. Obwohl unschuldig, erwog er ernsthaft, die Strecke seiner Tour auf eine Nebenstraße zu verlegen. Ein paar Meter weiter weg von Hildes Wohnung. Doch er wusste, dass der alte Fuchs die Lüge sowieso bemerken würde. Deshalb beschrieb er seine gestrige Route wahrheitsgemäß. Außerdem berichtete er von dem Mountainbike, das an der Hauswand gelehnt hatte und wegen dem er nicht hoch zu Hilde gegangen war. Friedels Fahrrad.

»Was wolltest du bei Hilde?«, fragte Brockmann.

»Ich wollte sie besuchen, sie trösten. Sie hat's wirklich schwer genug. Oder?«

»Aha, ›trösten‹ nennt man das jetzt …«

»Was soll das denn heißen?« Manfred fand die Anspielung ziemlich daneben.

Brockmann ging nicht weiter darauf ein und setzte seine Befragung unbeirrt fort. »Du hast also das Haus nicht betreten?«

»Nein, definitiv nicht! Ich hab nicht lange überlegt, sondern bin sofort weitergefahren, als ich das Rad gesehen habe.«

»Und dann?«

»Bin ich auf direktem Weg weiter durch den Wegener Wald in den Grenzwald.«

»Da hast du sicher den passenden Tourtrack für uns.«

»Ausnahmsweise nicht.«

»Wieso? Du lässt dein Handy doch immer mitlaufen.«

»Akku war leer, ich hatte vergessen, ihn aufzuladen. Erst im Grenzwald hat's wieder funktioniert, mit der Powerbank.«

»Okay. Du warst also nicht bei Hilde oben?«

»Nein, wie oft soll ich das noch sagen?«

»Warst du vorher schon mal bei Hilde zu Besuch?«

»Willst du damit schon wieder was andeuten?«

»Warst du noch nie bei Hilde?« Brockmann ließ nicht locker.

Manfred dachte nach. Er ahnte, dass die Kripo längst Bescheid wusste, und erzählte von dem Schrank, den er geholfen hatte hochzutragen.

»Du hast nur geholfen, Manni?«

»Ja, sonst war nix. Auch wenn du das gerne so hättest, mein Freund.« Manfred war nun ernsthaft sauer und beschloss, zur Abwechslung selbst etwas zu fragen. »Habt ihr denn Friedel gefragt, was er bei Hilde gemacht hat?«

»Friedel Kasner war gestern den ganzen Tag mit seinem Lastenrad unterwegs. Hatte eine Fuhre nach der anderen bis 17 Uhr. Lückenlos belegt durch etliche Empfangsquittungen. Und sein Mountainbike hing die ganze Zeit an der Wandhalterung in seiner Wohnung. Was sagst du nun, Manni?«

»Dann war das gar nicht Friedels Rad?« Manfred hatte wohl falsch kombiniert. Aber das Rad hatte er schon mal gesehen … Wo denn bloß? »Oh Mist! Die Bodybuilder. Das war bestimmt ein Rad der Typen, die uns im Mürntal begegnet sind. Die haben mich gestern außerdem im Grenzwald überholt, als ich pinkeln war.«

»Als du pinkeln warst.« Brockmann sackte in sich zusammen, dann stand er abrupt auf. »Jürgen, nimm das bitte alles auf. Lass ihm Zeit zu überlegen, ob er was vergessen hat. Vielleicht ist ihm der Mörder vom Meulendijks auch schon begegnet oder der Nikolaus oder der Osterhase.« Er verließ das Büro und schlug die Tür mit einem Knall hinter sich zu.

Schäbe raufte sich die Haare.

Zurück an seinem Schreibtisch stellte Manfred fest, dass es fast eins war, und er verfluchte die verlorene Zeit. Das Protokoll hatte Schäbe in rasendem Tempo verfasst, und Manfred war fasziniert gewesen, wie perfekt der junge Kriminalkommissar das Zehnfingersystem auf der Computertastatur beherrschte.

Auf Manfreds Mailanfrage an die Vereine war bisher nur eine Antwort eingegangen. Er durchsuchte etliche Fußballforen und die Websites der Vereine, fand viel heraus über Trikots, ihre Historie, wer wann in welchem Trikot für welchen Verein Tore geschossen hatte und was die aktuellen Trikots kosteten. Er machte sich ausführliche Notizen, speicherte Links zu Internetseiten, kam jedoch nicht recht zum Kern des Themas.

Auch wartete er vergeblich auf die Entscheidung seines anderen Kunden, wie der Prospekt nun gedruckt werden sollte.

So verging Stunde um Stunde, ohne dass Manfred es merkte. Als er das nächste Mal auf die Uhr sah, erschrak er. Fast zehn! Draußen war es längst dunkel. Er schaltete seinen Computer aus und ging nach oben. In der Küche fand er einen Zettel. »Bin mit Raphaela zur Kunstakademie in Dd. Gehen danach noch essen. Dein Essen steht in der MW.«

Manfred öffnete die Mikrowelle und erschnupperte erfreut eine Bolognese. Schnell waren die Spaghetti heiß, er zog einen einfachen Rioja auf und setzte sich mit Teller und Rotwein zu den Tagesthemen auf die Couch. Die

Nachrichten verfolgte er nur mit halbem Ohr, zu viel von Luuk und Hilde schwirrte ihm durch den Kopf.

Als er aufgegessen hatte, lehnte er sich zurück, das Glas in der Hand. Im Fernseher sagte Sven Plöger gerade das Wetter vorher.

Plötzlich fand er sich in Hildes Keller wieder, den er mit einer großen Taschenlampe durchsuchte. Die Tür zum Treppenhaus ging knarrend auf. Schnell versteckte er sich hinter der Kartoffelkiste und erkannte den weißhaarigen Hausmeister, der mit einer Mistgabel in der Hand alle Kellerverschläge abschritt und misstrauisch durch jedes Holzgatter linste. Manfred atmete auf, als die Flurtür wieder zufiel, kroch aus seinem Versteck und stieß sich dabei schmerzhaft den Schädel an einem Regalüberstand. Laut polternd fielen Dutzende kleiner Schachteln auf den Boden um ihn herum. Als er sich bückte, um die Kisten aufzuheben, rutschte er von der Couch und war mit einem Schlag hellwach.

Die halb volle Weinflasche stand auf dem Couchtisch, sein Glas fand er auf dem Teppich liegend. Leer. Zum Glück entdeckte er keinen Fleck auf dem hellen Teppich, und er atmete auf.

Manfred wankte ins Schlafzimmer, sank in sein Bett und schlief sofort tief und fest. Dass Britta wenig später heimkam, bemerkte er nicht mehr.

FREITAG

»Manni, drehst du gleich ne Runde mit Pakko?« Britta weckte ihn unsanft.

Manfred sah auf die Uhr. »Warum bist du im Mantel? Um neun in der Früh?«

»Hast du's schon wieder vergessen? Bin im Kolumbarium. Tschüs, bis später.«

Manfred streckte sich, gähnte herzhaft und schloss noch einmal die Augen. Den Nebenjob seiner Frau hatte er verdrängt. Jeden Freitag von 9 bis 17 Uhr übernahm sie die Aufsicht in der Viersener St.-Josephs-Grabeskirche. Seine Schwiegermutter hatte das über Jahre gemacht, bis es ihr zu anstrengend geworden war. Dann hatte sie ihre Tochter gefragt, ob sie übernehmen wolle. Britta war begeistert gewesen. Ihr alter Aushilfsjob im Haus der Stadtgeschichte war vor Wochen ausgelaufen und sie hatte deshalb etwas Neues gesucht. Ausgerechnet freitags. Und einmal im Monat auch einen Samstag und Sonntag.

Manfred ahnte, dass auf dem Küchentisch wieder eine lange Einkaufsliste lag, die er abarbeiten musste. Wenn Britta um halb sechs heimkam, wollte sie kochen und erwartete, dass er alles besorgt hatte. Das war der Deal, den Britta mit ihm ausgehandelt hatte.

Manfred stellte seinen Handytimer auf 16 Uhr. Da fiel ihm ein, dass Britta den Wagen mitgenommen hatte, das könnte also knapp werden, und er richtete den Timer eine halbe Stunde früher ein.

Er hatte schlecht geschlafen und wollte noch ein paar Minuten liegen bleiben, um ruhig in den Morgen zu gleiten. Ihm fiel Hildes Keller ein, und er brauchte eine Weile, um sich selbst davon zu überzeugen, dass es ein Traum gewesen war.

Abrupt wurde ihm mit roher Gewalt die Luft aus der Lunge gepresst. Manfred lag wie festgenagelt auf seinem Bett, konnte seinen Oberkörper keinen Millimeter bewegen und schnappte verzweifelt nach Luft.

Pakko war mit einem großen Satz auf seinen Bauch gesprungen und begrüßte ihn schwanzwedelnd. Manfred schob ächzend die knapp 30 Kilo Hund beiseite und versuchte zu verhindern, dass Pakko ihm zu viele Küsschen gab.

An Schlaf war nicht mehr zu denken, stattdessen kraulte er seinen geliebten Hund ausgiebig. Pakko legte sich auf den Rücken und streckte alle viere tiefenentspannt zur Decke.

Danach stand Manfred lange unter der heißen Dusche, und Pakko wartete brav vor der offenen Tür. Das Bad war für ihn tabu, eine der wenigen Regeln, die er einhielt. Das hatten sie im Familienrat beschlossen und mit Konsequenz durchgesetzt. Auch Freddy und Mitch hatten mitgespielt.

Manfred stellte das Wasser aus und trocknete sich in der Dusche ab. Eines seiner Morgenrituale, bei dem er sich viel Zeit ließ. Er hörte, wie Pakko bellte, wunderte sich, öffnete den Vorhang und war nah an einem Herzinfarkt.

Auf der Kloschüssel hockte ein junger Mann, der genauso erschrocken zu sein schien wie Manfred.

»Wer sind Sie? Wo kommen Sie her? Was fällt Ihnen ein?«

»Äh, guten Morgen, Herr Hanraths. Sie sind doch Herr Hanraths, Freddys Vater?«

»Und wer sind Sie?«

»Ich … ich bin Sven … Freddys Freund. Ich habe Sie gar nicht bemerkt …« Sven streckte Manfred die Hand entgegen und wollte aufstehen, da fiel ihm sein nackter Hintern ein. Blitzschnell zog er die Hand zurück, setzte sich wieder und sah den Hausherrn peinlich berührt an.

Manfred verstand, trat zurück in die Dusche, zog den Vorhang wieder zu, schlang sich das Handtuch um die Hüften und wartete, bis er die Wasserspülung hörte. Dann stieg er aus der Duschwanne. Vor ihm stand der blonde Sven, der ihm erneut die Hand entgegenhielt.

Manfred wusste nicht, wie er reagieren sollte. Dann platzte es aus ihm heraus, er prustete lauthals lachend los und griff nach der Hand des Jungen.

Der fiel erleichtert in sein Lachen ein.

»Du hast also bei uns geschlafen.« Manfred sparte sich die Frage nach der genauen Örtlichkeit, das würde ihm seine Frau nach fünf erklären müssen. Oder Freddy.

»Vielen Dank dafür. Ich habe frei, Freddy ist den ganzen Tag in der Schule, und wir haben gedacht, ich fahr mit Ihnen einkaufen, für unser Essen.«

»Welches Essen?«

»Hat Freddy das nicht angekündigt?«

»Ach, ihr kocht ja heute. Genau. Hatte ich nicht mehr auf dem Schirm. Und dann der Schreck am frühen Morgen. Ich hätte mir fast in die Hose gemacht!«

Sven schaute grinsend auf Manfreds Handtuch, und sie mussten erneut lachen.

»Jetzt raus hier, Sven. Ich brauche fünf Minuten, dann gehört das Bad dir.«

Noch im Bad erreichte ihn Brittas Nachricht.

> Wunder dich nicht. Sven
> hat bei uns geschlafen.
> Hilft dir gleich beim Einkauf.

09:46

> Und lass ihn leben! Bitte

09:46

Als Sven aus dem Bad nach unten kam, bestückte Manfred gerade die Kaffeemaschine. Seine Frage, ob er auch einen Kaffee trinke, verneinte der junge Mann höflich und bat um einen Tee. Manfred zeigte ihm Brittas Vorräte und merkte, dass er keine Ahnung hatte, wie man Tee zubereitete. Zugeben würde er das nicht vor Freddys Freund, schließlich war der Koch, und Manfred wollte sich nicht blamieren.

»Deine Küche heute. Nimm, was du brauchst für den Tee und zum Frühstück. Da ist der Kühlschrank. Wurst, Käse, Eier. Wir haben nur Brot, keine Brötchen.«

»Äh, haben Sie vielleicht Haferflocken und ein bisschen Obst?«

»Auf dem Wohnzimmertisch steht ne Schale mit Äpfeln.« Manfred ging nach nebenan und fand erfreut einige Äpfel, eine Birne und jede Menge Mandarinen. Er nahm die ganze Schale und stellte sie vor den jungen Mann auf den Küchentisch.

Sven griff einen Apfel und zwei Mandarinen. »Gibt's auch Möhren und eine Gurke? Dann brauche ich keine Haferflocken.«

Manfred zuckte mit den Schultern und zeigte auf den Kühlschrank. »Da drin?«

Sven wurde fündig. »Jetzt noch einen Smoothie Maker, dann ist mein Morgen gerettet.«

Manfred sah ihn ratlos an. »Einen was?«

»Smoothie Maker, ähm, egal. Haben Sie einen Mixer oder Zauberstab, Herr Hanraths?«

Manfred deutete mit dem Zeigefinger auf die Küchenschränke. »Die Schränke sind dein, tu dir keinen Zwang an.«

Sven öffnete Tür für Tür, fand schließlich ein geeignetes Gerät und trug es an die Spüle.

Manfred erkannte ihre gute alte Moulinette und verstand, was Sven gesucht hatte.

Der bereitete sich einen Mix aus Äpfeln, Mandarinen, Möhren und einem Stück Gurke, kippte das Ganze in ein großes Glas, probierte und nickte zufrieden. »Etwas zu sämig, aber lecker.«

Und so gesund, lag Manfred spöttisch auf der Zunge, doch er verschluckte seinen Kommentar, bevor er ihn aussprach.

Fast eine Stunde nach dem frühen Schreck im Bad saß Manfred endlich an seinem Schreibtisch. Er hatte Sven die Tageszeitung angeboten und ihm die Bücherwand in seinem Büro gezeigt. Zu seiner Freude hatte der junge Mann sowohl die Zeitung angenommen als auch die Bücher eingehend studiert. Jedenfalls Brittas Hälfte. Manfreds Fußballbücher, seine Krimis, Thriller und Science-Fiction-Literatur hatte er ignoriert. Mit der Zeitung und einer Gedichtsammlung von Hermann Hesse war Freddys Freund in das Zimmer seiner Tochter gegangen. Nicht ohne ihn um Erlaubnis zu fragen, Manfred hatte das wohlwollend registriert. Für 15 Uhr hatten sie sich zum Einkaufen verabredet.

Manfred hetzte hektisch durch sein Tagesprogramm. Zwischendurch blockte er zwei Anrufe ab. An den Nummern hatte er Bernd erkannt und die Lokalredaktion der RP. Für beide hatte er keine Zeit, vor allem aber keine Lust. Jedenfalls jetzt nicht.

Punkt 15 Uhr klopfte es leise an der offenen Tür zu seinem Kellerbüro. Manfred sah hoch, Sven steckte den Kopf ins Zimmer.

»Gib mir fünf Minuten, dann bin ich bei dir.«

Ohne auf eine Antwort zu warten, schrieb er seine letzten Zeilen.

Eine Viertelstunde später machte Manfred die Bildschirme seines PCs aus und ging nach oben. Freddys Freund saß wartend auf der Couch und studierte einen Zettel in seiner Hand. Manfred wollte in der Küche Brittas Einkaufsliste holen, fand sie aber nicht.

»Suchen Sie den? Ihre Frau hat mir gesimst, wo er liegt.« Sven hielt ihm Brittas Einkaufszettel entgegen.

Manfred war überrascht, die Liste war nur halb so lang wie sonst. Da fiel ihm ein, dass sie kein Auto hatten. »Kannst du Fahrrad fahren?«

»Machen Sie Witze?«

»Es tut mir leid, meine Frau ist mit unserem Auto unterwegs.«

»Ach so. Ja, das erschwert die Sache erheblich.«

Manfred war irritiert. Hörte er da einen sarkastischen Unterton heraus? »Du kannst Brittas E-Bike nehmen.«

Sie verließen das Haus und gingen zur Garage, die Manfred mit der Fernbedienung öffnete. Neben seinem Trekkingrad stand ein stahlblaues Lastenrad mit Elektroantrieb und Edelstahlkiste.

»Wow, das ist ja ein Bullit!« Anerkennend klopfte Manfred Sven auf die Schulter. »Tolles Rad! Da brauch ich meinen Anhänger gar nicht anzuspannen. Du hast ja Platz genug.«

Sie schoben die Räder aus der Garage und wollten losfahren, als ein klagendes Jaulen vom Haus zu ihnen drang. Manfred sah zurück. Pakko schaute ihn herzerweichend durch die Seitenscheibe ihrer Eingangstür an. Er nahm seine Führhalterung aus der Garage und klinkte sie an seinem Fahrrad an. Pakko beobachtete ihn dabei durch die Scheibe und tobte nun wild erregt in der Diele herum. Manfred öffnete ihm die Tür, und Pakko setzte sich ohne Umweg brav neben das Fahrrad und ließ sich an der Halterung anleinen.

»Sven, wir fahren einen kleinen Bogen zu unserem Supermarkt nach Minssen. An der Landwehr entlang, da kann Pakko ein Stück laufen und sein Geschäft erledigen. Danach ist er pflegeleicht und bewacht unsere Räder, wenn wir einkaufen. Okay?«

Sven nickte, dann fuhren sie los.

Manfred hatte sich im Geiste eine Fragenliste zurechtgelegt und überlegte, in welcher Reihenfolge er Sven dezent und unauffällig aushorchen konnte. Bevor er jedoch die erste Frage stellte, hatte Sven den Spieß umgedreht.

»Sie schreiben auch?«

»Ja, immer häufiger in den letzten Jahren. Es hat mir stets Spaß gemacht, aber für den direkten Weg, die Journalistenschule oder so, hat es nicht gereicht. Ich brauche zu lange, vielleicht bin ich einfach zu pingelig. Ich dreh jeden Text dreimal um, bevor ich ihn abgebe. So kann man nicht reich werden, vor allem nicht im Tagesgeschäft. Und du? Du sagtest ›auch‹?«

»Ich will einfach kochen.«

»Das klang aber gerade anders.«

»Ein Kochbuch wäre toll. Ein Traum. Aber erst muss ich meine Ausbildung zu Ende bringen.«

»Wo machst du die?«

»In der Pusteblume am Wellingplatz.«

»Ach ja, vegane Küche. Freddy hat's erzählt. Ist das nicht ein bisschen einseitig? Für deine Ausbildung, meine ich.«

»Gute Frage. Habe ich auch drüber nachgedacht und bin ehrlich gesagt ein bisschen ratlos. Einerseits will ich Fleisch und den ganzen anderen Müll nicht essen. Andererseits frage ich mich, ob das als Koch dauerhaft funktionieren kann. Es gibt unzählige Menschen, die anders essen als ich. Ich weiß nicht, ob ich die alle links liegen lassen kann, ich leb ja nicht auf einer Insel. Und Freddy hat mir von Ihrem Bauern erzählt, wo Sie Ihr Fleisch holen. Und wie gut ihr das geschmeckt hat.«

Sie fuhren eine Zeit lang schweigend nebeneinanderher. Pakko war längst von der Leine und drehte eifrig seine Runden auf den Feldern neben der Landwehr.

Manfred horchte in sich hinein. Hatte er sich mit 17 bei seiner ersten Ausbildung zum Versicherungskaufmann je so tiefgründige Gedanken über sein Essen und seine Zukunft gemacht? Seine Fragen hatte er längst vergessen.

Bald erreichten sie den äußeren Zipfel der Landwehr. Manfred leinte Pakko wieder an, sie bogen links ab Richtung Minssen und kamen am kleinen Supermarkt der Familie Heinckes an, ein paar Hundert Meter vor der Kirche. Sie stellten ihre Räder nebeneinander ab und schlossen sie gegenseitig an. Manfreds Ringschloss wirkte zierlich neben Svens Faltschloss. Pakko blieb an der Leine und bewachte mit einem Auge die Fahrräder.

Manfred nahm Brittas Einkaufsliste, und gemeinsam betraten sie den Laden.

Sven begutachtete lange die Frischgemüsetheke und wandte sich dann an Manfred. »Meinen Sie wirklich, dass dieses ganze Gemüse aus nachhaltiger biologischer Erzeugung stammt?«

»Sorry, Sven, dazu kann ich nix sagen. Da bin ich der falsche Ansprechpartner. Ehrlich. Meine Frau schwört auf das Gemüse hier, und eigentlich kennt sie sich aus.«

»Ich war ewig nicht mehr in so einem Laden. Aber was hier liegt, sieht zum Teil ganz gut aus. Wenn die Bio-Auszeichnung korrekt ist, kann man im Grunde nichts falsch machen. Und die Preise sind verlockend. Ist halt alles in Plastik verpackt. Ob das immer sein muss?« Sven nahm eine Schale mit Tomaten in die Hand und drehte sie um. »Oje, aus Spanien. Und die sind aus Marokko.« Sven zeigte Manfred die nächste Packung. Und noch eine. »Aus Belgien. Im Dezember. Haben keine Sonne gesehen, nur Treibhauslampen. Wenn ich an den Stromverbrauch denke … furchtbar! Man sollte Tomaten im Winter gar nicht kaufen. Die schmecken eh nicht.«

An der Kasse legten sie alles auf das Band, Gemüse war nicht dabei. Sven sortierte seine Einkäufe nach hinten und stellte einen Warentrenner davor.

Manfred sah ihn strafend an und nahm den Stab weg. »Kommt gar nicht infrage.«

»Wir haben Sie doch eingeladen.«

»Zum Essen gerne. Aber nicht auf deine Kosten.«

Nach dem Einkauf in Minssen nahm Sven zuerst Kurs auf das Gründerzeitviertel. Der kleine Unverpacktladen dort war übervoll mit großen Glasbehältern, und der junge Koch füllte seine mitgebrachten Dosen und Schraubgläser geduldig mit Körnern und manch anderem Essbaren, von dem Manfred nie gehört hatte.

Danach fuhren sie quer durch die City in die sogenannte Bronx, dem Grawenhorster Ortsteil Brongen. Svens Ziel lag auf der Zabelsberger Straße, fünf Häuser neben Harrys Dartvatter. Der unscheinbare Laden mit einer Breite von nur knapp vier Metern war ein Spezialgeschäft für asiatische Lebensmittel, und hinter der schmalen Front versteckte sich ein großflächiger Einkaufsmarkt, der sich über mehrere Hinterhäuser erstreckte.

»Hier können Sie alles kaufen für die japanische, chinesische und thailändische Küche. Egal ob frisch oder frosted. Qualität zu angemessenen Preisen. Mein Chef kauft auch hier ein.«

Nach dem Asialaden entschied Manfred, dass sie durchaus eine kleine Pause einlegen könnten, und zwar im Dartvatter. Kein Mensch war in der Kneipe, und nach Harrys Okay fuhren sie ihre Räder einfach in den Gastraum.

Manfreds Alt stellte Harry unaufgefordert auf den Tisch. »Das ist nicht dein Mitch, Manni, oder?«

Manfred lachte. »Nee, ganz so lang ist der noch nicht. Was willst du trinken, Sven?«

Sven bestellte eine Fritz-Kola, und nach Manfreds zweitem Alt fuhren sie zügig zurück nach Minssen. Pakko lief unbeirrt an Manfreds Führleine, die leichte Steigung nahm er trotz der langen Strecke mit links. Als sie um kurz vor 18 Uhr zu Hause ankamen, war Pakko jedoch einigermaßen ausgelaugt, und nicht nur er.

Britta und Freddy traten aus dem Haus, sie waren verwundert, wie lange der Einkauf gedauert hatte. Gemeinsam leerten sie Svens Alukiste und den Fahrradkorb am Trekkingrad. Manfred begab sich sofort freiwillig auf seine

Wohnzimmercouch, und Britta musste von ihrer Tochter energisch aus der Küche verwiesen werden.

Um 19:30 Uhr weckten die jungen Leute Manfred und Britta – auch sie war auf dem Sofa eingeschlafen.

»Wo ist Mitch?«, fragte Manfred, als sie am Tisch saßen.

»Der kleine Scheißer war bei uns in der Küche und hat nur rumgemeckert. Ich war kurz davor, ihm eine zu scheuern, da ist er abgehauen.«

»Freddy, geht's noch?« Britta sah ihre Tochter strafend an und flüsterte ihrem Mann ins Ohr, dass sie Mitch eine Pizza bestellen würde, die er auf seinem Zimmer essen könne.

Freddy und Sven servierten als Vorspeise eine japanische Pflaumensuppe. Danach gab es eine Pak-Choi-Pfanne mit chinesischem Blätterkohl und Reis dazu. Den gewürfelten Tofu hatte Sven angebraten und mit Sojasoße abgelöscht. Freddy hatte mit Zitronensaft und Honig verfeinerten Eistee und die Mangocreme für den Nachtisch zubereitet.

Manfred lobte das leckere Essen, ohne lügen zu müssen. Vor allem die Pflaumensuppe hatte es ihm angetan. Dass er auch nach dem Dessert noch hungrig war, verschwieg er.

Als seine Tochter und ihr Sven sich in Freddys Zimmer verabschiedet hatten, löffelte er mit Heißhunger den Suppenrest und trank dazu ein kaltes Alt aus der Flasche. Später schnitt er ein paar Käsehäppchen zurecht und gönnte sich ein Gläschen Rotwein dazu.

Nachdem seine Frau zu Bett gegangen war, plante er im Geiste ihr Wochenende durch. Das Wetter sah gut aus, viel Sonne bei leichtem Ostwind war vorhergesagt. In der Nacht würde es zwar noch frieren, aber ab Samstagmittag würde das Thermometer auf zehn Grad steigen, perfekt für eine größere Radtour mit Britta und Pakko.

Ein Blick in seinen Handy-Kalender kippte seine Laune. Britta hatte Samstagsdienst in der Grabeskirche. Die Termine hatte er sich notiert, um sie nicht zu vergessen. Manfred wollte sichergehen, öffnete die Messenger-App, sah, dass seine Frau noch online war, und fragte schnell nach.

MANNI:

> Hast du morgen Aufsicht?

23:42

BRITTA:

> Ja :-(

23:43

MANNI:

> Mist. Ich fahr dann ne große Runde.

23:48

BRITTA:

> Hab ich mir gedacht. Viel Spaß. Und nimm Pakko mit!

23:49

MANNI:

> Frühstücken wir vorher? Ich hol die Brötchen. Um neun?

23:51

BRITTA:

> Ok. Mach nicht so lange!

23:52

MANNI:

> Gute N8

23:52

Manfred überlegte eine Weile, hatte eine Idee und öffnete im Internetbrowser die Tourenseite ihres Grawenhorster Clubs. Tatsächlich, morgen um 10 Uhr bot Hartmut Leijendekker eine Tour nach Maaslo an. Manfred wunderte sich über die viel zu lange Strecke ins nahe Maastal. Die Streckenbeschreibung war mit »sehr schwer«, einer Länge von 134 Kilometern und einer Durchschnittsgeschwindigkeit von 20 bis 25 km/h gekennzeichnet.

134 Kilometer? Das musste ein Tippfehler sein. Manfred nahm sich vor, Hartmut darauf anzusprechen, und schaltete den Fernseher ein. Genau rechtzeitig, denn gerade kündigte Ilka Eßmüller die Themen des RTL-Nachtjournals an. Streiks bei zwei Fluggesellschaften und einem großen Onlinehändler standen an. Manfred grinste, es ging auf Weihnachten zu.

Während die Nachrichten liefen, stellte er seinen Handywecker auf 08:30 Uhr. Eineinhalb Stunden reichten für ein gemeinsames Frühstück und die kurze Anfahrt zum Horgweiher, Startpunkt der Tour. Seine Fahrradsachen wollte er nachher noch herrichten, dann würde der Morgen nicht so hektisch werden.

SAMSTAG

Sie waren pünktlich gestartet und fuhren bereits um kurz nach zehn zügig am Gründerzeitviertel vorbei Richtung Wegener Wald. Manfred sah dabei unauffällig in die Dyroffstraße. Wie es Hilde wohl ging? Jürgen Schäbe hatte versprochen, sich zu melden, sobald sie aufgewacht war.

Die angekündigte Sonne ließ auf sich warten. Dichter Nebel schwebte über düstere Felder, als sie bei nur vier Grad die städtische Bebauung in nordwestlicher Richtung verließen. Trotzdem war die Stimmung in der Gruppe bestens, alle fuhren E-Bikes und waren winterwarm angezogen. Sie fuhren zu zweit nebeneinander, jeder redete pausenlos mit seinem Nebenfahrer. Hartmut fuhr vorneweg. Er war wie Manfred mit Anhänger unterwegs, dessen schwarze Kunststoffwanne mit einer blauen Spannplane abgedeckt war. In Manfreds Anhänger saß Pakko.

Die Begrüßung am Treffpunkt war eher kühl ausgefallen. Hartmut, der ihn sonst bei ihren Dienstagstreffen immer umarmte, hatte ihn heute erstaunt, fast distanziert empfangen.

»Was willst du denn hier? Hast du dich verfahren?«

»Nee, Britta hat den ganzen Tag Dienst. Ich habe Lust auf eine Tour, und da seid ihr mir eingefallen.«

»Du weißt, dass wir kein Rennen fahren?«

Hartmut hatte ihm Kugelschreiber und die Teilnehmerliste in die Hand gedrückt und sich dann mit seinem Fahrrad beschäftigt. Manfred hatte sich in die 13., leere Zeile eingetragen. Alle zwölf Namen vor ihm waren vorgedruckt, nur die Unterschriften dahinter waren handschriftlich.

»Ups, bin ich in eine geschlossene Gesellschaft geplatzt?« Manfred hatte kurz überlegt, unter einem Vorwand die Tour abzubrechen. Aber das war ihm dann doch zu blöd gewesen.

Nur zwei der Teilnehmer waren zu ihm gekommen, zwei Frauen, und hatten Pakko in seinem Anhänger begrüßt. Britta hatte ihm beim Frühstück ins Gewissen geredet, sie werde erst am späten Nachmittag Feierabend haben, und Pakko dürfe auf keinen Fall den ganzen Tag allein zu Hause sein. Mitch war zu Lion gefahren, mit seinem Rad, wie Manfred zufrieden registriert hatte. Sven war früh zur Arbeit aufgebrochen, und Freddy war ab Mittag bei ihrer Schulfreundin Siglin, um Mathe zu üben. Hatte sie jedenfalls angekündigt.

Der Hundeanhänger war an der hinteren Nabe festgemacht, und auch die Führhalterung hatte er dabei. Die ersten paar Meter war er mit Pakko an der Leine gefahren, aber so kam er nicht voran, weshalb Manfred seinen Hund in den Anhänger verfrachtet hatte.

Pakko protestierte lautstark und bellte auf der ganzen Strecke zum Wald. Hartmut hatte Manfred an das Ende der Gruppe gewiesen. Außerdem fuhr er als Einziger allein und fragte sich erneut, ob seine Idee so gut gewesen war.

Vor dem Grenzwald hielt er kurz an, ließ Pakko aus dem Anhänger, und von da an wurde es gemütlicher. Durch die gemeinsamen Fahrten an der Führstange war Pakko gewöhnt, rechts neben dem Fahrrad seines Herrchens zu laufen. Das Tempo war für ihn okay, er blieb zwar manchmal zum Schnüffeln und Pinkeln zurück, holte Manfred aber danach immer wieder ein.

Nach ein paar Kilometern wechselten vor ihm die ersten ihre Position. Irgendwann ließ sich eine ältere Dame zurückfallen und fuhr neben Manfred.

»Ich bin die Wilma Jansen. Hält Ihr Hund unser Tempo auf der langen Strecke durch?«

»Eine Weile schon. Und wenn er schlapp wird, läuft er langsamer und bellt seinen Anhänger an. Dann lass ich ihn rein, und er kriegt ein Leckerchen. Wasser hat er da drin auch, wir haben die Schüssel fest verschraubt, damit sie nicht umfällt.«

»Meine Lisa habe ich bis Juni auch immer mitgenommen, vorne im Körbchen.« Wilma sah ihn traurig an.

»Wie alt?«

»Fast 14. Ein Rauhaardackel. Zuletzt ging es nicht mehr mit den Beinen. Und ich habe sie nicht mehr die Treppe hochtragen können. Bin 78. Da schafft man sich keinen neuen Hund mehr an. Wer soll denn für ihn sorgen, wenn ich nicht mehr bin?«

Beide schwiegen ein paar Minuten. Dann zeigte Frau Jansen auf Manfreds Lenker. »Ist das ein Handy?«

»Ja, ein Smartphone. Das zeigt mir auch Landkarten an, wenn ich mit dem Rad unterwegs bin.«

»Brauchen wir nicht. Hartmut kennt alle Fahrradstrecken am Niederrhein und im Maastal. Wir haben alle keine Handys dabei.«

»Wirklich?«

»Ja. Wofür auch? Muss doch nicht jeder wissen, wo wir gerade sind. Ich habe das mal im Fernsehen gesehen. Die können einen anpeilen damit.«

Manfred sagte nichts dazu und dachte sich seinen Teil. Er wusste, dass die Polizei und andere Organisationen Handypositionen orten konnten. Aber würden die sich jemals für die Rentnerband interessieren? Da hatte er seine Zweifel.

»Fahren Sie auch zum Einkaufen nach Maaslo?«

Manfred blickte erstaunt zu der alten Dame neben ihm. »Einkaufen? Eigentlich nicht. Aber das ist gar keine schlechte Idee. Ich könnte Kaffee mitbringen.«

»Kaffee?«

»Ja.«

»Ach so. Kaffee.«

Damit war die Neugier von Frau Jansen befriedigt, und die nächsten Kilometer fuhr er wieder allein mit Pakko.

An einer grauen Steinstele hielt Hartmut an und verordnete eine Trinkpause. Die Stele markierte die niederländische Grenze, von hier an würden sie in Limburg unterwegs sein und stetig ins Maastal abfahren.

Für eine längere Pause war es zu kalt, weshalb sie bald weiterfuhren. Pakko sprang derweil in seinen Anhänger, stillte seinen Durst und rollte sich danach auf der weichen Decke ein, die Britta ihm am Morgen hineingelegt hatte. Manfred nahm die transparente Abdeckung und verschloss sie vorne am Klettband. Das hinderte Pakko an spontanen Ausflügen und schützte ihn außerdem vor dem Fahrtwind.

Gegen Mittag erreichten sie Maaslo. Hartmut steuerte über Nebenstraßen gezielt den kleinen Marktplatz der malerischen Ortschaft an.

Am Rande des Platzes gab es eine bewachte Radabstellanlage, hier hieß das *Fietsenstalling*. Alle Tourteilnehmer bis auf Manfred gaben ihre Räder ab. Den kostenlosen Service finanzierte die *Gemeente Maaslo*. So war das hier im Fahrradwunderland.

Manfred war das für den kurzen Aufenthalt zu umständlich mit seinem Anhänger. Er stellte sein Gespann unmittelbar neben der Terrasse der Gastwirtschaft ab, die Hartmut ausgewählt hatte. Nicht einmal abzuschließen brauchte er sein Rad, er hatte es stets im Blick.

Dies war zweifellos einer der schönsten Plätze von Limburg. Manfred hatte hier schon oft mit seiner Frau gesessen und die Aussicht über die Maas genossen. An der Wand der überdachten Terrasse hingen reihenweise Heizstrahler, und zahlreiche Gäste hatten längst die wärmsten Plätze belegt.

Manfred bestellte sich ein Bier, und der junge Kellner brachte unaufgefordert auch eine Wasserschüssel für Pakko.

»*Alsjeblieft*, bitte schön.«

Manfred bedankte sich mit der hier üblichen Redewendung. »*Dank u wel.*«

Hartmut hatte die Floskel gehört und setzte sich zu ihm. »*En? Wat vond je van de rondleiding? Hopelijk duurde die niet te lang.*«

Manfred verstand nur Bahnhof. »Du sprichst Niederländisch? Ich kenn nur ein paar Brocken.«

»Ich bin von hier, hab auch einen niederländischen Pass. Hat dir die Tour gefallen? Hoffentlich hat es nicht zu lange gedauert.«

»Unsinn, war perfekt. Ich bin ja mit Pakko unterwegs, und da kann ich eh nicht schneller fahren. Prima Ausflug. Nur das Wetter könnte etwas besser sein.«

Als hätte Petrus sein Klagen erhört, brach genau in dem Moment die Sonne durch die Wolken, und die Terrasse wurde zum gemütlichen Wohnzimmer.

»Dein Wunsch scheint in Erfüllung zu gehen. Ich bin dann auch mal weg. Bis nachher.«

Manfred bemerkte, dass er nun mutterseelenallein dasaß. Alle anderen aus der Gruppe waren unterwegs, wohl zum

Einkaufen, wie Frau Jansen gesagt hatte. Er nahm einen kräftigen Schluck aus seinem Bierglas und tätschelte Pakko, der es sich zu seinen Füßen gemütlich gemacht hatte.

Sollte er auch shoppen gehen? Kaffee? Mit Pakko? Er sah sich um. Einen Supermarkt oder etwas Ähnliches gab es hier nicht. Sechs Häuser weiter entdeckte er nur einen Laden mit einem großen braunen Schild und beigem Schriftzug. »Coffeeshop«, stand neben der kleinen Silhouette eines grünen Cannabisblattes.

Manfred schloss amüsiert die Augen und genoss minutenlang die warme Sonne.

Bis Pakko plötzlich freudig zu bellen begann, wild mit dem Schwanz wedelte und an der Leine riss. Manfred war froh, dass er Pakko festgemacht hatte. Er blickte zur Maas, wohin sein Hund zog, und erkannte Jürgen Schäbe, den jungen Kriminalbeamten der Grawenhorster Polizei, der ihn jedoch nicht bemerkte. Er sprang auf, stolperte über Pakkos Leine und schlug lang hin. Als er sich wieder aufgerappelt hatte, sah er, wie Schäbe in der Tür des Coffeeshops verschwand.

Was der dort wohl wollte? Einkaufen oder ermitteln? Manfred musste lachen, studierte aber sorgfältig die Umgebung der Maaskade. Vielleicht saß er mitten in einer grenzüberschreitenden Polizeiaktion. Er hielt Ausschau nach verdeckten Ermittlern und ertappte sich dabei, dass er die Dächer nach Scharfschützen absuchte. Dann schüttelte er den Kopf und brachte sich selbst zur Räson.

Manfred entschied zu warten, bis sein Freund aus dem Laden kam und wieder hier vorbeiging. Er beruhigte Pakko und beobachtete die Tür unter dem braunen Schild.

Als Erste trat Wilma Jansen heraus, dahinter nach und nach die anderen Radler. Sie kamen zum Café, rückten drei

Tische zusammen und setzten sich in der Manfred gegen-
überliegenden Ecke zusammen. Nur Hartmut tauchte
nicht auf.

Fassungslos begriff Manfred, dass Hartmuts monatliche
ADFC-Tour eine organisierte Kaffeefahrt der besonderen
Art war. Was Bernd und die anderen vom Club dazu sagen
würden, oder gar ihr Landesvorstand? Nun verstand er die
viel zu hohe Kilometerangabe in der Tourbeschreibung.
Das war kein Tippfehler, sondern sollte unerwünschte
Mitfahrer abschrecken.

Jetzt verließ auch Schäbe den Coffeeshop, und Manfred passte den Moment ab, als er auf Höhe der Terrasse
war. Pakko zog wieder wie verrückt an der Leine. Autos
waren hier nicht unterwegs und zum Glück auch gerade
keine *Fietsers*, also ließ er seinen Hund los, der sich wie
wild auf Schäbe stürzte. Der Kripomann erschrak zuerst,
erkannte dann Pakko, hockte sich neben ihn und tätschelte
ihn ausgiebig. Dabei schaute er sich suchend um und entdeckte Manfred, der ihm zuwinkte.

Nach einer herzlichen Begrüßung bestellten sie ein Bier.
Manfred erklärte, wieso er in Maaslo war, fragte aber nicht
nach, was Schäbe hier trieb. Derweil schnupperte Pakko
höchst interessiert an Schäbes Plastiktüte, die der schnell
auf seinen Schoß legte. Manfred dachte sich seinen Teil.

Nun kam auch Hartmut zurück, ging an ihrem Tisch
vorbei und sah Schäbe neugierig an. Manfred stellte Jürgen
vor, ohne zu erwähnen, welchem Job er nachging.

Die Gruppe beschäftigte sich nur mit sich selbst. Manfred war darüber nicht unglücklich und wandte sich seinem
Freund zu. »Bist du allein hier?«

»Ja, mit dem Rad. Wollte ein bisschen Sport machen. Ich
muss auch gleich wieder los, Bereitschaftsdienst. Ab 18 Uhr.«

»Bin auch mit dem Rad da. Sollen wir zusammen zurück nach Grawenhorst fahren?«

»Prima Idee. Aber willst du nicht bei deinen Leuten bleiben?«

»Nee, bin eh nur Gast. Du musst allerdings ein bisschen Rücksicht nehmen. Auf mich und Pakko. Der Hund muss ab und zu mal laufen, und dann dürfen wir nicht zu schnell fahren.«

»Hm, wir haben erst halb zwei. Das schaffen wir locker.«

Eine gute Stunde später passierten sie den grauen Grenzstein. Pakko hatte seine Bewegung gehabt, und nun lag er wieder im Anhänger. Tief und fest schlief er darin jedoch nie. Immer beobachtete er mit mindestens einem Auge, wo sie gerade entlangfuhren. Die Abdeckung hatte Manfred diesmal nicht verschlossen, hier im Wald ohne andere Radfahrer war das kein Problem, dachte er.

In Maaslo hatte er sich freundlich von der eigentümlichen Radlertruppe verabschiedet. Manfred hegte den Verdacht, dass die zwölf genauso froh darüber gewesen waren wie er. Er hatte Schäbe eingeladen und 22,40 für vier große Bier gezahlt. So sehr er Limburg und das Maastal liebte, die Gastronomiepreise erschreckten ihn immer wieder.

Während der Fahrt berichtete Schäbe ihm ausführlich vom Stand der Ermittlungen, nicht ohne nach jedem dritten Satz zu betonen, dass er ihm das eigentlich nicht erzählen dürfe. Der Kripomann hatte schnell zwei große Bier getrunken und war entsprechend redselig.

Wirklich Neues erfuhr Manfred nicht, deshalb hakte er nach: »Habt ihr Hildes Keller gecheckt?«

»Klar, gab aber nix Auffälliges.«

Manfred unterdrückte eine Frage nach den kleinen

Schachteln, auch weil er plötzlich einen Ruck an seinem Rad spürte. Er drehte sich um. Pakko war weg!

»Stopp, Jürgen, der blöde Köter ist abgehauen!«

Sie hielten an. Manfred rief laut nach seinem Hund, erst einschmeichelnd, dann auffordernd, dann drohend. »Hast du gesehen, wo er hin ist, Jürgen? Links oder rechts?«

»Keine Ahnung, ich hab nicht mal bemerkt, dass er aus dem Anhänger gesprungen ist.«

»Dann geh du nach rechts, ich suche links. Das hat der seit Ewigkeiten nicht mehr gemacht. Ich habe gedacht, das wäre vorbei.«

In den ersten Wochen, nachdem sie ihren Hund von der Tierschutzorganisation aus Spanien hatten holen lassen, war Pakko bei ihren Spaziergängen mehrfach überraschend im Wald verschwunden, und es hatte oft lange gedauert, bis er wiederaufgetaucht war. Nie hatten sie ihn gefunden, immer war er plötzlich wieder da gewesen. Schwanzwedelnd, völlig verdreckt und zerzaust. Und ohne Beute, entgegen ihrer Befürchtung.

Manfred lief gut 500 Meter in den Nebenweg, rief pausenlos nach seinem Hund, brach irgendwann mutlos ab und machte sich auf den Rückweg. Von Weitem sah er, dass auch Schäbe auf die Waldwegkreuzung zurückkam. Als sie die Räder erreichten, lag Pakko neben seinem Anhänger. Er stand auf, kam schwanzwedelnd auf sie zu und legte Manfred eine dreckige Luftpumpe vor die Füße.

Manfred begrüßte ihn und kraulte ihn erleichtert. Dann nahm er verwundert die Pumpe in die Hand, hielt sie Schäbe hin und lachte. »Du kennst ja unseren Pakko.« Doch das Lachen blieb ihm im Halse stecken, als er bemerkte, dass seine Hand rot verschmiert war. Entsetzt warf er die Pumpe vor sich auf den Waldboden.

Schäbe untersuchte sie vorsichtig. »Manni, das ist Blut.«

Sie versuchten einige Minuten, Pakko auf die Spur zum Fundort zu bringen, gaben aber bald auf.

Manfred erklärte: »Der Köter ist kein Spürhund, das kannst du vergessen, der apportiert nur Luftpumpen.«

Schäbe hielt mit Pakko die Stellung an der Kreuzung, während Manfred ohne Anhänger zum Waldrand raste, bis sein Handy drei Balken im Mobilnetz anzeigte. Schäbes Handy war aus, er hatte vergessen, den Akku aufzuladen. »Manni, erzähl das bitte nicht Martin!«, hatte er ihn angefleht.

Manfred wählte Brockmanns Nummer, und zu seiner Überraschung meldete der Kriminalhauptkommissar sich nach wenigen Sekunden.

»Marti, wir haben eine Luftpumpe im Grenzwald gefunden. Mit Blut dran, meint Jürgen. Also, eigentlich hat Pakko sie gefunden, nicht wir.«

»Wie viel hast du getrunken, Manfred?«

Es dauerte, bis Brockmann verstand. Sein Freund Manfred hatte wieder einmal mitten in ein Wespennest gestochen. Wieso sein Assistent mit von der Partie war, fragte er nicht.

»Jürgen hat vorgeschlagen, dass du die Hundestaffel anforderst. Er ist im Wald geblieben und passt auf, dass niemand unnötig da rumläuft. Dort gibt's kein Netz, weshalb er mich zum Telefonieren geschickt hat. Ach, und Jürgen hat eigentlich gleich Bereitschaftsdienst, du sollst das bitte klären, dass er nicht kommen kann.« Manfred war eingefallen, was Schäbe ihm hinterhergerufen hatte.

Nach dem Gespräch mit Brockmann telefonierte Manfred mit seiner Frau und bat sie, ihn und Schäbe abzuholen.

»Habt ihr wieder mal einen Platten und weder einen Ersatzschlauch noch Flickzeug dabei?«, fragte sie.

»So ungefähr, bis gleich«. Manfred beendete das Telefonat, bevor Britta nachhaken konnte.

30 Minuten später parkten Brockmanns Privatwagen und ein Streifenwagen am Wegrand vor ihren Fahrrädern. Der Kriminalhauptkommissar hielt mit Einmalhandschuhen und spitzen Fingern die Pumpe in der Hand.

»Ja, das sieht wie Blut aus. Wo kommt die her?«

»Wissen wir nicht. Mannis Hund hat das Ding angeschleppt. Der apportiert nur Fahrradpumpen. Frag mich bitte nicht, warum. Zum Spurensuchen taugt er nicht. Wir brauchen die Profis.«

»Die kommen aus Düsseldorf, das dauert. Unsere eigene Hundestaffel haben die Verwaltungsidioten ja vor zwei Jahren wegrationalisiert.« Brockmann ärgerte sich immer noch darüber.

Gegen 17 Uhr rollten die Hundeführer mit zwei Hunden an, da war es schon dunkel. Pakko verzog sich unaufgefordert in seinen Anhänger. Mit anderen Hunden spielte er gerne, aber nur wenn sie alleine auftraten. Zwei große Schäferhunde waren einer zu viel.

Sie mussten nicht lange warten. Die beiden Führer ließen ihre Tiere an der blutigen Pumpe schnuppern, hielten sie an der langen Leine, und kurz darauf schlug der erste Spürhund an. Aus der Ferne hörten sie »Fund«, und alle rannten sofort in die Richtung.

Auch Manfred wollte mit, doch Brockmann wehrte ihn ab. »Denk nicht mal daran. Du bleibst hier! Komm ja nicht auf die Idee, da hinten aufzutauchen.«

Manfred ergab sich in sein Schicksal, hockte sich zu Pakko, der wieder aus dem Anhänger gesprungen war, leinte ihn sicherheitshalber an und kraulte ihn. Sein Hund wedelte heftig mit dem Schwanz, wollte von der Leine. Jemand hupte, das musste Britta sein.

Manfred stand auf, und wie vermutet stieg seine Frau aus ihrem Kombi. Er ließ Pakko los, der hetzte zu ihr und begrüßte sie überschwänglich. Auch Manfred ging zu ihr und setzte zu einem Kuss an.

Britta wehrte ihn jedoch ab, sie hatte die Fahrzeuge, vor allem den Polizeiwagen, gesehen. »Was ist hier los? Du hast gelogen, ihr habt keinen Platten.«

»Ich wollte dich nicht unnötig beunruhigen. Pakko hat da hinten eine Luftpumpe gefunden, voller Blut.«

»Du hast ihn frei laufen lassen? Mitten im Wald?«

»Pakko war im Anhänger und ist plötzlich ausgebüxt.«

»Und wenn er auf Wildschweine getroffen wäre? Wie, meinst du, würde Pakko jetzt aussehen? Du hättest ihn festmachen müssen!«

Manfred hatte ein schlechtes Gewissen, daran hatte er nicht gedacht. Schnell wechselte er das Thema. »Ich packe schon mal unsere Fahrräder auf den Wagen. Jürgens Rad nehmen wir auch mit, der fährt sicher mit Brockmann zurück.«

Wie auf Kommando tauchte Schäbe aus dem Wald auf. Manfred ergriff die Gelegenheit und bat ihn, ihm mit den Fahrrädern zu helfen. Gemeinsam hoben sie zuerst den Anhänger in den Kofferraum ihres Kombis und befestigen dann ihre Räder auf dem Träger.

Manfred platzte fast vor Neugier. »Nun sag schon. Was haben die Hunde gefunden?« Er sprach leise, sodass Britta ihn nicht hören konnte.

»Darf ich dir nicht sagen.«

»Jürgen – bitte!«

»Nein. Martin köpft mich!«

»Ich sag niemandem ein einziges Wort, versprochen! Oder hat es bei den Vorfällen letztes Jahr geschadet, dass ihr mich eingeweiht habt?«

Britta hatte sich zurück in den Wagen gesetzt. Ihr war kalt, und sie war sauer.

Schäbe prüfte mit einem Blick, ob Fenster und Türen verschlossen waren, dann atmete er tief durch. »Ein Toter. Fürchterlich zugerichtet. Kaum zu erkennen. Wahrscheinlich Wildschweine.«

Manfred packte nacktes Entsetzen. Luuk war tot, Hilde lag im Koma und nun ein weiterer Toter hier im Wald. Warum stolperte er ständig in diesen Mist?

Schäbe klopfte ihm auf die Schulter. »Mach hinne, Manni. Fahr heim mit deiner Britta. Hier gibt es nichts mehr zu tun für dich.«

»Vielleicht kenne ich den Toten, ich sollte ihn mir ansehen.«

»Selbst wenn es dein Bruder wäre, würdest du ihn nicht mehr erkennen. Diese Leiche möchtest du nicht sehen, Glaub mir! Außerdem wissen wir, wer er ist.«

»Wer denn?«

»Hau jetzt ab, Manfred!« Schäbe wurde energisch, drehte sich um und ging zurück in den Wald.

Manfred überlegte, ob er seinem Freund hinterherrennen sollte, da fiel ihm seine Frau ein, und er setzte sich widerwillig auf den Beifahrersitz. Pakko leckte ihm freudig den Hals. Britta hatte ihn hinter sich auf der Rückbank platziert, denn neben dem Anhänger im Kofferraum war es zu eng. Und zu gefährlich für ihren Hund.

»Erzähl!«, forderte Britta ihn auf. »Was hat Schäbe dir verraten?«

»Die haben eine Leiche gefunden. Muss übel aussehen.

Sie wissen, wer es ist. Hatte wohl einen Ausweis dabei.«
Die Wildschweine erwähnte er nicht.

»Und? War da auch ein Rad?«

»Ein Fahrrad? Wie kommst du darauf?«

»Die Pumpe, Manfred. Liegt doch nahe. Wo eine Luftpumpe liegt, ist das Fahrrad nicht weit. Oder?«

Manfred gab seiner Frau recht.

»Schon wieder ein Toter mit Fahrrad.«

Britta ließ gerade den Motor an, als blaues Licht durch die Bäume blitzte. Ein Streifenwagen fuhr heran, gefolgt von einem Sportcoupé in brauner Camouflage-Lackierung.

»Ein Jaguar, Britt. E-Typ, der Traum meiner Jugend!« Manfred sprang aus dem Kombi und ging auf die zwei jungen Männer zu, die dem Sportwagen entstiegen waren. »Keine gute Idee, hier aufzutauchen, liebe Kollegen. Für welche Zeitung arbeitet ihr?«

Die beiden grinsten. »Wir sind die Jägermeister und schreiben für den Blattschuss«, antwortete einer der beiden. Dann nahm er einen großen Metallkoffer aus dem Kofferraum und wandte sich an die Uniformierten aus dem Streifenwagen. »Wo müssen wir hin?«

Die Polizisten wiesen in die Richtung, in die Schäbe verschwunden war. Dann drehten sie sich zu Manfred um. »Die Herren sind von der Rechtsmedizin. Und für Sie gibt's hier nichts mehr zu sehen. Bitte entfernen Sie sich, sonst muss ich Ihre Personalien aufnehmen und es gibt eine Anzeige.«

»Manni, komm endlich. Mir ist kalt.« Britta hatte die Scheibe heruntergelassen und wurde energisch.

Wieder im Wagen schüttelte Manfred den Kopf. »Hast du die schrägen Typen gesehen, Britta? Einer mit Pferdeschwanz und der andere mit blauen Strähnen im Haar. Wer denkt denn da, dass das Rechtsmediziner sind? Und erst das Auto – ein Jaguar E! Und völlig verhunzt mit dieser albernen Tarnnetzlackierung.«

Britta interessierte das alles nicht, sie wollte heim ins Warme, und so fuhren sie schweigend los.

Erst am Ortseingang zu Grawenhorst unterbrach Britta die Stille. »Haben die gesagt, wann sie Mitch vernehmen wollen?«

»Nein. Vielleicht verzichten sie darauf. Hoffen wir's. Außerdem ist es keine Vernehmung, nur eine Befragung oder Anhörung, wie die Amtsschimmel es nennen.«

»Hoffen wir auch, dass du nicht mehr verdächtigt wirst. Dass du auch so blöd warst, nach oben zu Hilde zu rennen. Damit hast du dich wahrscheinlich selbst verdächtig gemacht. Woher wusstest du eigentlich, wo die wohnt?«

Manfred schluckte. Nun fing seine Frau auch noch damit an.

In dem Moment überholte sie ein Fahrzeug, die Ampel vor ihnen sprang aber gerade auf Gelb, und der Überholer zog scharf vor ihnen nach rechts und bremste abrupt ab, um rechtzeitig vor der nun roten Ampel zum Stehen zu kommen. Britta musste voll in die Eisen steigen und ließ ihrem Ärger freien Lauf. Hilde und deren Wohnung waren danach vergessen.

Manfred rief zu Hause an und fragte die Wünsche zum Abendessen ab. Britta und er hatten beschlossen, Pizza zu holen. Freddy hatte sich bereits einen Salat gemacht, und Mitch entschied sich für eine Pizza Quattro Stagioni. Manfred schloss sich ihm an, bestellte telefonisch eine mit Extrakäse, und für seine Frau einen Salat Capricciosa.

Kurz darauf betraten sie die Pizzeria und mussten noch ein paar Minuten auf ihr Essen warten, so schnell ging es selbst bei Carlos nicht.

Wie immer drückte ihm der Chef eine Flasche Rioja in die Hand und nahm heute auch eine große Cola aus dem Kühlschrank. »Para los niños, Señor Hanraths.«

»Danke, Carlos, ich werde den Kids die Cola mit Grüßen von dir überreichen. Pass auf, dass du nicht irgendwann pleitegehst mit deiner Großzügigkeit.«

Manfred hatte es längst aufgegeben, den Chef der Pizzeria zu bitten, dass auch er ihn duzte. Den »Señor« würde er ihm nicht mehr abgewöhnen.

Mitch nahm seine Pizza mit auf sein Zimmer. Da konnte er die vorgeschnittenen Achtel unbehelligt mit den Händen essen. Außerdem war er schlecht gelaunt. Ihre Gladbacher Borussia hatte in Freiburg verloren, und er hatte das Spiel nur im Radio verfolgen können, weil seine Eltern zu geizig für Bezahlfernsehen waren.

Britta und Manfred vermieden am Tisch das unappetitliche Thema. Nach dem Essen jedoch überlegten sie gemeinsam, was es mit den Anschlägen auf Luuk und Hilde auf sich haben könnte. Und nun gab es den nächsten Toten.

Manfred versuchte Schäbe zu erreichen. Er wollte wissen, ob die Polizei ein Fahrrad im Grenzwald gefunden hatte. Doch der Kripomann ging nicht an sein Handy.

Britta stupste Pakko zu ihren Füßen an. »Blöder Hund! Konntest du die Pumpe nicht einfach liegen lassen und zur Abwechslung mal nen Stock apportieren?«

»Besser als einen Knochen«, verteidigte Manfred seinen geliebten Hund.

»Was?«

»Stell dir vor, Pakko hätte einen Knochen oder einen kompletten Arm des Toten angeschleppt. Wer weiß, ob der Mann noch am Stück ist, wenn Wildschweine an ihm waren, wie Jürgen vermutet.«

»Das will ich mir gar nicht vorstellen. Wie kannst du auf so eine abartige Idee kommen? Bist du dem Krimiwahn verfallen?« Seine Frau war außer sich, schnappte sich ihr Buch und stolzierte ohne Gute-Nacht-Gruß die Treppe hinauf.

Manfreds Handy brummte. Er hörte am Signal, dass es sich um eine Terminerinnerung handelte. Seine Tour morgen früh.

Schnell legte er alles bereit, was er dafür brauchte. Kurze und lange Radlerhose, Thermoshirts, Thermohemd, Skistrümpfe, Fahrradjacke, hohe gefütterte Sportschuhe und seine grellgelben Winterhandschuhe. Außerdem den Rucksack, den Helm und die Sportbrille. Noch lange vier Monate, erst dann konnte er wieder nur halb so viel anziehen. Morgen früh aber brauchte er alles – die Wettervorhersage kündigte minus fünf Grad bei wolkenlosem Himmel an. Er war gespannt, wie viele Mitfahrer um acht am Treffpunkt im Juliapark auf ihn warten würden.

Manfred wählte eine gespeicherte ältere Route aus seinem Fundus im Routenportal und übertrug sie auf sein Smartphone. 41,2 Kilometer im Uhrzeigersinn um Grawenhorst herum und wieder zurück zum Juliapark.

Er nahm sich die Tageszeitung und arbeitete sie bis 2 Uhr sorgfältig von vorne bis hinten durch. Manfred gähnte. Nur noch fünf Stunden, bis sein Handy ihn wecken würde. Er ging die Treppe hinunter in sein Büro und legte sich auf die Couch, die sie für solche Fälle gekauft hatten. So würde er Britta nicht wecken, wenn er am Morgen aufstand.

DRITTER ADVENTSSONNTAG

Punkt 8 Uhr traf Manfred am Eingang des Juliaparks im Grawenhorster Süden ein. Er hatte es geahnt, kein Mensch war weit und breit zu sehen.

Der Weckalarm hatte ihn um Viertel nach sieben aus dem Bett gescheucht. Die Nacht war sternenklar gewesen, und das Thermometer hatte sechs Grad unter null angezeigt, als er in völliger Dunkelheit von zu Hause aufgebrochen war. Nun lichtete sich von Osten her der Himmel.

Manfred wartete noch drei Minuten, dann fuhr er alleine los, entgegen seinem ursprünglichen Plan in die andere Richtung. Wie es aussah, würde bald die Sonne scheinen, die er auf den offenen Felder im Westen genießen konnte. Bald lenkte er sein Rad an Gogenrath vorbei auf den langen Wirtschaftsweg parallel zur K 111.

Als hinter ihm die Sonne am Horizont über dem fernen Hardenhain aufging, hielt Manfred zum ersten Mal an und fotografierte mit seinem Handy das herrliche Bild. Die niederrheinische Landschaft um ihn herum war sorgsam weiß gepudert. Er fuhr nun gemächlich weiter, genoss den verzauberten Wintermorgen und hielt immer wieder an, um die glitzernden Bäume, Büsche, Zäune und Dächer von Scheunen und kleinen Katen auf einem Foto festzuhalten.

Als er rechterhand in der Ferne die Minssener Josefskirche erkannte, machte er den letzten Schnappschuss, wohl wissend, dass die goldene Spitze auf dem Handyfoto kaum zu erkennen sein würde. Er passierte den kleinen Entenpfuhl, der heute zugefroren war und ausnahmsweise nicht giftig grün in der Morgensonne leuchtete.

Wegen der vielen Stopps war ihm trotz der wärmenden Sonne kalt geworden, und Manfred erhöhte sein Tempo. Er durchquerte Borkenhain, und als er am Ortsausgang das hölzerne Christophoruskreuz sah, fiel ihm das Ergebnis seiner Recherche ein. Er hatte nachsehen wollen, ob es auch einen Schutzheiligen oder eine Schutzheilige für Radfahrer gab. Und war fündig geworden.

Die Madonna del Ghisallo galt seit Ewigkeiten als Schutzherrin der Reisenden. Ein Pfarrer am Comer See hatte in den 1940er-Jahren die Idee gehabt, die Kirchenpatronin der gleichnamigen Kapelle als Schutzheilige der Radfahrer vorzuschlagen, da der Anstieg zu dem kleinen Gotteshaus im Straßenradsport sehr bekannt war. 1949 wurde die Madonna von Papst Pius XII. offiziell zur Schutzpatronin aller Fahrradfahrer erklärt. Seitdem war die Wallfahrtskapelle eine beliebte Pilgerstätte, neben der 2006 ein Radsportmuseum eröffnet worden war.

An der westlichen Einfahrt zum Wegener Wald wurde Manfred mit einem Mal bewusst, wohin er unterwegs war. Noch drei Kilometer, dann begann der Grenzwald, weitere vier, und er erreichte die Waldkreuzung. Er war hin- und hergerissen, dachte daran abzubrechen, doch seine Neugier siegte. Er wollte den Tatort mit eigenen Augen sehen, auch wenn er keine Ahnung hatte, wie er ihn finden konnte.

An der Wegkreuzung wurde ihm die Suche leicht gemacht. Die tiefen Reifenabdrücke des SpuSi-Wagens wiesen ihm unübersehbar den Weg. Auch eine Art von Spurensicherung, dachte er grinsend.

Er blickte um sich, niemand war zu sehen, also folgte er den Spurrillen. Fast 800 Meter ging es durch den Wald bis zur nächsten Querung. Er schaute erst links in den schmalen Waldweg, dann rechts und erkannte das rot-weiße Flatterband am Rand des Weges.

Plötzlich wurde ihm mulmig, und ihm lief ein Schauer über den Rücken. Prompt meldete sich seine Blase, er stellte sein Rad ab und sich an den nächsten Baum. Zuerst musste er aus seiner Jacke schlüpfen, damit er die Träger seiner langen Radlerhose herunterziehen konnte. Danach ging es schneller, musste es auch.

Nachdem er sich wieder vollständig angezogen hatte, ging er vorsichtig zu Fuß zum Tatort. Der gestern noch matschige Weg war heute hart gefroren, teilweise glatt, darum hielt er sich am Rand.

Vor dem Flatterband stoppte er, ihm war eingefallen, dass er keine Spuren hinterlassen durfte. Mitten im abgesperrten Viereck meinte Manfred rot-braune Flecken zu erkennen. Er fragte sich, ob seine Fantasie mit ihm durchging oder ob da tatsächlich Blut auf dem Boden war.

Er sah sich bedächtig um, untersuchte mit den Augen akribisch den Boden am Tatort und darum herum. Vergeblich. Enttäuscht zuckte er die Schultern. Wie vermessen, anzunehmen, die Profis hätten etwas übersehen, was er nun finden würde.

Langsam ging er zurück, stolperte nach ein paar Metern, fing sich jedoch rechtzeitig wieder und betrachtete verärgert die Wurzel. Daneben meinte er, Reifenspuren zu erkennen, offensichtlich von mehreren Fahrrädern, die hier nebeneinander gefahren waren. Er fragte sich, ob die Mitarbeiter der Spurensicherung sie gesehen hatten, und machte schnell einige Fotos aus verschiedenen Perspektiven. Reflexartig wählte er Schäbes Nummer, merkte, dass es kein Netz gab, und war letztlich froh darüber, denn wie sein Kripofreund auf die Information reagiert hätte, war nicht abzusehen.

Erschrocken sah er auf seinem Handy, dass es mittlerweile fast zehn war. Schnellen Schrittes lief er zu seinem Fahrrad zurück. Er kalkulierte den kürzesten Weg nach Minssen, und ihm wurde klar, dass er es niemals bis elf zu ihrem Bäcker schaffen würde. Wenn er viel zu spät und auch noch ohne frische Brötchen zum Frühstück erschien, war der Sonntag verdorben. Britta würde ihm die Hölle heiß machen.

Er fuhr nach Osten aus dem Wald heraus und passierte gerade das Ortsschild von Gelderath, als er den Überlandbus der Grawenhorster Verkehrsbetriebe an der Haltestelle stehen sah. Rasch lenkte er sein Rad nach rechts und stellte es vor dem Bus ab. Die Fahrerin startete in dem Moment den Motor, öffnete aber bereitwillig die rechte Tür für Manfred.

»Wann sind Sie an der Minssener Kirche?«

»Guten Morgen, mein Herr!«

Die freundliche Dame legte Wert auf Etikette. Manfred erwiderte den Gruß.

»Normalerweise um 10:46 Uhr, aber wenn Sie Ihr Rad vor meinem Bus nicht gleich wegnehmen, werden wir Verspätung haben.«

Die GVB-Fahrerin hatte Humor. Manfred war heilfroh, nahm sein Rad, hob es durch die hintere Tür in den Bus und befestigte es mit seinem Ringschloss an einer Haltestange. Die Busfahrer der Grawenhorster Verkehrsbetriebe waren berüchtigt für ihre Fahrweise, und er wollte verhindern, dass sein Rad in der erstbesten Kurve durch den Mittelgang flog.

Und tatsächlich musste er bis zum nächsten Halt am Schloss Mildenrath warten, um sicher nach vorne zur Fahrerin zu gelangen. Glücklicherweise hatte er immer ein paar Notgroschen in seinem Rucksack. »Was kostet mich die Fahrt bis Minssen?«

»2,90, bitte.«

»Und mein Fahrrad?«

»Nix. Ist doch Sonntag heute.«

Manfred erinnerte sich. Die Verkehrsbetriebe hatten den sonntäglichen Nulltarif für Fahrräder zum Sommeranfang verkündet, und Grawenhorst war damit landesweit in den Medien gewesen.

Die Busfahrerin hielt ihren Fahrplan ein. Um zehn vor elf hetzte Manfred in die Bäckerei und sah erleichtert, dass die Körbe nicht leer waren.

»Acht Brötchen. Und einen Weckmann mit Mandeln bitte.«

Am Niederrhein gab es zehneinhalb Monate im Jahr Stütchen, die waren so groß wie Brötchen, aber weich gebacken aus süßem Hefeteig, auch mit Rosinen. Ab Sankt Martin bis nach Weihnachten wurden sie als Weckmänner verkauft.

Manfred hoffte, dass seine Frau nicht schlecht gelaunt mit dem Frühstück auf ihn wartete. Wenn doch, würde der Mandelmann vielleicht das Schlimmste verhindern.

Er hatte Glück. Zu Hause angekommen, war nicht mal der Kaffee fertig, denn Britta telefonierte mit ihrer Mutter. Ihm blieb sogar noch Zeit, sich zu duschen.

Als sie um halb zwölf endlich beim Frühstück saßen, legte er ihr mit einem Lächeln den Weckmann auf ihr Frühstückbrett, bevor sie fragen konnte, warum er so spät zurückgekommen war.

»Hmm, mit Mandeln.« Britta war entzückt und hauchte ihrem Mann einen Kuss auf die Wange.

Manfred atmete erleichtert auf, sie hatte nichts gemerkt.

»Schatz, bevor ich es vergesse: Kannst du bitte meine Fahrradkluft komplett waschen? Die ist pitschnass.«

Die letzten Kilometer im Wald hatte er sich gehörig abgehetzt, und der überheizte Bus hatte ein Übriges bewirkt, obwohl er seine Jacke sofort ausgezogen hatte.

»Mach ich gleich. Wie viel wart ihr?«

»Ich war allein unterwegs. War wohl zu kalt. Aber das Wetter und die winterliche Landschaft waren einfach toll, ich habe zwischendurch ein paar Fotos gemacht.« Er schob Britta das Smartphone hin.

»Wow, wirklich schöne Bilder.«

Sie frühstückten gemütlich und ausgiebig. Britta teilte ihren Weckmann, bestrich eine Hälfte mit Crème fraîche und träufelte ein wenig von der bitteren Orangenmarmelade darüber. Sie lächelte Manfred an, schloss demonstrativ ihre Augen und biss genussvoll hinein.

Manfred gönnte sich die hausgemachte Pastete ihres Metzgers aus Wildschwein und Preiselbeeren.

Britta schaute ihn skeptisch an. »Wenn du noch mehr Pastete draufpackst, bekommt das Brot Schlagseite und liegt kieloben auf deinem Brettchen.«

»Es ist Sonntag. Bitte keine Diätdiskussionen heute. Jagenmann nervt mich damit schon genug.«

»Warum, was hat der Doktor beim Check gesagt?«

»Ach, nur das Übliche. Der meint, ich müsse auf meinen Body-Mass-Index achten. Weißt du, was das bedeutet? Ich hab das mal mit einem BMI-Rechner im Internet berechnet. Mein Gewicht müsste zwischen 68 und 87 Kilo liegen. Das ist Schwachsinn! 87 Kilo habe ich zuletzt mit 14 gewogen. 87 Kilo – das geht doch gar nicht! Kannst du dir vorstellen, wie ich mit 87 Kilo aussehen würde?«

Britta stimmte ihm weitgehend zu, mit der Einschränkung, dass es prima wäre, wenn er wenigstens unter 100 Kilo wiegen würde.

Wie immer nach einem späten Frühstück wurde Manfred müde. Nachdem sie ihren Sonntagsausflug auf die Dorenburg abgesprochen hatten, legte er sich auf die Couch.

Auf dem Weg nach Grefrath wollte es Britta dann doch noch genau wissen. »Warum bist du heute Morgen mit dem Bus zurückgefahren?«

Manfred wurde klar, dass Britta den Fahrschein in seiner Jackentasche gefunden hatte. Wie blöd konnte man sein, ärgerte er sich über sich selbst. Er setzte zu einer Erklärung an, aber seine Frau ließ ihn nicht zu Wort kommen.

»Sag nichts. Du warst im Grenzwald. Bei dem Toten.«

»Ja. Aber der war ja nicht mehr da.«

»Das ist mir auch klar. Trotzdem. Warum musst du da rumwieseln? Hast du nichts Besseres zu tun? Wenn dich die Polizei erwischt hätte … oder die Täter! Denkst du auch mal an uns? An Freddy, Mitch und mich? Was soll ich den Kindern sagen, wenn *du* irgendwann tot im Wald liegst?« Britta fuhr rechts ran und parkte in einer Einmündung. Sie schluchzte und ihr liefen die Tränen über die Wangen.

Manfred nahm sie ihn den Arm, um sie zu trösten, da schreckte lautes Hupen sie auf. Hinter ihnen stand ein Linienbus, und der Fahrer wedelte ärgerlich mit den Armen.

»Britta, wir müssen hier weg, das ist eine Bushalte.«

»Ach, hier wartet sowieso keiner auf den blöden Bus.« Trotzdem fuhr sie widerwillig an und lenkte den Kombi zurück auf die Straße.

Kurz darauf erreichten sie den Parkplatz am Grefrather Eisstadion und gingen zu Fuß zur Dorenburg. Der Weihnachtsmarkt war ihnen von Freunden empfohlen worden. Sie wurden nicht enttäuscht, der Eintritt kostete moderate sechs Euro, und ihr Pakko durfte an der Leine mit hinein.

Als sie ankamen, wurde es gerade dunkel. Das weitläufige Gelände war überall weihnachtlich beleuchtet. Selten hatten sie einen so schönen Markt erlebt. Viele Stände waren im Freigelände aufgebaut, andere in den historischen Gebäuden des Freilichtmuseums. Nur das Haupthaus ließen sie aus, denn die Schlange am Eingang schreckte sie ab. Außerdem wies ein Besucher sie mit Blick auf Pakko darauf hin, dass es drinnen sehr voll sei.

Erst nach 21 Uhr waren sie zurück in Minssen. Manfred schlug eine Pizza vor, aber Britta lehnte entschieden ab.

»Nix da! Denk an deinen BMI. Du hattest schon Reibekuchen mit Apfelkompott.«

Manfred fügte sich in sein Schicksal, dachte an den Camembert im Kühlschrank und hoffte, dass seine Frau nicht so spät zu Bett gehen würde.

Der Glühwein und das süße Kompott hatten ihm Durst gemacht. Manfred nahm sich ein Bier aus dem Kühlschrank, setzte sich auf die Couch und checkte übers Handy seinen E-Mail-Eingang. Britta hatte es sich mit einem Buch in der Hand im Sessel gemütlich gemacht.

»Oh Mann, die Polizei will mich schon wieder sehen. Morgen um 9 Uhr. Brauchst du den Wagen?«

»Nee, kannst du haben, ich muss erst um eins los. Das sollte passen, wenn sie dich nicht dabehalten.« Britta grinste.

Manfred hatte keine Lust auf eine erneute Diskussion und holte sich demonstrativ ein paar Käsestücke und eine angebrochene Rotweinflasche.

»Dann einen schönen Abend.« Britta packte ihr Buch und entschwand Richtung Schlafzimmer.

Manfred stillte seinen Hunger, genoss den feinen Roten und griff zwischendurch ein zweites Mal in den Käsevorrat ihres Kühlschranks. Er stellte den Fernseher an, sah seine Aufnahmen durch und entschied sich für eine Folge von »Wer wird Millionär«.

Gerade saß ein Kandidat auf dem Stuhl, der bei 200 Euro nachfragte, ob tatsächlich nur eine Antwort richtig sei.

Richtig lustig waren die ersten Fragen diesmal nicht, und Manfred blätterte gelangweilt eine Zeitschrift durch, die er vom Stapel neben der Couch nahm. Plötzlich stutzte er, richtete seine Aufmerksamkeit wieder auf den Fernseher und las, was gerade angezeigt wurde.

»Wobei kommt häufig ein sogenannter Schnellspanner zum Einsatz? – A: Akten abheften; B: Klavier stimmen; C: Fahrradsattel verstellen; D: Bauchmuskeln trainieren.«

Manfred gähnte, reichlich einfach, die Frage. Es ging auch erst um 1.000 Euro. Der Kandidat war überfordert und fragte das ganze Publikum. 96 Prozent der Gäste wusste die Antwort, und der Kandidat loggte richtig ein.

Er widmete sich wieder dem Zeitungsstapel, bis es für den Kandidaten um 32.000 Euro ging. Jetzt hörte er aufmerksam zu.

»Wo wird üblicherweise ein Tamponverfahren angewendet? – A: Töpfereien; B: Gießereien; C: Druckereien; D: Schreinereien.«

Manfred ärgerte sich. Warum saß er nicht auf dem Stuhl bei Günther Jauch?

Der Kandidat hatte wieder keine Ahnung. Jetzt wäre der Zusatzjoker gut gewesen, den aber hatte er abgewählt. Manfred war sicher, dass zwei, drei Leute im Publikum aufgestanden wären und die Frage richtig beantwortet hätten. Der Telefonjoker schwankte zwischen A und B, widersprach sich in der letzten Sekunde, da war das Gespräch beendet. Nach eingehender Überlegung und den bekannt ironischen Bemerkungen des Moderators tippte der Mann auf die Töpfereien und fiel weich auf 16.000 Euro zurück.

Manfred schaltete ab. Er wusste die richtige Antwort und beschloss, sich bald selbst bei WWM zu bewerben.

MONTAG

Manfred schlief mehr schlecht als recht in dieser Nacht. Ihn plagte zwar kein Albtraum, aber er wähnte sich zwischen dem Tatort im Wald und dem WWM-Studio. Irgendwann wusste er die Antwort auf eine Frage nicht und wählte den Zusatzjoker. Im Publikum erhob sich die Madonna del Ghisallo, und Günther Jauch brachte ihr persönlich das Mikrofon. Da hatte Manfred es satt, und er beschloss aufzuwachen.

Es war erst halb sechs, und er ging an seinen Schreibtisch, um sein E-Mail-Postfach durchzusehen.

Die Pressestelle der Grawenhorster Polizei war noch im Nachtmodus, jedenfalls fand er keine PM zum Toten im Wald.

Manfred duschte, frühstückte und sackte nach dem dritten Kaffee regelrecht zusammen. So früh aufzustehen nach einer Nacht mit so wenig Schlaf, entsprach nicht seinem Rhythmus, er schleppte sich vom Küchentisch auf die Wohnzimmercouch und war Sekunden später tief und fest eingeschlafen.

Als ihn um halb acht sein Timer aufschreckte, brauchte er ungewöhnlich lange, um in Fahrt zu kommen. Er schlüpfte in die Jacke, nahm den Autoschlüssel, öffnete die Haustür und kehrte, kaum durch die Tür, erschrocken wieder um. Es war unfassbar kalt! Die Nacht war bis in den frühen Morgen klar gewesen, aber nun beherrschte dichter Nebel die Straße. Der Boden, die Bäume in den

Gärten und die Autos glitzerten vom Reif, auch die Luft durchzog ein weißes Flimmern.

Manfred zog seine dickste Jacke an, warf sich einen Schal seiner Fohlenelf um den Hals und nahm die Winterhandschuhe und den Eiskratzer mit. Der Kombi stand vor dem Haus, denn die Garage war seit Ewigkeiten durch alte Möbel und anderes unnützes Zeug blockiert. Er kratzte rundum eine dicke Eisschicht von den Fenstern und wollte anschließend einsteigen, doch die Fahrertür war zugefroren, ebenso wie die anderen Türen. Alle Versuche mit Auftauspray und Feuerzeug erwiesen sich als nutzlos. Nur Manfreds Fingerspitzen wussten von seinen vergeblichen Versuchen.

Um zehn vor neun fuhr er vor Kälte schlotternd mit seinem Fahrrad die Bemelmannstraße entlang und mäßigte sein Tempo auf der leicht abschüssigen Straße. Der Boden war ihm nicht geheuer, sein Smartphone hatte acht Grad unter null signalisiert. Der eisige Frühnebel war unkalkulierbar, bestimmt war hie und da mit Glatteis zu rechnen.

Am Polizeipräsidium hatte er die freie Wahl, wo er sein Fahrrad abstellte. Alle Bügel waren frei. Kein Wunder, bei dem Wetter.

Er ging die Treppen hoch zu Brockmanns Büro, wo Stimmen aus der geöffneten Tür drangen. Die weibliche Stimme kannte er nicht, aber Brockmanns Organ war unverkennbar. Er wartete im Flur und hörte aufmerksam zu.

»Mehr habt ihr nicht?«

»Mehr haben die Schweine nun mal nicht übrig gelassen, Marti. Wir können von Glück sagen, dass der Abdruck am Kopf noch vorhanden ist. Sieht jedenfalls verdächtig ähnlich aus wie die Beule am Schädel unserer ersten Leiche.«

»Nützt uns nix, wenn wir nicht wissen, was die Tatwaffe ist.«

»Bisschen Geduld, das kriegen wir noch raus.«

Manfred entschied sich dazu, nicht zu warten, die Infos interessierten ihn. Er ging schnellen Schrittes durch die offene Tür und blieb unmittelbar vor Brockmanns Schreibtisch stehen. Darauf lag ein großes Foto, das einen Hautabdruck zeigte, über den der Kommissar wohl gerade mit der Kriminaltechnikerin gesprochen hatte.

Manfred erkannte auf den ersten Blick, wovon der Abdruck stammte. Er hatte so etwas selbst besessen, bis es irgendwann eingerostet war und er es wütend auf seine Arbeitsplatte gehauen hatte. Der Abdruck im Holz war heute noch zu sehen.

»Das ist von einem Ringschloss mit Zahlenkombi. So eins hast du auch, Marti. Hmm, sorry, hattest du, bis dir dein Rad geklaut wurde.«

Brockmann sah ihn mit offenem Mund an, dann schloss er die Augen und schüttelte den Kopf.

Schäbe kam von hinten dazu, stellte sich neben die KTU-Kollegin und nahm die Fotografie in die Hand. »Das könnte stimmen. Gerda?«

Die Angesprochene nickte. »Okay, damit kommen wir weiter. Jetzt wissen wir, wonach wir suchen müssen. Danke, Herr …?«

»Das ist Manfred Hanraths. Du müsstest ihn kennen, Gerda. Das ist der, der überall ungebeten reinplatzt.«

Brockmann mischte sich ein. »Was machst du hier, Manfred?«

»Vorladung? Ihr wolltet mich sehen.«

»Wollten wir das, Jürgen?«

»Ja, habe ich dir in deinen Kalender eingetragen.«

»Warum steht dann hier nix?« Brockmann wedelte mit seinem Tischkalender.

»In deinen Computerkalender, Marti. Du erinnerst dich? Das hatten wir in der Teambesprechung …«

»Jaja, ist gut. Funzt aber nicht, wenn die Kiste aus ist. Und, Gerda, check bitte, ob der Abdruck wirklich von einem Zahlenschloss stammt. Findet den Hersteller heraus und wo man das Ding kaufen kann.«

Die Kriminaltechnikerin nickte und verschwand wortlos. Beim Hinausgehen schaute sie Manfred an und kniff kurz beide Augen zu.

Manfred wertete das als ein Zeichen der Anerkennung, und der frühe Tag gefiel ihm mit einem mal richtig gut.

»Setz dich, Manfred.« Brockmann wurde wieder förmlich.

»Darf ich?«, fragte Manfred und zeigte auf die Fotografie.

Brockmann nickte nur, und Manfred betrachtete eine Weile schweigend das Bild.

»Hast du nen Fadenzähler?«

»Faden… was?«

»Eine Lupe, eine gute Lupe, Martin.«

Brockmann griff in seine rechte Schreibtischschublade und reichte ihm eine handtellergroße Lesehilfe. »Reicht die?«

Manfred verkniff sich die Bemerkung, dass es nicht auf die Größe ankomme, und untersuchte mit dem Glas das Zentrum des Abdrucks. Dann legte er die Lupe weg. »Wahrscheinlich haltet ihr mich für völlig durchgeknallt, aber ich glaube, die dritte Einkerbung sieht aus wie eine Fünf. Und mit ein bisschen Photoshop bekommt ihr vielleicht auch die anderen Ziffern heraus.«

Schäbe griff blitzschnell nach dem Fotoabzug, doch Brockmann war schneller, nahm ebenfalls die Lupe und untersuchte seinerseits das Bild. Erst danach reichte er beides seinem Assistenten.

»Da könnte unser selbst ernannter Freund und Helfer sogar recht haben.« Brockmanns Worte trieften vor Sarkasmus, aber seine Miene war durchaus freundlich.

Schäbe stimmte ihm zu, und Brockmann griff zum Telefon und wählte eine vierstellige Nummer.

Manfreds Vermutung, dass er bei der KTU anrief, bestätigte sich.

»Gerda. Ihr müsst den Abdruck genauer untersuchen. Wir haben, äh … Hanraths hat eine Fünf erkannt. Versucht, die anderen drei Zahlen lesbar zu machen. Schnell bitte. Wenn ihr bis Mittag nicht sicher seid, fährst du in die Rechtsmedizin und sicherst das Beweisstück. Auf jeden Fall noch mal scharf fotografieren. Aus allen Winkeln. Vielleicht lässt du dem Meulendijks sogar die Haut abziehen und haltbar machen. Mumifizieren oder so, egal, irgendwie. Du machst das schon.« Brockmann legte auf und wandte sich an Schäbe. »Und du rufst Frau Doppeldoktor an. Die soll alles dafür vorbereiten und da sein, wenn Gerda kommt. Muss ihr nächstes Buch halt ein paar Minuten warten.«

Manfred hielt an sich, um nicht laut loszulachen. Brockmann sprach von Dr. Dr. Justine Bergen, der Chefin des Rechtsmedizinischen Instituts an der Uni-Klinik Düsseldorf. Manfred hatte sie mal bei einer Pressekonferenz erlebt. Die Dame war eine anerkannte Koryphäe in ihrem Fachgebiet und hatte viel beachtete Bücher publiziert.

Eine geschlagene Stunde später hatten sie Manfreds Samstagmorgen in sämtliche Teile zerlegt. Minute für Minute. Vom Tschüs zu Britta bis zu seinem Treffen mit Schäbe in Maaslo und der gemeinsamen Heimfahrt. Er hatte nichts ausgelassen, hatte sogar von dem kurzen Gespräch mit Wilma Jansen auf der Hinfahrt im Wald berichtet und dass ihr Hund kürzlich gestorben sei. Nur den Coffeeshop in Maaslo und dessen Besucher hatte er nicht erwähnt.

Zum Abschluss fragte Brockmann, wann sie seinen Sohn befragen könnten. Manfred hatte gehofft, das Thema sei längst abgehakt, doch die Beamten blieben hartnäckig.

»Mitch ist bis vier in der Schule, danach hat er Hockey. Moment mal, kann sein, dass er gerade Pause hat.« Er nahm sein Handy und startete den Messenger.

MANNI:

> Wann bist du nach dem
> Hockey zu Hause?

10:12

MITCH:

> Warum?

10:12

MANNI:

> Die Kripobefragung. Wir
> hatten darüber gesprochen.

10:13

MITCH:

> Ach so

10:14

> um 7h

10:14

> Ok, sei bitte pünktlich!

10:15

»Mitch wird heute Abend gegen sieben zu Hause sein, da müsst ihr euren Feierabend verschieben.« Manfred unterdrückte ein Grinsen.

»Passt es morgen besser?«, hakte Brockmann nach.

»Dienstags hat er Musikschule. Mitch hat eigentlich immer irgendwas. Ich halte das für völlig überkandidelt, doch Britta pusht alles, was mit Sport und Kultur zu tun hat. ›Besser, er ist beschäftigt und kommt nicht auf dumme Gedanken‹, sagt sie.«

»Heute ist unser Doppelkopfabend«, erinnerte Schäbe seinen Chef.

»Uns wird was einfallen.« Brockmann wiegelte ab.

»Ihr spielt Doppelkopf?« Manfred war begeistert. Seit sein Vater verstorben war, hatte er kein Doppelkopfblatt mehr in der Hand gehabt. Viele Jahre hatten sie jeden Monat gespielt. Sein Vater, dessen Kollegen und er. Manfred war eingesprungen, als der vierte Kripomann in der Onkologie des Hilla lag und danach nicht mehr in die Runde zurückgekommen war. Die Umstellung war anfangs schwierig gewesen. Manfred hatte bis dahin nur Skat gekannt; das Spiel mit den doppelten Spitzen war ungleich komplizierter. Zwei Kreuzdamen bestimmten bei jedem neuen Blatt, wer mit wem gemeinsam die erforderlichen Punkte sammeln musste.

»Du kannst Doppelkopf?« Brockmann und Schäbe schauten ihn überrascht an. Wie Zwillinge hatten sie die Frage im Gleichklang gestellt.

»Lange her. Früher habe ich mit meinem Vater und seinen Kollegen gespielt, aber nach seinem Tod hat sich die

Runde leider aufgelöst. Nicht so einfach, hier am Niederrhein drei Leute zu finden. Wie spielt ihr? Mit oder ohne Piksieben über den Zehnen?«

Schäbe wollte antworten, doch Brockmann winkte ab. »Gleich halb elf. Um elf ist die PK. Wir müssen los. Eigentlich sind wir auch durch, Jürgen. Oder? Geh bitte schon mal rüber, ich komm gleich nach.«

Schäbe nickte Manfred zum Abschied zu. »Komm nicht auf die Idee, bei unserer Pressekonferenz aufzutauchen. Bitte, Manni.«

»Jaja, keine Sorge, Jürgen, ich bin nicht verrückt.«

Schäbe verließ das Büro, und Manfred wandte sich an Brockmann. »Eine Frage, Marti. War außer Jürgen und mir im Grenzwald noch jemand unterwegs? Andere Fahrradfahrer zum Beispiel?«

»Wie kommst du auf die Idee?«

»War nur so ein Gedanke.«

»Nur ein Gedanke, Manfred? Verarsch mich nicht! Was weißt du?«

»Nix. Wirklich! Ich dachte nur, dass wir vielleicht nicht die einzigen Radfahrer waren? Immerhin sind wir zu dreizehnt nach Maaslo aufgebrochen.«

»Du warst erneut im Grenzwald, Manfred. Auf dem Weg. Und du hast die Reifenspuren gesehen, richtig? Bist du von allen guten Geistern verlassen? Das ist unser Tatort, und du tappst da rum! Wann warst du noch mal dort?«

Die Tür ging auf, und Schäbe schaute herein. »Kommst du, Marti? Gleich elf. Alle da, nur du fehlst.«

Brockmann stand widerwillig auf, und sein Drehstuhl kippte um. »Raus jetzt, Manfred. Wir sprechen uns noch!« Er stürmte aus seinem Büro, und Schäbe hetzte ihm hinterher.

Manfred machte sich auf den Rückweg. Während der Fahrt verfluchte er seine Neugier. Hätte er bloß den Mund gehalten. Aber er hatte eine Idee, wie er seinen Fehler wiedergutmachen konnte.

Zurück an seinem Schreibtisch schaltete er zuerst die beiden Monitore ein, dann startete er seinen alten Flachbettscanner. Er öffnete die Deckklappe, säuberte sorgfältig die Glasscheibe des Geräts mit einem feuchten Papierbrillentuch und legte danach behutsam den Fotoabzug mit dem Hautabdruck des Toten aus dem Grenzwald auf die Scheibe.

Manfred hatte einfach nicht widerstehen können, als er alleingelassen in Brockmanns Büro stand. Er hatte sich den fast A4-großen Abzug auf stabilem Fotopapier zwischen Unterhemd und Pulli auf die Brust geklemmt und ihn auf diese Weise unentdeckt aus dem Präsidium geschafft.

Er wartete ungeduldig, dass das Gerät in Schwung kam. Endlich fuhren die Sensoren mit leisem Summen über das Foto. Zehn Sekunden später sah er den gewählten Ausschnitt auf seinem großen Zusatzbildschirm.

Er kopierte die Datei und experimentierte mit Helligkeit, Kontrast, Gradationskurven, Farbsättigung. Die ganze Klaviatur der Photoshop-Werkzeuge spielte er durch, doch außer der Fünf konnte er keine Zahl zuverlässig bestimmen.

»Was ist denn das?« Britta stand plötzlich hinter ihm.

Manfred hatte sie nicht kommen gehört, fuhr erschrocken zusammen und überlegte krampfhaft eine Ausrede. Spontan entschied er sich für die halbe Wahrheit. »Die Jungs haben mich gebeten, diesen Abdruck zu untersuchen. Ist von einem Zahlenschloss, und bisher kann ich nur die Fünf erkennen. Bin seit einer halben Stunde dran, ohne Ergebnis.«

»Hast du es mal mit Relief oder Prägung versucht?«

Manfred griff die Idee seiner Frau auf und wandelte das Bild in eine Reliefansicht um, doch der gewünschte Effekt trat nicht ein. Danach versuchte er es mit dem Prägefilter und sah auf einen Blick, dass er auf dem richtigen Weg war. Er schärfte die Abbildung um einen extremen Wert und erhöhte behutsam den Kontrast.

»8153 oder 3158.« Britta hinter ihm sprach aus, was auch er aus dem Bild herausgelesen hatte.

»Oder 8158, oder 3153. Könnte auch sein. Britta, brauchst du den Wagen?«

Seine Frau verzog das Gesicht. »Ja. Wieso? Ich treff mich mit Raphaela zum Kaffee.«

Manfred stöhnte lautlos. »Ich muss noch mal weg. Ach ja, um sieben kommen Brockmann oder Schäbe, oder beide. Wegen Mitch, der weiß Bescheid.«

»Okay, dann sei bitte pünktlich, Manni. Ich hoffe, die Befragung dauert nicht so lange. Du weißt, ich hab heute Abend noch Volleyball.«

Er ging in seine Kellertoilette und wartete ein paar Sekunden. Als er wieder herauskam, hatte seine Frau das Büro verlassen. Er wandte sich zur Bücherwand und zog mit einem Griff fünf seiner acht Steirerkrimis aus dem Regal. Dahinter stand die blaue Geldkassette, die er nach dem Tod seines Vaters an sich genommen hatte. Den kleinen Schlüssel dazu trug er seitdem immer an seinem Schlüsselbund. Er öffnete die Kassette, holte das alte Erbstück, das er darin aufbewahrte, heraus und steckte es in seine Hosentasche. Anschließend schlüpfte er in seine warmen Fahrradklamotten und fuhr los.

Manfred verließ sein Minssen nach Süden. Vom Wirtschaftsweg wechselte er bei Werkenbroich auf die L 146. Mittlerweile war die Fahrbahn eisfrei, und er kam auf dem Radweg der viel befahrenen Landstraße schnell voran. Die kalte Luft tat ihm gut. Er durchdachte seinen Plan, erhöhte die Schlagzahl und war bald mit knapp 25 km/h unterwegs.

Manfred kontrollierte seinen Standort, sah auf die Uhr und beschloss einen kleinen Umweg. Hinter Sonsbeck querte er die Autobahn 57 und wechselte in Kapellen auf den Weg in die Fleuthkuhlen. Das herrliche Naturschutzgebiet um die Mäander-Schleifen des Altrheins bei Issum hatte er vor Jahren bei einer Tour kennengelernt. Ohne Autolärm radelte er entspannt voran und genoss die unberührte Natur.

Oberhalb von Geldern drehte er vor Schloss Haag nach Süden ab und folgte nun dem Niers-Radwanderweg. Am Marktplatz der Herzogstadt neben der alten Karmeliterkirche genehmigte er sich am Weihnachtsmarkt ein Päuschen mit Pommes rot-weiß und einem kleinen Alt. Dabei lauschte er dem hellen Kindergeschrei von der Eisbahn im weißen Zelt nebenan.

Wieder im Sattel, erreichte er noch in Geldern die Niers, fuhr bald nah am Fluss und genoss die niederrheinische Landschaft mit ihren markanten Kopfweiden, gelegentlich schwarz-bunten Rindern und anderen Weidetieren.

Hinter Pont führte ihn die Niersroute auf der Kreisstraße 34 am Männerknast mit seinen hohen, dunklen und fensterlosen Mauern vorbei. Manfred überlief es eiskalt – bei dem Gedanken, dort eingesperrt zu sein, kam ihm das Grauen. Im Vorbeifahren entdeckte er vor dem großen Parkplatz etliche bizarre Kunstobjekte.

Er querte die Kleine Niers, die über gut zehn Kilometer im Abstand einiger Hundert Meter zum Hauptarm floss, dann die Niers und rollte zügig an Straelen vorbei. Er passierte marode und schicke Gehöfte und mitten in der Walachei das Wartehäuschen einer einsamen Schulbushaltestelle.

Ein Schild wies links zur Nettemündung, doch Manfred bog nicht ab, sondern folgte dem Niers-Radwanderweg nun ein Stück entlang der Nette. Neben einer Hecke umhüllte ihn eine Wolke aufgeschreckter Spatzen, und er duckte sich unwillkürlich.

Durch Wachtendonk wurde es holprig. Die alten Pflastersteine der verwinkelten Gassen im denkmalgeschützten Ortskern malträtierten seinen Po. Manfred bedauerte lediglich, dass er keine Zeit hatte, sich das hübsche Städtchen anzuschauen. Er beschloss, dies bald einmal mit Britta nachzuholen.

An der Ruine der Burg Wachtendonk vorbei überquerte er die nun 16. Brücke über die Niers und ihre Nebenflüsse und -bäche, erreichte nach 20 Minuten den Kempener Ring und wenig später sein Ziel.

Der große Fahrradladen in Kempen war ihm nicht fremd, aber er hatte hier nie etwas gekauft, und vor allem kannte ihn niemand.

Er nahm die große Auswahl hochwertiger Markenräder wahr, jedes zweite ein E-Bike. Doch die interessierten ihn heute nicht. Stattdessen lief er durch die Zubehörregale und stoppte, als er den Gang mit den Fahrradschlössern gefunden hatte. Er zog den Farbausdruck aus der Tasche und verglich sorgfältig Schloss für Schloss mit seinem Photoshop-Ergebnis.

Beim teuersten Produkt im ganzen Regal war er sich sofort sicher, dass er das Modell der Tatwaffe in den Händen hielt, zu ähnlich war der Schlosskopf mit den Zahlenringen. Manfred meinte, ein solches Schloss vor nicht allzu langer Zeit bereits einmal gesehen zu haben. Er griff in seine Hosentasche, nahm das Erbstück seines verstorbenen Vaters in die Hand und machte die messingfarbene Kette, die daran hing, an einer Gürtelschlaufe seiner Jeans fest.

»Kann ich Ihnen helfen?«

Manfred drehte sich um. Der Mann, der an ihn herangetreten war, trug ein schickes Hemd mit dem Logo des Ladens auf der Brust.

»Ja, bitte. Ich würde gerne den Inhaber sprechen.«

»Der steht vor Ihnen. Höchstpersönlich.«

Manfred zog an der Kette, holte die ovale Erkennungsmarke eines Kriminalbeamten aus der Tasche und zeigte sie seinem Gegenüber.

»Hermann, Kriminalhauptkommissar. Wir ermitteln in einem Mordfall, und dies ist wahrscheinlich das Gegenstück zu unserer Tatwaffe.«

»Wie furchtbar, ein Fahrradschloss als Mordwerkzeug? Ist das hier in Kempen passiert? Mein Sohn hat mir gar nichts davon erzählt. Wissen Sie, der ist hier bei der Kripo. Noch in der Ausbildung, nicht so weit wie Sie. Er hat gleich Feierabend, dann hilft er mir meistens in der Werkstatt. Sie sind nicht aus Kempen, oder?«

Manfred wurde es heiß in seiner plötzlich viel zu warmen Jacke. Ein Gespräch unter vermeintlichen Kollegen fehlte ihm gerade noch. »Nein, wir ermitteln von Emmerich aus.« Spontan hatte er die nördlichste Spitze des Niederrheins gewählt, möglichst weit von Kempen entfernt. »Sehen Sie mal, hier auf dem Foto. Erkennen Sie die Zahlen? Wir suchen genau so ein Schloss mit einer dieser Zahlenkombinationen.« Er gab dem Händler seinen Zettel mit den vier Zahlenfolgen. »Haben Sie eine Idee, wie wir feststellen können, wo ein solches Schloss mit diesen Codes verkauft worden ist?«

»Sie meinen, ob es bei mir im Laden gekauft wurde?«

»Ja. Es gibt eine Spur nach Kempen, doch der Täter muss das Schloss nicht zwingend hier erworben haben.« Manfred fabulierte, um zu erklären, warum er aus dem fernen Emmerich kommend ausgerechnet in Kempen ermittelte.

»Darf ich mal?« Der Ladeninhaber nahm ihm das Schloss ab, drehte es um und zeigte Manfred eine kleine Kunststoffflasche, die unter dem Preisschild versteckt war.

Manfred erkannte die Ziffern darauf.

»Das ist der Code, der hängt an jedem Schloss, jedenfalls bei diesem Hersteller. Manche benutzen auch Aufkleber, aber damit haben wir schlechte Erfahrungen gemacht. Die Kids machen sich einen Spaß daraus, die Aufkleber zu vertauschen.«

»Gibt es ein Verzeichnis, welches Schloss mit welchem Code Sie verkauft haben und an wen?«

»Bei uns?«

»Ja.«

Der Mann schüttelte den Kopf. »Auf die Idee ist bisher niemand gekommen. Das wäre auch nicht im Sinne des Erfinders. Soll ja ein Geheimcode sein.«

»Könnte der Hersteller so eine Liste haben? Also, an wen welche Codes gegangen sind?« Noch während er sprach, merkte Manfred, wie unsinnig seine Idee und der Ausflug hierher waren.

»Kann ich mir nicht vorstellen«, antwortete sein Gegenüber. »Ich werde morgen früh dennoch gerne mal nachfragen. Übrigens, Herr Kommissar, ich habe heute erst ein neues Schloss reinbekommen. Könnte Ihnen gefallen. Sie sind doch Radfahrer? Zumindest Ihrem Outfit nach.

Ist auch *keyless*, also ohne Schlüssel.« Er nahm ein schweres Bügelschloss aus dem Regal und reichte es Manfred.

Nachdem der Ladeninhaber den Kauf mit Manfred abgerechnet hatte, fiel ihm etwas ein. »Ach, darf ich Ihre Karte haben?«

Manfred durchsuchte seine Jacke, nahm sein Handy, täuschte einen eingehenden Anruf vor, meldete sich und hörte scheinbar einige Sekunden zu, bevor er zu dem imaginären Anrufer sagte: »Ich beeile mich, bis gleich.« Auf dem Weg zum Ausgang rief er über die Schulter zurück: »Danke nochmals. Ich melde mich wieder bei Ihnen. Einen schönen Tag.«

Bei seinem Fahrrad angekommen, schaute Manfred auf die Uhr. Siedend heiß fiel ihm der Termin mit Brockmann und Schäbe bei sich zu Hause ein. Bis 19 Uhr würde er es keinesfalls schaffen. Per Rad schon gar nicht. Also beschloss er, die Bahn zu nehmen. Wenn er in Werkenbroich ausstieg, sollte er gerade noch rechtzeitig daheim sein.

In der Rheinruhrbahn nach Krefeld fragte sich Manfred, ob sein plötzlicher Aufbruch wie eine Flucht erschienen war. Dann fiel ihm der Zettel mit den Zahlencodes ein. In seiner Handschrift! Den hatte er im Geschäft vergessen. Da waren sogar seine Fingerabdrücke darauf! Und wenn der Fahrradhändler den Besuch des angeblichen Kollegen seinem Sohn erzählte? Manfred verfluchte die Idee und fasste sich an den Kopf.

In Krefeld hatte er nur wenig Zeit für den Umstieg. Der Aufzug zu den Gleisen war zu klein, darum schleppte er sein Rad im Schweinsgalopp die Treppen hinunter und wieder hoch. Glücklicherweise hatte der Anschlusszug drei Minuten Verspätung.

Kurz vor Grawenhorst rief Britta an. Manfred nahm

das Gespräch entgegen. Ihm platzte fast das Trommelfell, so laut schrie Britta in den Hörer.

»Wo bleibst du denn? Und wo sind Martin und Jürgen? Hier steht ein junger Schnösel, eine Viertelstunde zu früh, der unserem Mitch Löcher in den Bauch fragt und seine Fingerabdrücke nehmen will. Hast du das so mit deinen bescheuerten Bullenfreunden vereinbart?«

»Fingerabdrücke? Nein, natürlich nicht! Britt, ich bin in zehn Minuten da. Halt ihn so lange hin.« Manfred versuchte erst Brockmann, dann Schäbe zu erreichen, beide gingen nicht ans Telefon. Ach ja, der Doppelkopfabend, fiel ihm ein.

»Nächster Halt in Werkenbroich. Ausstieg in Fahrtrichtung links.«

Die Durchsage schreckte ihn auf, er griff sein Rad, sprang auf den Bahnsteig und strampelte, so schnell er konnte, heim nach Minssen.

Als er wenige Minuten nach 19 Uhr ankam, wartete Britta trotz der Kälte in der offenen Tür. Manfred eilte ins Wohnzimmer und setzte zu einer aufgebrachten Rede an, da erkannte er den jungen Mann, der ihm nach dem Regen am Dienstag seinen Trainingsanzug geliehen hatte. »Hallo, nett Sie wieder mal zu treffen, Herr …«

»Lappen, Theo Lappen.«

Manfred griff sich an den Kopf. »Sorry, Herr Lappen, Ihren Trainingsanzug habe ich völlig vergessen.« Und wandte sich dann an seine Frau. »Britta, du hast den blauen Anzug doch gewaschen, oder?«

»Ja, klar. Und zum Trocknen aufgehängt.«

Mitch hörte der seltsamen Unterhaltung interessiert zu. »Das mit den Fingerabdrücken war wohl wieder mal einer deiner blöden Scherze, Papa. Oder? Dann kann ich ja in mein Zimmer und für die Mathearbeit lernen.« Er stand auf und rannte die Treppe nach oben.

Manfred musste lachen, Lappen und schließlich auch Britta stimmten ein.

»Ich hol den Trainingsanzug.« Manfred ging in den Keller, nahm den Anzug vom Bügel und drei Bier aus dem Kühlschrank mit ins Wohnzimmer. »Theo. Darf ich Theo sagen? Ich bin Manfred.«

»Klar, Manfred, gerne.«

»Prima. Und meine Frau heißt Britta. Du hast bestimmt schon Feierabend und darfst ein Bier trinken, oder?«

Manfred reichte zuerst Britta eine Flasche, zwinkerte ihr mit einem Auge zu und gab dann dem jungen Kripomann ein Bier. »Bolten Uralt, hier vom Niederrhein. Älteste Altbierbrauerei der Welt. Steht in Korschenbroich bei Gladbach.«

Sie öffneten die Bügelflaschen, prosteten sich gegenseitig zu, und die beiden Männer nahmen einen tiefen Schluck. Britta tat nur so, sie mochte kein Alt, hatte aber verstanden, dass ihr Mann die Situation entschärfen wollte.

Wie erwartet kam Manfred nun nett und bestimmt zur Sache. »Theo, mal im Ernst. Darfst du bei nem Elfjährigen ungefragt Fingerabdrücke nehmen?«

»Ich hab gefragt.«

Britta mischte sich ein. »Sie hatten diese Utensilien bereits auf dem Tisch ausgebreitet. Ich habe das nicht als Frage verstanden.«

Manfred breitete beschwichtigend die Hände aus. Wenn es um ihre Kinder ging, kannte seine Frau keine Gnade, das hatte gelegentlich auch der eine oder andere Lehrer erfahren müssen. »Gemach, gemach. Alles gut.« Manfred überlegte. »Theo, können wir uns darauf verständigen, dass du wegen der Fingerabdrücke gefragt hast und wir Nein gesagt haben?«

Nun dachte auch der junge Beamte nach. Ihm schwante, dass es besser wäre, Manfred zuzustimmen. »Meinetwegen können wir die Sache vergessen. Ich hab ja die Aussage von Mitch.«

»Perfekt. Genau so machen wir das. Kannst du mir das Protokoll morgen mailen?«

»Mach ich gerne.«

»Und wer muss unterschreiben? Mitch und wir beide?«

»Nur ihr.«

Sie tranken ihre Biere aus und der Kriminalbeamte verabschiedete sich. Britta sah, dass der blaue Anzug noch über der Stuhllehne hing, rannte hinter Lappen her, drückte ihm das gute Stück in die Hand, kam im Laufschritt zurück ins warme Wohnzimmer und rieb sich die Hände. »Puh, ist das kalt. Du, Manni, der war mit dem Fahrrad da. Hast du das gesehen?«

»Nein. Gut zu wissen.« Er kündigte seiner Frau an, dass er die ganzen Polizeiradler, die er inzwischen kannte, einfach mal zu seiner Sonntagstour einladen würde. »Obwohl … Brockmann im Moment besser nicht. Der meint sonst, ich will ihn verarschen, wo doch sein Rad weg ist. Vielleicht hat er ja ein neues in Aussicht, ich muss ihn mal fragen.«

»Frag besser Jürgen. Bis später.« Britta wandte sich zur Tür.

»Wo gehst du hin?«

»Heute ist Montag. Volleyball, weißt du doch.«

Manfred stöhnte, er hatte Brittas Sport vergessen. Er setzte sich auf die Couch, freute sich an seiner neuen Errungenschaft und trainierte das Schloss entsprechend.

Nach zwei vergeblichen Versuchen funktionierte die Technik einwandfrei, und das Fahrradschloss öffnete sich anstandslos durch Auflegen seines rechten Daumens auf das Sensorfeld.

Und plötzlich wusste Manfred, dass er noch einen Fehler gemacht hatte. Da war er inkognito in Kempen gewesen und hatte mit Kreditkarte bezahlt. Wie blöd war das denn? Aber 140 Euro hatte er nun mal nicht in bar dabeigehabt.

50 Minuten später schloss er sein Rad vor dem Dartvatter an. Er erkannte Brockmanns altes Hollandrad und Schäbes Mountainbike. Hab ich's mir doch gedacht.

Zu Hause hatte er den Kühlschrank durchforstet und dann beschlossen, auf eine kleine Pizza zu Carlos zu fahren. Seiner Frau hatte er das per Messenger gesimst. Sie hatte nicht geantwortet, aber die beiden grünen Haken zeigten, dass sie die Nachricht gelesen hatte.

Trotz der geringen Entfernung hatte er sich warm angezogen, das Thermometer am Fenster zeigte drei Grad minus.

Bei Carlos war seine Margherita mit extra viel Käse fertig gewesen, als er ankam, denn er hatte sich zuvor telefonisch angemeldet. Er hatte die Pizza in wenigen Minuten im Stehen verdrückt und war dann zum Dartvatter weitergefahren.

Nun ging er hinein, begrüßte Harry und stellte sich an die Theke.

Harry zapfte ihm unaufgefordert sein Alt. »Deine Bullenfreunde sind schon da.« Er wies mit dem Kopf nach links.

Sie saßen möglichst weit weg von den Dartspielern, die auf der rechten Seite der Gaststube spielten und manchmal lautstark ihre Würfe kommentierten.

Manfred tat überrascht und drehte sich um.

Brockmann und Schäbe sahen zu ihm herüber und winkten ihn zu sich. Ein dritter Gast saß zwischen ihnen.

Manfred ging zu ihnen. »Ich dachte, ihr spielt heute. Wo ist denn euer vierter Mann?«

»Der hat kurzfristig abgesagt. Seine Ex ist krank, und er muss sich um den Jungen kümmern. Bleibt das Blatt eben liegen und der Schreibblock blank.« Brockmann deutete auf die Utensilien.

Manfred setzte sich, nahm den Kartenstapel in die Hand und blickte den dreien der Reihe nach in die Augen. »Was meint ihr? Ist zwar ein paar Tage her, aber wenn wir mit einigen Proberunden starten, sollte es klappen.«

Brockmann haute vor Freude so fest auf den Tisch, dass Harry erschrocken von der Theke zu ihnen sah. »Joo, Manni, so machen wir's! Das ist übrigens Harald.«

Manfred nickte dem Mann zu und wollte dann wissen, nach welchen Regeln sie spielten. Im Gegensatz zum Skat gab es beim Doppelkopf etliche Varianten.

Hier wurde mit Fuchs und Karlchen und der Piksieben als Spitze über den beiden Herzzehnen gespielt. Eine Runde bestand aus zehn Spielen, und in denen musste jeder mindestens ein Solospiel bestreiten. Wer das nicht schaffte, wurde im elften Spiel vorgeführt. Exakt so, wie Manfred es mit seinem Vater und dessen Kollegen immer gespielt hatte. Er fragte sich, ob die Spielweise vielleicht von seinem verstorbenem Vater an seine Kollegen im Präsidium vererbt worden war.

Nach zwei Spielen brachen sie die Proberunden ab. Manfred war wieder drin gewesen, sobald er die zwölf Karten auf der Hand gehabt hatte. Sie einigten sich auf einen Einsatz von zehn Cent pro Punkt.

Plötzlich servierte Harry seine ersten T-Bones, es musste

also schon 23 Uhr sein, und sie waren mitten in der zweiten Zehnerrunde.

In der ersten hatte Manfred sich bitterlich über jedes neue Blatt beschwert. Am Ende hatte er auch sein Pflichtsolo mit Pauken und Trompeten verloren und ein Minus von 9,80 Euro auf dem Block gehabt. Die zweite Runde lief besser für ihn. Bereits im zweiten Spiel hatte er ein Traumblatt auf der Hand und gewann sein Damensolo mit sieben Punkten.

Harry lief mit zwei Steaks an ihrem Tisch vorbei. Manfreds Mitspieler schauten sich an – und bestellten.

Anschließend stand Schäbe auf und ging zur Toilette. Manfred wartete ein paar Sekunden, ob auch Brockmann oder Harald mal mussten. Doch dies schien nicht der Fall sein, also erhob er sich und stellte sich neben Schäbe an das nächste Becken.

»Und, Jürgen, seid ihr weiter?«

»Womit?«

»Na, mit dem Fall. Wisst ihr nun, welches Ringschloss der Täter benutzt hat?«

»Geht dich nichts an, Manni. Halt dich bitte raus.« Im Gegensatz zu Manfred hatte Schäbe sich beim Bier zurückgehalten. Er vertrug Alkohol nicht so gut und wusste, dass er beim Doppelkopf Schiffbruch erleiden würde, wenn er zu früh zu viel trank.

»Zier dich nicht so, Jürgen. Es kann nicht so schwer sein, das Ringschloss zu identifizieren.«

»*Du* hast das Foto, oder? Brockmann hat mir heute Mittag den Arsch aufgerissen und behauptet, ich hätte das verdammte Foto verschlampt. Du hast es mitgenommen, als wir zur PK gehetzt sind. Gib's zu, Manni! Hast du wenigstens was rausgefunden?«

»Ich wollte nur helfen. Das Bild habe ich durch Photoshop gejagt. Es gibt nur vier Zahlenkombinationen, die infrage kommen, da bin ich sicher.«

»Das wissen wir längst, die KTU-Mädels sind ja nicht blöd.«

»Habt ihr den Schlosstyp und den Hersteller?«

»Hast du ihn?«

»Wahrscheinlich ein Topguard von Schnitzler. Kostet satte 89 Euro. Absolutes Spitzenprodukt aus Spezialstahl. Und das Zahlenschloss ist nicht zu knacken. Der Hersteller hat 10.000 Euro ausgelobt für den, der es öffnet, ohne den Code zu kennen.«

»Woher weißt du das?«

»Hab mich im Internet umgesehen.« Manfred brach der Schweiß aus. Sollte er noch mehr erzählen?

Schäbe schien ihn zu durchschauen. »Da ist noch was, Manni. Das merk ich doch. Lass es raus. Bitte.«

»Nur wenn du Marti nicht sagst, woher du das weißt.«

»Okay.«

»Versprochen?«

»Versprochen!«

»Dieses Schloss, also … ich glaube, nein, eigentlich bin ich mir sicher, dass … dass Martin an seinem Fahrrad das gleiche hatte. An seinem geklauten, meine ich. Vielleicht war es sogar dasselbe.«

Schäbe schwieg.

Manfred vermutete, dass er krampfhaft überlegte, wie er das seinem Chef beibringen könnte. Deshalb nutzte er die Gelegenheit. »Und, Jürgen …«

»Was noch?«

»An diesen Edelteilen hängen kleine Plastikschnipsel mit der Codenummer.«

»Na und?«

»Wenn Marti so ein Schloss gekauft und vergessen hat, den Schnipsel abzumachen … Frag ihn mal vorsichtig, ob das möglich wäre.«

»Bist du völlig durchgeknallt? Ich soll ihn fragen, ob er ein Vollpfosten ist und den Zahlencode seines Schlosses öffentlich ausgehängt hat?«

»Vielleicht nicht so direkt. Irgendwie hintenrum. Dir fällt schon was ein. Könnte wichtig sein. Möglicherweise ist Martins Schloss die Tatwaffe.« Manfred drängte aus der Toilette, er wollte nicht weiter Rede und Antwort stehen.

Schäbe schüttelte entgeistert den Kopf und ging hinter ihm her. Sie waren bereits in Sichtweite des Tisches, als ihm etwas einfiel. »Stopp, Manni.«

Manfred drehte sich zu ihm um.

»Sprich Martin bloß nicht auf sein Rad an«, flüsterte Schäbe. »Die Versicherung will nämlich nicht zahlen, weil die Hintertür seiner Garage zum Garten offen war. Er hat sich gegenüber dem Versicherungsvertreter verplappert.«

»Was?«

Brockmann und Harald blickten neugierig zu ihnen, weshalb Schäbe nichts mehr erwiderte.

»Habt ihr was in euren Handtäschchen gesucht, oder warum hat das so lange gedauert, Mädels?«, fragte Brockmann, als sie wieder Platz nahmen. Er wartete nicht auf eine Antwort, sondern teilte das nächste Blatt aus.

Eine halbe Stunde später kamen die Steaks, sie hatten gerade die zweite Spielrunde geschafft. Manfred hatte sein Minus in der zweiten Runde auf drei Euro reduziert und ärgerte sich schwarz, dass er schon eine Pizza gegessen hatte.

Brockmann war als Erster fertig. »Wenn uns mal wieder der vierte Mann fehlt, rufen wir dich an.«

»Könnt ihr gerne machen. Montags passt gut. Britta hat

da ihren Sport, und danach ist sie so müde, dass sie gar nicht merkt, wenn ich weg bin.«

Wie auf Kommando brummte sein Handy.

BRITTA:

Langes Pizzaessen
heute?

00:32

MANNI:

Hab mich verquatscht,
bin gleich da.

00:34

DIENSTAG

Manfred holte die Morgenzeitung aus dem Briefkasten. Britta hatte sich verabschiedet, ohne Kuss. Sie war unterwegs zu einem Fotojob, ihr Unterwäschekunde hatte sie angerufen.

Grawenhorst hatte es in den überregionalen Teil der Rheinischen Post geschafft.

Wieder Fahrradmorde am Niederrhein?
Niederländischer Mountainbiker vermutlich erschlagen

Am frühen Morgen des Nikolaustages wurde in einem Waldgebiet im Süden von Grawenhorst ein 24-jähriger niederländischer Radfahrer tot aufgefunden. Zunächst wurde ein Sturz vermutet, an dessen Folgen der junge Mann starb. Nach neuesten Erkenntnissen der lokalen Polizeibehörden handelt es sich jedoch mit hoher Wahrscheinlichkeit um ein Tötungsdelikt.

Im Folgenden griff die Redakteurin die Geschehnisse des Vorjahres nochmals ausführlich auf. Der Überfall auf Hilde wurde nicht erwähnt. Dazu fand Manfred auf der vierten Seite des Lokalteils eine kurze Notiz: Im Gründerviertel habe es einen Einbruch in eine Wohnung mit einer Schwerverletzten gegeben.

Obwohl der Zusammenhang zwischen dem toten Luuk Meulendijks in der Motte und dem Überfall auf dessen Ehefrau Hilde offensichtlich war, wollte die Kripo wohl nicht, dass dies allgemein bekannt wurde. Er musste unbedingt mit Hilde sprechen.

Nachdem er das Nötigste an seinem Schreibtisch erledigt hatte, zog er sich warm, aber ausgehfein an und fuhr in schnellem Tempo quer durch die Stadt zur Arbello-Klinik.

Er ging durch das historische Eingangsportal, stellte sich der jungen Dame an der Rezeption souverän als Hildes Bruder vor und wurde in die zweite Etage des Gebäudes C gewiesen. Durch die hellen Gänge des Neubaus gelangte er kurz darauf an sein Ziel, klopfte, öffnete die Tür des Krankenzimmers mit der Nummer C 126 und trat ein.

Das Zweibettzimmer war nicht belegt, beide Betten neu bezogen und mit einer Folie abgedeckt. Er musste sich wohl in der Zimmernummer geirrt haben.

Manfred machte kehrt, doch bevor er aus der Tür heraus war, hörte er eine bekannte Stimme. Brockmann.

Schnell trat er wieder zurück, lehnte die Tür an und beobachtete durch den Schlitz, wie Brockmann mit seinem Assistenten Schäbe hinter einem Weißkittel an ihm vorbeiging.

Als sie sich ein Stück entfernt hatten, öffnete Manfred die Tür wieder, sah, dass sie sich am Gangende nach rechts wandten, und folgte ihnen vorsichtig. Er lugte um die Ecke und erkannte, wie Schäbe im dritten Zimmer rechts verschwand. Neben der Tür stand ein Stuhl, und darauf saß ein uniformierter Polizist.

Mist! Was nun? Manfred entdeckte eine Tür mit dem Schild »Kaffeeküche« und ging kurz entschlossen hinein. Der Raum war winzig, vollgestellt mit Kartons und allem möglichen Krempel und wurde längst nicht mehr zum Kaffeekochen benutzt. Wieder ließ er die Tür ein wenig offen und beobachtete den Flur.

Er musste nicht lange warten. Erst trat Schäbe, dann Brockmann aus dem Krankenzimmer. Brockmann wandte sich an seinen Kollegen in Uniform. »Sie halten hier die Stellung und lassen niemanden rein. Niemanden! Ist das klar?«

»Völlig klar, Herr Hauptkommissar. Ich pass auf. Das Mädel ist sicher bei mir.«

»Auch wenn irgendwelche Journalisten auftauchen sollten. Keiner kommt hier rein. Verstanden?«

»Sie können sich auf mich verlassen.«

»Gut.« Brockmann wandte sich zum Gehen, drehte sich dann aber nochmals um. »Und passen Sie besonders auf diese Zecke Hanraths auf. Sie haben ja das Foto. Dem ist alles zuzutrauen, der rollt notfalls auch als Weihnachtsmann oder Kripokollege an, um zu seiner Hilde zu kommen.«

Der uniformierte Beamte nickte zustimmend.

Brockmann und Schäbe entfernten sich, und Manfred hockte nachdenklich in der Kaffeeküche. War das mit dem »Kripokollegen« nur eine flapsige Bemerkung von Brockmann gewesen, oder wussten sie bereits von seinem Ausflug nach Kempen?

Manfred verließ sein Versteck und sah aus den Augenwinkeln, dass der Arzt im weißen Kittel gerade aus Hildes Zimmer trat. Er zögerte, verlangsamte seinen Schritt und wartete, bis er eingeholt wurde. Erstaunt erkannte er in dem Arzt einen gelegentlichen Teilnehmer seiner wöchentlichen Sommertouren. »Du hier? Ich wusste gar nicht, dass du am Hilla bist.«

»Hallo, Manni. Seit August bin ich hier als Oberarzt angestellt. Seither habe ich keine Zeit mehr zum Radfahren. Ich arbeite jetzt erheblich mehr Stunden als vorher in Düsseldorf. Na ja, da war ich auch noch Assistenzarzt.«

Manfred versuchte sich in Small Talk, fragte nach Freundin, Ehefrau und eventuellen Kindern, jedoch fiel ihm der Name seines Gegenübers partout nicht ein. Unauffällig nahm er das Namensschild des Arztes ins Visier und las »Andreas Keller«. Dann kam er auf sein drängendes Thema. »Andreas, ich hab gehört, dass die arme Frau des verstorbenen Luuk Meulendijks hier auf deiner Station liegt?«

»Hast du gehört? Woher?« Der Arzt sah ihn herausfordernd an und zupfte an seinem Vollbart.

»Gehört eben.« Manfred zuckte mit den Achseln.

»Manni, Manni. Das kannst du nicht ›gehört‹ haben. Die Polizei hat eine strikte Nachrichtensperre eingerichtet, und bisher hat kein einziger Journalist hierhergefunden. Wäre auch sinnlos, denn die Patientin ist nicht ansprechbar. Außerdem hat uns der Chefermittler ausdrücklich vor dir gewarnt.« Der Oberarzt zog ein Foto von Manfred aus der Tasche und hielt es ihm vor die Nase. »Bitte entferne dich schleunigst und lass dich nie mehr hier blicken, dann vergesse ich deinen Auftritt vielleicht.«

Am frühen Abend war Manfred wieder auf dem Weg zum Dartvatter. Bernd hatte zu einem kurzfristigen Sondertreffen des Grawenhorster ADFC eingeladen. Das hatte Manfred neugierig gemacht.

Er verfluchte zum wiederholten Male sein Pech und die Sorgfalt der Kripoleute, die anscheinend an alles gedacht und jeden in der Klinik auf sein Erscheinen vorbereitet hatten.

Manfred hatte nichts erfahren, weder zu Hildes Zustand und ihren Verletzungen noch zu irgendwelchen Vermutungen. Trotzdem wusste er nach dem Besuch im Hilla mehr als vorher. Hilde war nicht ansprechbar.

Vor der Kneipe an der Zabelsberger Straße schloss er sein Rad an und prüfte mit einem Blick auf die anderen Fahrräder, wer noch da war.

Hartmut, klar. Er kam fast immer zu den Aktiventreffen. Der schwarze Anhänger und die blaue Plane darüber waren unverkennbar. Manfred fragte sich, warum der Chef der Rentnerband immer mit Anhänger unterwegs war. Was er darin wohl mit sich führte? Manfred kniete sich neben den Anhänger auf den Bürgersteig und tat so, als würde er seine Schnürsenkel richten. Dabei sah er sich um. Niemand weit und breit, die Luft war rein. Er zupfte an der blauen Abdeckplane, hob sie leicht an und schob seine Hand hinein. Er fühlte etwas, packte zu und zog eine silbergrüne Dose heraus. Ratlos betrachtete er das Ding in seiner Hand, dann lüftete er die Abdeckung weiter. Die Wanne war randvoll mit leeren Bierdosen.

»Der sammelt Dosen?« Manfred war fassungslos. Er kannte Hartmut als gut situierten Rentner. Er zog die blaue Plane wieder zurecht, stand auf und bemerkte, dass er die Dose noch in der Hand hielt. Weil Bernd gerade angefahren kam, steckte er sie schnell in seine Jackentasche.

Hintereinander betraten sie die Kneipe und ihren Versammlungsraum. Die meisten Stühle waren bereits besetzt. Manfred fragte sich, was so wichtig war, dass ihr Vorsitzender den kompletten Aktivenkreis einberufen hatte.

Bernd klopfte mit den Handknöcheln auf den Tisch und verschaffte sich Gehör. »Danke, dass ihr alle gekommen seid, vor allem so kurzfristig. Die Kripo hat mich gebeten, euch hier zusammenzuholen. Die haben Fragen zu den Verbrechen der letzten Tage. Ihr habt sicher alle davon gelesen oder gehört.«

Prompt traten Schäbe und Brockmann durch den Vorhang, Letzterer lehnte sich mit dem Rücken an die Wand und zögerte nicht lange.

»Meine Damen und Herren, ich danke Ihnen, dass Sie uns bei unserer Arbeit unterstützen. Wir hätten Sie auch einzeln vorladen können, doch so ist es für Sie und uns angenehmer. Diejenigen, die heute Abend … äh … verhindert sind, müssen jedoch auf dem Präsidium erscheinen.«

Schäbe verteilte ein A4-Blatt für jeden, auch vor Manfred legte er eines auf den Tisch.

Brockmann erklärte das Verfahren. »Wir haben zwei Tote und ein weiteres Schwerverbrechen. Auffällig ist, dass es wieder eine Verbindung zum Fahrradmilieu gibt. Und da Ihr Club nicht gerade klein ist, haben wir unsere Fragen zusammengestellt und bitten Sie nun, diese vollständig und wahrheitsgemäß zu beantworten.«

Manfred überflog den Fragebogen und wusste sofort, dass es schlichtweg um Alibis ging. Jeder sollte für die drei Tattage erklären, wo er zu einer bestimmten Uhrzeit gewesen war und wer das bezeugen konnte.

Die Kriminalbeamten hatten sogar Kugelschreiber mitgebracht, mit Werbeaufdruck des Kolumbariums in Viersen, wie Manfred amüsiert feststellte.

Der Kassierer Udo stand auf und hielt demonstrativ den Fragebogen in die Höhe. »Und wenn ich das nicht mitmache? Dürfen Sie das überhaupt?«

Alle stutzten und sahen Brockmann an.

Der hob beschwichtigend die Arme. »Erstens, wir dürfen das. Zweitens, wir nötigen Sie zu nichts. Drittens, diese Befragung ist freiwillig. Hatte ich das nicht erwähnt?«

Schäbe mischte sich ein. Er befürchtete wohl, dass sein Chef mit einer Vorladung drohen würde. »Bitte, liebe Leute. Selbstverständlich müsst ihr den Fragebogen nicht ausfüllen. Es würde uns aber helfen und viel Zeit sparen. Immerhin suchen wir einen oder mehrere Mörder von Menschen, die ihr gut kanntet, mit denen ihr vielleicht sogar befreundet wart.«

Zum ersten Mal wurde ausgesprochen, was insgeheim mancher befürchtete. Stammte der Tote im Grenzwald auch aus ihrem Bekanntenkreis?

Manfred dachte spontan an Friedel, der fehlte in der heutigen Runde. Und er wusste, dass Schäbe seinen spontanen Einwurf nicht mit seinem Chef abgesprochen hatte. Brockmanns böser Blick und Schäbes rote Wangen sprachen Bände. Und er selbst war der Einzige außer den Kriminalbeamten, der vom Überfall auf Hilde wusste.

Nach 40 Minuten war die Aktion beendet. Bernd begleitete die Beamten bis auf die Straße. Manfred nutzte die Gelegenheit und ging zur Toilette. Dort wartete er ab, bis Bernd zu den anderen zurückgekehrt war, und verließ Harrys Kneipe, ohne sich zu verabschieden.

Draußen traf er auf die beiden Beamten, die ihre lebhafte Diskussion sofort abbrachen, kaum dass sie ihn erkannten.

Brockmann baute sich vor ihm auf. »Manni, du hast mit dieser Sache nichts zu tun. Hoffe ich jedenfalls! Und darum, ein für alle Mal, halte dich aus unseren Ermittlungen heraus! Lass uns unsere Arbeit machen. Es geht nicht an, dass du deine verdammte Nase immer und immer wieder in unsere Aufklärungsarbeit steckst! Halte dich von den Tatorten fern! Und auch von gewissen Krankenzimmern. Haben wir uns verstanden, Manfred?«

»Jaja. Ist ja gut. Ich halte mich zurück.« Manfred holte seinen Schlüsselbund aus der Jackentasche – an das neue Fahrradschloss mit Fingerabdrucksensor hatte er sich noch nicht gewöhnt. Dabei fiel mit lautem Scheppern die Dose aus Hartmuts Anhänger zu Boden.

Brockmann bückte sich und hob die Dose auf. »Seit wann trinkst du Heineken, Manni? Ach so, die kommt aus Holland, da gibt's ja kein Alt.«

Manfred nahm die Dose wieder an sich, wollte heim, ärgerte sich maßlos. Er war zornig, zornig auf seine Kripofreunde, dass sie ihn so abkanzelten, und zornig auf sich selbst, dass er sich im Krankenhaus hatte erwischen lassen. Offensichtlich hatte sein Tourenfreund gepetzt. Er steckte seine Schlüssel zurück in seine Jacke und öffnete das Schloss mit dem Daumen. »Ich bin dann mal weg. Gute Nacht!« Er stieg auf sein Rad und fuhr zügig heim.

Britta begrüßte ihn überrascht, so früh hatte sie nicht mit ihm gerechnet. »Kein Steak heute? Was ist los?«

Manfred berichtete ihr, was stattgefunden hatte.

Britta kreierte ihm währenddessen einen Salat mit viel Schinken und Reibekäse und servierte sogar ein Glas Rotwein dazu.

Manfred war dankbar, dass sie so auf ihn einging. Nach dem ersten Schluck Wein hatte er sich beruhigt.

Es war fast elf, als sein Handy klingelte. Britta sah ihn an und schüttelte den Kopf. Manfred zuckte die Schultern, wollte das Gespräch annehmen, aber ein Blick auf das Display verriet ihm, dass Bernd anrief. Also ließ er sein Handy klingeln, bis der Ton abbrach.

Fünf Minuten später klingelte es wieder, jetzt war es Schäbe.

»Was gibt's, Jürgen?«

»Manni, du musst Marti verstehen. Du kannst uns nicht ständig in die Quere kommen. Lass uns den Job machen. Bitte! Ach ja, und wir müssen mal wieder reden. Geht 10 Uhr morgen früh? Martin hat vorhin einen Anruf erhalten und war danach fuchsteufelswild. Er hat mich angebrüllt, dass ich dich vorladen soll. Keine Ahnung, was er von dir will.«

Manfred ergab sich in sein Schicksal und stimmte zu.

MITTWOCH

Um halb sieben wachte er auf und wusste sofort, dass er nicht mehr einschlafen konnte. Manfred stand auf, duschte, holte seine Zeitung, und noch an der Haustür las er den Aufmacher.

Wieder Mord in Grawenhorsts Fahrradszene?

Wie unsere Redaktion in Erfahrung bringen konnte, verdichtet sich der Verdacht, dass erneut ein Serientäter in der Grawenhorster Fahrradszene tätig ist. Nach dem getöteten Mann an der Mürntalmotte im Süden der Stadt wurde westlich im Grenzwald ein zweiter Toter gefunden, der offensichtlich auch mit dem Rad unterwegs gewesen war. Die Leiche soll bis zur Unkenntlichkeit entstellt sein. Außerdem gab es im Gründerzeitviertel einen Überfall auf eine junge Frau, die Inhaberin eines Radkurierdienstes ist und nun schwer verletzt im Krankenhaus liegt. Nach einer Pause von 15 Monaten geht die Grawenhorster Polizei wieder von einer Mordserie aus, sieht aber keinen Zusammenhang mit den Fällen vom September des Vorjahres.

Ob Brockmann ihn deshalb sehen wollte? Oder hatte er doch von seinem Ausflug nach Kempen Wind bekommen?

Nach einem ausgiebigen Frühstück machte sich Manfred auf den Weg ins Präsidium.

In Brockmanns Büro kam der Kripobeamte sofort und energisch zur Sache. »Ich will die Marke. Her damit. Jetzt!«

Manfred wurde puterrot und verkniff sich jede Ausrede. »Hab ich nicht dabei. Ist ein Erinnerungsstück von meinem Vater. Hat er mir vererbt.«

»Kripomarken kann man nicht vererben. Die gehören dem Staat. Die gibt man ab, wenn man pensioniert wird.«

»Hat er vergessen.« Manfred war ganz kleinlaut. Sein Besuch im Kempener Fahrradladen war aufgeflogen. So schnell hatte er nicht damit gerechnet.

»Die Marke wirst du bei mir abgeben, verstanden! Und dass du dich als Polizist ausgegeben hast, wird ein Nachspiel haben, darauf kannst du Gift nehmen!« Auf einmal wurde Brockmann ganz ruhig und sprach leise weiter. »Wie kann ein Mensch nur so blöd sein? Meinst du, wir hatten nicht längst dieselbe Idee? Wir haben alle Fahrradhändler im weiten Umkreis angemailt und nach dem Schloss gefragt. Du warst keine zehn Minuten raus aus dem Laden, da kam unsere Anfrage an. Die hat der Inhaber seinem Sohn gezeigt und ihm von deinem Besuch erzählt. Den Rest kannst du dir ja denken.«

Manfred blies die Backen auf und sagte zunächst nichts. Was auch, sie hatten ihn erwischt. Blattschuss, nannten das die Jäger. »Dann geh ich mal wieder ...?« Halb fragend stand er auf und wandte sich zur Tür.

Brockmann wedelte mit der Hand. »Ja, geh und mach dich unsichtbar. Diese Amtsanmaßung kann dich teuer zu stehen kommen. Du erhältst bald Post von der Staatsanwaltschaft.«

Manfred war entsetzt. »Habt ihr Anzeige erstattet?«

»Wir nicht, aber der Kollege in Kempen, was denkst du denn?«

»Könnt ihr da nicht was deichseln?« Manfred sah erst Brockmann, dann Schäbe flehentlich an.

Schäbe schüttelte den Kopf. »Nicht unsere Stadt, anderes Bauland. Warum bist du auch nach Kempen gefahren?«

»Weil mich dort keiner kennt.« Manfred biss sich auf die Zunge wegen der blöden Bemerkung, die ihm rausgerutscht war.

»Raus jetzt, Manfred.« Brockmann wurde energisch. »Bleib fern von uns und unseren Ermittlungen. Vor allem von den Tatorten. Am besten fährst du in Urlaub.« Grinsend fügte er hinzu: »Aber hinterlass deine Anschrift. Für alle Fälle. Falls wir Fragen haben.«

Schäbe räusperte sich. »Nimm das mit der Anzeige nicht so schwer. Das läuft höchstens auf eine saftige Geldstrafe hinaus, bei deinen Verdiensten.« Dabei schaute er an Brockmann vorbei, der ihn böse anfunkelte.

Manfred nickte beiden stumm zu und verließ das Präsidium.

Kurz darauf saß er wieder auf seinem Rad und rollte planlos durch die Gegend, hinaus aus der Stadt, irgendwohin ins Grüne, nur weg. Er war ganz leer im Kopf und grübelte.

Eine laute Hupe erschreckte ihn. Schnell wechselte er über den Grünstreifen auf den Radweg, den er übersehen hatte. Vor Werkenbroich fuhr er für ein paar Meter auf die K 111, und wenig später bog er in die Mürntalstraße ab. Er verkniff sich den Abzweig zur Motte und passierte diese mit gehörigem Abstand in hohem Tempo. Am Haus der Lambertz', die ihnen am Nikolaustag geholfen hatten, bremste er abrupt ab und stieg vom Rad.

Manfred schellte, ohne zu wissen, was er hier wollte. Er hoffte schon, dass niemand zu Hause war, doch da öffnete ihm Frau Lambertz die Tür und begrüßte ihn freudig.

»Schön, dass Sie sich wieder mal sehen lassen, Herr Hanraths, wir bekommen ja kaum noch Besuch. Mein Mann ist gerade unterwegs, er kommt aber sicher gleich zurück. Setzen wir uns in die Küche. Darf ich Ihnen einen Kaffee anbieten?«

Manfred nahm das Angebot dankend an.

»Schlimme Sache. Haben Sie es gelesen? Es gibt einen weiteren Toten und eine Schwerverletzte. Und wie geht es denn der unglücklichen Ehefrau des Mordopfers an der Motte? Weiß man, wer der Tote im Grenzwald ist? In der Zeitung stand, dass er kaum zu erkennen war. Stimmt das? Wie lange hat er da wohl gelegen?«

Gott sei Dank pfiff der Wasserkessel und unterbrach ihren Redestrom. Frau Lambertz setzte Filterkaffee auf. Der Duft weckte Manfreds Sinne, und er legte sich im Geiste ein paar Fragen zurecht. Bald war der Kaffee fertig, die nette Hausherrin goss ihm eine Tasse ein und stellte ein Kännchen Milch und eine Dose Zucker dazu.

»Sie helfen also unserer Polizei? Auch wenn die was anderes behauptet – ich finde das toll von Ihnen!«

Manfred verschluckte sich fast. Hatten Brockmann und Schäbe etwa auch Herrn und Frau Lambertz vor ihm gewarnt?

Da ging quietschend die alte Eingangstür auf.

»Herbert, wir haben Besuch. Rate mal, wer da ist.«

»Ich tippe auf Herrn Hanraths, meine liebe Else. Jedenfalls steht sein Rad draußen und ist nicht abgeschlossen. Ich hab es sicherheitshalber in den Schuppen gestellt.«

Lachend begrüßte der alte Herr seinen Gast, nahm sich auch eine Tasse und setzte sich zu ihnen. »Prost Kaffee, oder hätten Sie lieber ein Bierchen?«

Manfred bedankte sich, sagte aber entgegen seinen Gelüsten, dass der Kaffee bestens und der Tageszeit angemessen sei. Nach einigem Hin und Her berichtete er von den vier dunkel gekleideten Radfahrern, die ihnen am vorletzten Sonntag entgegengerast waren.

»Ach, diese Ghost Riders?« Else Lambertz nickte. »Die kommen hier öfters vorbei, immer am Sonntagmorgen und auch mal unter der Woche.«

»Ghost Riders?« Manfred war elektrisiert. »Kennen Sie die?«

Herbert Lambertz wiegte den Kopf. »Kennen tut die hier keiner, deswegen ja der Name. Die Enkel unseres Nachbarn haben sie so genannt. Seitdem sprechen alle nur noch von den Ghost Riders.«

»Sie sind immer zu viert, schnell unterwegs und dunkel gekleidet wie die Nacht. Ein bisschen unheimlich«, ergänzte Else.

»Hm … Ist Ihnen sonst noch was aufgefallen in der letzten Zeit? Etwas Ungewöhnliches?«

Das alte Ehepaar sah sich an, beide schüttelten den Kopf. »Haben uns die Kriminalbeamten auch gefragt.«

Manfred hakte nach. »Haben Sie denen von den Geisterfahrern erzählt?«

»Ja, aber das war ihnen nicht wichtig. Ich glaube, die kannten die.«

»Nicht wichtig?« Manfred war ratlos und fragte sich, warum die Kripo diese Spur nicht ernst nahm.

Else Lambertz stand auf. »Ich muss nach der Wäsche schauen.«

Manfred wollte sich auch erheben, aber Herr Lambertz winkte ab, ging zum Kühlschrank und holte zwei Flaschen Altbier. »Es ist nach 12 Uhr, da ist das erlaubt.« Er reichte Manfred eine Flasche, und sie stießen miteinander an. »Prost! Sollen wir zum Du wechseln? Ich bin der Herbert.«

»Gute Idee, ich der Manfred, die meisten sagen Manni.«

Herbert Lambertz tat einen tiefen Schluck aus der Flasche. »Du recherchierst also auf eigene Faust?« Und nach einer kurzen Pause: »Sollst du aber nicht. Haben uns die Kripoleute gesagt.«

Zum zweiten Mal an diesem Tag wurde Manfred rot und stotterte: »Ja, nein, also … nicht so richtig. Bin halt neugierig.«

Eine halbe Stunde später trat Manfred den Heimweg an. Er nahm nicht die kurze Strecke, sondern fuhr im Bogen die Broicher Runde zurück nach Minssen. Dabei ließ er sich das Gespräch mit Herbert durch den Kopf gehen. Er hatte ihn ins Gebet genommen. Manni solle seine Nase nicht zu tief in die Sache stecken. Und aufpassen, dass er nicht selbst irgendwann als Leiche enden würde. Über die Ghost Riders hatten sie nicht mehr geredet, aber gerade die bekam Manfred nicht mehr aus dem Kopf. Warum um alles in der Welt verfolgten die Ermittler diese Spur nicht?

Hinter dem Bahnübergang der Strecke nach Krefeld überholte ihn vor Merrenbroich ein anderen Radfahrer, und er erkannte erfreut Theo, den jungen Polizeibeamten, der ihm seinen Trainingsanzug geliehen hatte. Manfred trat etwas kräftiger in die Pedale, schloss auf und sprach ihn an. »Auch sportlich unterwegs?«

»Ach, hallo, Manni. Ich fahre mein neues Rad ein. Bin bisher nur Rennrad gefahren, das war in der Eifel angesagt. Aber hier am Niederrhein führen die schönsten Strecken oft abseits der Landstraßen, viele Wege sind für Rennräder nicht geeignet.«

Manfred nickte zustimmend und bewunderte das funkelnagelneue Gravelbike neben ihm. »Gute Wahl. Schickes Rad, damit kannst du prima auf allen Böden fahren. Wohin bist du unterwegs?«

»Hab kein echtes Ziel, außer zum Präsidium. In zwei Stunden fängt mein Dienst an, und bis dahin erkunde ich die Gegend. Und teste den neuen Sattel. Ich bin nicht sicher, ob der auf dem Rad bleibt.« Theo Lappen schüttelte den Kopf und lächelte gequält.

»Oh ja, ein neuer Sattel ist immer schwierig. Ich fahre seit fast zehn Jahren denselben Sattel auf dem dritten Rad. Bis er auseinanderfällt.« Manfred lachte. »Sollen wir die Runde gemeinsam drehen? Ich habe eine gute Stunde Zeit, und dein Präsidium liegt auf meiner Heimstrecke.«

»Okay, du kennst dich hier bestimmt bestens aus.« Theo ließ sich gerne vom ortskundigen Manfred führen.

Nebeneinander schwenkten sie bald in den Hardenhain, durchfuhren ihn auf festem Waldboden bis Beven, radelten ein Stück auf dem Radweg der L 185 und bogen dann links ab, um übers Feld auf Schotterwegen im Bogen zurück nach Grawenhorst zu kommen. Die Tour war ganz nach Manfreds Geschmack. Sie waren flott unterwegs, fuhren aber kein Rennen gegeneinander.

Auch Theo schien Spaß an der Runde zu haben. »Du,

stimmt es eigentlich, dass dein Hund den Flaschen-Fritzi im Grenzwald gefunden hat? Wegen ner Luftpumpe?«

Manfred grinste in sich hinein. Ob Theo bewusst war, was er gerade ausgeplaudert hatte? »Lass uns kurz anhalten, ich hab Durst«, sagte er.

Beide stellten die Räder ab und griffen zu ihren Trinkflaschen. Manfred erzählte, dass Pakko ein seltsames Faible hatte und nur Fahrradpumpen apportierte. Neulich im Grenzwald sogar, ohne dass sein Herrchen sie geworfen hatte. »Du, Theo, erzähl deinen Kollegen besser nicht, dass du mir verraten hast, wer der Tote ist. Brockmann würde dir das übel nehmen.«

Der junge Polizeibeamte lief rot an. »Ach du Scheiße! Du wusstest das nicht?«

Manfred schüttelte den Kopf. »Keine Sorge, von mir erfahren sie das nicht. Eigentlich ist der Martin ein Netter, zurzeit nur nicht gut auf mich zu sprechen. Ich hab Mist gebaut, hast du vielleicht gehört.«

Als sein Gegenüber verneinte, erzählte er ihm während der Weiterfahrt die Kempener Episode. Theo hörte gespannt zu und lachte am Ende schallend. »Du hast die Kripomarke deines alten Herrn missbraucht? Unfassbar! Auf die Idee muss man erst mal kommen.«

Manfred lachte höflich mit, ihm war die Sache inzwischen jedoch peinlich.

Über die Zabelsberger Straße, ein gutes Stück vor dem Dartvatter, erreichten sie die City. Manfred empfahl ihm Harrys T-Bones. Auf der Bolundstraße kurz vor dem Präsidium verabschiedeten sie sich per Zuruf, ohne anzuhalten.

Manfred hegte den Verdacht, dass Theo nicht wohl war wegen seines Verplapperns. Egal, immerhin wusste er nun, wer der Tote war. Jeder kannte Flaschen-Fritzi. Er war immer mit dem Rad unterwegs, gehörte jedoch nicht zur eigentlichen Fahrradszene.

DONNERSTAG

Die Wetterfrösche hatten recht behalten, keine Wolke am Himmel, es war wieder wärmer geworden. »Zu warm für die Jahreszeit«, hatten sie kommentiert. Manfred war vom Läuten der Minssener Josefskirche geweckt worden, das ein leichter Westwind zu ihnen herübergeweht hatte. Ihm waren die warmen Temperaturen recht, denn er wollte heute Morgen als Erstes auf sein Rad steigen und eine gepflegte Runde drehen. Und ohne lange Hose radelte er lieber, er fand es bequemer. Seine Frau war der Meinung, dass er dringend eine neue Langhose bräuchte. »Aus dem ollen Ding bist du längst rausgewachsen, bekommst du darin überhaupt noch Luft?«

Britta schlief noch, als er sein Trekkingrad nach Süden Richtung Mürn lenkte, hinaus aus der Stadt ins offene Feld.

Manfred konzentrierte sich aufs Radfahren, vermied jeden Gedanken an den Vortagsstress, an die Toten der vergangenen Tage und an Hilde.

Hinter der K 111 bog er rechts auf den langen Wirtschaftsweg ab, fuhr nah an Meenen und Hennerath vorbei und merkte plötzlich, dass er sich rasch dem Grenzwald näherte. Schnell drehte er ab und passierte den Sibalsee.

Zwischen offenen, mal noch immer grünen Feldern, mal frisch gepflügten braunen Äckern genoss er die wärmenden Strahlen der frühen Dezembersonne. Auf einer Weide entdeckte er drei Silberreiher, im Vorbeifahren nahm er einen weiteren wahr. Manfred fragte sich, wieso die Vögel stets in weitem Abstand zueinander standen. Eng beieinander hatte er noch nie welche gesehen. Wie vermehrten die sich nur?

Über ihm kreiste ein großer schlanker Vogel, und Manfred hatte kurz die Vision eines Klapperstorchs mit Beutel, der die kleinen Reiher brachte.

Bald tauchte die Minssener Kirchturmspitze auf, und er beschloss, beim Bäcker einzukehren. Er kaufte frische Brötchen, einen kleinen Weckmann für Britta und ein Croissant für sich. Anschließend machte er sich auf den Heimweg.

Er hatte gerade die Kirche umfahren, als er fast vom Rad fiel vor Überraschung. Er hielt an, schoss ein Foto von dem, was er sah, und wählte Brockmanns Nummer im Präsidium.

Der meldete sich wenig freundlich. »Was willst du?«

»Wir müssen reden!« Manfred genoss seinen Vorteil und drehte den Spieß zur Abwechslung um. »Aber nicht am Telefon.«

»Wehe dir, wenn es nicht wichtig ist, ich hab Besuch! Sei um 10:30 Uhr hier. Okay?«

»Bis nachher.« Manfred beendete das Telefonat und fuhr heim.

Zu Hause frühstückte er mit Britta und erzählte ihr, was er entdeckt hatte. Seine Frau schüttelte nur den Kopf und demonstrierte ihr Desinteresse.

Später im Polizeipräsidium genoss er die Situation. »Ihr habt also den Flaschen-Fritzi im Grenzwald gefunden?«

Brockmann sprang so heftig auf, dass sein Stuhl nach hinten gegen den Aktenschrank polterte. »Woher …« Er biss sich auf die Zunge. »Wie kommst du darauf?«

»Das pfeifen die Grawenhorster Spatzen längst von allen Dächern.« Manfred übertrieb bewusst, damit Brockmann und Schäbe ihn nicht nach seiner Quelle fragten. »Ist auch egal, ihr liegt nämlich falsch, da hat euch jemand verarscht.«

Er zog sein Handy aus der Jacke und präsentierte das Foto, das er an der Minssener Kirche aufgenommen hatte. Darauf zu sehen war Flaschen-Fritzi, Flaschensammler und bekanntes Original der Stadt. An jeder Seite seines klapprigen Rads hingen stets riesige Säcke voller bunter Plastikflaschen. Meist schob Fritzi es, aber Manfred hatte ihn auch schon vollbepackt damit fahren sehen und sich gewundert, wie der alte Kerl das schaffte. Wie Fritzi richtig hieß und wie und wo er lebte, wusste kein Mensch. Aber jeder in Grawenhorst kannte ihn. »Ist von heute Morgen, das Bild.«

Brockmann sank in seinen Stuhl zurück. Fast hätte er ihn verfehlt und wäre auf dem Boden gelandet.

Manfred ließ sich seinen Triumph nicht ansehen und setzte nach: »Habt ihr bei der Leiche Fritzis bunten Tirolerhut gefunden und daraus geschlossen, dass es sich um ihn handelt?«

Brockmann nickte nur, Schäbe schwieg noch immer.

»Mir hat Fritzi heute Morgen erzählt, dass sein geliebter Hut seit zwei Wochen weg ist. Er glaubt, ihn verloren zu haben. Offensichtlich hat aber jemand gezielt zugegriffen, und ihr seid ihm auf den Leim gegangen.«

Brockmanns Miene wurde zunehmend düsterer.

Schäbe fasste sich an den Kopf. »Darüber müssen wir mit der SpuSi reden.«

»Danke, Manni«, sagte Brockmann kleinlaut. »Kannst du das bitte für dich behalten?«

»Hast du gedacht, ich klappere gleich die Zeitungsredaktionen ab? Quatsch, bleibt unter uns. Vielleicht könnt ihr beim Staatsanwalt in Krefeld ein gutes Wort für mich einlegen. Ihr wisst schon.«

Brockmann stierte auf seinen Schreibtisch, Schäbe grinste gequält. »Weißt du, wo wir diesen Flaschenheini finden?«

»Nö, aber ich hab ihm gesagt, dass ihr ihn sprechen wollt. Der wird heute Nachmittag hier auflaufen. Wegen seines Huts.«

Auf der Rückfahrt nach Minssen sahen die wenigen Passanten einen bestens gelaunten Manfred pfeifend auf seinem Rad. Brockmann hatte ihm auf dem Flur vor seinem Büro auf die Schulter geklopft und ihm einen schönen Tag gewünscht.

Manfred hatte sich bedankt. »Ihr könntet mich auf dem Laufenden halten. Vor allem, wenn ihr wisst, wer der Tote wirklich ist.«

Woraufhin Brockmann nur müde den Kopf geschüttelt hatte.

Zu Hause angekommen, setzte sich Manfred an den Schreibtisch und wollte seinen Bildschirm einschalten. Auf dem Knopf klebte ein gelber Zettel. »Bin in Anrath. Denk dran: Dachrinne, Garage, Holunder. Kuss, Britta.«

Um halb vier fuhr Manfred seinen PC herunter, zog seine Arbeitsklamotten an und widmete sich zuerst der Dachrinne über der Terrasse. Auf der Bockleiter schaufelte er mit bösem Blick auf ihre mächtige Trauerweide Schlamm und unzählige Blätter des vergangenen Herbstes aus der Rinne in einen Eimer. Anschließend spritzte er die Regenrinne sauber und hoffte, dass das Fallrohr nicht verstopfen würde.

Wieder am Boden, reduzierte er den Holunder am Zaun und überlegte, ob es nicht besser sei, dem Busch den Garaus zu machen, verwarf den Gedanken jedoch schnell. Denn dann erwartete Britta sicher, dass er auch das weitreichende Wurzelwerk ausgraben würde.

Als er fertig war, hängte er die schwere Astschere an die Seitenwand in der Garage, die Leiter daneben, und wäre dabei fast hingefallen, denn er verfing sich im Kabel des gelben Nasssaugers, der im Weg stand. Er betrachtete das Gerümpel in der Garage. Britta wollte, dass er sie heute aufräumte, aber die Aktion würde mehrere Stunden in Anspruch nehmen. Nach einem Blick auf die Uhr beschloss er, Feierabend zu machen. Ihr Auto würde eine weitere Nacht auf der kalten Straße verbringen müssen.

Am Abend auf der Couch nahm ihn seine Frau nicht nur wegen der Garage, sondern auch wegen seinen Detektivspielchen ins Gebet. »Halt dich zurück, Manfred! Wenn nicht für dich, dann für mich und die Kinder. Bitte!«

Britta hatte ihn nicht mit seinem Kosenamen angesprochen. Das kam selten vor, aber wenn, dann wurde es ernst.

Manfred sah sie verliebt an und nickte. »Alles gut, keine Sorge, ich gebe mein Bestes für euch.«

Nachdem seine Frau zu Bett gegangen war, saß er grübelnd auf der Couch und überlegte, wie er an Hilde im Hilla herankommen könnte. Sie war vielleicht der Schlüssel zur Lösung des rätselhaften Falls. Sie könnte wissen, warum ihr Mann tot und sie selbst überfallen worden war. Ins Krankenhaus brauchte er nicht mehr zu gehen, er würde nicht in ihr Zimmer kommen. Da fiel ihm Friedel ein, den hatte er ewig nicht gesehen.

Im Sommer war Friedel Kasner regelmäßig bei den Mittwochsradtouren mitgefahren, nie jedoch bei den frühen Sonntagstouren. Als Täter hatten Manfreds Kripofreunde ihn wegen seines lupenreinen Alibis ausgeschlossen. Manfred musste Friedel finden. Vielleicht konnte er sich an etwas Besonderes oder Seltsames aus den vergangenen Wochen erinnern.

Manfred kam eine Idee. Friedel war bei Hildes Kurierdienst beschäftigt. Er griff sein Notebook, meldete sich an, öffnete die Social-Media-Seite von Hildes Firma »Radtransit«, bediente den Button »Nachricht senden«, überlegte kurz und tippte.

MANNI:

Fahrt ihr heute?

00:32

Manfred war kein bisschen müde, obwohl es bereits halb eins durch war. Der Tag war anregend verlaufen, er hatte beste Laune und beschloss, sich ein Gläschen Wein zu gönnen.

Bevor er den Korken aufgezogen hatte, meldete sein Notebook eine Nachricht.

RADTRANSIT:

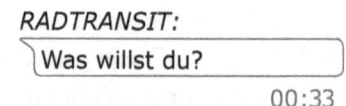

Was willst du?

00:33

Manfred stutzte, dann wurde ihm klar, dass sein Gegenüber sah, von wem die Nachricht kam, während er selbst keine Ahnung hatte, wer im Moment die Unternehmensseite betreute. Ob es wirklich Friedel war? Siedend heiß fiel ihm ein, dass die Kripo die Seite vielleicht beobachtete und gerade ein Brockmann-Kollege am anderen Ende tippte. Ungeachtet dessen hakte er nach.

MANNI:

> Friedel, bist du das?

00:33

Diesmal kam die Antwort sofort.

RADTRANSIT:

> Ja. Was willst du?

00:34

Manfred überlegte. Er durfte nicht zu forsch auftreten, sonst würde Friedel den Chat abbrechen.

MANNI:

> Weißt du, wie es Hilde geht? Die lassen mich nicht zu ihr.

00:36

RADTRANSIT:

> Sie ist heute mal kurz aufgewacht.
> Kann sich aber an nichts erinnern. Die Ärzte meinen, das kann dauern.

00:37

MANNI:

> Das ist ja toll, das freut mich. Hauptsache, es geht ihr besser. Können wir morgen mal reden?

00:39

Zu seiner Überraschung willigte Friedel sofort ein, und sie verabredeten sich für den Nachmittag um 17 Uhr im Pétros am Wellingplatz.

Manfred notierte sich ein paar Fragen. Vielleicht hatte Friedel die Ghost Riders mal gesehen oder von ihnen gehört.

FREITAG

Britta hatte sich gerade verabschiedet, sie war auf dem Weg in die Grabeskirche. Es fand eine Beisetzung statt, und die Tochter des Verstorbenen hatte sie gebeten, ein paar Fotos von der Feier zu machen.

Das Telefon klingelte, und Manfred nahm den Anruf an. Sein Steuerberater aus Düsseldorf redete ihm ins Gewissen. »Du musst endlich die Unterlagen zusammenstellen, Manni. Dringend! Du hattest Zeit genug, und am 31. ist Schicht. Bitte!«

»Jaja, Frank, versprochen. Ich melde mich.« Dass er den Ordner nicht finden konnte, sagte er nicht, sondern legte auf.

Seit Wochen zermarterte er sich den Kopf, wo er ihn zuletzt in der Hand gehabt hatte. Dabei war er so stolz gewesen, dass er bereits zehn Monate nach dem Jahresende fertig gewesen war und alles zusammenhatte, was Frank Sieben für die Steuererklärung brauchte.

Von Flossmann hatte er auch nichts mehr gehört. Er wusste noch immer nicht, ob die Broschüre nun nach seinem Entwurf gedruckt werden sollte. Dabei hatte er schon einige Stunden Arbeit in das Projekt gesteckt. Er griff wieder zum Telefon und rief bei der Flossmann GmbH an.

»Der Chef ist im Ausland, Herr Hanraths. Soll ich Sie mit Herrn Bender verbinden?«

Manfred verneinte und ärgerte sich. In sechs Tagen war Heiligabend, und damit war das Jahr vorbei. Er überlegte, ob er eine Akontorechnung stellen sollte, prüfte seinen Kontostand bei der Sparkasse und verwarf den Gedanken. Flossmann war zwar kein einfacher, aber ein alter und treuer Kunde. Ihn wollte er nicht verärgern.

Am Nachmittag ließ Manfred die Arbeit Arbeit sein und machte sich rechtzeitig auf den Weg zum Pétros.

Es war trocken und kalt, doch die Heizstrahler unter den großen Schirmen vor der Gaststätte verbreiteten eine angenehme Wärme.

Manfred war etwas zu früh da und trank einen Kaffee. Dazu genehmigte er sich eine kleine Portion Tirokafteri, eine Schafskäsecreme, die Silvie, die immer fröhliche Kellnerin der Kneipe, ihm mit frischem Brot servierte. Er hatte sich in eine Ecke gesetzt, damit ihn kein anderer Gast ansprach.

Pünktlich um 17 Uhr gesellte sich Friedel zu ihm. »Ich komme gerade von Hilde. Unverändert. Der Arzt ist aber optimistisch, denn der Verlauf der körperlichen Genesung sei gut.«

»Gott sei Dank.« Manfred war erleichtert. »Aber gesprochen habt ihr nicht?«

»Sie kann kaum sprechen. Obwohl es scheint, als wolle sie etwas sagen. Jedenfalls versucht sie es, sobald sie mich sieht. Immer dasselbe, nur ein Wort, es hört sich an wie Ziegen, Ziegler, Ziegelei oder so ähnlich. Ich weiß auch gar nicht, ob sie mich erkennt.«

Manfred wurde sofort hellhörig. »Gibt es denn eine Ziegelei in der Gegend?« Nur die in Brüggen fiel ihm ein.

Friedel schüttelte den Kopf und erzählte, dass ihn die Polizei verhört habe, fast zwei Stunden lang, vermutlich weil sie glaubten, er habe ein Verhältnis mit Hilde.

»Hast du denn?« Manfred konnte sich die Frage nicht verkneifen.

»Nein, jedenfalls längst nicht mehr. Wir waren vor Jahren ein paar Monate zusammen. Jetzt läuft nichts mehr. Hilde war völlig auf ihren Luuk fixiert, da konnte kein anderer landen.« Friedel zuckte mit den Schultern.

»Man hört, dass es nicht einfach gewesen sei zwischen den beiden«, hakte Manfred vorsichtig nach.

»Na ja, Luuk war halt ein Filou. Immer auf Achse, immer unterwegs mit seinem Rad. Heute hier, morgen dort. Jedes Wochenende woanders. Jedenfalls vor seinem Unfall. Danach war er kaum auszuhalten. Hat oft lange im Bett gelegen, auch getrunken und viel rumgeschrien. Irgendwann hat ihn Hilde deswegen so richtig zusammengestaucht. Sie wollte ihn sogar rausschmeißen. Das hat sie mir anvertraut, als es ihr ganz schlecht ging. Luuk hat sich danach zusammengerissen, ist wieder auf sein Rad gestiegen und hat trainiert wie ein Verrückter. Und er hat die Sauferei sein lassen, keinen Tropfen mehr getrunken, von einem Tag auf den anderen.«

Es schien, als ob Friedel froh sei, die Geschichte zu erzählen, und Manfred war ein guter Zuhörer.

»Hat Luuk auch im Kurierdienst mitgemacht?«

»Nee, null. Das war nicht sein Ding. Seit seiner Verletzung hat nur Hilde Geld verdient, die arbeitete wie eine Wilde.« Friedel grinste. »Aber ab September hatte Luuk plötzlich einen Job, bei einem Bekannten. Er hat ganz gut verdient dabei und Hilde sogar mal zum Essen eingeladen. Ins Schloss Mildenrath, diesen feinen Sterneschuppen.«

»Weißt du, was er gearbeitet hat?« Manfred war gespannt.

»Haben die Bullen mich auch gefragt, geradezu gelöchert haben sie mich deswegen. Aber ich habe keine Ahnung.

Luuk fuhr mittags mit dem Rad weg und kam erst spät in der Nacht heim. Hat Hilde erzählt. Zweimal die Woche ging das so, montags und donnerstags. Ach ja, und er trug dabei normale Sachen, Jeans und so, keine Sportklamotten.«

Eine gute Stunde redeten sie miteinander. Manfred bat Friedel eindringlich, ihm sofort Bescheid zu geben, wenn es Hilde besser gehe. Damit er sie besuchen könne.

Auf dem Heimweg fuhr er die Lindenallee hoch und ging im Geiste das Gespräch nochmals durch. Was war das für ein Job? In einer Ziegelei? Er konnte sich keinen Reim darauf machen. Dann fiel ihm ein, dass er Friedel nicht auf die Ghost Riders angesprochen hatte, wie ärgerlich.

Wieder daheim, kam ihm eine Idee. Manfred öffnete Google Maps auf seinem Notebook und suchte nach »ziegelei« in der Region um Grawenhorst. Zunächst war er überrascht wegen der Länge der Fundliste. Doch bei genauer Durchsicht stellte er fest, dass alle möglichen Varianten angezeigt wurden: Tonbaustoffwerke, Dach-ziegelvertriebe, Premium-Dachziegel und so weiter und so weiter. Nur eine richtige Ziegelei war nicht dabei.

Die Haustür klapperte, wenig später stolperte Mitch gut gelaunt herein und wedelte mit einem Schulheft. »Eine Zwei in Mathe. Das kostet, Papa.«

Manfred gratulierte seinem Sohn. Zu Beginn des erstes Schuljahres an der Gesamtschule hatten sie einen Taschen-geldbonus für gute Noten ausgehandelt, und nun waren fünf Euro fällig. In Mathematik war das für seinen Sohn fast ein Selbstläufer, in anderen Fächern wie Englisch würde leider so bald keine Zahlung anstehen.

»Was suchst du?«, fragte Mitch und las vom Bildschirm ab. »Ziegelei? Was ist das?«

Manfred musste lachen. Sein Sohn hatte das Wort wie Ziegel-Ei ausgesprochen, und er erklärte ihm, dass das eine Fabrik sei, wo Tonziegel gebrannt werden. »Früher nannte man so ein Unternehmen Ziegelei.« Richtige Ziegeleien gab es gar nicht mehr, jedenfalls hießen die heutzutage alle anders. Manfred fragte sich, ob Hilde nicht doch etwas anderes gesagt hatte, Ziege oder so.

Trotzdem öffnete er nochmals die Geländeansicht der Karte und suchte im Grenzwald, auch da ohne Erfolg. Manfred verwarf den Ansatz. Wie könnte er nur herausbekommen, wo Luuk gearbeitet hatte?

Via Social-Media hakte er bei Friedel nach.

MANNI:

Hey, hat der Luuk mal erwähnt, wie weit er es mit dem Rad zu seiner Arbeitsstelle hatte?

19:20

Er erhielt keine Antwort und klappte sein Notebook zu, doch bevor er sich zu einem Nickerchen auf die Couch bewegen konnte, rief Britta zum Abendessen.

Später saßen sie auf dem Sofa, die Kinder waren in ihre Zimmer gegangen.

Britta blätterte in einem Kochbuch, das Sven ihr geliehen hatte. Manfred las »Vegane Küche, lecker gekocht« auf dem Umschlag und ahnte fleischlose Wochen. Er war frustriert, seine Ermittlungen steckten in einer Sackgasse.

Da brummte sein Handy.

Britta schaute auf. »Wer schreibt?«

Er tat, als hätte er sie nicht gehört. Friedel hatte geantwortet.

FRIEDEL:

> Das kann nicht sooo weit
> gewesen sein. Er kam
> mal zurück, da hatte
> ich mein Rad noch nicht
> beladen. Hatte sein
> Portemonnaie vergessen.
> Ich brauch doch den Füh-
> rerschein, hat er gesagt.

20:33

MANNI:

> Hast du das den Bullen
> gesteckt?

20:35

FRIEDEL:

> Nee, sollte ich?

20:35

MANNI:

> Ja, ruf die an deswe-
> gen. Aber sag nicht, dass
> wir darüber gesprochen
> haben, bitte.

20:37

FRIEDEL:

> Mach ich. Gute N8.

20:37

MANNI:

> Nacht

20:38

Führerschein? War Luuk als Fahrer unterwegs gewesen? In Hildes »Radtransit« hatte er nicht geholfen, anderswo aber schon? Und mit dem Auto?

Britta hatte ihre Frage inzwischen vergessen. Manfred war froh darüber. Nicht vergessen hatte sie allerdings, dass er heute nicht einkaufen gewesen war. Sie habe jedenfalls morgen keine Zeit, sei zum Brunch bei Dagmar eingeladen und müsse vorher in der Stadt das Geschenk abholen.

Lustlos googelte Manfred nach »ghost rider« und fand Millionen Geschichten über eine Comic-Verfilmung. Wahrscheinlich waren die Enkel von Lambertz' Nachbarn dadurch auf den Namen gekommen, dachte er. Die Bilder, die er dazu im Internet fand, zeigten durchweg bizarre Figuren mit grellbunten Fratzen, keine Radfahrer in dunklen Monturen.

Sollte er Friedel noch einmal schreiben und ihn fragen? Manfred entschloss sich dagegen. Es war besser, ihn nicht weiter zu belästigen.

SAMSTAG

Am Morgen fand Manfred prompt den Einkaufszettel. Britta hatte ihn demonstrativ auf die Kaffeemaschine geklebt. Er studierte die lange Liste und ahnte, dass er mindestens zwei Stunden unterwegs sein würde. Er fügte »Becker« hinzu, sicherheitshalber. Ein paar Landjäger von ihrem Metzger würden ihm als Lückenfüller zwischen den Mahlzeiten dienen. Er nahm sich vor, mit Britta ein ernsthaftes Wort über ihre neuen Essgewohnheiten zu sprechen. Ab und zu vegetarisch zu kochen, war zwar gut für Gesundheit und Klima, aber gar kein Fleisch mehr … Der Gedanke schmeckte ihm nun wirklich nicht.

Manfred schnappte sich auftragsgemäß auch den Beutel mit den leeren Plastikflaschen. Die wollte er als Erstes loswerden, sonst vergaß er sie und der volle Beutel läge noch am Wochenende im Kofferraum.

Er verließ das Haus, doch das Auto war weg. Manfred erinnerte sich, dass Britta mit dem Wagen zum Brunch bei Dagmar gefahren war. Also hängte er den Anhänger an sein Rad, stellte den vollen Beutel und einen großen leeren Korb hinein und wollte gerade losradeln, als er Pakkos klagendes Bellen hörte.

Manfred ging nochmals ins Haus und führte Pakko die Treppe hinauf in Mitchs Zimmer. »Pakko bleibt bei Mitch.«

Sein Sohn schlief noch tief und fest. Pakko sprang mit einem Satz auf sein Bett und legte sich neben ihn.

Manfreds erste Station war der kleine Supermarkt am östlichen Rand von Minssen. Zuerst wandte er sich zum separaten Raum neben dem Eingang, wo die Leergutautomaten standen. Eine beachtliche Warteschlange blockierte den Zugang, an deren vorderem Ende Hartmut Leijendekker gerade den Knopf für den Leergutbon drückte und dann den Raum verließ. Er musste eine ganze Weile an dem Automaten beschäftigt gewesen sein.

Manfred drehte sich etwas zur Seite und vermied so, dass Hartmut ihn entdeckte. Der ging achtlos an ihm vorbei, während er zwei blaue Müllsäcke zusammenfaltete.

Die Schlange löste sich auf, und bald war Manfred an der Reihe. In schneller Folge legte er Flasche für Flasche ein.

Der Beutel war fast leer, nur noch eine letzte Dose. Er zog sie heraus und lächelte. Britta hatte wohl die grüne Heineken-Dose aus Hartmuts Anhänger in seiner Jacke gefunden und sie in den Leergutbeutel gesteckt.

Er legte die Dose in die Öffnung, doch sie wurde vom Automaten nicht angenommen. Er versuchte es noch zweimal, immer mit demselben Ergebnis.

Ein ungeduldiger Herr klopfte ihm auf die Schulter. »Das wird nichts. Die Büchse ist bestimmt aus Holland, da fehlt der Barcode, die können Sie nur in den Müll werfen.«

Manfred sah sich die Bierdose genauer an. Der Mann hatte recht, sie war nicht aus Deutschland. Ihm fiel ein, dass Brockmann das vor dem Dartvatter erwähnt hatte. Er packte sie wieder in den Beutel, nahm seinen Leergutbon und verließ den Raum. Hatte er in Hartmuts vollem Anhänger nach der einzigen holländischen Dose gegriffen? Gerne hätte er einen Blick auf Hartmuts andere Blechdosen geworfen, doch die lagen längst zusammengepresst im Behälter mit dem Aluminiumschrott.

Im Supermarkt kaufte er ihre üblichen Grundnahrungs-
mittel ein: Spaghetti, Büchsenmilch, seine geliebten Scho-
kobecher.

Die nächste Station lag mitten in der Stadt. Eine Freundin
seiner Frau hatte nahe am Rathaus einen kleinen Laden auf-
gemacht. Das »4Faible« führte ausgesuchte Weine, beson-
dere Käsesorten, belgische Pralinen und frische Austern.
Manfred nahm zwei Flaschen Rioja und für Britta eine
Flasche ihres bevorzugten Rosés. Und Käse, den er vorher
mitsamt einem Glas des trockenen Roten probieren durfte.

Danach machte er sich auf den Weg zum Solawi-Hof,
bei dem sie nun Mitglied waren. Freddys Freund Sven
hatte die Idee erwähnt, Britta war interessiert gewesen,
kurz darauf hingefahren, und seither hatten sie eine Art
Abonnement für Obst und Gemüse.

Manfred hatte »solawi« gegoogelt und gelesen, dass es
sogar üblich war, auf dem Feld mitzuhelfen. Heimlich
hatte er geschmunzelt und gedacht: Mal sehen, wie lange
das anhält.

Der Anhänger war auf dem Rückweg nach Hause voll-
gepackt und ziemlich schwer. Hinzu kam, dass Manfred
die Route in falscher Reihenfolge angeordnet hatte. Statt
optimaler 22 Kilometer war er so insgesamt fast 36 unterwegs. Mit ein wenig mehr Nachdenken hätte sich das ver-
meiden lassen. Er beschloss, dass der wöchentliche Bio-
Einkauf zukünftig vom Solawi-Beauftragten der Familie
getätigt werden sollte.

Vor 20 Minuten hatte Britta ihn angerufen. »Wo bleibst
du denn so lange, Pause im Dartvatter gemacht?« Manfred hatte noch mehr in die Pedale getreten, sodass er jetzt,
um kurz vor eins, mit seinem vollen Anhänger keuchend
vorfuhr.

Britta war bester Laune, aber nicht lange. »Hast du den Porree vergessen?«

Manfred stand bereits ausgezogen vor der Dusche. »Ist der nicht im Korb?« Schnell schloss er die Tür und drehte das Wasser auf. Er ahnte, dass er nochmals losmusste, wenn etwas fehlte.

Als er fertig war und die Badezimmertür öffnete, registrierte er überrascht, dass es aus der Küche köstlich duftete.

Beim Essen erzählte Britta, dass im Solawi-Korb ein Zettel gelegen habe. Porree sei leider aus gewesen, dafür hätten sie Superschmelze reingelegt. »Da hab ich umdisponiert. Die Kohlrabi werden dir gut schmecken.«

Während des Essens erzählte er seiner Frau von der Begegnung mit Hartmut und der holländischen Bierbüchse.

»Schon seltsam.« Britta schüttelte den Kopf. »Meinst du, der trickst irgendwas mit holländischen Dosen?«

»Wie soll das gehen?« Manfred hatte keine Idee.

»War der vor seiner Rente nicht bei einer Werbedruckerei? Die Kugelschreiber und anderen Krimskrams bedruckt?« Britta nahm den Stift, den er vom ADFC-Treffen mitgebracht hatte, vom Beistelltisch.

Manfred überlegte, dabei fiel ihm die WWM-Sendung ein. Tampondruck auf Bierdosen? Wäre es möglich, den nötigen Barcode nachträglich aufzutragen? Um auf diese Weise die Getränkefirmen zu betrügen? Er schätzte im Geiste die großen Müllsäcke ab, die Hartmut zusammengefaltet hatte. Jeweils 100 Dosen passten da bestimmt hinein. Bei 25 Cent Dosenpfand wären das immerhin 25 Euro pro Sack. Kein Kavaliersdelikt, sondern handfester Betrug.

»Britt, soll ich mal mit Hartmut reden?«

Britta beschwichtigte. »Würde ich nicht. Das ist doch alles nicht sicher. Vielleicht hast du tatsächlich nur eine einzelne holländische Dose erwischt. Und wie der Zufall es will, hat Hartmut vorhin seinen Leergutvorrat der letzten Monate entsorgt.«

Manfred grübelte weiter. »Und wenn es mit den Toten zusammenhängt?«

»Jetzt spinnst du aber völlig! So ein Blödsinn! Zwei Morde wegen ein bisschen Dosenpfand? Denk lieber an unsere Garage. Es wäre schön, wenn der Wagen bei dem Wetter ein Dach über dem Kopf hätte.«

VIERTER ADVENTSSONNTAG

Am Vortag hatte Manfred den ganzen langen Nachmittag in der Garage verbracht und alles, was er wegwerfen durfte, in die Hofeinfahrt gestellt, denn nächste Woche war Sperrmüllabfuhr.

»Willst du den ganzen Pröll am Sonntag an der Straße stehen lassen?«, hatte Britta ihn vorwurfsvoll gefragt und ihn dazu angehalten, das Zeug neben der Garage zu lagern, bis es abgeholt wurde. Er hatte also alles ein drittes Mal anpacken müssen. Außerdem war die Garage jetzt zwar aufgeräumt, dafür aber die Gartenpforte blockiert. Manfred war sauer gewesen.

Sie saßen am Frühstückstisch, und die Stimmung war wieder etwas besser. Die sonntägliche Frühtour hatte er vor Tagen abgesagt, weil heute Nachmittag das Weihnachtsradeln stattfand.

Manfred und Britta teilten sich die »Blaue«, eine Zeitung, die sonntags mit vielen Werbebroschüren kostenlos in die Briefkästen der Grawenhorster Haushalte verteilt wurde.

Die Haustür knallte lautstark ins Schloss.

Britta verzog das Gesicht. »Mitch. So früh?«

Wie vermutet stürmte ihr Sohn in die Küche. »Schaut mal, was ich hier habe. Hat mir Lions Vater geschenkt. Eine alte Landkarte.« Hektisch faltete er die Karte auseinander und legte seinen Zeigefinger auf das Papier. »Das sind Höhenlinien. Und seht ihr die Zahlen? So hoch sind die Berge an der Stelle.«

»Wieso bist du schon daheim?«, wollte Britta wissen. Mitch hatte bei Lion geschlafen, und sie hatten erst zum Abend mit ihm gerechnet.

»Die sind zu Lions Oma gefahren, die wird heute 90 oder so. Auf dem Weg haben sie mich hier abgesetzt.« Mitch wollte die Karte wieder zusammenlegen. Dabei verhedderte er sich gehörig.

Britta nahm sie ihm ab. »Pass auf, ich helfe dir.« Sie faltete die gut erhaltene topografische Karte sorgfältig so, wie es den Originalfalzen entsprach.

»Danke, bin oben.« Mitch griff sich die Karte, drehte sich um und stürmte über die Treppe in sein Zimmer.

»Hast du keinen Hunger?«, rief Britta ihm hinterher, doch ihr Sohn war nicht mehr in Hörweite.

»Der hat bestimmt bei den Roths gefrühstückt, sonst wäre er längst über die letzten Brötchen hergefallen.« Manfred las gerade die Zusammenfassung des Kriminalberichts in der Sonntagszeitung und hatte Mitchs Auftritt nur nebenbei verfolgt.

»Was ziehen wir gleich an?«, fragte Britta betont beiläufig. Ihr war klar, dass Manfred vergessen hatte, sich um die Kostüme für das lang geplante Weihnachtsradeln zu kümmern.

Manfred wurde rot. »Mist, ist mir völlig entfallen. Was machen wir jetzt? Hast du eine Idee?«

Britta verzog übertrieben das Gesicht. »Nun hängt's wieder an mir, war ja klar. Wenn dir das noch mal passiert, streike ich! Dann kannst du meinetwegen in Unterhose mitfahren, und ich mach mir einen gemütlichen Abend. Es ist eh viel zu kalt zum Radfahren.« Sie deutete aus dem Fenster. »Und nun schneit es sogar.«

Manfred sprang auf, ging zum Fenster und jubilierte.

»Ist doch super, Britta! Weihnachtsradeln im Schnee. Besser geht es nicht! Hoffentlich bleibt der liegen.«

Britta schüttelte sich. »Wirklich wunderbar. Ich geh mal in den Keller und schau, welche warmen Sachen passen könnten. Vielleicht finde ich eine rote Pelzmütze.«

Manfred war vorgefahren und verabredungsgemäß eine gute halbe Stunde früher auf dem Wellingplatz. Einige waren schon da, und bald trudelten die restlichen Vereinsaktiven ein. Alle waren verkleidet und hatten ihre Räder geschmückt. Die zwei Clubmitglieder Helmar und seine Freundin Hanni verteilten Knicklichter, die die Teilnehmer an ihren Rädern befestigten.

Nach und nach füllte sich der Platz. Auch einige Politiker der lokalen Parteien gesellten sich zu den fast 100 Mitfahrern. Sogar Hansgerd Maudert, der Grawenhorster Oberbürgermeister, war gekommen. Helmar und Hanni schmückten sein Rad mit ein paar Tannenzweigen und einer batteriebetriebenen bunten Lichterkette. Und Hanni setzte dem OB eine rot-weiße Zipfelmütze auf.

Der Zeitungsfotograf ließ alle samt ihren Rädern eng zusammenrücken, postierte den Vorsitzenden Bernd gemeinsam mit dem OB vorne in die Mitte und machte ein Foto für die Rubrik »Bild des Tages«.

Pünktlich um 17 Uhr begrüßte Bernd die Teilnehmer, dann sprach der OB ein paar Worte, wünschte eine schöne Fahrt und allen frohe Weihnachtstage. Danach startete die fröhliche Rundfahrt nach Osten durch den Mehrbahntunnel. Hartmut hatte große Lautsprecherboxen auf seinen Anhänger gestellt, und aus seinem Radio dröhnten allseits bekannte Weihnachtslieder.

Der festlich-bunte Fahrradkorso wurde überall freudig

begrüßt. Anlieger schauten aus ihren Fenstern und klatschten gemeinsam mit zufällig vorbeigehenden Passanten. Autofahrer warteten geduldig, bis die lange Fahrradschlange vorbei war, und hupten im Takt der Weihnachtsklänge.

Britta war kurz vor Abfahrt zu ihnen gestoßen, zusammen mit Mitch, Freddy und Sven. Manfred fuhr selig neben ihnen. Mit seinen Kindern hatte er nicht gerechnet, die Überraschung war seiner Frau gelungen.

Nach einer guten Stunde hatten sie die City im Uhrzeigersinn umrundet, Minssen gestreift und waren am Dom vorbei durch die Einkaufsmeile zurück zum Wellingplatz gerollt. Nach und nach löste sich die Gruppe nun auf. Udo, der Kassierer, lud die Aktiven noch auf einen Glühwein vor dem Pétros ein.

Es war bereits 20:30 Uhr, als Manfred, Britta und die Kinder nach Hause kamen. Mitch und Freddy verzogen sich direkt in ihre Zimmer, Manfred und Britta gönnten sich ein Glas Wein auf der Couch. Manfred holte ein Tablettchen mit dem köstlichen Weichkäse des »4Faible« dazu.

»Papa?« Mitch stand plötzlich in der Tür.

Manfred sah auf die Uhr. »Hey, ist gleich neun, Mitch. Morgen ist Schule.«

»Erst um zehn. Ich kann länger schlafen.« Mitch hatte die topografische Karte in der Hand und hielt sie hoch. »Ich muss dir was zeigen, schau mal.«

Manfred war müde und hatte eigentlich nur noch seinen Käse im Sinn. Aber er freute sich, dass sein Sohn, der bisher höchstens Comics gelesen hatte, sich mit der alten Karte beschäftigte. »Was gibt's? Zeig her.«

Sekunden später war er hellwach und gab seinem Sohn einen dicken Kuss auf die Stirn.

MONTAG

Britta war früh zu ihrer Mutter nach Anrath gefahren und hatte Pakko mitgenommen. Mitch war längst in der Schule. Freddy wohl auch – jedenfalls hoffte Manfred das. Er nahm sich zum wiederholten Mal vor, mit seiner Frau darüber zu sprechen, was seine Tochter so trieb.

Nun war es Viertel nach zwölf. Manfred schüttete sich die fünfte Tasse Kaffee ein. Er saß seit Stunden am Schreibtisch und trommelte mit seinen Fingern hektisch auf der braunen Holzplatte herum. Vor 40 Minuten hatte er seiner Redaktion den erwarteten Text gemailt und extra um schnelle Antwort gebeten, weil er einen wichtigen privaten Termin habe. Das war gelogen, er wollte einfach schnell weg. Längst hatte er sich dafür umgezogen und saß nun gestiefelt und gespornt für seine Tour auf dem schwarzen Bürostuhl. Manfred wollte schon nachhaken, da ploppte die ersehnte E-Mail auf.

Der Chefredakteur schrieb: »Bitte um 400 Zeichen kürzen, dann okay.«

Manfred stöhnte, öffnete den eigentlich perfekten Beitrag, überflog den Text, löschte einen ganzen Absatz mit Zusatzinformationen und prüfte die verbliebene Zeichenanzahl. Die passte nun, und er schob die Datei in seine Antwortmail. Bevor er diese abschickte, zögerte er kurz, die Uhr zeigte 12:31 Uhr. Er änderte die Versandzeit seiner E-Mail auf 13:05 Uhr – der Chef musste nicht erfahren, dass er die Textkürzung in einer Minute erledigt hatte.

Sein Notebook ließ er offen, damit die Nachricht zuverlässig um fünf nach eins versendet wurde.

Kurz darauf saß Manfred auf dem Rad und wählte die kürzeste Route. An der Minssener Kirche stoppte er, fluchte, drehte um und fuhr zurück nach Hause. Die Kaffeemaschine in der Küche war ausgestellt, die Kontrollfahrt hätte er sich sparen können.

Zurück auf dem Rad trat er kräftig in die Pedale. Der Schnee von gestern war längst geschmolzen. Es nieselte, und Manfred war froh, dass er seine warme Wetterjacke angezogen hatte. Seine Tourenbrille war außen nass und beschlug innen. Er schob sie über die Stirn und fragte sich, wann endlich die perfekte Sportbrille erfunden wurde.

Vor dem Gewerbegebiet West hielt er sich links, jagte durch den Wegener Wald und näherte sich langsam seinem Ziel. Am Rand des Grenzwalds hielt er an, setzte sich auf die Bank in der alten Schutzhütte und nahm Mitchs Kostbarkeit in die Hand.

Der hatte ihm am Abend die alte topografische Karte vor die Nase gehalten. »Suchst du das?« Mitch hatte dabei mit dem Finger auf die Karte getippt.

Manfred hatte nur den Grenzwald gesehen. Mitch hatte die Brille seines Vaters vom Tisch genommen, sie ihm gegeben und wieder auf eine bestimmte Stelle gezeigt. »Da, weiter rechts und ganz klein.«

Manfred hatte seine Lesebrille aufgesetzt und genauer hingeschaut. Dann wäre er fast aufgesprungen, hatte sich jedoch zurückgehalten und sich in erzwungener Ruhe bei seinem Sohn bedankt. »Guter Hinweis, schau ich mir an. Jetzt aber marsch ins Bett, bitte. Schlaf gut.«

Er stand wieder von der Bank auf und ärgerte sich, weil sein Hintern nass geworden war. Das Dach der alten Hütte war undicht, und stetige Tropfen fielen herab. Manfred orientierte sich und verglich seinen Standort auf dem Handy mit der Karte. Er wunderte sich. Auf der Karte war eine »Alte Ziegelei« am östlichsten Rand des Grenzwaldes eingetragen. Die hatte ihm sein Sohn gezeigt. Doch auf der Karte seiner Handy-App sah er an der Stelle nur eine graue Fläche. Er vergrößerte die Ansicht und erkannte das Bergbauzeichen: zwei kleine gekreuzte Hämmer. Was hatte das zu bedeuten? Tagebau? Ihm kam eine Idee. Vielleicht eine Sandgrube.

Er faltete Mitchs Karte sorgfältig zusammen, steckte sie zurück in die Innentasche seiner Jacke und machte sich auf den Weg. Seiner Schätzung nach sollte das Ziel etwa einen Kilometer entfernt zu finden sein. Eine direkte Verbindung dorthin zeigte sein Handy ihm nicht an. Darum fuhr er den nächsten Weg rechts, merkte aber bald, dass er nicht näher an die Position herankam. Manfred versuchte es mit einer Satellitenansicht, doch der Wald war so dicht, dass auch in dieser Ansicht keine Wegschneisen zu erkennen waren. Außerdem war die vermutliche Sandkuhle vielleicht längst größer, denn wahrscheinlich war das Satellitenfoto ein paar Jahre alt.

Manfred umrundete das Gebiet, und ein paar Hundert Meter weiter stand er plötzlich vor einem Zaun. Dahinter sah er eine Abbruchkante, wie er sie von den Braunkohlelöchern hinter Mönchengladbach kannte.

Er kontrollierte seine Fahrstrecke auf dem Handy und stellte fest, dass er ein großes U gefahren war. Erneut zog er die Karte aus der Jacke und verglich seinen Standort mit dem Handy. Der »Alten Ziegelei« war er keinen Meter näher gekommen.

Er fuhr zurück bis zur T-Kreuzung und kontrollierte wieder seinen Standort. Auf der Papierkarte war eine normale Kreuzung in alle vier Himmelsrichtungen eingezeichnet. Aber hier führte kein Weg nach Norden. Manfred stellte sein Rad ab und wandte sich an die Stelle, wo laut Papierkarte ein Weg in nördliche Richtung abgehen müsste. Fehlanzeige, dichte Kirschlorbeerbüsche verhinderten ein Durchkommen. Kirschlorbeer, fragte sich Manfred. Hier mitten im alten Grenzwald? Er versuchte weiter rechts sein Glück, und in der Tat schaffte er es gut 50 Meter weit durch hohen, braunen Farn. Da fiel ihm sein Rad ein, das unabgeschlossen am Weg stand, und er drehte um.

Ihm wurde mulmig zumute, so völlig allein in diesem abgelegenen Waldstück. Außerdem kroch die Nässe unangenehm durch seine Kleidung. Der Regen hatte zwar aufgehört, doch der kalte Wind bewegte die Blätter des Eichenwalds, dicke Tropfen fielen von den Bäumen herab und er beschloss, die Suche abzubrechen.

An der Schutzhütte hielt er an, kontrollierte seinen Handyempfang und wählte Brockmanns Nummer im Präsidium. Schäbe nahm das Gespräch nach wenigen Sekunden an.

»Du, Jürgen, die Hilde hat doch von einer Ziegelei geredet und ...« Manfred zögerte nicht lange, sondern kam sofort zur Sache.

Der junge Kommissar unterbrach ihn. »Hilde Wagner hat leider noch nicht geredet.«

»Wagner, wieso Wagner? Die heißt doch Meulendijks, wie ihr Mann Luuk.« Manfred war verwirrt.

»Haben wir ursprünglich auch gedacht. Aber die waren nicht verheiratet, die ...« Schäbe unterbrach sich. Er merkte, dass er Fakten ausplauderte, die seinen Freund nichts angingen. »Was hat es mit der Ziegelei auf sich?«

Offensichtlich hatte Friedel sich nicht bei der Kripo gemeldet. Manfred schwante, dass er sich wieder unbeliebt machen würde, wenn er weiter über die Ziegelei sprach. »Ach, lass gut sein, war nur so eine Idee von mir, Jürgen. Hab einen schönen Tag und grüß mir den Marti.« Er beendete das Telefonat und machte sich auf den Heimweg.

Zurück fuhr er auf der anderen Seite entlang des Gewerbegebiets und querte das Gründerzeitviertel. Ohne eigentlichen Plan durchfuhr er die Dyroffstraße und blickte kurz zu Hildes Wohnung hoch. Ein paar Meter weiter fiel ihm ein dunkler Pkw auf, in dem zwei Männer auf den vorderen Sitzen saßen.

Manfred bog an der nächsten Straße ab, stoppte, stellte sein Rad an eine Hauswand und lugte vorsichtig um die Ecke. Der Beifahrer telefonierte gerade. Da die beiden nicht ausstiegen, folgerte er, dass das Haus von der Polizei observiert wurde. Ob die Kripo schon mehr wusste?

Wieder auf dem Rad, meldete sich sein Handy.

»Lürenscheidt hier, hallo, Herr Hanraths.« Der langjährige Regionalchef der Rheinischen Post war am Apparat.

Manfred begrüßte ihn freundlich, war aber nicht begeistert von dem Anruf. »Was kann ich für Sie tun?«

»Sie waren doch dabei, als Luuk Meulendijks gefunden wurde.« Der Redakteur wusste Bescheid, er formulierte es nicht als Frage.

»Ja, war ich. Schlimme Sache.« Manfred hielt sich zurück.

»Haben Sie nicht ein paar Hintergrundinformationen für mich?«

Manfred wollte abwiegeln, doch da hatte er eine Idee. »Bin gerade mit dem Rad unterwegs und muss dringend an den Schreibtisch. Was halten Sie davon, wenn wir uns morgen treffen und austauschen?«

»Gute Idee.« Dem erfahrenen Pressemann war klar, dass Manfred Informationen gegen Informationen wollte. »Was halten Sie von 11 Uhr?«

Manfred überlegte kurz. »Passt bei mir. Hmm … ich könnte Ihnen etwas zeigen. Haben Sie Zeit und Lust auf eine kleine Radtour?« Er machte eine Kunstpause. »In den Grenzwald.«

»Mit dem Fahrrad?« Lürenscheidt war hörbar nicht begeistert.

»Mit dem Auto kommen wir nicht weit und müssten gut vier Kilometer zu Fuß durch den Wald.« Manfred grinste und verkniff sich das Lachen.

»Dann besser mit dem Rad. Ich hoffe, es lohnt sich. Wo starten wir?«

Manfred überlegte. Vermutlich war Lürenscheidt morgens schon in der Redaktion. »Treffen wir uns an der Ecke Peter-Wust-Straße/Dyroffstraße, das liegt halbwegs in der richtigen Richtung«, schlug Manfred vor. »Um 11 Uhr dort?«

»Alles klar, bis morgen. Tschüs.« Der RP-Chef ließ nicht erkennen, ob er wusste, wer in der Dyroffstraße wohnte und was da passiert war.

Um rechtzeitig zum Abendessen zu Hause zu sein, fuhr Manfred in schnellem Tempo Richtung Minssen.

Daheim wunderte er sich, dass seine Frau noch nicht zurück war. Sie kam, als er sich umgezogen hatte.

»Ich bin fix und foxi. Plätzchen und Stollen, alles an einem Tag. Was für eine Schnapsidee!«

»Ihr habt Stollen gebacken? Hast du welchen mitgebracht?« Manfred lief das Wasser im Mund zusammen.

»Wag es nicht! Der ist noch warm und muss ein paar Tage liegen.« Britta stellte ihren Einkaufskorb auf dem

Küchentisch ab. »Und ich muss jetzt auch liegen, zumindest ein Stündchen. Dann gehe ich zum Sport, das weißt du ja, heute ist Montag. Fürs Essen musst du selbst sorgen. Denk bitte auch an die Kinder.« Sie ging ins Wohnzimmer und legte sich aufs Sofa.

Manfred verzog das Gesicht, den Volleyballabend seiner Frau hatte er wie üblich vergessen. Er verdrängte seinen Hunger, nahm die andere Couch und bald schnarchten sie um die Wette.

»Papa?« Seine Tochter rüttelte ihn an der Schulter.

Manfred war sofort hellwach. »Freddy, schön, dass du daheim bist.«

»Du, wir haben Hunger. Wo ist Mama?«

Manfred sah auf, die Uhr zeigte kurz nach halb acht. »Die wird zum Volleyball sein. Willst du uns was kochen, Freddy?«

»Jetzt noch?« Seine Tochter wehrte entsetzt ab. »Das dauert ewig! Außerdem weiß ich gar nicht, was alles im Kühlschrank ist.«

»Dann bestellt euch Pizzen. Aber nicht für mich, ich muss gleich noch mal weg. Du bist ja hier und kannst auf Mitch aufpassen.«

»Ich bin elf. Auf mich muss niemand mehr aufpassen.« Mitch stand in der Tür und protestierte lautstark.

»Schon gut. Ihr passt gegenseitig auf euch auf.« Manfred glättete die Wogen. »Okay?«

»Alles klar, ich nehme eine Schinken-Käse mit doppelt Käse. Und du, Freddy?« Mitch hatte bereits das Telefon in der Hand und wählte.

»Eine Gemüsepizza«, rief sie aus der Küche.

Manfred wartete auf die Lieferung, bezahlte den Boten

und wünschte den Kindern guten Appetit. Sein Magen knurrte, aber er wusste längst, was er essen würde.

Beim Dartvatter angekommen, schloss er sein Rad an und betrat Harrys Kneipe. Die Uhr über der Theke zeigte halb neun. Manfred merkte entsetzt, dass er noch mindestens zweieinhalb Stunden auf ein Steak warten musste. Er machte rasch kehrt – Harry hatte ihn noch nicht gesehen – und ging Richtung Bahnhof. An der nächsten Ecke bestellte er im türkischen Imbiss eine kleine Pommes rotweiß.

Zurück in seiner Stammkneipe suchte er den Tisch der Doppelkopftruppe und stellte enttäuscht fest, dass seine Freunde nicht da waren. Allerdings lag der dicke Kartenstapel unbenutzt auf dem Tisch, daneben zwei Bierdeckel.

Harry brachte ihm unaufgefordert sein Alt. »Die waren keine fünf Minuten hier. Dann kam ein Anruf, und ruckzuck sind sie rausgestürmt. Nicht mal ihre Biere haben sie ausgetrunken. Und bezahlt haben sie auch nicht.«

»Schreib die beiden auf mich.« Manfred setzte sich. »Und das erste Steak um elf ist meins, bitte. Ich bin völlig ausgehungert. Britta macht montags immer Sport. Da muss ich sehen, wo ich bleibe.«

Harry lachte und strich ihm sanft über den Schopf. »Du bist schon ein armes Waisenkind. Aber nur montags.«

Manfred nippte frustriert an seinem Bier. Er hatte sich auf den Spielabend gefreut. Was war passiert, dass seine Freunde so hektisch aufgebrochen waren? Seine Gedanken wanderten zur vereinbarten Radtour mit Harp Lürenscheidt. Er war sehr gespannt auf die Begegnung. Ob der Journalist mehr wusste?

Obwohl er sein Glas nur halb ausgetrunken hatte, stellte

Harry ihm das nächste Bier auf den Tisch. »Mit deinem Tempo heute kann keine Kneipe überleben.«

Manfred grinste gequält. »Hab noch nix gegessen.« Seinen kleinen Imbiss verschwieg er wohlweislich. »Hast du mitbekommen, warum unsere zwei Polizisten so schnell weg sind?«

»Irgendwas im Krankenhaus. Ich musste ihnen ein Taxi bestellen, und im Rausgehen haben sie dem Fahrer ›Zum Hilla‹ zugerufen. Der Arme wollte hier eigentlich noch aufs Klo.«

Manfred erschrak. Das konnte nur mit Hilde zusammenhängen. Er sprang auf, nahm seine Jacke und wandte sich zur Tür.

Da kam ihm Theo Lappen entgegen. »Hallo, Manfred, gehst du schon? Ich wollte mal deinem Tipp nachgehen.«

Manfred erinnerte sich, legte seine Jacke zurück über den Stuhl und setzte sich wieder. »Harry hat gerade erzählt, dass im Hilla was passiert ist.«

»Harry und Hilla? Von wem sprichst du?« Theo sah ihn ratlos an.

Manfred musste lachen, der Neue war noch nicht richtig in Grawenhorst angekommen. »Harry, das ist der bärtige Kerl hinter der Theke. Und Hilla ist unsere Arbello-Klinik, die hieß früher Hildegardis-Krankenhaus. Deine Kollegen Brockmann und Schäbe waren hier und haben einen Anruf bekommen, woraufhin sie sofort aufgebrochen sind. Ins Hilla eben. Meine Freundin Hilde liegt dort, und ich mach mir Sorgen um sie. Du weißt, das ist die Frau des Toten, den wir in der Motte gefunden haben.«

Theo nickte. »Das habe ich in den ersten Tagen mitbekommen. Ab morgen bin ich übrigens auch in der MK Felgenkiller. Die wird verstärkt auf 26 Kollegen.«

»Wo bist du?« Manfred beugte sich vor und sah Theo ungläubig an. »Welche Radsporttruppe nennt sich denn ›Felgenkiller‹?«

»Keine Radsportgruppe, die Mordkommission. MK Felgenkiller.« Theo zuckte mit den Achseln.

»Was für ein bescheuerter Name! Wer hat sich den denn einfallen lassen?« Manfred ahnte es, aber das musste er dem Neuen aus der Eifel nicht auf die Nase binden. Stattdessen versuchte er nochmals, das Gespräch auf die Toten der vergangenen Tage zu lenken, doch sein Gegenüber wich den Fragen entweder geschickt aus oder er hatte keinen Einblick in den aktuellen Fall erhalten.

»Kannst du Tuppen?« Manfred ging der Gesprächsstoff aus. Deshalb griff er sich den Kartenstapel und begann, die 48 Karten auf ein Skatblatt zu reduzieren.

Theo schüttelte den Kopf. »Ein Kartenspiel?«

»Ja, ist ganz einfach. Kapierst du in fünf Minuten.« Manfred legte einige der nun 32 Karten offen auf den Tisch und erklärte die Regeln.

»Das ist Schröömen. Bei uns in der Eifel heißt das Schröömen.« Theo nickte. »Eigentlich spielt man das besser zu dritt oder viert, aber zu zweit geht es auch.«

Nach einigen Runden fiel Theo ein, dass er zum Essen gekommen war, und bestellte bei der nächsten Bierrunde ein T-Bone. Harry nahm die Bestellung auf und schaute Manfred fragend an.

Der nickte. »Bring unsere Steaks bitte zusammen, am liebsten um elf.«

Harry verdrehte die Augen. Fast alle Gäste erwarteten Punkt elf ihr Essen, doch sein Grill war manchmal nicht groß genug.

Manfred brachte seinem Tischnachbarn schonend bei,

dass es noch eine Stunde dauern würde mit dem Essen. Dass es die Steaks im Dartvatter erst ab 23 Uhr gab, hatte er bei ihrer gemeinsamen Tour am Mittwoch nicht erwähnt. Theo verdrehte die Augen und fasste sich leidend an den Bauch.

Um Viertel vor elf schwang die Eingangstür auf. Die Kommissare Martin Brockmann und Jürgen Schäbe polterten lautstark in die Gaststätte. Harry sah sie vorwurfsvoll an und wies sie mit einer Kopfbewegung an ihren gewohnten Tisch.

Die beiden klopften zur Begrüßung auf die Tischplatte und setzten sich zu Manfred und Theo.

»Sie hier?«, fragte Brockmann an Theo gewandt. »Das ging ja schnell, dass Sie unser Dartvatter gefunden haben.« Er sah Manfred misstrauisch in die Augen, schien aber in dem Moment zu merken, wie unhöflich er sich gegenüber dem jungen Kollegen verhalten hatte. »Nett hier. Beste Wahl der Stadt.«

Theo atmete auf und nickte erleichtert. »Ja, und ich bin sehr gespannt auf das Essen.«

»Dam dim dum doom. Dam dum dim daam.« Punkt 23 Uhr dröhnte ohrenbetäubend die große Wanduhr über Harrys Theke und intonierte den Westminsterschlag des Londoner Big Ben, gleichzeitig öffnete sich die schwarze Holztür der Küche.

20 Augenpaare von sechs Tischen schauten erwartungsvoll zu Harry, der mit vier Brettern herauskam, an ihrem Tisch vorbeiging und zuerst Tisch zwei bediente.

»Kommt alles, kommt alles«, murmelte er ihnen auf dem Rückweg zu und verschwand wieder in der Küche. Bei der nächsten Runde waren sie an der Reihe, auch Brockmann und Schäbe erhielten ein Steak. Manfred erfuhr, dass die beiden ihr Essen per Anruf bestellt hatten.

Die drei Alt-Grawenhorster machten sich sofort über ihre T-Bones her. Theo Lappen bestaunte zuerst das enorme Stück Fleisch auf seinem Holzbrett und zog dann das Messer mit einem kräftigen Ruck heraus. »Ihr habt nicht zu viel versprochen.«

Wie immer war der Leiter der Mordkommission als Erster fertig, legte seine Serviette weg und trank einen großen Schluck aus seinem Glas. Manfred kannte seinen ruppigen Freund und ahnte, dass gleich eine Ansage folgen würde.

In der Tat, kaum hatte Schäbe als Letzter sein Messer abgelegt, legte Brockmann los. »Keine Fragen heute, Manfred. Keine!«

Manfred schüttelte unwirsch den Kopf. »Das kannst du nicht machen, Marti. Sag mir wenigstens, wie es Hilde geht. Bitte!« Das letzte Wort betonte er extra stark.

Brockmann saß stocksteif auf seinem Stuhl und schaute Manfred ernst an. »Nur so viel: Deine Hilde wollte heute Abend abhauen. Unser Kollege war kurz pinkeln und kam gerade noch rechtzeitig zurück, um das zu verhindern. Hilde hat um sich geschlagen wie eine Wilde und ist dann zusammengebrochen. Wir haben sie zu ihrem eigenen Schutz in die Geschlossene nach Süchteln verlegt.«

Manfred war verwirrt. Seit wann war Hilde zumindest körperlich wieder so fit? Und warum wollte sie fliehen? In was war sie nur hineingeraten? Oder hatte Luuk sie in etwas verwickelt? Er wusste, dass er heute keine weiteren Antworten bekommen würde, und sagte deshalb nur: »Danke, Martin.«

Kurz darauf verabschiedete er sich. Auf der Heimfahrt merkte er zu spät, wie kalt es geworden war und dass er seine warme Jacke auf dem Stuhl hatte hängen lassen.

Als er durchgefroren vor seiner Garage ankam, griff er

zitternd nach seinem Schlüsselbund. Keine Jacke, kein Schlüssel! Manfred fluchte, nun musste er Britta aus dem Bett holen.

DIENSTAG

Manfred hatte am Abend lange klingeln müssen, bis im Schlafzimmer das Licht angegangen war, seine Frau aus dem Fenster geschaut und ihm dann die Tür geöffnet hatte.

»Sag nichts, tut mir leid. Ich habe meine Jacke hängen lassen, da ist der Schlüssel drin.« Er war ins Bad gestürzt und hatte heiß geduscht, bis ihm die Kälte nicht mehr in den Knochen saß.

Britta hatte den Kopf durch die Badtür gesteckt. »Polter nicht so rum, du weckst die Kinder auf. Reicht, wenn ich hellwach bin.«

Unter seinem dicken Daunenplumeau hatte er noch eine ganze Weile wach gelegen, während Britta neben ihm längst wieder tief und fest schlief.

Jetzt war es 7 Uhr. Er stand auf, nahm frische Unterwäsche aus dem Schrank und schloss leise die Tür hinter sich. Die Erinnerung an die eisige Fahrt gestern Nacht jagte ihm kalte Schauer über den Rücken, und er fröstelte wieder. Da half nur eine erneute heiße Dusche.

Fertig angezogen ging er in die Küche, wo Britta zu seiner Überraschung bereits fleißig war. Es duftete nach Kaffee, und Britta, im Bademantel, schmierte ein Butterbrot.

»Ich bring Mitch gleich zur Schule.« Sie packte das Brot in Mitchs Pausendose und legte eine Banane dazu.

Manfred verzog das Gesicht. »Warum fährt er nicht mit dem Rad?«

»Roths haben eben angerufen, die bringen Lion auch.«
Sie zeigte zum Fenster. »Schau mal raus, alles weiß und
gefroren. Im Radio warnen sie vor Glätte. Es könnte reg-
nen, das bedeutet Blitzeis. Vergangene Nacht hatten wir
fast zehn Grad minus. Das hast du ja auch gemerkt.« Sie
grinste anzüglich.

Manfred sah ein, dass seine Frau recht hatte, und er
ergriff die Gelegenheit, etwas gutzumachen. »Soll ich ihn
fahren?«

Britta lächelte ihn an. »Du, das wäre lieb. Dann leg ich
mich noch ein paar Minuten hin.« Sie gab ihm einen Kuss
und entschwand ins Schlafzimmer.

Wenig später gesellte Freddy sich gut gelaunt zu ihm
in die Küche. Sie mixte sich ein Müsli und schüttete kalte
Milch darüber. »Mandelmilch«, kommentierte sie mit
einem Seitenblick auf ihren Vater. »Papa, du bringst Mitch
zur Schule? Kannst du mich am Schill absetzen?«

Sie meinte ihr Schiller-Gymnasium. Früher hatten die
Jugendlichen es »Schiller« genannt, doch seit ein paar Jahren hatte sich die ganz kurze Form durchgesetzt. Manfred
ahnte, dass sie dem englischen »chill out« entlehnt war. Bei
gutem Wetter fuhr auch seine Tochter manchmal mit dem
Rad, aber meistens nahm sie mit ihrem Schokoticket des
Verkehrsverbundes den Linienbus 772, der von der Kirche
bis vor das Gymnasium am anderen Ende der Stadt fuhr.

Statt zehn Minuten würde Manfred fast eine Dreivier-
telstunde unterwegs sein. Widerstrebend stimmte er zu
und fügte sich in sein Schicksal. »Wann musst du da sein?«

»Wir haben Zeit, Freistunde. Ich setze mich so lange
in die Mensa.« Freddy schüttete die verbliebene Hälfte
ihres Müslis in eine kleine verschließbare Glasschüssel
und packte sie in ihre Tasche.

Manfred stellte fest, es war fast 8 Uhr. Sie mussten los, sonst kam Mitch zu spät. Er wollte nach ihm sehen, da stürmte sein Sohn in die Küche.

»Wo ist Mama? Die will mich fahren. Hat sie mir gesimst.«
Manfred erklärte sich für zuständig, seinem Sohn war es egal.

»Freddy fährt mit? Ich sitze aber vorne.« Mitch hatte einen großen Schub gemacht in den letzten Wochen und war mit 150 Zentimetern einer der größten in seiner Klasse. Ihm war es wichtig, dass er endlich nicht mehr in den Kindersitz musste und auf dem Beifahrersitz mitfahren durfte.

»Hast du die Ziegelei gefunden?«, fragte er, als sie gerade losgefahren waren.

Manfred überlegte kurz, was er antworten sollte. »Nein, die ist wie vom Erdboden verschwunden.«

»Wie groß ist denn so eine Ziegelei? Du hast gesagt, das war vielleicht eine Tonfabrik. Kann eine große Fabrik einfach verschwinden?«

Genau das wüsste Manfred ebenfalls gerne. »Verstehe ich auch nicht. Vielleicht ein Fehler in deiner Karte?«

»Lions Papa hat gesagt, dass diese Topo… diese Topo-Dinger die besten Karten sind, die es gibt«, widersprach Mitch.

»Da hat Herr Roth eigentlich recht. Ich schau mir die Karte gleich noch mal an. Möglicherweise steht eine Jahreszahl drauf.« Manfred glaubte selbst nicht, dass die Karte fehlerhaft war.

»Brauchst du nicht, die ist von 1969, hab ich schon gesehen. Ganz schön alt, fast wie du, Papa.« Sie näherten sich der Schule, und Mitch griff seinen Rucksack. »Fahr nicht so nah ran, vor dem Eingang darfst du nicht parken. Wäre auch peinlich.«

Manfred hielt am Straßenrand gut 200 Meter vor Mitchs Schule. Ihm war es recht, und er freute sich, dass die Schüler inzwischen selbst dafür sorgten, dass ihre Eltern nicht bis ins Klassenzimmer fuhren. Jedenfalls die meisten.

Als sie weiterfuhren, meldete sich Freddy, sie war hinten sitzen geblieben und schmökerte in einem kleinen, gelben Heft. »Habt ihr schon alle Weihnachtsgeschenke?«

Manfred hatte keine Ahnung, und das war ihm peinlich. Für die Geschenke ihrer Kinder war Britta zuständig. »Warum?«

»Ich hab einen Wunsch.« Freddy legte ihm von hinten die Arme um den Hals.

Manfred war alarmiert. Das könnte teuer werden. »Und? Was?«

»Also, Sven hat gespart und wünscht sich Geld. Davon kauft er sich ein Moped. Den Führerschein hat er schon. Da brauche ich natürlich auch einen Helm.« Den letzten Satz sagte sie ganz leise.

»Wasss?« Manfred hätte am liebsten sofort angehalten, riss sich aber zusammen. »Hast du mit Mama darüber geredet?«

»Nö, du kennst dich besser mit Helmen aus.« Freddy drückte ihn noch fester.

»Ein Motorradhelm ist etwas anderes als ein Fahrradhelm, Freddy. Auch preislich.« Manfred merkte, dass die Arme um seinen Hals wieder lockerer wurden. »Ich spreche heute Abend mit Mama darüber.«

»Prima. Danke.« Freddy ließ ihn los und widmete sich ihrem Reclam-Heft.

Um 10 Uhr saß Manfred schon seit einer Weile am Schreibtisch. Freddys Weihnachtswunsch ging ihm nicht aus dem

Kopf. Musste dieser Sven unbedingt Moped fahren? Im Geiste sah er seine Tochter in Lederkleidung auf dem Sozius einer schnellen Maschine über die Landstraßen des Niederrheins jagen.

Manfred kontrollierte die Uhrzeit und prüfte das Wetterradar. In 20 Minuten musste er los. Es war schnell deutlich wärmer geworden, vier Grad über null. Wieder keine weiße Weihnacht in Sicht.

Er zog sich um für die Tour mit Lürenscheidt, schlüpfte in die Sportunterwäsche, die lange Radlerhose und die warme Wetterjacke, die laut Etikett des Herstellers wind-, wasserdicht und atmungsaktiv war.

Um 10:45 Uhr hatte er die Hälfte des Weges zur Dyroffstraße schon zurückgelegt. Manfred überlegte, was er dem RP-Chef erzählen sollte und konnte. Vor allem musste er mit Lürenscheidt Vertraulichkeit aushandeln. Sein Name durfte in dem Zusammenhang auf keinen Fall in der Zeitung stehen.

Er war fünf Minuten zu früh am Treffpunkt, stellte sein Rad ab und schaute vorsichtig um die Ecke zu Hildes Haus. Wie vermutet, stand nahe dem Haus wieder der dunkle Pkw mit zwei Personen darin, diesmal war eine Frau dabei, glaubte er zu erkennen.

Manfred erschrak, als sein Handy sich lautstark meldete. Kein Name und keine Nummer im Display, ein anonymer Anruf. Er nahm das Gespräch trotzdem an.

»Ja?«

»Lürenscheidt hier. Tut mir leid, Herr Hanraths, mir ist ein wichtiger Termin dazwischengekommen. Ich habe einen Kollegen gebeten, mich zu vertreten. Er müsste gleich bei Ihnen sein. Mit ihm können Sie alles besprechen. Wir beide telefonieren dann heute Nachmittag noch mal.«

Manfred wollte etwas einwenden, aber der leitende Redakteur des Grawenhorster Lokalteils der Rheinischen Post hatte bereits aufgelegt.

Gleichzeitig stoppte neben ihm ein junger Mann mit Helm sein Rad. »Herr Hanraths?«

Die Sonne spiegelte sich im dunkelroten Lack seines Fahrradhelms, und Manfred war für einen Moment geblendet. »Schicker Helm. Ja, ähm, und Sie sind?«

»Tobias Schalk, Lokalredaktion der RP. Der Chef lässt sich entschuldigen, ich soll ihn vertreten.«

Manfred war erbost, versuchte jedoch, dies nicht zu zeigen. »Gut, dann wollen wir mal.« Er stieg auf sein Rad und fuhr über die Peter-Wust-Straße. Das war zwar ein Umweg, aber er wollte nicht wieder an dem Observierungsteam in der Dyroffstraße vorbei.

Er lenkte sein Rad um drei Ecken durch das Gründerzeitviertel, der junge Mann folgte ihm brav. Dann waren sie aus der Stadt und fuhren auf Wirtschaftswegen nebeneinanderher.

»Wie lange sind Sie schon bei der RP?« Manfred musterte seinen Mitfahrer unauffällig, ebenso dessen Fahrrad, ein neues, wahrscheinlich teures Mountainbike mit Mittelmotor und Akku im Vorderrahmen.

»Seit gestern. Als Volontär. Und heute bereits ein eigener Außentermin. Das ist toll! Ich habe die halbe Nacht alles Mögliche gelesen über den Fall. Und über Sie und die Grawenhorster Fahrradmorde letztes Jahr.« Tobias Schalk plapperte unbekümmert aus, dass bereits seit gestern feststand, dass er den Termin für seinen Chef wahrnehmen würde.

Manfred ersparte sich jeden Kommentar dazu. Was konnte der Schalk auch dafür? Aber dass er nun mit einem blutigen Anfänger unterwegs war, ärgerte ihn maßlos. Das würde er dem Lürenscheidt heimzahlen, schwor er sich. »Dann erzählen Sie mal, was Sie wissen, Herr Schalk.«

Der ließ sich nicht zweimal bitten und berichtete in schneller Folge, was er gelesen hatte. Er begann mit dem toten Luuk Meulendijks, kam zu dem Überfall auf dessen Frau und endete bei der Leiche im Wald. »Da fahren wir hin, nehme ich an. Der Chef ist gerade bei der Pressekonferenz. Darum kann er nicht mit Ihnen unterwegs sein. Mein Glück.«

Manfred atmete tief durch. »Eine PK?«

»Die Info platzte in unsere Morgenrunde. ›Gemeinsame Pressemitteilung von Staatsanwaltschaft und Polizei Grawenhorst‹, stand oben drüber. Warum sind Sie nicht dabei?« Der junge Mann sah ihn von der Seite an. »Bei der Mordserie im Sommer waren Sie auch involviert. Und haben die Polizei ordentlich unterstützt.«

Manfred war angenehm überrascht, der Anfänger hatte sich gut vorbereitet. Er beschloss, ein wenig aus dem Nähkästchen zu plaudern. »Was ich Ihnen sage, bleibt unter uns und landet nicht in der Zeitung, okay?«

Sein Mitfahrer hob die rechte Hand, zeigte mit dem Daumen nach oben und nickte bekräftigend.

Manfred fuhr fort: »Mein Verhältnis zur hiesigen Polizei ist manchmal nicht so einfach. Einerseits habe ich mich nach den Geschehnissen im Sommer mit zwei Kriminalbeamten angefreundet. Andererseits, na ja, ich bin halt neugierig, aber kein Polizist. Und die Kripo mag es nicht, wenn sich Zivilisten einmischen.«

»Und ihnen eine Nase voraus sind?« Schalk grinste. »Jedenfalls wird heute die Mordkommission vergrößert, auch durch zwei Mitarbeiter des Landeskriminalamts. Das stand in der Presseinfo, mit Sperrfrist 12 Uhr. Das wird Kernthema der PK sein.«

Manfred wurde unruhig, als er das hörte. Das mit der Mordkommission hatte er bereits von Theo erfahren, aber dass das LKA jetzt ins Boot geholt wurde, war neu. Und ungewöhnlich. Ihm wurde klar, dass die Kripo mehr wusste, als seine Freunde ihm erzählt hatten. Es musste einen Zusammenhang geben, den er bisher nicht gesehen hatte.

Sie erreichten die Schutzhütte am Rand des Grenzwalds. Manfred stellte sein Rad ab, der junge Mann lehnte sein Mountainbike an einen Baum. Manfred setzte sich, Schalk tat es ihm nach.

»Und jetzt?«, wollte er wissen.

»Machen wir Pause.« Manfred holte Mitchs Karte aus seiner Nierentasche und legte sie auf den Tisch. Er war in einer Zwickmühle. Wenn er nichts von der Ziegelei sagte, war ihr Ausflug unsinnig.

Er beschloss, es zu riskieren. »Passen Sie auf, junger Mann, und bitte vergessen Sie nicht, was Sie mir versprochen haben. Was ich Ihnen erzähle, ist reine Spekulation, und Sie brauchen eine zweite Quelle, wenn Sie das veröffentlichen. Ich jedenfalls werde abstreiten, dass die Information von mir stammt. Verstanden?«

Schalk nickte ernst. »Verstanden!«

»Ich habe einen Tipp bekommen, dass es hier eine ›Alte Ziegelei‹ gibt, da hinten irgendwo an der Sandkuhle. Die könnte in Zusammenhang mit den Morden und dem Überfall auf Hilde Wagner stehen.«

»Wagner? Nicht Meulendijks?«

»Hilde und Luuk waren nicht verheiratet, das ist eine Tatsache. Wenn Sie meinen Namen nicht nennen, können Sie das sogar verwenden.«

Sein Begleiter hielt ihm sein Handy vor die Nase. »Hier gibt es weit und breit keine Ziegelei.«

Manfred erkannte den Grenzwald und schüttelte den Kopf. »Auf der OSM-Karte finden Sie die nicht.«

»Sie kennen Open-Street-Map?« Erstaunt zog sein Gegenüber das Handy zurück.

Manfred freute sich, dass er bei dem jungen Mann punkten konnte. »Bin damit seit Jahren unterwegs.« Er breitete Mitchs Karte auf dem zerfurchten Holztisch aus und zeigte auf die »Alte Ziegelei«.

Schalk beugte sich vor, nahm die Karte auf und faltete sie weiter auseinander, bis er die Legende fand. »Von 1969. Das ist lange her. Aber nicht lange genug, dass sich eine ganze Ziegelei in Luft auflöst. Ich hab schon mehrere davon aufgesucht, da sieht man immer noch Überbleibsel: Ruinen, Mauerreste, und wenn es nur der Ringofen ist.«

»Sie kennen sich aus. Wie alt sind Sie eigentlich?«

»30. Zu alt für einen Praktikanten, meinen Sie doch, oder? Da haben Sie sogar recht. Nach dem Abi habe ich studiert, Wirtschaftswissenschaften. Irgendwann habe ich abgebrochen und ein Sabbatjahr eingelegt. Mit dem Rad. Daraus wurden 16 Monate und 14.600 Kilometer nah an den Küsten von Nordsee, Atlantik, Mittelmeer und Adria. Von Bremerhaven bis Brest und dann nach Bilbao. Bei Santiago de Compostela hab ich zwei Wochen Urlaub gemacht, bevor es weiterging. Lissabon, Gibraltar, Barcelona, Nizza, Neapel, um die ganze Stiefelsohle herum, dann hoch bis Venedig. Wo es ging, in Sichtweite zum Meer. Zwischendurch hab ich immer mal ein paar Tage Pause eingelegt, wo es schön war. Und ich habe einen Blog dazu geschrieben, mich damit bei fast 20 Zeitungen beworben und bin nun bei der RP gelandet.«

Manfred hörte interessiert zu, was Tobias Schalk erzählte. »Und wieso kennen Sie sich mit Ziegeleien aus?«

»Geocaching. Mache ich seit Jahren, auch während der Uni und der Tour. Im Rheinland gibt's unzählige verlassene Ziegeleien. Lost Places sind beliebt in der Szene.«

Manfred war beeindruckt und dankte Lürenscheidt im Stillen für seine Absage. »Können Sie mal nachsehen, ob hier vielleicht ein Geocache versteckt ist?«

»Bin dabei. Ist gerade ein bisschen langsam, das Portal, aber jetzt kommt was. Tatsächlich, es gab mal einen Cache. Der ist seit drei Jahren archiviert, stillgelegt. ›Grenzwaldring‹ hieß der. Ein Mystery, also kein Ort mit festen Koordinaten, sondern ein Rätselcache mit Stationen.«

»Das heißt, in dem Portal steht nicht der genaue Standort?« Manfred war frustriert.

»Nein. Und die Beschreibung ist drei Jahre alt. Da werden fünf Stationen erwähnt, aber keine Standorte. Sehr unwahrscheinlich, dass auch nur eine davon noch existiert. Man müsste einen erfahrenen Geocacher in der Gegend finden, der sich an den Cache erinnert. Oder besser, den Owner.«

»Den Owner?« Manfred verstand nicht.

»Den Eigentümer des Caches. Der, der die Dose versteckt und das Rätsel ausgearbeitet hat. Wird schwierig. Die meisten aus der Szene sind nicht besonders mitteilsam. Vor allem, wenn sie Anfragen von Unbekannten erhalten.« Der RP-Mitarbeiter sah Manfred herausfordernd an. »Lieber Herr Hanraths, warum sind wir eigentlich hier? Ich kann verstehen, dass Sie mir nicht alles erzählen wollen, was Sie wissen. Ich mag aus Ihrer Sicht der kleine Praktikant sein, aber ohne ein Mindestmaß an Vertrauen kommen wir nicht weiter. Also, was hat es mit der Ziegelei auf sich?«

Manfred holte tief Luft, dachte nach, dann schenkte er seinem Begleiter reinen Wein ein und berichtete, was ihm der Mitarbeiter von Hilde erzählt hatte. »Das ist, wie gesagt, alles Spekulation, und die kranke Hilde könnte auch ›Ziege‹ gesagt haben. Allerdings ist es sehr, sehr seltsam, dass diese Ziegelei hier verschwunden ist. Ich will die finden!«

»Sie konnten nicht selbst mit Hilde sprechen?«

»Nein, die haben mich nicht an sie herangelassen. Übrigens hat sie versucht, aus dem Krankenhaus zu fliehen, darum haben sie sie nach Süchteln in die Psychiatrie verlegt.«

»Also, worauf warten wir noch?« Der junge Mann stand auf.

Plötzlich hörten sie ein Surren, das schnell lauter wurde. Auf dem Weg jagten vier dunkel gekleidete Fahrer auf ihren Mountainbikes an ihnen vorbei in den Wald und verschwanden so rasant, wie sie gekommen waren.

»Was war das denn?« Schalk sah Manfred entgeistert an.

»Die Ghost Riders. Die machen die Gegend seit Wochen unsicher.« Manfred erhob sich ebenfalls und berichtete, dass er die geisterhafte Truppe schon mehrmals gesehen und was ihm der alte Herr Lambertz erzählt hatte.

»Laden Sie, bevor wir fahren, die Umgebungskarte auf Ihr Handy. Im Wald dahinten haben wir kein Netz.«

Schalk tat wie geheißen, Manfred stieg auf sein Rad und fuhr los. Schalk folgte ihm.

An der T-Wegkreuzung erklärte Manfred den mysteriösen Unterschied. Sie verglichen ihre Handypläne mit der Topo-Karte, und spätestens jetzt verstand auch der angehende Journalist, warum Manfred das alles so seltsam vorkam.

»Also schlagen wir uns in die Büsche?«, fragte Schalk.

Manfred nickte und machte Anstalten, sein Rad abzuschließen.

»Sie wollen Ihr Rad hier stehen lassen?«

»Haben Sie eine andere Idee?«

»Ich nehme meins mit, auf jeden Fall!«

Manfred zuckte mit den Schultern. »Mal sehen, wie weit wir kommen.«

Gemeinsam umrundeten sie die dichte Wand aus Kirschlorbeer, bahnten sich einen Weg durch brusthohe braune Farne und flache, widerspenstige Waldbeersträucher.

Tobias Schalk trug sein E-Bike locker mit einem Arm auf der Schulter. Manfred schleppte mit beiden Händen schwer an seinem Trekkingrad.

Schalk war vor ihm und blieb plötzlich stehen. Eine ausgedehnte Brombeerkultur versperrte ihnen den Weg.

»Ende Gelände. Und nun?« Schalk setzte sein Rad ab.

»Erst mal müssen wir unsere Räder loswerden, sonst kommen wir gar nicht weiter. Hier sieht die sowieso kein Mensch.« Manfred befestigte sein Rad an einem kleinen, stabilen Baum.

Schalk schaute ihm zweifelnd zu, stellte dann jedoch sein Rad neben Manfreds und verband mit seinem schweren Ringschloss beide Räder und das Bäumchen. »Jetzt wäre eine Machete nicht schlecht. In welche Richtung müssen wir?«

Sie verglichen ihre Handys, das GPS-Signal war unzuverlässig. Auf beiden Displays sprang der Standortpunkt hin und her.

Schalk sah hoch zu den Baumwipfeln. »So dicht sind die Bäume nicht, der GPS-Empfang müsste viel besser sein.«

»Vielleicht liegt das an der nahen Grenze?«

»Satelliten kennen keine Grenzen. Das hat nichts mit dem Handynetz zu tun.« Schalk schüttelte den Kopf.

Manfred hatte eine Idee. Er ging zu seinem Fahrrad und zeigte auf seine Klingel, in die ein kleiner Kompass eingearbeitet war.

Schalk lachte. »Oldschool. Brauchen wir nicht. Der Handykompass funktioniert auch ohne GPS.« Er nutzte die Karte auf seinem Handy und orientierte sich. »Wir müssen nach Norden, irgendwie um diese Brombeeren herum.«

Manfred nickte zustimmend. »Am besten links herum. Vielleicht stoßen wir auf den Weg, der da mal war.«

Langsam umrundeten sie den mächtigen Brombeerberg, blieben immer wieder an einzelnen Zweigen und Dornen hängen und kamen nur langsam voran. Meter für Meter kämpften sie sich durch das Dickicht.

Endlich wurden die Brombeeren weniger, und bald darauf bestimmte Gras unter den lichten Bäumen den Boden, auf dem sie unterwegs waren.

»Mein GPS spielt völlig verrückt. Der Standort springt hin und her wie ein Känguru.« Schalk schüttelte ratlos den Kopf.

Manfred las den Kompass auf seinem Display und zeigte mit der Hand nach vorne. »Geradeaus, weiter nach Norden.«

Vor ihnen tat sich eine Schneise auf. In dem zugewachsenen Boden war eindeutig eine offene Flucht erkennbar, die links und rechts von Bäumen gesäumt wurde.

»Das war der Weg.« Manfred drehte sich um und blickte Schalk triumphierend in die Augen.

Die Schneise vereinfachte ihr Vorankommen erheblich. Sie gingen nun schnellen Schrittes vorwärts.

Unerwartet packte Schalk Manfred von hinten an der Schulter, zog ihn energisch an den Rand der Schneise und gab ihm mit dem Finger auf seinen Lippen das Signal, leise zu sein.

Nun hörte auch Manfred den Motorenlärm. Vorsichtig pirschten sie weiter und stoppten an der Abbruchkante der Sandkuhle, die sich vor ihnen auftat. Tief unten in der Kuhle stand ein Lkw, ein gelber Radlader fuhr zu einem Sandberg, lud die Schaufel und leerte sie danach auf die Ladefläche des Lasters. Sie legten sich auf den Boden an der Kante und beobachten das Szenario.

»Sand? Der bringt uns nicht weiter.« Manfred war enttäuscht.

»Der vielleicht nicht, aber schauen Sie mal da.« Schalk zeigte nach rechts.

Manfred erkannte eine graue Wand und war wie elektrisiert. »Die Ziegelei!«

Hektisch, zu hektisch, sprang er auf, glitt dabei mit seinem linken Fuß aus und rutschte Richtung Sandkuhle. Schalk griff geistesgegenwärtig seinen Arm und zog ihn zurück.

»Danke!« Manfred schluckte und erhob sich nun vorsichtiger.

Gemeinsam untersuchten sie die Wand, die an ihrer linken Seite übergangslos am steilen Grubenrand endete. Dort gab es kein Vorbeikommen. Sie wandten sich nach rechts, doch da mündete die Wand unmittelbar in ein Gebüsch. Wieder standen sie vor dichtem, schier undurchdringlichem Kirschlorbeer.

Schalk deutete auf die Mitte der Wand. »Da war mal eine Tür, sogar ein Tor.«

Manfred nickte, ging näher heran und schlug mit dem Handballen dagegen. »Zugemauert.« Er schaute nach oben.

Die Wand war gut und gerne dreieinhalb, vielleicht vier Meter hoch. Oben erkannte er ein Tarnnetz, das waagrecht zwischen die Mauer und die etwa zwei Meter entfernt stehenden Bäume gespannt war und ihn an seine Bundeswehrzeit erinnerte. Er zeigte es seinem Begleiter und raunte ihm zu: »Hier ist eindeutig was faul.«

Schalk nickte und wies mit dem Kopf nach rechts. Sie gingen am Gebüsch entlang, fanden nach ein paar Metern eine Lücke und zwängten sich mühsam Zentimeter für Zentimeter durch die dichten Zweige.

»Ich bin durch.« Schalk stand wieder vor einer Wand.

Manfred wollte es ihm gleichtun, stolperte dabei über eine Wurzel und stieß gegen Schalk. Der kam zu Fall, und Manfred mit ihm. Sie gerieten ins Rutschen, der Boden unter ihnen gab nach und sie fielen inmitten einer Drecklawine abwärts. Manfred landete ungeschützt mit dem Brustkorb auf dem harten Boden. Der Aufprall trieb ihm die Luft aus der Lunge, und er brauchte Minuten, bis er wieder klar denken konnte.

Schalk neben ihm stöhnte auf. »Oh Mann, mir tut alles weh!«

Manfred bekam kein Wort heraus, bis Schalk ihn mit der Hand am Arm fasste und ihn schüttelte. »Geht's dir gut? Alles klar?«

Manfred schrie auf, die Bewegung bereitete ihm erhebliche Schmerzen. »Nein, nicht, lass mich!«

»Gott sei Dank, du lebst!«

»Ja, ein bisschen.« Manfred stöhnte. Er wollte sich umdrehen, aber die Schmerzen in seiner Brust waren unerträglich. »Ich glaube, meine Rippen sind durch. Oh Scheiße, das tut so weh!«

Sie waren von Dunkelheit umgeben, nur von oben drang ein wenig Licht zu ihnen.

»Hast du dein Handy, Manni? Meins ist weg, hab es beim Sturz verloren.« Dass Schalk ihn plötzlich duzte, merkten beide nicht.

Manfred hielt sein Handy fest in der Hand und bejahte die Frage.

»Dann mach mal Licht, bitte.«

Manfred brauchte etliche Versuche, bis er es schaffte, die Lampe an seinem Handy einzuschalten. Er leuchtete nach oben, startete einen neuen Versuch, sich umzudrehen, doch wieder durchzuckte ihn der Schmerz, und er blieb erstarrt liegen. »Ich kann mich nicht bewegen, nimm du es.«

Schalk hatte sich ächzend aufgerappelt, griff nach dem Handy und erkundete mit dem Licht ihre Umgebung. Sie befanden sich in einem kargen Raum, der vielleicht fünf mal drei Meter groß war. Die Decke war gut vier Meter über ihnen, zum Rand hin etwas weniger.

»Das ist ein Gewölbe, wahrscheinlich ein Keller deiner Ziegelei. Möglicherweise war das ein Vorratsraum des alten Ringofens, für das Feuerholz oder so. Da oben scheint ein wenig Licht durch, da sind wir eingebrochen.«

Manfred stöhnte erneut auf, und Schalk fragte ihn, ob er ihm helfen solle, sich aufzurichten.

»Fass mich nicht an!« Manfred lag immer noch flach wie eine Flunder auf dem dreckigen Boden, die Arme nach links und rechts ausgestreckt. »Lass mich einfach in Ruhe und schau, wie du hier rauskommst. Du musst Hilfe holen.« Aus den Augenwinkeln sah er, dass Schalk die hohe Wand ableuchtete.

»Nicht mal, wenn du eine Räuberleiter machen könntest, würde ich es bis da oben schaffen. Keine Chance, das Loch zu erreichen.«

»Dann ruf die 112 an, alleine kommen wir hier im Leben nicht weg.« Manfred merkte, wie Schalk die Ziffern eintippte.

Der wartete ein paar Sekunden und sah anschließend auf den Bildschirm. »Kein Empfang. Verdammt! Wo ist mein Handy?« Er leuchtete den Boden ab, fand es und kontrollierte den Status. »Auch kein Netz.«

Schalk schritt systematisch mit beiden Handys in der Hand den Raum ab und hielt sie dabei weit in die Höhe. Bald war klar, dass Decke und Wände ihres Verlieses zu massiv waren, da kam kein Signal durch. Nur die leisen Fahrgeräusche von Lkw und Radlader drangen zu ihnen.

»Houston, wir haben ein Problem.« Schalk sah Manfred ernst an und zuckte ratlos mit den Schultern.

»Du musst hier raus und Hilfe holen. Es muss doch irgendwo eine Tür geben.«

Sein junger Begleiter leuchtete erneut die Wände ab. Plötzlich stockte er. Im schwachen Licht entdeckte er einen Metallrahmen samt Tür und Türklinke.

Manfred drehte vorsichtig den Kopf, sodass die Tür nun in seinem Blickfeld lag. Beide hielten die Luft an, als Schalk die Klinke drückte und sich gegen die Tür stemmte. Erfolglos, sie bewegte sich keinen Millimeter. Schalk versuchte es erneut mit aller Kraft, gab aber bald auf.

»Keine Chance, Manni.« Dann schlug er sich mit der Hand gegen die Stirn, ihm schien etwas eingefallen zu sein. Er drückte die Klinke erneut nach unten und zog dieses Mal an der Tür. Die öffnete sich quietschend, aber widerstandslos nach innen.

Schalk wollte losstürmen, doch Manfred stoppte ihn. »Halt, Tobias! Vielleicht sind wir nicht allein. Sei vorsichtig!«

Schalk nickte und ging langsam los. Es dauerte eine Weile, bis er zurückkehrte. Manfred wurde fast wahnsinnig vor Ungeduld, wagte es aber nicht, nach ihm zu rufen.

Als er endlich kam, drückte er die Tür fest hinter sich zu, drehte Manfred Zentimeter für Zentimeter auf den Rücken und schob ihm vorsichtig seine Jacke unter den Kopf. Manfred biss sich vor Schmerzen die Lippen blutig.

Anschließend hockte sich Schalk neben ihn und berichtete, was er entdeckt hatte. »Da hat jemand eine Produktionsanlage aufgezogen. Irgendwas mit Chemie und Medikamenten, ein komplettes Labor plus Verpackungsmaschine.« Er drückte Manfred eine flache Medikamentenschachtel in die Hände.

»ASS 100? Die gibt's im Angebot für 3,95 ohne Rezept.« Manfred öffnete die Schachtel, und heraus fielen Tütchen mit ovalen, lilafarbenen Pillen. »Das ist aber was anderes.« Er nahm seit Jahren ASS Aspirin Protect 100, weil sein Hausarzt ihm dazu geraten hatte.

»Nein. Sicher nicht. ASS müsste man nicht heimlich produzieren. Wahrscheinlich MDMA. Ecstasy oder so was.«

Manfred zählte die Tütchen. »Zehn Tütchen mit je fünf Pillen. Was mag das wert sein?«

»50 Stück? Das könnte 500 Euro pro Schachtel bringen. Nicht schlecht. Auf jeden Fall wissen wir jetzt, was hier los ist. Das ist der Grund, warum zwei Menschen sterben mussten und diese Hilde im Krankenhaus liegt.«

»Hast du nebenan Empfang gehabt, Tobias?«

»Nein, nirgends. Ich hab keine Ahnung, wo man raus kommt. Drüben gibt es keine Tür, nur ein kleines Fenster zur Kuhle hin, fast an der Decke. Unerreichbar, wie hier. In einer Ecke ist eine Treppe, auf den Stufen stehen jede

Menge Kartons, aber das alte Deckenloch ist zugemauert.«
Der RP-Volontär schüttelte ratlos den Kopf.

»Die müssen doch irgendwo rein- und rauskommen. Sonst macht das Labor keinen Sinn. Sieh noch einmal nach.« Manfred wies ihn zur Tür.

Schalk stand auf, öffnete vorsichtig die schwere Metalltür und legte einen Ziegel, den sie beim Durchbrechen mit nach unten gerissen hatten, zwischen Tür und Rahmen. »Außen ist keine Klinke. Wenn die Tür zufällt, komme ich nicht mehr zurück.«

Wieder wartete Manfred eine geraume Weile, bis Schalk endlich zurückkehrte.

Der drückte ihm eine Büchse in die Hand. »Bier. Aus dem Kühlschrank, der ist rappelvoll. Dass zwei fehlen, merkt keiner.«

»Heineken.« Manfred dachte kurz an Hartmut, trank dann und merkte erst jetzt, wie durstig er war. Die schnellen Schluckbewegungen machten sich in seinem Brustkorb bemerkbar, und erneut blieb ihm vor Schmerz fast die Luft weg. Er verschluckte sich, hustete und verlor das Bewusstsein.

Als er wieder wach wurde, erkannte er über sich Tobias Schalk, der ihm die Wangen tätschelte und seinen Kopf mit kaltem Bier beträufelte.

Nachdem Manfred einigermaßen normal atmete, berichtete sein Mitgefangener: »Da ist eine Bodenluke aus Metall. Die habe ich hochgehoben. Darunter ist nichts, viele Meter nichts, und dann heller Sand. Das muss die Kuhle sein. Wir sind hier am oberen Rand der Sandkuhle. Unter der Luke hängt eine etwa ein Meter lange Leiter, aber ein dickes Stahlseil führt noch weiter runter. Wohin, konnte ich nicht sehen, dazu hätte ich auf die Leiter gemusst. Nein, danke.«

»Hast du gecheckt, ob dein Handy in dem Loch Empfang hat?« Manfred sprach leise und vermied jede Bewegung.

»Ich habe es tief in die Luke gehalten, ohne Erfolg. Mir ist fast schlecht geworden über dem Abgrund. Nicht mein Ding, sorry.«

»Höhenangst?« Manfred nickte verständnisvoll, er kannte das auch.

Sie zerbrachen sich die Köpfe, wie sie es aus ihrem Gefängnis schaffen könnten. Inzwischen war es kurz vor 15 Uhr.

»In zwei Stunden wird es dunkel. Und kalt.« Manfred schauderte.

Schalk ging zur Tür und öffnete sie weit. »Das Labor ist geheizt. Hilft vielleicht ein bisschen, wenn wir die Tür auflassen.« In der Tat strömte spürbar wärmere Luft in ihr Verlies. Er ging zum dritten Mal in den benachbarten Raum.

Wieder zurück berichtete er: »Da hängt so ein Kasten. Mit durchsichtigen Büchsen. Hier sieh mal.« Schalk zeigte ihm ein Foto auf seinem Handy.

»Das ist eine Rohrpost. Damit schaffen die das Zeug nach unten. Genial. Die sind perfekt organisiert, Tobias.« Manfred erzählte ihm von Luuks Nebenjob als Fahrer.

Sie kamen zu dem Schluss, dass Luuk irgendwie in die Sache verwickelt gewesen war, vielleicht als Kurier.

»Oder diese Ghost Riders gehören dazu. Und Luuk war einer von denen«, überlegte Schalk laut.

Manfred wiegte den Kopf, brach aber schnell ab, als der Schmerz in seiner Brust wieder hochschoss.

Mittlerweile war es draußen dunkel geworden. Das spärliche Licht, das durch ihr Einbruchsloch gedrungen war,

war verloschen, und Manfred glaubte, ein paar Sterne zu sehen. Das Bier ohne feste Mahlzeit tat seine Wirkung, und beide schlummerten ein.

Ein lautes, anhaltendes Quietschen, wie wenn Metall auf Metall rieb, ließ sie hochschrecken.

»Das … das ist ne Seilwinde. Das Geräusch kenn ich, so hörten sich früher die Sessellifte an, wenn sie anfuhren. Schnell Jürgen, mach die Tür zu.«

Schalk sprang auf, tat dies und hockte sich davor. Die Tür dämpfte das Geräusch nur leicht.

Ein paar Minuten später hörten sie einen harten Schlag, als pralle ein mächtiger Vorschlaghammer nieder. Dann quietschte das Scharnier des Lukendeckels, und er landete krachend auf dem Boden.

Sie fuhren erschrocken zusammen, denn plötzlich drang ein feiner Lichtstrahl in ihren Raum. Erleichtert stellten sie fest, dass das Licht durchs Schlüsselloch der Tür kam, offenbar war nebenan eine Lampe eingeschaltet worden. Sie hörten leise Stimmen. Schalk presste sein Ohr gegen die Metalltür und gab Manfred ein Zeichen, dass er die Stimmen nun verstand.

Manfred übte sich in Geduld. Trotz seiner Schmerzen hätte er gerne selbst an der Tür gelauscht. Die gedämpften Geräusche von nebenan konnte er nicht einordnen. Das »Klong Klong« klang wie ein Gummihammer, der alle zwei Sekunden auf einen festen Tisch niederging. Dann ein Klacken und Zischen im Abstand von etwa einer Minute.

Schalk spähte jetzt durch das Schlüsselloch, sagte aber noch immer nichts. Es wäre zu gefährlich, möglicherweise würde man im Nebenraum ihre Stimmen hören.

Manfred wurde ganz unruhig, weil er nicht nachfragen konnte. Außerdem kribbelte seine Nase, und er wusste, dass er gleich niesen musste. Panisch zog er die Jacke hinter seinem Kopf hervor, steckte seine Nase tief hinein und nieste dreimal unterdrückt in den dicken Stoff. Fast hätte er aufgeschrien vor Schmerzen.

Schalk drehte sich entsetzt um, zeigte ihm einen Vogel und presste sein Ohr schnell wieder an das Metall der Tür.

Manfred biss die Zähne zusammen und gab keinen Laut mehr von sich.

Sie wussten nicht, wie viel Zeit vergangen war, als der Lukendeckel erst knarrte und dann mit einem Knall zuklappte. Es folgte das Kreischen der Seilwinde.

Schalk sah durch das Schlüsselloch, öffnete anschließend vorsichtig die schwere Tür und betrat erneut das Labor.

Als er nach ein paar Minuten zurückkehrte, berichtete er Manfred endlich detailliert, was er gehört und gesehen hatte. »Das waren zwei Typen. Soweit ich die verstanden habe, werden die Pillen nur ein- oder zweimal im Monat produziert. Dann werden sie gelagert. Im Moment haben sie reichlich Vorräte und müssen diese verpacken. Aber sie erwähnten Probleme mit dem Rohstoffnachschub. Das hat vielleicht mit den Morden zu tun. Zu melden haben die nichts, die führen nur Anweisungen aus. Ach ja, sie sprachen immer von ›dem Doktor‹. Hörte sich so an, als sei das der Chef.«

»Und was hast du gesehen?« Manfred wollte alles wissen.

»Durchs Schlüsselloch nicht viel. Aber als ich gerade drüben war. Da liegt jetzt eine volle Rohrpostbüchse mit Tablettenpäckchen. Genau zwölf von diesen Schachteln.« Schalk hockte sich wieder neben Manfred und schwieg.

Manfred unterbrach die Stille. »Und wie kommen wir hier raus?«

Ein Piepton schreckte sie auf. Schalk griff nach seinem Smartphone. »Mist, nur noch zehn Prozent.« Er hatte seinen Akku länger nicht aufgeladen und das Handy zu oft und zu lange als Taschenlampe benutzt.

»Meins ist halb voll.« Manfred hatte sein Handy während der Fahrt geladen, Akkupack und Ladekabel hingen stets am Rahmen seines Rads. Wenn er sein Rad abstellte, nahm er beides ab und steckte es in seine Jacke. Mit äußerster Vorsicht zog er den Zusatzakku und das Kabel heraus und hielt beides seinem Leidensgenossen hin. »Hab ich mitgenommen.«

»Nützt mir nichts. Falsches Kabel. Lass mich mal an meine Jacke.« Schalk schob behutsam seine Jacke unter Manfreds Kopf weg und öffnete deren Innentasche. Triumphierend zeigte er ein grünes Kabel und verband sein Handy mit Manfreds Akkupack. »Die Powerbank hat noch vier von fünf Leuchtstreifen.«

»Das wird eine ganze Zeit reichen. Ich weiß nicht, was dein Handy so verbraucht, meins kommt damit gut zehn Stunden über die Runden.«

»Ich mach alles aus, was Strom frisst.« Schalk schaltete sein Handy aus, startete es dann neu, dunkelte den Bildschirm ab und legte es beiseite. »Ja, wie kommen wir hier raus?«

Irgendwann sprang Schalk auf und wandte sich zur Tür. »Ich schau mich nochmals um.«

»Pass auf mit dem Licht, damit man das von unten nicht durch die Luke sieht.« Er fragte sich, was die mit ihnen machen würden, wenn sie entdeckt wurden. Er dachte an Britta und die Kinder, Tränen schossen ihm in die Augen und er verdrängte die Gedanken schnell.

Schalk kam zurück, er schleppte zwei alte Jutesäcke mit sich. »Unsere neuen Schlafdecken. Habe ich hinter dem

Kartonstapel mit den leeren Verpackungen gefunden. Die vermisst keiner.« Außerdem hatte er zwei weitere Büchsen Bier mitgebracht und eine zerknitterte Schachtel mit Keksen. »Die lag auch unter den Kartons.«

»Meinst du, die kann man noch essen?« Manfred verzog angewidert das Gesicht.

Schalk lachte. »Versuch's einfach. Wenn's schmeckt, sind sie gut. Hör zu, ich habe eine Idee.« Dann er erklärte seinen Plan.

Manfred sah ihn fassungslos an und lehnte die Idee sofort entschieden ab. Eine bessere hatte er jedoch auch nicht.

Sie diskutierten das Für und Wider, kamen aber zu keinem Ergebnis. Manfred spielte ihre Möglichkeiten durch und sprach seine Gedanken laut aus. Irgendwann merkte er, dass Tobias nicht mehr zuhörte, sondern eingeschlafen war.

Seine Hälfte der Butterkekse hatte Manfred nach und nach verzehrt. Sein Magen hatte nicht rebelliert, stellte er beruhigt fest. Manfred leerte mit einem kräftigen Schluck die Bierdose, entspannte sich und versuchte auch zu schlafen. Die Jutesäcke hatte Tobias an der Seite aufgerissen, mit einem Sack Manfred, mit dem anderen sich selbst zugedeckt. Das half ein wenig gegen die Kälte, aber wichtiger war die offene Tür und die Wärme, die vom Nebenraum zu ihnen gelangte.

MITTWOCH

Sie wachten kurz nacheinander auf. Draußen war es noch dunkel, kein Lichtschein gelangte in ihr Kellerloch. Ein Blick auf sein Handy zeigte Manfred, dass es 7 Uhr war. Sie wechselten ein paar Worte und beschlossen, so lange liegen zu bleiben, bis sie ohne Taschenlampe auskämen. Manfred döste vor sich hin, dachte wehmütig an seine Familie und daran, was sie unternehmen würde, weil er nicht nach Hause gekommen war. Als er erneut aufwachte, merkte er, dass Schalk ihn behutsam anstieß.

»Lass uns loslegen, Manni. In der Kuhle wird bereits gearbeitet, hörst du das? Vielleicht kommen die heute früher ins Labor.«

»Und du meinst wirklich, das könnte funktionieren?« Manfred blieb skeptisch. Dumpf drangen die Motorengeräusche des Radladers zu ihnen.

»Es ist unsere einzige Chance. Oder ist dir was Besseres eingefallen?«

Manfred schüttelte den Kopf und gab Schalk sein Handy. »Was sollen wir schreiben?«

Sie diskutierten verschiedene Versionen, bis sie sich einig waren.

Dann tippte Tobias und sah ihn fragend an. »Deine Verletzung soll ich wirklich nicht erwähnen?«

»Nein, die machen sich sicher schon genug Sorgen.«

Schalk speicherte die Nachricht im Messenger und reichte Manfred das Handy. Der tippte auf den Senden-Pfeil, um sie an Britta zu verschicken.

MANNI:

> Bin in der Alten Ziegelei an
> der Sandkuhle im Grenz-
> wald gefangen. Mit Tobias
> Schalk von der RP. Uns
> geht es gut. Ruf die Polizei
> an, am besten Martin oder
> Jürgen. Erzähl von der
> Topo-Karte. Und sag, dass
> hier ne Drogenzentrale ist.
> Manni

08:20

Dann leitete er denselben Text mit dem Zusatz »Papa« an
Mitch und Freddy weiter, denn ob und wann seine Frau
auf ihr Handy schauen würde, war ungewiss. Seine Kinder aber würden die Nachricht sofort lesen, selbst in der
Schule, wenn auch heimlich. Viel lieber wäre ihm gewesen, wenn er sie direkt an Brockmann hätte senden können, aber dessen Handy war dummerweise weg. Schäbes
neue Nummer kannte er nicht, und Schalks Chef Lürenscheidt hatte mittwochs seinen freien Tag und schaltete
deswegen sein Diensthandy immer aus.

Die Frage war nur, ob die Nachricht überhaupt jemals
ankam, ob die Idee seines Kellerkumpels tatsächlich funktionierte. Manfred hatte Zweifel.

»Was für eine Scheiße!« Manni fluchte ausgiebig. »Alles
kannst du heute online machen, nur wir hängen hier im
Netz-Nirwana.« Er reichte Schalk sein Handy, der es in
eine leere ASS-100-Schachtel schob.

»Gut, dass deins so klein ist. Wenn wir Glück haben,
ist das Handy im Netz eingeloggt, bevor die Rohrpost

geöffnet wird. Dann geht die Nachricht sofort raus. Und wenn sie die Schachteln zusammen herausnehmen, wird keiner den Gewichtsunterschied merken.« Schalk hielt beide Daumen gedrückt und zeigte sie Manfred.

Der nickte und machte die gleiche Geste.

Wieder verschwand Tobias durch die Tür und handelte wie verabredet. Plötzlich hörte Manfred einen Knall, ein prasselndes Geräusch und gleich darauf ein »Verdammt!«. Danach vernahm er hektische Bewegungen und immer wieder ein Klickern und Prasseln.

Manfred wurde fast hysterisch. »Was ist passiert, Tobias? Sag was, bitte. Jetzt!«

Tobias steckte den Kopf durch die Tür und grinste schief. »Hab nicht aufgepasst. Einer der Plastikbehälter ist runtergefallen und Tausende Pillen haben sich über den Boden verteilt. Ich muss die einsammeln.«

»Pass auf, dass du keine übersiehst. Wenn die nur eine finden, haben wir ein Problem.«

Als Tobias zurückkehrte, berichtete er, dass er die präparierte Schachtel in der Rohrpostbüchse deponiert hatte. Beim Zudrehen des Deckels sei er mit dem Ellenbogen an die Pillentonne gestoßen. »Ich hab extra die Leuchte an meinem Handy angemacht und alles genau abgesucht. Da liegt nix mehr.«

Manfred war beruhigt. Nun hieß es warten. Und die Minuten verrannen nicht im Flug, sondern in Zeitlupe. »Ein gutes Buch wäre jetzt nicht schlecht«, sagte er.

»Ich kann dir ja was vorlesen.« Schalk hielt sein Handy hoch.

»Ja, gerne, aber mach den Bildschirm aus, damit der Akku nicht schwächelt.«

Schalk lachte verkrampft, Manfred lieber nicht.

»»Meine Batterie ist alle««, zitierte Manfreds Leidensgenosse mit tiefer Stimme aus dem alten Song von Frank Zander.

»Wieso kennst du den ›Ur-Ur-Enkel von Frankenstein‹? Dazu bist du eigentlich zu jung.« Manfred sah ihn fragend an.

»Ich war an Halloween in einem Club in der Gladbacher Altstadt. ›Projekt 42‹. Da haben sie die halbe Nacht Musik aus den 70ern gespielt. Bisschen schräg, aber lustig.«

Manfred biss auf die Zähne und stöhnte vor Schmerzen. »Verdammt, das wird heftig!«

Schalk ging nach nebenan und hielt seinem Mitgefangenen kurz darauf eine der lila Pillen hin. »Hier, ich habe mit dem Zeug mal experimentiert, ist lange her. Da hatte ich nachts fürchterliche Zahnschmerzen und keine Tabletten dagegen im Haus. Ich hab eine davon eingeworfen, die hat geholfen, schnell sogar.«

Manfred schüttelte den Kopf, zuckte dann zusammen, weil der Schmerz in seiner Brust immer schlimmer wurde. »Gut, dann hol ein Glas Wasser, bitte.«

Schalk wandte sich wieder zur Tür, kam mit einer Bierbüchse in der Hand zurück und reichte sie ihm. »Kein Wasser, nur Bier.«

Manfred grinste gequält, knickte die Tablette in der Mitte durch und kippte eine Hälfte mit einem Schluck aus der Büchse mannhaft hinunter. Allein das schnelle Schlucken ließ ihn vor Schmerz aufstöhnen. »Fällt das im Kühlschrank nicht langsam auf?«

»Keine Sorge, ich hab die hinteren Büchsen ein bisschen auseinandergeschoben, das sieht keiner. Hoffentlich.«

Weitere Minuten vergingen.

»Allohol macht Birne froh«, gluckste Manfred. »Ist doch ganz gemütlich hier.«

Tobias sah ihn verwundert an.

Manfred grinste. »Stell dir vor, es würde Wasser von der Decke tropfen. Und wir haben keinen Eimer. Stattdessen schauen von da oben diese schönen alten Ziegel mit dem giftgrünen Moos auf uns herab. Und Wasser läuft mir gerade im Mund zusammen. Ich sehe ein Steak von Harry, mit Schmand, nein, Sauerrahm. Und daneben steht ein Glas Rotwein und die Flasche. Ein Rioja aus dem Navarra. Fünf Jahre im Eichenfass gereift. Wahnsinn!« Manfreds Gesicht verklärte sich, er schloss die Augen und glitt nahtlos in einen heiteren Traum.

Stunden später stieß Schalk ihn vorsichtig an. »Die haben aufgehört. In der Sandkuhle wird nicht mehr gearbeitet.«

Manfred richtete sich ein wenig auf, spitzte die Ohren und horchte angestrengt nach draußen. Sein Freund hatte recht. Die Arbeitsgeräusche waren verstummt, stattdessen nahm er leises Vogelgezwitscher und das Rauschen der Bäume wahr und erfreute sich daran.

Es dämmerte bereits, und bald hockten sie wieder im Dunkeln und sahen ihre Hand vor Augen nicht. Es dauerte nicht lange, bis erneut das grässliche Kreischen der Seilwinde einsetzte. Gespannt hielten sie den Atem an. Die Luke wurde geöffnet und fiel wieder zu. Sie hörten Schritte und mit einem Mal Musik.

Jetzt hieß es wie gestern: warten, warten, warten.

Als der Lukendeckel endlich erneut zuknallte, die Seilwinde einsetzte und die Luft rein schien, erklärte Tobias, dass er heute nur einen Mann durchs Schlüsselloch gesehen habe. Er begab sich nach nebenan, kam mit einer vollen Rohrpostbüchse zurück, öffnete sie aufgeregt, ließ den Inhalt auf den Boden fallen und schüttelte dann jede Schachtel einzeln durch. »Es hat geklappt!«

Ihr Plan war aufgegangen, jedenfalls der erste Teil. Manfreds Handy war auf dem Weg. Zurück blieb ihre Hoffnung und die Unsicherheit, wie lange es dauern würde, bis sie wüssten, ob auch der Rest ihrer Strategie funktioniert hatte.

Manfred fragte sich, was passieren würde, wenn die Ganoven sein Handy fanden. Kämen sie auf die Idee, dass im Nebenraum unerwünschte Gäste logierten? Er hoffte, dass die Nachricht dann schon bei Britta, Freddy oder Mitch angekommen und Hilfe unterwegs war.

»Wo bleibt Harry? Mit meinem Steak … und dem Wein?« Manfred lachte behutsam. Er hatte eben die andere Hälfte der lila Pille eingeworfen und merkte plötzlich, wie hungrig er war. »Gibt's hier noch was Essbares?«

Schalk schüttelte den Kopf. Er hatte längst alle Regale, Schränke und jede Ecke mehrfach abgesucht, jedoch nichts mehr gefunden. »Nur Bier und Pillen.«

»Ich könnt mich glatt satt essen an den Dingern. Vielleicht solltest du auch mal, Tobi. Würde sicher eine lustige Nacht werden. Gib mir noch ein Bier, bidde. Und dann machen wir Musik und stoßen an. Auf unsere Freundschaft. Haben nicht mal Brüderschaft getrunken, Tobilein.«

Irgendwann schlief Manfred ein und war während der gesamten Nacht sehr unruhig. Kein Wunder, ihm erschien Frank Zander im Traum.

HEILIGABEND

Manfred erwachte, als es dämmerte. Sein Leidensgenosse war schon wach. »Die haben gerade angefangen zu arbeiten, hörst du?«

Manfred nickte zustimmend. »Kein gutes Zeichen, wenn die ungestört Sand schaufeln.«

Noch bevor Tobias etwas erwidern konnte, vernahmen sie Sirenengeheul, das schnell lauter wurde. Kurz darauf drang die Durchsage der Polizei dank Megafon bis in ihren Kellerraum. »Dies ist eine Durchsuchung der Polizei. Bitte kommen Sie mit erhobenen Händen heraus. Das Gelände ist umstellt.«

Manfred fand die Durchsage lustig. Die Sandkuhle konnte man nicht umstellen, die war nur von einer Seite zu erreichen. Dann hörte er einen Hubschrauber und lachte nicht mehr.

Schalk ging ins Labor, hievte den Lukendeckel hoch, hielt ihn kurz und ließ ihn danach mit einem lauten Knall fallen. Das machte er noch zweimal, in immer schnellerer Folge.

»Die hören uns nicht, die Idioten! Kein Wunder, bei dem Lärm. Die sollen endlich die Sirenen abschalten.« Schalk war zurückgekommen und hockte sich erbost neben Manfred.

»Die Polizisten sind bestimmt schon unterwegs zu uns.« Manfred blieb optimistisch.

Doch es passierte nichts. Nach fast zwei Stunden verstummten die Sirenen, Türen knallten, Motoren starteten und Fahrzeuge entfernten sich. Zunächst war Stille, dann klangen die bekannten Geräusche von Lkw und Radlader zu ihnen.

Tobias verschwand erneut durch die Tür. Manfred hörte die Luke und wie sie kurze Zeit später, diesmal leise, wieder geschlossen wurde.

»Da ist alles wie gehabt, die arbeiten normal weiter. Das hier habe ich gefunden. Das muss der Typ gestern Abend vergessen haben.« Schalk zeigte Manfred ein kleines Batterieradio, türkis und schmutzig, mit abgerundeten Ecken und oben einem Henkel daran.

»Gib mal her, Tobias.« Manfred griff nach dem alten Radio, las »Nordmende«, fand den Drehregler und schaltete das Gerät mit einem Klick ein. Das laute Krächzen ließ sie zusammenfahren. Manfred drehte den Ton leiser und bediente den zweiten Regler. Er bewegte die rote Markierung hin und her, bis einige Musikfetzen durch das Krächzen drangen. Manfred betrachtete das Gerät genauer und zog an einer kleinen Plastikkugel, woraufhin die Teleskopantenne zum Vorschein kam. Die Musik war sofort besser zu hören.

Inzwischen war es fast 12 Uhr geworden. »Gleich kommen die Nachrichten. Welcher Sender ist das?« Tobias sah ihn fragend an.

»Sollte WDR 2 sein. Ich habe 93,3 eingestellt.«

»Wieso kennst du die Frequenz?«

»Hab im Büro auch ein normales Radio stehen, nicht so alt wie das hier, aber ähnliche Technik.«

Und tatsächlich, Punkt zwölf ertönte aus den türkisen Lausprechern der bekannte Jingle, und sie lauschten gespannt den Meldungen von WDR Aktuell, zuerst den überregionalen, dann denen für den Niederrhein.

»In Grawenhorst ...«, Schalk nahm aufgeregt Manfreds Hand, »... beginnen heute die Feierlichkeiten aus Anlass der Preisverleihung der siebten Jugendkulturtage.«

Enttäuscht sackten sie zusammen. Weder die Mordfälle noch ihr Verschwinden waren Thema in den Mittagsnachrichten. Nach den Staumeldungen und dem Wetter ertönte wieder Musik.

Manfred drehte erneut am Senderrädchen, suchte das Grawenhorster Lokalradio 17&4, gab aber bald auf. »Das war zu erwarten. Bis ins Grenzland reicht der Sender nicht, kenn ich aus dem Auto.« Er stellte das Rädchen zurück auf WDR 2.

Die nächsten anderthalb Stunden bestanden aus Warten, Nachrichten, Warten, Nachrichten, Warten. Um halb zwei wurden sie erlöst, der Nachrichtensprecher kam zu ihrem ersehnten Thema.

»Wie unsere Redaktion aus Polizeikreisen erfuhr, gab es heute im Grenzgebiet bei Grawenhorst am Niederrhein eine Durchsuchung eines Industrieunternehmens mit zahlreichen Polizeikräften unter Beteiligung des Landeskriminalamtes. Ob die Maßnahme in Zusammenhang mit den Todesfällen der vergangenen Tage steht, wurde nicht bekannt.«

Im Anschluss fasste der Sprecher in wenigen Sätzen zusammen, was jüngst passiert war.

Immerhin hatten sie dank der Polizeiaktion einen Hoffnungsschimmer. Mehr nicht. Sie hockten in ihrem unfreundlichen Keller und hatten keine Ahnung, ob mittlerweile nach ihnen gesucht wurde. Ob ihr verzweifelter Hilferuf überhaupt angekommen war, bei wem auch immer.

Die Arbeitsgeräusche vom Boden der Sandkuhle drangen unverändert zu ihnen. Niemand kam, um sie aus dem

Loch zu befreien. Manfreds Schmerzen wurden wieder schlimmer, er biss die Zähne zusammen. Sein Po protestierte gegen die dauerhafte Belastung, und Manfred wechselte von Zeit zu Zeit vorsichtig seine Position, legte sich mal mehr nach links, mal nach rechts.

Tobias stand immer wieder auf und ging hin und her. Auch mal ins Labor und drehte dort ruhelose Runden. Von einer dieser Laborrunden kam er mit einer schlechten Nachricht zurück: Die Radiatoren seien kalt, vermutlich sei der Strom abgestellt worden.

Die WDR-Nachrichten brachten nichts Neues, lediglich dieselbe Meldung wie um halb zwei.

»Die haben nichts gefunden.« Tobias klang mutlos. »Ich denke, die Drogentypen haben die Sandkuhle clean gehalten. Die Produktion läuft hier oben, in der Kuhle ist die Ware nur ein paar Minuten zur Auslieferung, die wahrscheinlich auf Bestellung erfolgt. Ecstasy just in time. Die Polizei hat das Seil, den Lift und die Rohrpostleitung nicht gefunden, sonst wären die längst hier.«

Manfred überlegte. Das klang logisch und nicht sehr hoffnungsvoll.

Tobias setzte noch einen drauf. »Übrigens ist heute Heiligabend. Jetzt am Nachmittag haben alle Geschäfte bereits geschlossen. Bestimmt auch die Polizeiwachen«, fügte er grinsend hinzu.

Der Witz kam bei Manfred nicht an. Heiligabend. Verzweiflung kroch in ihm hoch, als er an Britta und die Kinder dachte. Seine Schmerzen nahmen zu, außerdem war er todmüde und wollte schlafen. »Tobias, hol mir ein paar Bier. Ist ohnehin egal, ob wir erfrieren, an einer Alkoholvergiftung sterben oder die Typen uns finden.«

Manfred bekam sein Bier. Er setzte die erste Büchse an

und trank sie in einem Zug aus. Für die zweite ließ er sich etwas mehr Zeit, verlangte dennoch bald die nächste Dose. Tobias gab sie ihm und verkniff sich eine Bemerkung über Kälte und Alkohol. Sie wussten beide, dass das keine gute Kombination war.

Irgendwann tat das Bier seine Wirkung und Manfred schlummerte ein. Sein Mitgefangener hatte nur eins getrunken, gegen den Durst. Er blieb wach und grübelte, warum die Polizei sie nicht gefunden hatte. Etwas war schiefgegangen.

Nach einer Weile weckte er Manfred auf, er glaubte, ein Geräusch gehört zu haben. In der Tat, oben aus dem Deckenloch drang ein Knarren und Scharren zu ihnen hinunter. Sekunden später landete etwas mit lautem Krachen neben ihnen auf dem Boden.

»Scheiße, aua!«, brüllte eine tiefe Stimme.

Manfred erkannte glücklich seinen Freund, Kriminalhauptkommissar Martin Brockmann.

Der rappelte sich auf, griff an seinen Gürtel, löste die große Taschenlampe, schaltete sie ein, leuchtete rundum den Raum aus und fixierte dann Manfred mit dem grellen Lichtstrahl. »Mensch, Manni, in was hast du dich da wieder reingeritten?« Er richtete die Lampe auf Tobias Schalk. »Und Sie sind sicher der Volontär vom Lürenscheidt.«

»Gut, dass du uns endlich gefunden hast. Bis du allein?« Manfred sah ihn dankbar an.

»Nein, Jürgen war hinter mir, der ist weitergegangen an den Rand der Sandkuhle. Die anderen warten am Weg.«

»Hoffentlich fällt er nicht auch hier rein, sonst sitzen wir zu viert im Loch. Dafür reicht das Bier nicht.« Manfred war zu Scherzen aufgelegt, so erleichtert war er.

Brockmann drückte auf eine Taste am Funkgerät, das

vor seiner Brust hing. »Ich hab die zwei. Und die Ziegelei. Passt an der Mauer auf, da ist ein Loch im Boden,
ich bin schon durchgefallen, nicht so angenehm.« Dann
wandte er sich an Manfred. »Warum liegst du am Boden?
Bist du verletzt?«

Manfred erklärte es ihm, und Brockmann sagte in sein
Funkgerät: »Wir brauchen einen RTW plus Arzt. Lotst die
so nah wie möglich an dieses Drecksloch. Der Hanraths
ist verletzt, hat ein paar Rippen gebrochen oder mehr.« Er
leuchtete auf die Tür. »Wo geht's da hin?«

»Schau mal rein, du musst ziehen.« Manfred bedauerte,
dass er Brockmanns Gesicht nicht sehen konnte, wenn dieser begreifen würde, wozu das Labor diente.

Schalk ging hinterher, öffnete die Luke und zeigte dem
Kripomann den Lift.

Manfred hörte, wie Brockmann erneut lautstark in sein
Funkgerät blaffte. Er forderte die KTU an und wies eigens
darauf hin, dass das Team Lichtstrahler mitbringen müsse.
»Und die Sandkuhle könnt ihr stilllegen. Am Steilhang
zum Wald, also ganz hinten, müsstet ihr fündig werden. Da
gibt es eine Art Lift. Die Hütte ist die Pillenküche, die die
Kollegen vom LKA seit Langem suchen. Und wir haben
sie gefunden.« Das »wir« betonte er genüsslich, kehrte
zurück und grinste Manfred an wie ein Honigkuchenpferd.

Der bekam das schon nicht mehr mit. Die Anspannung
und die Schmerzen forderten endgültig ihren Tribut, und
Manfred verlor das Bewusstsein.

Als er wieder zu sich kam, lag er in einem Rettungswagen. An seinem Arm klebte ein Pflaster, aus dem ein dün-
ner Schlauch zu einem Infusionsbeutel führte. Tobias saß
neben ihm und berichtete, was passiert war. Manfred war

ohnmächtig geworden, aber glücklicherweise waren die Rettungssanitäter kurz darauf aufgetaucht.

»Ein Polizist hat sie im Schweinsgalopp vom Weg durch die Büsche zur Ziegelei gejagt. Einer von beiden hat sich in den Keller abgeseilt und deinen Kreislauf wieder in Gang gebracht. Dann hat er dich schlafen gelegt. Für die Bergung musste das Technische Hilfswerk anrücken. Sie haben dich auf eine Trage gelegt und eine Konstruktion gebastelt, mit der sie dich sicher nach oben durch das Loch heben konnten. Mich und den Hauptkommissar haben die Jungs vom THW mit einem Tragegurt hochgezogen. So ein Ding, das man vom Klettern kennt.«

Manfred schloss kurz die Augen. Er genoss die ersten schmerzfreien Minuten seit Tagen.

Die hintere Tür öffnete sich, die Sanitäter zogen ihn auf der Trage nach draußen und wuchteten sie auf einen fahrbaren Untersatz. Manfred erkannte das Grawenhorster Krankenhaus. Noch bevor er in die Notaufnahme geschoben wurde, kam Britta auf ihn zugerannt und wollte ihn umarmen. Einer der Sanitäter verhinderte das im letzten Moment und informierte sie über Manfreds Verletzungen.

Da gab sie ihm eine schallende Ohrfeige. »Du blöder, blöder Mann!« Und küsste ihn.

Tobias drückte ihm behutsam die Schulter. »Mach es gut, Manni. Bis demnächst mal auf ein Getränk. Aber kein Bier. Weißt du, ich mag eigentlich kein Bier.« Und lachte.

Manfred grinste nur, er wusste, dass seine Rippen einen Lacher sofort bestrafen würden.

Schalk drehte sich weg und stieß fast mit Brockmann zusammen.

Der tippte dem RP-Volontär drohend auf die Brust. »Sie schreiben erst mal gar nichts! Ist das klar?«

»Nicht meine Entscheidung«, antwortete Schalk lapidar und sah auf die Uhr. Ob er seinen Chef noch antraf? Er musste das alles mit ihm besprechen.

Am späten Abend kam Britta mit den Kindern. Jungkoch Sven war auch dabei. Freddy und Mitch umarmten ihn behutsam. Manfred liefen Tränen der Freude über die Wangen. Seit seiner Einlieferung hatte er in schneller Folge das übliche Krankenhausprogramm durchlaufen: Blutdruck, Blutentnahme, EKG.

Ob all das nötig war, bezweifelte er, war ihm letztlich auch egal. Die erste Aussage des diensthabenden Arztes war nicht erfreulich gewesen. »Ein paar Tage werden Sie unser Gast sein. Warten wir ihr Röntgenbild ab, Sie werden gleich in die Radiologie gefahren.«

»Wer von euch hat meine Nachricht an die Polizei weitergegeben?«, wollte er nun von seiner Familie wissen.

»Welche Nachricht?«, fragten alle drei wie aus einem Mund.

Danach erzählten sie, was sich zugetragen hatte, während er mit Tobias in der Ziegelei gefangen gewesen war.

Britta hatte am Dienstagnachmittag vergeblich versucht, ihn auf dem Handy zu erreichen. Sie wollte ihm Bescheid geben, dass sie nicht kochen konnte, denn ihr Kunde hatte sie kurzfristig angefordert. Der brauchte ganz schnell ein Foto des neuesten Herrenslips. Sie kam erst spät nach Hause, ging sofort unter die Dusche und merkte erst dann, dass er nicht da war.

Mitch hatte bei den Roths zu Abend gegessen, hockte nun in seinem Zimmer vor dem Computer und hatte keine Ahnung, dass Manfred vermisst wurde. Freddy war noch unterwegs. Britta machte sich jetzt ernste Sorgen und überlegte, was sie tun sollte. Da rief Martin Brockmann an und fragte, ob Manni zu Hause sei. Als Britta das verneinte und erwähnte, dass ihr Mann sich um elf mit dem RP-Chef hatte treffen wollen und sie seitdem nichts mehr von ihm gehört habe, wurde Brockmann ganz ernst.

»Manni hat dem Lürenscheidt vom Grenzwald erzählt und wollte ihm dort etwas zeigen, mit dem Fahrrad. Der RP-Chef hat sich von einem Volontär vertreten lassen. Und eben hat Lürenscheidt mich angerufen, dass der junge Mann verschütt sei, der habe sich nicht zurückgemeldet, und sein Handy sei nicht erreichbar. Mannis Telefon ist auch tot, ich habe es mehrmals versucht. Das sieht nicht gut aus, Britta.«

Brockmann betonte, dass sie nun versuchen würden, die Handys der beiden zu orten. Britta empfahl er, schlafen zu gehen. Er und Jürgen Schäbe würden die Nacht durcharbeiten, er melde sich dann am Morgen wieder.

Britta lag die halbe Nacht wach. Am Mittwochmorgen klingelte früh das Telefon. Schäbe war am Apparat und informierte sie, dass keines der beiden Handys geortet werden konnte.

Britta beschäftigte sich, machte Frühstück. Dann kam Mitch und fragte nach seinem Papa. Britta erklärte ihm, dass er unterwegs sei. Sie brachte es nicht übers Herz, ihrem Sohn zu sagen, dass sein Vater nicht nach Hause gekommen und möglicherweise in Gefahr war.

Freddy kam in die Küche und wollte wissen, ob ihr Vater mit ihr über das Weihnachtsgeschenk gesprochen habe. Britta brach in Tränen aus und erzählte, was los war.

Freddy umarmte ihre Mutter, nun auch mit Tränen in den Augen. Und Mitch versuchte sofort, seinen Vater anzurufen, ebenfalls vergeblich.

Gemeinsam warteten sie, dass die Polizisten sich meldeten. Aber die Stunden vergingen, und das Telefon blieb stumm.

Am Abend saßen sie im Wohnzimmer, und irgendwann schlief zuerst Mitch und danach auch Freddy ein. Britta deckte die beiden zu und blieb noch lange wach.

Als es hell wurde, schreckte sie urplötzlich auf, griff zum Telefon, erreichte aber niemanden bei der Polizei. Freddy und Mitch schliefen noch.

Zwei Stunden später klingelte es. Mitch sprang von der Couch auf, stürzte an die Tür und ließ Brockmann und Schäbe herein. An den Gesichtern der beiden war sofort zu erkennen, dass sie erfolglos geblieben waren.

Brockmann erklärte den Ermittlungsstand. »Wir haben Manfreds Handy geortet, gestern Abend. In der Sandkuhle am Grenzwald. Das Signal war nach einer Stunde wieder weg. Heute Morgen sind wir in aller Früh dort aufgelaufen. Mit 30 Leuten haben wir das Gebäude und das Gelände durchsucht. Nichts, wir haben nichts gefunden. Keinen Manni und auch nicht diesen Volontär.«

»Habt ihr die Ziegelei entdeckt?«, mischte sich Mitch ein.

Brockmann nahm ihn nicht ernst, doch Schäbe legte Mitch die Hand auf den Arm und fragte: »Welche Ziegelei?«

»Im Wald an der Sandkuhle gibt es eine ›Alte Ziegelei‹.«

Brockmann widersprach sofort. »Quatsch, da ist nichts. Weit und breit nur Bäume und Sand. Kannst du bei Google Maps sehen.«

»Doch, da war mal eine Ziegelei!« Mitch ließ sich nicht beirren, er schrie fast.

Britta wollte ihn beruhigen, aber Mitch brach in Tränen aus und redete schluchzend weiter. »Auf der Topo… auf der Topo-dingsda-Karte, die mir Lions Vater geschenkt hat, gibt es eine ›Alte Ziegelei‹. Ich hab das Papa gezeigt. Am … am … am Sonntag war das. Wenn ihr die Ziegelei nicht im Internet findet, muss das nicht stimmen. Nicht alles ist wahr, was im Internet steht.« Mitch schaute seine Mutter anklagend an.

Die musste trotz der prekären Situation lachen, denn genau dies hatte sie ihrem Sohn schon mehrfach vorgetragen.

Brockmann wurde nachdenklich. Schäbe fragte, wo die Karte sei, und Mitch sagte, dass sein Papa die Karte behalten habe.

Brockmann sprang auf. »Wir brauchen diese Karte! Jürgen, ruf mal beim Helmhorst an.«

Schäbe kapierte nicht, was sein Chef von ihm wollte. Auf dem Weg zur Tür erklärte Brockmann ihm, dass Helmhorst der Inhaber des Antiquariats am Rathaus sei.

Mitch rief ihnen hinterher, dass es die Karten auch im Internet gebe, doch das hörten die beiden nicht mehr.

Britta und die Kinder waren zunächst ratlos. Dann schlug Britta mit der Faust auf den Tisch, holte ihr Tablet und öffnete das Kleinanzeigenportal, in dem sie schon oft schöne alte Sachen und gut erhaltene Kleidungsstücke gefunden hatte. Sie suchte nach »topografische karte«, und prompt tat sich eine lange Liste auf. Freddy und Mitch setzten sich neben sie und lasen aufgeregt mit.

»Da!« Freddy tippte auf den Bildschirm. »Da steht Niederrhein.«

Sie hatten Glück, eine Telefonnummer war hinterlegt. Britta telefonierte mit dem Verkäufer, und kurz darauf saßen sie gemeinsam im Auto. Die Kinder hatten sich um alles in der Welt nicht abweisen lassen.

Während der Fahrt telefonierte Freddy in Brittas Auftrag mit der Polizeizentrale und verlangte die Handynummer von Jürgen Schäbe. Die wollte der Beamte am Telefon selbstverständlich nicht nennen. Freddy beschwor ihn deshalb, den Kommissaren Brockmann und Schäbe auszurichten, dass sie sofort zurückrufen sollten. »Es geht um Leben und Tod!«, schrie sie in den Hörer, bevor das Gespräch abgebrochen wurde.

Nach 20 Minuten erreichten sie die Tannengrund-Siedlung und mussten trotz Navigation suchen, bis sie an der richtigen Adresse waren.

Die Haustür des Einfamilienhauses ging auf, und ein älterer Herr kam ihnen mit der Karte in der Hand entgegen. Britta nahm die Karte und reichte dem Mann die verabredeten fünf Euro. Ohne ein Dankeschön saß sie Sekunden später wieder im Wagen und faltete die Karte auseinander.

Mitch beugte sich von hinten über ihre Schulter, suchte den Grenzwald und tippte dann mit dem Finger triumphierend auf die Stelle neben der Sandkuhle. Fast zeitgleich piepste Brittas Handy, Jürgen Schäbe war der Anrufer. »Keine Karte im Antiquariat.«

»Wir haben aber eine!«, brüllte Mitch von hinten. »Wir schicken dir ein Foto.«

Britta hatte Mitch anerkennend zugenickt, den Kartenausschnitt fotografiert und das Foto per Messenger auf Schäbes Handy gesendet. Dessen Nummer war bei dem Anruf angezeigt worden.

Das Ergebnis kannte Manfred. So also hatten sie ihn gefunden. »Eine gelungene Familienaktion!«

»Wir sind sofort zum Grenzwald gefahren, aber die hatten den Wald abgeriegelt und uns nicht reingelassen, obwohl wir gesagt haben, wer wir sind.« Freddy regte sich immer noch auf deswegen.

Besser so, dachte Manfred. Sonst hätten sie ihn möglicherweise auf der Trage liegen sehen.

»Dann kam der Rettungswagen mit Blaulicht aus dem Wald gerast, und wir sind ihm hinterher, auch über die rote Ampel an der Horgallee, bis zum Krankenhaus.«

Britta stand auf. »Kommt, Kinder, wir lassen Papa noch ein bisschen ausruhen, bevor er zum Röntgen abgeholt wird. Und Weihnachten verschieben wir einfach, bis du wieder zu Hause bist.« Sie gab Manfred einen intensiven Kuss und mahnte energisch zum Gehen.

Manfred lächelte und war schon eingeschlafen, als seine Familie das Krankenhaus verließ.

ERSTER WEIHNACHTSFEIERTAG

Unerwartet, aber glücklich saßen sie am festlichen Mittagstisch. Britta, Freddy und ihr Sven, Mitch und Manfred. Britta hatte Stunden in der Küche verbracht, die Kinder hatten fleißig geholfen. Mitch hatte seinen Schokoladenpudding selbst angerührt, Freddy hatte mit ihrem Freund den Endiviensalat vorbereitet. Mit Äpfeln, die Sven im Keller seiner Großeltern gefunden hatte, und Walnüssen vom alten Baum aus deren Garten.

Als Tage vorher klar gewesen war, dass Freddys Freund am ersten Weihnachtsfeiertag bei ihnen sein würde, hatte Britta mit ihm und Freddy überlegt, was es zu essen geben könnte.

»Wir müssen auch an Papa denken. Der fand euer veganes Essen zwar lecker, aber für Weihnachten müssen wir uns etwas anderes einfallen lassen.«

Sie waren zum Biobauern in Kröken gefahren und hatten eingekauft.

Vor dem Essen hatten sie die Bescherung zelebriert. Seitdem auch Mitch vor einigen Jahren die wahre Geschichte vom Christkind erfahren hatte, legte jeder von ihnen in einem unbeobachteten Augenblick seine verpackten Geschenke für die anderen Familienmitglieder unter den Weihnachtsbaum.

Vor vier Jahren hatte Manfred beim gemeinsamen Essen am ersten Advent gefragt, ob sie denn wirklich noch einen Weihnachtsbaum bräuchten. Die Kinder hatten empört protestiert, und das Thema war schnell vom Tisch gewesen. Vor allem Mitch hatte auf einem Baum bestanden, und seitdem fuhr Manfred mit ihm zu einem Wäldchenfeld zwischen Gelderath und Schloss Mildenrath. Die Auswahl des Baums dauerte mitunter unverhältnismäßig lange, Mitch war sehr kritisch und beäugte jede infrage kommende Tanne aus allen Richtungen. Zuletzt wechselten sie sich mit der Säge ab und fällten den Baum mit vereinten Kräften. Ein Glühwein und ein Kinderpunsch war zwar inklusive, doch Manfred ärgerte sich trotzdem jedes Mal über den exorbitanten Preis, den der Bauer für die olle Tanne kassierte.

Eine Sache hatte sich jedoch seit seiner misslungenen Baumrevolution geändert: Statt ihm schmückte nun Mitch gemeinsam mit seiner Mutter den Baum. Das war eine Aufgabe, die Manfred nicht vermisste.

In diesem Jahr hatten sie ihren Christbaum bereits in der ersten Dezemberwoche geholt, und Mitch war vor dem Abendessen mit einem großen Stapel Kartons aus dem Keller aufgetaucht. Am Samstagmorgen vor dem Nikolaustag hatte er seine Mutter so lange bedrängt, bis sie eingewilligt hatte, den Baum zu schmücken.

Manfred war seit heute Morgen wieder zu Hause. Britta war schon früh ins Hilla gefahren, wo sie einige Zeit hatte warten müssen. »Ihr Mann wird gerade untersucht«, hatte es geheißen, und Brittas Sorgen waren mit jeder Minute, die verstrich, größer geworden.

Dann hatte der Chefarzt sie freudig überrascht. »Sie können Ihren Mann mit nach Hause nehmen, Frau Hanraths. Das Röntgenbild des Thorax war unauffällig, die vermutete Rippenserienfraktur konnten wir ausschließen.« Er hatte ihr einen Tablettenblister gegeben und gesagt:

»Davon geben Sie ihm drei Stück am Tag, damit sollte er einigermaßen zurechtkommen. Und passen Sie auf, dass er ordentlich durchatmet, auch wenn es weh tut. So verhindert er am besten eine Lungenentzündung.«

Als Britta in Manfreds Zimmer gekommen war, hatte er auf der Bettkante gesessen und gewartet. Sie wollte ihn drücken, doch er wehrte sie ab. »Nein, bitte nicht, Britt. Die Schwester hat mir beim Anziehen geholfen. Das ist vielleicht ein Besen. Mir tut alles weh.«

Britta half ihm vorsichtig aus dem Bett. »Warum hast du mich gestern Abend nicht angerufen, nach dem Röntgen?«

»Weil hier plötzlich die Hölle ausgebrochen ist und ich gar nicht mehr geröntgt worden bin. Es gab einen Rotalarm. So nennen die das, wenn mehrere Verletzte eingeliefert werden und alle Ärzte gleichzeitig gebraucht werden. Auf der A 34 war wohl ein schwerer Unfall. Beim Röntgen war ich erst heute Morgen. Hab kaum mein Frühstück geschafft, da haben sie mich schon in den Keller gefahren.«

»Oh, du Armer.« Britta strich ihm vorsichtig über den Kopf.

Manni sah sie misstrauisch an, er ahnte, dass sie sich über ihn lustig machte.

»Ich muss eine Tablette nehmen, Britta. Eine von denen da.« Manfred zeigte auf den Nachtisch. »Hat mir die Schwester aufgetragen.«

Britta verglich den Alustreifen mit dem Blister des Professors und reichte ihrem Mann ein Glas Wasser. Anschließend organisierte sie einen Rollstuhl und fuhr ihn damit zum Auto.

Zu Hause überraschten sie die Kinder, und nach dem gemeinsamen Frühstück packten sie in aller Gemütlichkeit die Geschenke aus.

Britta und Manfred hatten sich darauf verständigt, sich auch diesmal nichts zu schenken. Von ihren Kindern bekamen sie Kinogutscheine. Freddy war selig mit ihrem Helm. Britta hatte das bereits mit Sven abgestimmt, als Manfred noch gar nicht wusste, dass es den jungen Mann gab. Mitch freute sich über den ferngesteuerten Geländewagen mit Allradantrieb. Freddy schenkte ihrem Bruder eine Prepaidkarte über 15 Euro und er ihr eine über zehn.

Zwischen der Bescherung und dem Mittagessen und auch gleich danach wieder lag Manfred auf der Couch und schlief tief und fest.

Er erwachte erst, als es an der Tür klingelte. Zum Kaffee hatten sich Brockmann und Schäbe angekündigt.

Brockmann kam mit Blumen, die er Britta reichte, Schäbe gab Manfred eine Flasche Roten in die Hand.

Manfred kontrollierte unauffällig das Etikett, las »Pleno« und »Navarra« und nickte zufrieden.

Auch die Kinder schüttelten den Beamten freudig die Hand. Mitch hatte die Landkarte geholt, die sie gestern erworben hatten, und breitete sie auf dem Tisch aus. Gemeinsam besahen sie sich erneut die Umgebung der Sandgrube und den Eintrag »Alte Ziegelei«.

»Das hast du wirklich gut gemacht!« Brockmann klopfte Mitch anerkennend auf die Schulter.

Der strahlte.

Sie aßen den Stollen, den Britta mit ihrer Mutter gebacken hatte. Freddy und Sven verzogen sich mit ihren Tellern auf ihr Zimmer, und auch Mitch lief mit einem Stück Stollen in der Hand nach oben, er wollte mit Lion zocken oder Rad fahren.

»Hast du gesehen, aus welchem Jahr die Karte ist?«
Manfred hielt Brockmann die Legende der Karte entgegen. »Von 2014, also relativ aktuell im Vergleich zu Mitchs Karte, die ist 45 Jahre älter. Und dennoch ist die Ziegelei noch eingetragen. Warum ist die Ruine dann aus den Internetkarten verschwunden?«

»Du meinst, da hat jemand dran gedreht?« Brockmann schüttelte den Kopf. »Wie soll das gehen?«

»Denkbar wäre das«, mischte sich Schäbe ein. »Diese freien Karten werden nicht zentral gesteuert, nicht wie bei Google oder Bing. An den Karten arbeiten unzählige Menschen jeden Tag, das funktioniert wie Wikipedia. Die Weisheit der vielen.«

»Und einer dieser Weisen hat die Ziegelei im Internet abgerissen?« Brockmann verzog das Gesicht.

Schäbe ließ sich nicht beirren. »Keine Ahnung, aber ich habe einen Bekannten in Viersen, der ist Mitglied einer Gruppe, die sich mit Kartografie beschäftigt und sich regelmäßig trifft. Ich kann ihn mal fragen.«

Brockmann blieb skeptisch, stimmte aber zu und wechselte das Thema. »Lasst uns zusammentragen, was wir haben, und überlegen wie wir weiter vorgehen.«

Manfred war glücklich, vermied jedoch, das zu zeigen. Er war wieder im Team.

Britta hatte sich längst mit ihrem Tablet in den Sessel gesetzt, textete mit ihren Freundinnen und entzog sich so dem Gespräch.

Brockmann und Schäbe fassten abwechselnd den Ermittlungsstand zusammen. Die nun stillgelegte Sandkuhle hatte sich als kompletter Fehlschlag entpuppt. Der Eigentümer betrieb mehrere ähnliche Anlagen und war ein angesehener Bürger der Gemeinde. Unantastbar sei er, hatte der Polizeipräsident seinen Mitarbeitern einge-bläut. Der Betriebsleiter der Sandkuhle wusste angeblich von nichts. Die Grube schloss täglich um 17 Uhr, worauf-hin er den Strom abschaltete und das schwere und ein-zige Tor verschloss. Alle Mitarbeiter hatten das bestätigt und bezeugt, dass sie nie nach 17 Uhr im Betrieb gewe-sen waren. Das Labor, den Lift und die Rohrpost kannte angeblich auch niemand. Von unten in der Kuhle waren die Mauerreste der Ziegelei nicht zu sehen. Der Einstieg zum Lift und die Bodenstation der Rohrpost lagen ver-steckt hinter einem Schuttberg, auf dem seit Jahren alles abgeladen wurde, was nicht als Sand oder Kies verkauft werden konnte. Die KTU hatte festgestellt, dass der Strom zum Labor am Hauptschalter vorbeigeleitet worden war. Im Labor waren knapp 25 Kilogramm Ecstasy-Pillen mit einem Marktwert von einer halben Million Euro sicher-gestellt worden.

Manfred bat Jürgen Schäbe, drei Alt aus dem Kühl-schrank zu holen. Der sah Britta an, die gerade aufschaute.

»Mir kannst du einen Marillen geben, bitte mit Eis und gerne einen Doppelten.«

Manfred erklärte seinem Freund, dass die Eiswürfel im Gefrierfach lagen und ein frisches Handtuch in der unters-ten Schublade.

In der Küche packte Schäbe einige Eiswürfel in das Handtuch, produzierte mit ein paar harten Schlägen auf den Boden Crasheis und servierte Britta lachend ihren Likör auf Eis. »Bitte sehr, gnädige Frau.«

»Danke, Herr Ober.« Auch Britta lachte.

Brockmann hob sein Alt und prostete Manfred zu. »Auf deine Rettung und baldige Genesung.«

Schäbe tat es ihm nach.

Da fiel Manfred siedend heiß etwas ein. »Habt ihr eigentlich unsere Fahrräder gefunden?«

»Ja klar, als wir die gesehen haben, wussten wir endlich, dass wir auf der richtigen Fährte sind«, antwortete Brockmann.

»Und wo ist mein Rad jetzt?«

Der Kriminalhauptkommissar ließ sich Zeit und nahm erst einen tiefen Schluck aus seiner Bierflasche. »Steht in deiner Garage, Manni, haben wir mitgebracht.«

Manfred atmete auf. »Und das Schloss? Wie habt ihr das vom Baum bekommen?«

Seine Freunde sahen sich an und zuckten die Schultern.

»Wir nicht, Manni, das THW. Mit einer Flex.«

Manfred wollte aus seinem Sessel fahren, blieb aber wegen der Schmerzen sitzen. »Wisst ihr, wie viel das Schloss gekostet hat?«

»Wie viel denn?« Britta lächelte und sah ihn neugierig an.

Brockmann und Schäbe grinsten erst und lachten dann.

Manfred verstand. »Ihr habt mich verarscht.«

»Ich hab den Notschlüssel gefunden, damit konnten sie dein tolles Schloss öffnen.« Britta lachte lauthals mit.

»Was ist mit Fingerabdrücken im Labor?«, wollte Manfred wissen.

»Nichts, die müssen konsequent mit Handschuhen gearbeitet haben.« Schäbe zuckte mit den Schultern.

»Habt ihr auch das Radio untersucht?«

»Welches Radio?« Brockmann beugte sich in Manfreds Richtung.

»So ein altes Nordmende, das einer von denen vergessen hat. Damit haben wir gestern die Nachrichten gehört. Das stand zuletzt dort, wo wir gelegen haben. Tobias hat es in die Ecke gestellt.«

»Hat die KTU ein Radio gefunden?« Brockmann sah seinen Kollegen an.

»Nicht dass ich wüsste.« Schäbe schüttelte den Kopf. »Muss ich die jetzt am ersten Weihnachtstag aufschrecken?«

»Frag zumindest per E-Mail, ob die das Ding haben.«

Schäbe tippte auf seinem Handy und sagte dann: »Das ganze Projekt hat ein echter Schlaukopf geführt. Fehlerfrei bisher.«

»Der Doktor.« Manfred erinnerte sich, was Tobias erzählt hatte.

»Doktor? Welcher Doktor?« Brockmann fuhr auf.

»Hat Tobias das nicht erwähnt? Ihr habt ihn sicher gestern schon befragt, oder?«

»Ja, aber von einem Doktor hat er nichts gesagt. Also?« Brockmann wurde ungeduldig.

Manfred berichtete, was der RP-Volontär gehört hatte.

Schäbe nickte. »Das würde passen. Ein Doktor. Das Superhirn.«

»Quatsch mit Soße«, rief Brockmann ärgerlich aus. »Das sind nur skrupellose Verbrecher. Dealer, die mit ihren Drogen unsere Jugend vergiften. Die Superhirne sind wir!« Dabei deutete er mit seinem rechten Arm einen Halbkreis zu ihnen allen an.

Manfred musste grinsen. Er kannte seinen Freund lange genug, um zu wissen, dass er nur sich meinte. »Habt ihr Hilde inzwischen befragen können?«

Schäbe antwortete: »Der Arzt der Psychiatrie in Süchteln hat uns das für Montag in Aussicht gestellt. Ohne Garantie. Ihr gehe es deutlich besser, sie sei auch wieder klarer im Kopf, aber er wolle nichts riskieren.«

»Wie bist du eigentlich auf die Ziegelei gekommen?«, fragte Brockmann.

Manfred wurde es heiß, Schäbe lief rot an.

»Jetzt ist Schluss!« Britta stand auf und griff nach den leeren Bierflaschen. »Wir haben Weihnachten, und Manfred braucht seine Ruhe. Ich übrigens auch. Außerdem müssen wir demnächst los zu meinen Eltern.«

Sie eilte in die Küche, und die drei Männer hörten, wie die leeren Bierflaschen mit einem lautem Knall auf dem Tisch landeten.

»Dann gehen wir mal.« Brockmann flüsterte fast, und Manfred war überrascht, dass er so leise sprechen konnte.

»Ist sicher besser.« Schäbe wischte sich über die Stirn. Ihm stand die Erleichterung ins Gesicht geschrieben.

Manfred verabschiedete seine Freunde und kam ins Wohnzimmer zurück, wo Britta wieder in ihrem Lieblingssessel saß. »Hast du das gerade absichtlich gemacht mit dem Rauswurf?«

»Was soll die blöde Frage? Ich habe dir gesagt, dass ich mir eure Falldiskussion nicht ewig anhöre.«

Wie auch immer, dachte Manfred. Das Timing war jedenfalls perfekt gewesen.

ZWEITER WEIHNACHTSFEIERTAG

Gegen Mitternacht waren sie aus Anrath zurückgekehrt.

Brittas Eltern hatten auf einem gemeinsamen Besuch des Abendgottesdienstes bestanden. Zum anschließenden Essen hatte Oma Anni einen opulenten Sauerbraten mit Knödeln aufgetischt. Freddy und Mitch hatten unauffällig versucht, das Fleisch an Pakko zu verfüttern, aber auch dem war es viel zu sauer gewesen. Manfred hatte absichtlich seine Papierserviette auf den Boden fallen lassen und war damit in die Küche geeilt, um den kompletten Fleischhaufen unauffällig zu entsorgen. Sein Schwiegervater hatte zugesehen und sich vor Lachen fast an einem Knödel verschluckt.

Heute Vormittag hatten sie lange geschlafen und dann ein ausgiebiges Frühstück zu viert genossen.

Jetzt saßen sie im Auto und waren auf dem Weg nach Venlo. Ihr Ziel war die große Eisbahn auf dem Oude Markt im alten Stadtzentrum.

Britta hatte ihn am Abend gefragt, ob sie nicht etwas anderes unternehmen sollten, doch er hatte abgewinkt. Das Eislaufen am zweiten Weihnachtsfeiertag war längst eine schöne Familientradition, und mit der wollte er nicht wegen seiner Verletzung brechen. Außerdem freuten sich die Kinder sehr auf den Ausflug. Er würde ihnen in diesem Jahr einfach zuschauen, dann konnten sie auch Pakko mitnehmen.

Sie parkten am Stadskantoor, dem neuen Rathaus der Stadt, das nahe der Maas lag und weithin sichtbar und auffallend war wegen der grün bewachsenen Fassade. Zu Fuß gingen sie ein Stück am Fluss entlang, auf der Brücke über den Stadthafen und von da in die Altstadt. Es war kalt, knapp über null Grad, und die Sonne lugte ab und zu durch die Wolken. Bestes Wetter, nur Schnee war ihnen auch in diesem Jahr nicht vergönnt. Entsprechend voll war es, als sie unter dem roten Banner »Venlo on Ice« auf den Marktplatz gelangten. Um die Zelte und Buden drängten sich die Menschen. Auch vor dem Schlittschuhverleih war es voll. Eigentlich hatte jeder von ihnen sein eigenes Paar, aber Mitchs war zu klein geworden, und sie mussten ihm eins ausleihen.

Auf der Eisbahn selbst war weniger los, und die drei drehten ausgelassen ihre Runden, während Manfred einen heißen Kinderpunsch genoss. Einen Glühwein hatte ihm seine Frau wegen der Schmerztabletten eindringlich verboten. Bei seinem gestrigen Altbier hatte sie nicht aufgepasst, oder zumindest so getan.

Manfred erkämpfte sich mit Pakko vorsichtig einen Platz an der Bande, sah seiner Familie auf dem Eis zu und beobachtete die fröhlich miteinander redenden Zuschauer.

Ein Gesicht kam ihm bekannt vor, aber ihm fiel nicht ein, wo er den bärtigen Mann bereits einmal gesehen hatte. Als sich ihre Blicke kreuzten, hatte Manfred den Eindruck, dass der Mann auch ihn kannte. Der drehte sich jedoch schnell weg und unterhielt sich angeregt mit einem anderen Mann, der eine rote Kappe über langen weißen Haaren trug.

Seine Gedanken wanderten zurück zum gestrigen Gespräch mit den beiden Kriminalbeamten. Ihm fiel erst jetzt auf, dass sie den Toten im Wald nicht erwähnt hatten, von dem sie angenommen hatten, dass es Flaschen-Fritzi war. Der Fundort der Leiche, die Pakko gefunden hatte, lag lediglich 500 Meter von der Ziegelei entfernt. Es musste mit dem Teufel zugehen, wenn da kein Zusammenhang bestand. Manfred nahm sich vor, deswegen später mit Schäbe zu telefonieren.

»Papa, du träumst.« Plötzlich stand Freddy vor ihm, gab ihm einen Kuss und sagte, dass sie gleich Schluss machen würden. »Wir wollen ins Outlet, nach Roermond, kommst du zur Brücke?«

Manfred fiel erleichtert ein, dass noch Weihnachten war. »Heute haben die Geschäfte sicher nicht geöffnet.«

»Doch, das Outlet schon. Die haben immer nur am ersten Weihnachtstag und an Neujahr zu.«

Und weg war sie, bevor Manfred protestieren konnte. Ihm schwante Böses, denn in dem Outlet war er vor Jahren mit Britta gewesen. Er hatte sich eine Jeans kaufen wollen, aber keine gefunden, in die sein Bauch gepasst hätte.

Als er mit Pakko an der markanten Hafenbrücke ankam, warteten die drei bereits. Er schritt leidend auf sie zu. »Outlet? Da ist es bestimmt rappelvoll, mit Pakko macht das keinen Spaß. Außerdem schmerzen meine Rippen.«

»Wir setzen dich und Pakko am Eingang ins Café, und wir gehen shoppen.« Britta übernahm die Führung zurück zum Parkplatz.

Manfred ergab sich in sein Schicksal. Bald saßen sie wieder in ihrem Kombi, und Britta lenkte den Wagen aus der Stadt auf die Maasautobahn. Freddy wedelte ihm von der Rückbank aus mit einem Kuvert vor der Nase herum. Sie hatte am Vorabend von ihren Großeltern einen Gutschein für das Outlet geschenkt bekommen und war entschlossen, den gleich einzulösen.

Kurz vor Roermond durchfuhren sie einen Tunnel, bogen nach der Ausfahrt rechts ab und standen im Stau. Britta ärgerte sich. »Es ist fast fünf, und hier ist immer noch Stau.«

Auf der Gegenfahrbahn sah es genauso aus, Auto an Auto und dazwischen Busse, viele mit deutschen Kennzeichen. Eine große Leuchtanzeige wies sie an, die Navigation auszuschalten, sie zockelten durch eine Großbaustelle. Roermond baute eine Unterführung durch die City, die irgendwann den Durchgangsverkehr aufnehmen sollte. Im Stop-and-Go gelangten sie auf den riesigen Parkplatz und mussten lange nach einem freien Stellplatz suchen, der natürlich weit weg vom Eingang lag.

Zweieinhalb Stunden später standen sie wieder im Stau, schon auf dem Parkplatz. Manfred auf dem Beifahrersitz sah sich die Verkehrssituation auf Brittas Handy an. Der rote Staustreifen nach Düsseldorf reichte weit über die Grenze hinaus. »Wären wir bloß mit dem Rad gefahren.«

»Tolle Idee, Manni, vor allem mit deinen Schmerzen. Du hast Fahrradverbot! Überleg lieber, wie wir hier rauskommen.«

Manfred kannte die Gegend von einer Fahrradtour im Sommer und hatte eine Idee. »Fahr in die andere Richtung, nicht zur normalen Ausfahrt, Britt.«

Sie folgte seinem Vorschlag, und nach zahlreichen Kurven und Ecken entkamen sie den Autokolonnen und konnten den Parkplatz nach hinten in ein Industriegebiet verlassen. Mit stetigem Blick aufs Handy führte Manfred sie, und bald gelangten sie in eine dörfliche Bebauung. Manfred lotste sie zwischen Feldern hindurch, an einem Gewerbegebiet entlang und schließlich auf eine Überquerung der Maasautobahn.

»Die Autobahn Richtung Düsseldorf ist dicht. Wir fahren über Land.«

Manfred wollte vor allem seine Ruhe haben. Das Outlet-Café mit Pakko war wahrlich nicht entspannend gewesen. Zu viele andere Männer, die mit oder ohne Hund von ihren Frauen dort geparkt worden waren. Überhaupt zu viele Menschen, zu viel Trubel. Er hatte sich nach Ruhe gesehnt, einer gemütlichen Runde im Wald, per Rad oder zu Fuß, auch wenn beides wegen seiner Verletzung gerade undenkbar war. Pakko hatte ihn von unten angesehen, und Manfred war sich sicher gewesen, dass seinem Hund ähnliche Gedanken durch den Kopf geschwirrt waren.

»Habt ihr auch Hunger?« Kurz vor der Grenze bremste Britta ab und lenkte das Auto auf den kleinen Parkplatz vor der »Friterie de Bosrand«.

Mitch und Freddy waren begeistert. Sie aßen Pommes. Britta und Mitch mit *Frikandel speciaal*, einer Fleischrolle mit frischen Zwiebeln, Ketchup und Mayonnaise. Freddy mit einer Gemüserolle, und Manfred hatte sich für *Bitterballen* entschieden, kleine gefüllte und frittierte Bällchen. Er aß sie mit Genuss, auch wenn er keine Ahnung hatte, woraus die Füllung bestand.

Zurück im Auto chauffierte Britta sie von Swalmen auf schnurgerader Landstraße mitten durch den weitläufigen Wald am Diergardtschen Kanal entlang.

Manfred dachte darüber nach, was Schäbe über die freien Internetkarten gesagt hatte. Dass sie von vielen verschiedenen Menschen erstellt und pausenlos verbessert wurden. Oder verändert? Oder gar manipuliert? Manfred suchte mit dem Handy nach Informationen dazu. Was er fand, kam ihm verrückt vor. Seit 2005 waren Menschen weltweit unterwegs und vermaßen mit GPS-Empfängern die Welt.

Anfangs waren es ein paar Tausend, inzwischen über sieben Millionen, die mitmachten und Karten erstellten, die detailreicher und genauer waren, als alles, was Google lieferte. In Deutschland gab es kaum noch Wege und Pfade, die nicht erfasst waren. Für die meisten Gebäude standen sogar Hausnummern in den Karten.

Manfred merkte, dass er die Texte nur noch verschwommen lesen konnte. Er legte das Handy weg und schloss die Augen.

Gemütlich radelte er aus Brüggen hinaus, querte die Swalmener Straße, dann das Heidecamp und erreichte das Drehkreuz am südlichen Eingang zum Brachter Wald. Das Naturschutzgebiet im ehemaligen Munitionsdepot der britischen Rheinarmee durchzogen breite, glatte Asphaltfahrbahnen, die bis in die 1990er-Jahre von militärischen Schwerfahrzeugen genutzt worden waren. In 70 Jahren hatte sich in dem hermetisch abgesperrten Gebiet eine große Heidelandschaft mit einer bunten Tier- und Pflanzenwelt entwickelt.

Im Biergarten »De Grens« am Weißen Stein genehmigte Manfred sich ein Bier und radelte danach auf dem Sandweg entlang der Staatsgrenze zu den Niederlanden in Richtung Schwalmauen. Auf der Bosstraat, die ihn zurück nach Deutschland führte, huschten vier dunkle Gestalten auf ihren Rädern an ihm vorbei.

Manfred zuckte auf dem Beifahrersitz zusammen und riss den Kopf hoch. »Waren das gerade die Ghost Riders?«

»Was? Wer sind die Ghost Riders? Ich glaube, du hast geträumt.« Britta schüttelte den Kopf und konzentrierte sich unbeirrt auf die schmale Landstraße.

»Vermutlich.« Aber sicher war Manfred nicht. Er drehte sich nach hinten, doch Freddy und Mitch schliefen tief und fest, sodass sie nichts gehört und gesehen haben konnten.

Es war nach 21 Uhr, als sie zu Hause ankamen.

Manfred setzte sich auf die Couch, seine Müdigkeit war verflogen. Auf dem Schränkchen gegenüber stand verlockend die Weinflasche, die ihm Jürgen Schäbe gestern geschenkt hatte.

»Denk nicht mal daran!« Britta hatte seinen Blick gesehen und ging ins Bett. Freddy und Mitch verschwanden ebenfalls in ihre Zimmer.

Manfred ließ die vergangenen Tage Revue passieren, den missglückten Besuch bei Hilde im Krankenhaus, die Zeit mit Tobias Schalk im Ziegeleikeller, ihre Rettung und ganz zuletzt die Fahrt vorhin zurück durch den Wald, bei der sie mittendrin den Ghost Riders begegnet waren. Oder doch nicht?

»Komm endlich ins Bett.« Britta stand vor ihm und stieß ihn leicht an.

»Auaaaa, bist du verrückt?« Er musste eingenickt sein.

»Oje, Manni, tut mir leid. Habe ich glatt vergessen.« Britta half ihm von der Couch die Treppe hoch bis ins Bett und zog ihm dort vorsichtig Pulli und Jeans aus.

SONNTAG

Mit Grauen erwartete Manfred den Nachmittag. Es gab nichts, was er tun konnte. Fahrrad fahren ging nicht, auf einen Spaziergang mit Pakko hatte er keine Lust. Britta und Freddy wollten in Ruhe faulenzen, und Mitch war mit den Roths im Spaßbad »De Bütt« in Willich. Schäbe wollte er am Sonntag auch nicht anrufen.

Vielleicht hatte Tobias Schalk mittlerweile was zur Ziegelei geschrieben? Er startete sein Notebook, öffnete RP-Online und wurde fündig. Die Überschrift lautete: »Gefangen in der Drogenküche – Eine Reportage von Tobias Schalk«.

Etwas Neues erfuhr er nicht.

Er dachte an Friedel. Was der wohl trieb? Er hatte sich nicht mehr gemeldet.

Manfred überlegte krampfhaft, unter welchem Vorwand er das Haus verlassen könnte. Obwohl er keine Ahnung hatte, was er dann tun würde. Zur Sandkuhle fahren? Vielleicht entdeckte er dort etwas, was Kripo und KTU übersehen hatten.

Da klingelte das Telefon. Es wurde zwar kein Name angezeigt, doch immerhin tat sich etwas. Hocherfreut nahm Manfred den Anruf an. »Ja bitte?«

Britta sah von ihrem Buch auf, runzelte missbilligend die Stirn, las aber weiter.

»Du musst schnell herkommen! Ich hab hier ein Problem.« Harry war am Apparat und wirkte sehr hektisch.

»Was ist denn los?« So aufgeregt hatte Manfred den Kneipenwirt noch nie erlebt.

»Kann nicht am Telefon reden. Komm einfach. Bitte. Oder hast du keine Zeit?« Harry klang verzweifelt.

Manfred war beglückt, aber wie sollte er das seiner Frau erklären? Die hatte ihr Buch nun beiseitegelegt und sah ihn fragend an.

»Okay, bin gleich da, Harry. Falls ich dir tragen helfen soll, musst du dir allerdings jemand anderen suchen, ich bin verletzt.«

»Danke! Und keine Sorge, du brauchst nur zuhören.«

Manfred schüttelte den Kopf, war jedoch froh, dass es endlich etwas zu tun gab.

»Was hat Harry denn?« Britta kannte ihren Mann und wusste, dass der nichts mehr hasste, als untätig herum-zusitzen.

»Keine Ahnung.« Manfred hob die Hände. »Vielleicht die Steuerfahndung?«

»An einem Sonntag? Im Dartvatter? Bestimmt!« Britta verzog unwillig das Gesicht.

»Tut mir leid, ich fahr da jetzt hin. Muss ein echter Not-fall sein, der ist völlig von der Rolle.« Manfred stand vor-sichtig auf. Nur keine Schmerzen zeigen.

»Kannst du denn Auto fahren?«

»Das geht. Ich fahre ja nicht mit den Rippen.«

»Bleib nicht so lange, und kein T-Bone. Heute gibt es Pizza. Von Carlos.«

»Alles klar, bin pünktlich. Bis später.« Manfred atmete tief durch und steckte unauffällig die Schachtel mit den Schmerztabletten ein.

Im Auto schluckte er schnell eine der Pillen und fuhr los. Widerwillig hielt er sich in Minssen an Tempo 30. Die Neugier trieb ihn vorwärts, am liebsten wäre er geflogen. An der roten Ampel musste er abrupt bremsen. Der Druck vom Lenkrad über die Arme auf seine Rippen verursachte ihm einen stechenden Schmerz, und er fuhr anschließend deutlich ruhiger. Auf der Zabelsberger Straße war alles frei, und er konnte vorwärts unmittelbar vor der Kneipe einparken.

Manfred schob sich Stück für Stück aus dem Wagen und schlich zur Tür des Dartvatter, doch die war fest verschlossen. Er sah auf sein Handy, es war 14 Uhr. Harry öffnete erst um 17 Uhr. Manfred suchte eine Klingel, fand keine und klopfte stattdessen gegen die schwere Holztür.

Als hätte der Wirt dahinter gewartet, ging sie sofort auf. Harry streckte den Kopf heraus und schaute nervös links und rechts auf die Straße. Dann zog er Manfred unsanft in den Vorraum und verschloss die Tür unverzüglich hinter sich.

Manfred stöhnte auf vor Schmerz, doch Harry schien es nicht zu bemerken. »Herrje, Harry, was ist denn los?«

»Manni, du darfst niemandem davon erzählen. Niemandem! Das musst du mir versprechen!«

Manfred sah, dass Harry zitterte. »Versprochen, Harry. Alles gut.«

Der Wirt zog ihn zum Vorhang vor dem Nebenraum. »Sie ist da drin.«

»Wer?«

Statt einer Antwort schob Harry ihn durch die Vorhanghälften.

Manfred erkannte zunächst nichts, weil der Raum im dämmerigen Licht einer einzelnen Stehlampe lag. Dann nahm er eine Person wahr, die am Tisch in der hintersten Ecke kauerte.

Eine halbe Stunde später saß er wieder im Auto. Er musste das Erlebte ein paar Minuten verdauen, bevor er losfuhr.

Um halb vier kam er nach Hause und ging schnurstracks ins Wohnzimmer. Seine Frau lag schlafend auf der Couch, zugedeckt mit ihrer dicken Lammfelldecke und Pakko an ihren Füßen. Der blinzelte ihn an, wedelte kurz mit dem Schwanz und schloss die Augen wieder. Gemeinsam mit Frauchen auf der Couch, da schwebte er im siebten Hundehimmel und wollte nicht gestört werden.

Manfred belegte das kleinere Sofa und versuchte ebenfalls zu schlafen. Doch das Gespräch im Dartvatter schwirrte ihm im Kopf herum und ließ ihn nicht zur Ruhe kommen.

Irgendwann schlief er doch ein und hatte Mühe, zu sich zu kommen, als Freddy ihn weckte.

»Wir haben Hunger!«

»Großen Hunger!« Mitch stand neben seiner Schwester und betonte sein Anliegen, indem er sich demonstrativ über den Bauch rieb. »Sehr großen Hunger. Auf Pizza!«

»Welche Pizza soll ich euch bestellen? Mama und ich gehen essen. Bei Harry.« An seine Frau gewandt fügte er hinzu: »Erzähl ich dir gleich. Ist eine Überraschung.«

Mitch reichte ihm Brittas Handy, Manfred wählte die Nummer der »Casa Carlos« und sah Mitch und Freddy fragend an. Zuerst war das Telefon besetzt, im zweiten Versuch kam er durch und bestellte auftragsgemäß eine Pizza Schinken-Käse und einen Salat Capricciosa mit Essig und Öl und ohne Schinken.

»Wir haben erst acht, bis elf bin ich verhungert, Manni.« Britta kannte die eiserne Regel im Dartvatter: kein Essen vor 23 Uhr.

»Harry macht eine Ausnahme. Und wir essen im Séparée.« Manfred lächelte seine Frau verschmitzt an. »Außerdem sind wir eingeladen.«

Sie beauftragten Freddy, sich um ihren Bruder zu kümmern. Die beschwerte sich, dass Mitch nicht mehr auf sie höre und sowieso mache, was er wolle. Britta sagte, dass es reiche, wenn sie daheim bleibe und aufpasse, dass Mitch das Haus nicht verließ.

Britta startete den Wagen. »Was ist los, Manni?«

Manfred berichtete: »Hilde ist abgehauen. Aus der Klinik. Sie wartet im Dartvatter und wird dir alles erzählen. Ich brauche deine Hilfe. Sie muss sich der Polizei stellen.«

»Was?« Britta machte eine Vollbremsung.

»Auaaaa!« Manfred blieb fast die Luft weg. Der Gurt hatte seine Rippen malträtiert.

Britta interessierten seine Schmerzen diesmal wenig. Sie wollte wissen, warum ausgerechnet sie Hilde im Dartvatter treffen sollte.

»Bitte, Britta, höre dir an, was sie sagt. Ich bin sicher, dass Hilde Opfer und nicht Täterin ist.«

Jemand hupte. Sie standen mitten auf der Bemelmannstraße, und hinter ihnen hatte sich eine kleine Schlange gebildet. Britta öffnete das Seitenfenster, hielt entschuldigend die Hand hinaus und fuhr weiter.

Harry erwartete sie schon und führte sie durch den Vorhang in den Nebenraum. An diesem Sonntag war wenig los, nur eine kleine Gruppe von drei Männern und einer Frau war anwesend und spielte im Gastraum Dart.

»Wo ist sie?«, fragte Manfred.

»Sie will sicher sein, dass ihr ohne die Bullen anrückt. Setzt euch, sie kommt gleich.« Der Wirt stellte ein Alt auf den Tisch und sah Britta an. »Was darf ich Ihnen bringen, Frau Hanraths?«

»Ich bin Britta, lieber Harry, wenn es recht ist. Und ich würde gerne einen trockenen Weißwein trinken. Oder gibt es hier nur Bier?«

Manfred hatte nie zuvor gehört, dass Harry einen Gast siezte, und war froh, dass Britta das Eis sofort gebrochen hatte. Er war zuversichtlich, dass das ein gutes Zeichen war, und strahlte seine Frau an.

Harry war bald zurück und reichte ihr ein Glas.

Britta probierte vorsichtig und nickte zustimmend. »Sehr gut.«

»Ein Grauburgunder aus meiner Heimat, liebe Britta.« Dabei zog er hinter seinem Rücken eine schlanke Flasche hervor, goss nun die übliche Menge in Brittas Glas, stellte einen Weinkühler auf den Tisch und die Weißweinflasche hinein.

Die kleine Seitentür öffnete sich, und Hilde kam herein. Sie sah erbärmlich aus und abgemagert. Alles was sie trug, war viel zu weit und schlotterte an ihrem Körper. Manfred wollte aufstehen, aber seine Frau war schneller. Sie ging auf Hilde zu und umarmte sie, obwohl sie diese bisher nur gelegentlich gesehen hatte und kaum kannte.

Bei Hilde brachen alle Dämme, und sie heulte wie ein Schlosshund. Manfred ließ die beiden allein, trank an der Theke schnell ein zweites Alt und musste lachen, als er wieder vor dem Vorhang stand. Harry hatte ein Stück Pappe beschriftet und aufgehängt. »Geschlossene Gesellschaft«, stand darauf.

Hilde hatte sich inzwischen beruhigt und redete sich nun ihre Geschichte von der Seele. Er setzte sich und hörte zu.

»Mein Luuk war nie einfach, aber ein Guter. Er liebte mich und ich ihn. Seinen Sport liebte er allerdings noch mehr, glaube ich. Vor allem genoss er die Wettbewerbe, den

Trubel und den Erfolg. Wenn er mit einem Pokal heimkam, war er selig. In diesen Momenten waren wir glücklich.
Dann passierte dieser Unfall. Seine schlimme Verletzung
bedeutete das Aus für seinen Sport. Das hat er nicht ver-
kraftet. Luuk hat angefangen zu trinken, es folgten furcht-
bare Monate. Es war im September, er wieder einmal völlig
besoffen, da habe ich ihn angeschrien, dass es so nicht wei-
tergeht. Ich habe ihm gesagt, er soll aufhören zu trinken
oder abhauen. Er hat mir eine gescheuert, dass ich gegen
den Schrank geflogen bin und er vom eigenen Schwung
auf dem Boden lag. Ich bin ins Schlafzimmer gelaufen
und habe geheult. Am Morgen lag er noch an derselben
Stelle und schlief seinen Rausch aus. Ich habe einen Zettel
geschrieben. ›Du hast mich geschlagen, ich will dich nie
mehr sehen. Hau ab!‹ Dann bin ich stundenlang rumge-
fahren. Als ich zurückkam, war er weg. Eine Woche später
stand er wieder vor der Tür. War ganz klein und schüch-
tern. Und nüchtern. Er hat mich herzergreifend um Ver-
zeihung gebeten und versprochen, dass er nie mehr einen
Tropfen Alkohol trinken würde. Ich habe ihn reingelassen,
aber es hat lange gedauert, bis ich ihm wieder vertrauen
konnte. Er hat viele Tage auf der Couch geschlafen.«

Britta hielt die ganze Zeit ihre Hand.

Auch Manfred hörte gespannt zu, wurde jedoch langsam
ungeduldig. »Was ist dann passiert? Warum wurde Luuk
umgebracht und warum haben die dich …?«

Britta warf ihrem Mann einen bösen Blick zu.

Hilde schluchzte auf, redete jedoch stockend weiter.
»Luuk ging es bald richtig gut. Er fuhr wieder Rad, trainierte wie wild, wurde immer fitter und träumte von seinem Comeback in der BMX-Szene. Doch ein Brief vom
Finanzamt, den ich Anfang Oktober bekam, veränderte

alles. Meine Steuererklärung war überfällig, deshalb hatten sie mein Einkommen geschätzt und verlangten 8.500 Euro, sofort. Uns war es nie schlecht gegangen, aber seit dem Unfall hab nur noch ich das Geld verdient. Und Friedel musste für seine Arbeit auch regelmäßig bezahlt werden. Luuk hat sich das Schreiben geschnappt und ist zu der Dame ins Amt gefahren. Er ist ausfällig geworden, und sie haben ihn rausgeschmissen. Das hat mir der Gerichtsvollzieher erzählt, ein paar Tage später. Der Herr war ganz nett und verständnisvoll, und ich konnte eine Ratenzahlung vereinbaren. Jeden Monat 700 Euro. Dafür hat mein Geld dennoch nicht gereicht, und Friedel hat mir einen Teil geliehen. Ich glaube, Luuk hat das irgendwann geschnallt.«

Manfred wippte nervös mit den Beinen. Britta legte ihm die Hand aufs Knie, um ihn zu beruhigen.

Hilde fuhr fort: »Luuk war plötzlich tagsüber immer unterwegs. Ich hatte Angst, dass er wieder trinken würde, und war happy, als er mir eines Abends erzählte, dass er den Führerschein gemacht und nun einen Job als Fahrer habe. Vielleicht hätte ich nachhaken sollen. Woher er das Geld für den Führerschein hatte und was das für ein Job ist. Aber ich war einfach glücklich. Luuk war dann regelmäßig zweimal die Woche unterwegs, montags und donnerstags. Als Kurierfahrer, hat er gesagt, mehr nicht. Er brachte nach jedem Einsatz Geld mit, immer bar. So ging das über Wochen. Anfangs war er überschwänglich, zuletzt wirkte er bedrückt, und ich habe ihn darauf angesprochen. Da hat er mich umarmt, geweint und erzählt, dass er Drogen transportieren würde. Er wolle das nicht mehr, aber die würden ihn nicht rauslassen aus dem Geschäft, weil er ihnen das Geld für den Führerscheinkurs schulde.«

Manfred konnte nicht mehr an sich halten. »Und wer sind ›die‹?«

Britta boxte ihm mit dem Ellenbogen in die Seite, und Manfred musste sich zusammenreißen, um nicht aufzuschreien.

»Weiß ich nicht, hat er nie erzählt. Er hat nur mal einen Doktor erwähnt, der sei der Chef und habe das Sagen.«

Manfred wollte weiterkommen und ließ sich auch von seiner Frau nicht mehr stoppen. »Aber du hast im Delirium die Ziegelei erwähnt. Woher wusstest du davon?«

»Die Ziegelei? Ja, richtig, von der hat er mal gesprochen. Dass dort das Labor sei.« Hilde fasste sich an den Kopf. »Habe ich fast vergessen. Luuk war nie dort, durfte davon auch gar nichts wissen, eigentlich. Er hat aber irgendwie herausgefunden, wo das ist.«

»Und was ist mit dem Keller? Von dem hast du an der Motte etwas angedeutet. Ist das euer Keller, Hilde? Was war in dem Keller?«

Hilde blieb stumm. Sie war totenbleich und zitterte.

Britta nahm sie in den Arm und scheuchte Manfred mit einer Handbewegung ärgerlich aus dem Raum. »Hol Harry, schnell!«

Manfred schleppte sich in den Gastraum, bat den Wirt um Hilfe, und der verschwand hinter dem Vorhang. Manfred hockte sich an die Theke, nahm ein Bierglas, das erst halb voll unter dem Zapfhahn stand und leerte es in einem Zug.

»Bahh, Krefelder!« Fast hätte er die Mischung aus Alt und Cola wieder ausgespuckt. Immer noch waren die vier Dartspieler da, und ein weiterer Tisch war mit sechs Gästen besetzt. Harry war nicht in Sicht, und Manfred traute sich hinter die Theke, um sich ein frisches Alt zu zapfen.

»Mach uns auch vier«, rief einer aus der Darttruppe ihm zu.

Also zapfte er weiter und brachte den vieren ihre Biere. Als er zurück zur Theke wollte, winkten ihn die am Sechsertisch zu sich. Sie bestellten zwei Pils, drei Alt, eine Cola und sechs T-Bone-Steaks.

Manfred sah auf die große Uhr, es war 22:10 Uhr. »Dauert noch ein Weilchen, Essen gibt's erst ab elf.«

Die sechs nickten, einer sagte: »Aber nicht die Bier, oder?« Alle lachten, auch Manfred stimmte ein.

Brav zapfte er die Biere, füllte ein Glas mit Cola und brachte die Getränke humpelnd an den Tisch. Dann fiel ihm ein, dass die Kasse stimmen musste, holte einen Bleistift, machte sechs Striche auf den gemeinsamen Deckel und stutzte. »Die Cola, wie schreib ich die auf?«

»Mit nem Kreuz. Wasser, Limo, Cola. Sind ein Kreuz für Autofahrer.« Wieder lachten alle.

Manfred beschrieb auch den Deckel der Dartspieler und setzte sich auf seinen Barhocker.

Kurz darauf kam Harry zurück. »Du hast mich vertreten? Prima, machst du gut. Bis gleich.« Und weg war er wieder, ehe Manfred fragen konnte, wie es Hilde ging.

Er beschloss, sein Bier noch auszutrinken und anschließend im Nebenraum nach Hilde zu sehen. Da ging die Eingangstür mit einem Knall auf, und herein stürmte Brockmann, gefolgt von Schäbe und Theo Lappen.

»Ach du Scheiße!« Manfred wurde es ganz heiß. Er riss sich jedoch zusammen und ging zu dem Tisch, an dem die drei Kriminalbeamten Platz genommen hatten. »Was darf es sein, die Herren?« Er grinste, versuchte locker zu bleiben und betete, dass Hilde nicht aus dem Hinterzimmer kam.

Die drei sahen ihn mit offenem Mund an. Sogar Brockmann war sprachlos.

»Ich nehme an, zwei Alt für euch. Und für dich, Theo?«

»Ein Radler, bitte, mit viel gelber Limo. Jobst du jetzt hier, Manni?«

Brockmann lachte lauthals. »Wo ist Harry? Gibt's ne Wette?«

»Der sitzt auf dem Pott. Hat Dünnschiss, den ganzen Abend schon. Hoffe, er schafft es gleich in die Küche, sonst muss ich auch die Steaks auf den Grill legen.«

Vorsichtig drehte er sich um und ging zurück zur Theke, bereitete die drei Getränke zu und brachte sie an den Tisch seiner Freunde. Er betete, dass er eine Gelegenheit finden würde, um Harry seine Notlüge zu erklären, und dass dieser dann mitspielte.

Die Dartspieler winkten ihm, und Manfred war dankbar für die Ablenkung. Er hatte keine Lust auf ein Gespräch am Kripotisch.

»Noch mal vier Bier, aber bitte drei Alt und ein Krefelder.«

Er zapfte wie bestellt, brachte die Getränke in die Dartecke und war heilfroh, dass Harry wieder hinter der Theke stand, als er zurückkehrte.

Harry schaute erschrocken zu seinen neuen Gästen. Manfred weihte ihn ein und kontrollierte dabei die Uhr. »Du musst in die Küche, es ist 20 vor elf. Wo sind Hilde und Britta?«, fragte er flüsternd.

»Die sind weg. Auf dem Weg zu dir nach Hause. Britta wollte dir Bescheid geben und dich holen, hat dann aber gerade noch rechtzeitig die Bullen durch den Vorhang gesehen. Sie sind hintenrum raus. Und ja, nun muss ich wirklich in die Küche, sonst krieg ich Ärger. Hast du Steakbestellungen aufgenommen?«

»Da hinten sechs und die üblichen drei für unsere Freunde.« Manfred stockte. »Und Britta und ich? Mist, wir haben das Essen ganz vergessen!«

»Das holen wir selbstverständlich nach. Und danke für den Service! Blöd, dass Trude ausgerechnet heute krank ist. Kannst du noch ein paar Minuten zapfen?«

Manfred nickte, er war erleichtert, dass er nicht sofort an den Tisch der Kripoleute musste. So blieb ihm etwas Zeit, sich zu sammeln.

Wie sollte er sich verhalten? Wussten die drei schon, dass Hilde aus der Klinik verschwunden war? Wahrscheinlich nicht, denn Brockmann wirkte für seine Verhältnisse entspannt. Je mehr Manfred darüber nachdachte, umso sicherer war er. Hätten sie es erfahren, würden sie nicht hier sitzen und in aller Ruhe auf ihr Essen warten.

Die Dartspieler winkten wieder und rieben dabei Daumen und Zeigefinger aneinander. Sie wollten zahlen. Manfred kassierte ab. 2,50 Euro Trinkgeld blieben ihm.

Drei Minuten nach elf schwang die Küchentür auf. Harry bediente zuerst den Sechsertisch, kurz danach folgten die Steaks für die Kriminalbeamten. Manfred war von seinem Aushilfsjob befreit und setzte sich zu ihnen.

»Was macht der Darm, Harry?« Brockmann schaute den Wirt an.

»Geht wieder.« Harry verdrückte sich schnell hinter seine Theke.

»Gibt's was Neues?« Manfred platzte vor Neugier. Das lange Gespräch mit Hilde hatte sein Interesse an den laufenden Ermittlungen stark angeregt.

»Ja, etwas sehr Wichtiges sogar«, sagte Brockmann grinsend zwischen zwei Fleischbissen. »Am Freitag singe ich beim Neujahrskonzert.«

»Du und singen? Verarsch mich nicht, Marti!« Er konnte sich beim besten Willen nicht vorstellen, dass der ruppige Kriminalbeamte gefühlvolle Lieder sang. Außerdem hatte er nichts von einem Neujahrskonzert gehört. »Also, wie ist der Stand der Ermittlungen? Wisst ihr schon, wer der Tote aus dem Grenzwald ist? Seid ihr überhaupt weitergekommen?«

»Geht dich nichts an, Manni.« Brockmann aß weiterhin ungerührt sein Steak.

»Komm schon, Marti, Ich finde, das seid ihr mir schuldig. Nur durch mich habt ihr die Drogenküche gefunden und konntet die Zentrale ausheben.«

»Das Erste stimmt. Obwohl uns eigentlich deine Familie zur Ziegelei geführt hat«, mischte Jürgen Schäbe sich ein.

»Du bist nur reingefallen in das Labor.« Brockmann grinste hämisch.

»Das Zweite stimmt leider nicht, Manni. Auch wenn wir die Sandkuhle dichtgemacht haben. Das war nicht die Zentrale. Wo die ist, wissen wir nicht.«

»Wenn es überhaupt eine Zentrale gibt«, sagte Theo Lappen.

Alle sahen ihn fragend an.

»Na ja, wir wissen, wie es gelaufen ist. Drogenküche, Lift, Kuriere, Verteiler. Braucht es dafür eine Zentrale? Könnte es nicht dezentral gelaufen sein? Wie bei Geheimdiensten? Da kennen sich die Akteure auch nicht.«

Brockmann legte sein Besteck ab und wiegte den Kopf. »Gar nicht so schlecht, Kollege Lappen. Solange die Logistik ungestört lief, könnte das so funktioniert haben. Aber jetzt … jetzt kracht es mächtig im Gebälk. Die Quelle ist versiegt. Keine Drogen mehr, kein Umsatz mehr.«

Schäbe stimmte Brockmann zu. »Die Nachfrage jedoch bleibt, die Abnehmer sitzen auf dem Trockenen. Das werden wir in den nächsten Tagen und Wochen merken. Mehr Beschaffungskriminalität, vielleicht sogar ein kleiner Drogenkrieg. Zwischen neuen Lieferanten. Konkurrenten, die Morgenluft wittern und ins Geschäft wollen.«

»Manni, weißt du noch etwas, was wir nicht wissen?« Brockmann wechselte abrupt das Thema. »Du hast uns immer noch nicht verraten, wie du auf die Ziegelei gekommen bist.«

Manfred nippte an seinem Bierglas, das war schon das vierte, und dachte an die Pillen, die er genommen hatte. Er hatte sich auf diese Frage eine einigermaßen glaubhafte Antwort zurechtgelegt. »Ehrlich gesagt, ich habe keine Ahnung und zermartere mir seit Tagen den Schädel. Eigentlich kann das nur Hilde erwähnt haben. An der Motte. Da hat sie auch von ihrem Keller gesprochen.« Manfred zuckte mit den Achseln und hob die Hände zum Zeichen seiner Ratlosigkeit. »Oder Friedel hat es erzählt. Könnte auch sein. Habt ihr den mal befragt? Ich glaube, der ist enger mit Hilde, als wir alle glauben. Immerhin waren die mal ein Paar, vor Luuk. Eine ganze Zeit vor Luuk.«

»Woher weißt du das, Manni? Und warum sagst du uns das erst jetzt?« Brockmann starrte ihn finster an.

»Das mit Hilde und Friedel wussten alle, und es ist Jahre her.« Manfred war insgeheim froh, dass er von der eigentlichen Frage des Kriminalbeamten abgelenkt hatte. Jedenfalls schien es so.

»Jahre her, Jahre her. Die arbeiten zusammen!« Brockmann schüttelte den Kopf.

»Eine Beziehungstat?«, fragte Theo Lappen. »Vielleicht ohne Zusammenhang mit dem Drogengeschäft? Immerhin sind fast 30 Prozent aller Tötungsdelikte …«

»Das ist bekannt, Herr Kollege, wir spekulieren nicht an Kneipentischen.« Brockmann unterbrach ihn scharf.

Der junge Kommissar wurde knallrot ob der Zurechtweisung, sagte nichts mehr und trank verlegen an seinem Radler. Schäbe zog die Augenbrauen nach oben und sah Brockmann vorwurfsvoll an.

Der schien zu merken, dass er zu hart mit seinem jungen Mitarbeiter umgesprungen war, ging aber nicht darauf ein, sondern befahl: »Jürgen, notier das. Morgen frühestmöglich Vernehmung von diesem Friedel Ka… Wie heißt der noch?«

»Kasner, Friedel Kasner«, antwortete Manfred und erntete einen giftigen Blick von Brockmann. Sein Telefon fiel ihm ein – darüber hatte bis jetzt noch niemand gesprochen. »Was ist eigentlich mit meinem Handy? Habt ihr das gefunden?«

»Ich denke, das kannst du abschreiben.« Brockmann schüttelte den Kopf. »Schade. Die Nummer wäre große Klasse gewesen. Wenn sie funktioniert hätte. Aber immerhin hatten wir ein Lebenszeichen von euch, wenn auch nur für eine Stunde.«

Sie zahlten nacheinander und wollten gerade aufstehen, als Harry sich vor Brockmann aufbaute und energisch die Hände in die Hüften stemmte. »Hör mal, Martin, wann endlich nimmst du dein Fahrrad mit? Morgen auf den Tag steht das seit drei Wochen in meiner Küche und blockiert mir die Schranktüren.«

»Das geklaute Fahrrad ist bei dir?« Schäbe war fassungslos.

»Wieso ›geklaut‹? Martin hat es doch höchstpersönlich bei mir untergestellt.«

Brockmann fasste sich an den Kopf, Schäbe krümmte

sich vor Lachen. Manfred versuchte verzweifelt, ernst zu bleiben. Nur Theo Lappen verstand nicht, worum es ging.

Zuletzt stimmte auch Brockmann in die allgemeine Fröhlichkeit ein, wenn auch etwas gequält. »Darauf trinken wir noch eins. Geht auf mich.«

An jenem Montag vor drei Wochen war die Doppelkopfrunde der Kriminalbeamten komplett gewesen, sie hatten lange durchgehalten und reichlich getrunken. Erst nach 2 Uhr hatten sie das Dartvatter verlassen.

Brockmann war kurz vor Aufbruch zur Toilette gegangen, und als er zurückkam, waren die anderen bereits weg gewesen. Es hatte in Strömen geregnet, deswegen hatte er Harry gebeten, sein neues Rad unterzustellen. Er hatte mit Harry noch etliche Schnäpse an der Theke getrunken, bis sein Taxi endlich gekommen war. Am nächsten Morgen hatte Brockmann einen ziemlichen Kater gehabt und alles vergessen. Er hatte daheim sein Rad gesucht und schließlich geglaubt, es sei aus seiner Garage gestohlen worden.

MONTAG

Als Manfred in die Küche kam, saß Britta mit Hilde bereits am Frühstückstisch. Britta blinzelte ihm zu, Hilde lächelte. Sie sah frisch aus, fast ein wenig fröhlich.

»Gut geschlafen?«

Die Frauen nickten zustimmend.

Manfred schmierte sich ein Brötchen und ließ sich Zeit. Er hatte einen Plan.

Am Abend war er mit dem Taxi gegen 1 Uhr zu Hause angekommen und hatte auf der Couch lange überlegt, wie sie nun vorgehen sollten. Ohne Fernseher, Zeitung, Rotwein oder Bier war er irgendwann eingeschlafen und hatte sich erst am frühen Morgen ins Bett geschleppt.

Er war froh, dass Britta sich spontan Hildes angenommen hatte, wusste aber auch, dass es keine dauerhafte Lösung war, wenn Hilde in ihrem Gästezimmer wohnte. Mit seiner Frau hatte er sich noch vor dem Aufstehen abgestimmt.

»Hilde, hast du eine Idee, wie es weitergehen soll?« Manfred hoffte, dass Hilde von sich aus mit der Polizei sprechen wollte.

Hilde sah erst ihn, dann Britta an. »Ähm, kann ich vielleicht ein paar Tage bei euch wohnen?«

Manfred und Britta nickten. Manfred wartete ein paar Sekunden, ob Hilde noch etwas sagen würde. Als das nicht geschah, fügte er hinzu: »Aber du wirst mit der Polizei sprechen müssen. Das verstehst du doch, Hilde?«

Hilde blieb zuerst regungslos, dann antwortete sie zögernd. »Muss wohl sein. Sonst bringe ich euch in Schwierigkeiten.«

Manfred atmete tief durch, auch Britta war erleichtert und lächelte zufrieden.

»Ich rufe bei der Kripo an und kläre, dass du hier bleiben kannst und nicht wieder in die Klinik musst. Sie sollen zur Befragung zu uns kommen, dann musst du nicht ins Präsidium. Okay?«

Hilde nickte stumm.

»Manfred, warte mit dem Telefonat«, bat Britta. »Dr. Jagenmann kommt heute Vormittag vorbei. Den habe ich angerufen, damit er nach Hilde sieht.«

»Gute Idee, Britt.« Manfred nahm sich einen großen Kaffee, ging an seinen Schreibtisch und las die Morgenzeitung.

Um kurz nach elf hörte er die Klingel, ihr Hausarzt kam. Ein paar Minuten später griff er zum Telefon und wählte Brockmanns Nummer im Präsidium.

Es dauerte, bis das Gespräch angenommen wurde. »Apparat Brockmann, ja bitte?« Schäbe war dran.

Manfred war froh darüber, das würde es einfacher machen. »Manni hier.«

»Du, das geht grad gar nicht. Hier ist die Hölle los. Die Hil… Nein, geht dich nichts an, vergiss es.« Schäbe verschluckte sich fast.

Manfred nahm an, dass Brockmann ihn unterbrochen hatte. »Jürgen, bitte hör mir zu und sag erst mal nichts. Hilde ist weg, schon klar.«

»Woher weißt du das?« Der sonst so ruhige Kripomann schrie fast ins Telefon.

»Lass es gut sein. Hör einfach zu!« Manfred wartete

nicht auf eine Antwort, sondern fuhr schnell fort: »Ich weiß, dass Hilde aus der Klinik abgehauen ist. Ich weiß sogar, wo sie ist. Und ich verrate es euch – unter einer Bedingung. Klär das mit Marti, dann reden wir weiter.«

»Moment, bleib dran.« Schäbe hielt offensichtlich die Stummtaste gedrückt, denn die Leitung war sekundenlang völlig still.

»Was willst du?« Brockmanns Stimme dröhnte durch den Hörer.

»Ihr könnt sie sehen und sie vernehmen. Aber nicht im Präsidium. Ihr bringt sie danach nicht zurück in die Klinik, und sie kann bleiben, wo sie will.«

Brockmann überlegte nicht lange. »Okay, wo müssen wir hin?«

»Ihr kommt zu zweit, ohne Kollegen in Kluft. Auch ohne Blaulicht und Musik. Und im privaten Pkw.«

»In Ordnung, aber wir kommen zu dritt. Wohin?« Brockmanns Stimme klang gereizt.

»Marti, bitte reg dich ab, bevor ihr kommt. Das Mädel ist völlig verängstigt. Wenn du über sie herfällst, klappt sie zusammen. Bitte!«

»Jaja, wir werden sie nicht grillen.« Brockmann fragte nun milder: »Wo ist sie?«

»Weinstockstraße 32. Kommt bitte nicht vor eins. Unser Doktor ist gerade bei ihr.« Manfred beendete das Gespräch, stellte sich Brockmanns Gesicht vor und lachte leise. Der kannte die Adresse bestens, er war oft genug daheim bei ihnen gewesen.

Punkt 13 Uhr saßen sie im Wohnzimmer. Hilde neben Britta auf der kleinen Couch, Manfred in seinem Sessel, Jürgen Schäbe und Theo Lappen auf der großen Couch,

Martin Brockmann hatte sich einen Stuhl aus der Küche geholt.

Manfred war froh, dass Brockmann sich beruhigt hatte und seine Fragen in moderater Lautstärke und nettem Ton stellte.

Hilde erzählte zunächst stockend, dann zunehmend flüssiger die ganze Geschichte, die er und Britta bereits kannten.

»Frau Wagner, Ihnen ist schon klar, dass Sie sich auch schuldhaft verhalten haben? Und sich dafür verantworten müssen?« Schäbe sah sie ernst an.

Hilde wurde ganz klein und antwortete kaum hörbar: »Ja.«

»Sie war nie beteiligt, nur Mitwisserin!«, mischte Britta sich energisch ein, bevor Manfred es tun konnte.

»Das hört sich so an, ja«, stimmte Brockmann zu. »Aber entscheiden muss das letztlich ein Richter. Irgendwann. Ich fasse den letzten Teil zusammen. Sie haben also keinerlei Erinnerung, was nach dem Überfall auf Sie in Ihrer Wohnung geschehen ist? Auch nicht an das Krankenhaus?«

Hilde nickte. »Nichts, da ist nichts. Nur ein schwarzes Loch. Ich zermartere mir schon lange den Kopf, krieg aber nichts zusammen aus der Zeit. Erst als ich in der anderen Klinik aufgewacht bin, bei der netten Schwester Elli und Professor Klinkhauser, ging es mir bald besser.«

Brockmann erhob seine Stimme. »Und warum sind Sie dann gestern abgehauen, Frau Wagner?«

Hilde widersprach leise, aber energisch. »Ich bin nicht abgehauen. Die haben mich entführt!«

»Was?« Brockmann schoss in die Höhe, setzte sich jedoch sofort wieder hin und sammelte sich. »Erzählen Sie, Frau Wagner.«

Alle schauten fassungslos auf Hilde. Diesen Teil ihrer Geschichte kannten auch Manfred und Britta noch nicht.

»Ich habe geschlafen. Ziemlich tief, vermutlich wegen dem Medikamentencocktail, den ich in letzter Zeit verabreicht bekommen habe. Dann bin ich plötzlich wach geworden. Es war stockdunkel. Ich wusste nicht, wo ich war. Alles wackelte und rappelte. Ich hörte Fahrgeräusche und auch mal eine Hupe. Es war eng, und ich konnte meine Beine nicht ausstrecken. Da habe ich kapiert, dass ich in einem Kofferraum liege. Als der Wagen kurz anhielt, habe ich versucht den Kofferraumdeckel anzuheben. Das ging natürlich nicht. Wir waren lange unterwegs, jedenfalls kam es mir wie eine Ewigkeit vor. Auf einmal bremste der Wagen stark ab, und ich wurde gegen die Rücklehne gepresst. Das hat richtig weh getan, ich bekam keine Luft mehr. Es hat gekracht, ich bin mit dem Kopf oben angestoßen und die Klappe ist aufgesprungen. Ich bin aufgestanden und rausgeklettert. Das Auto hinter uns war aufgefahren. Der Fahrer hing in seinem weißen Airbag, ich glaube, der hat mich nicht gesehen. Das war in Marienheide vor der Ampel zur Zabelsberger Straße. Ich habe sofort gewusst, wo ich bin, kenne mich ja aus in Grawenhorst. Ich bin die Zabelsberger langgelaufen, nur weg von dem Auto. Dann …«

»… bist du zu uns nach Minssen abgebogen.« Manfred unterbrach sie mitten im Satz. Von Harrys Beteiligung musste die Kripo nichts wissen. »Und hast dich bei Britta gemeldet.«

»Ich bin euch so dankbar dafür! Mehr weiß ich wirklich nicht«, entschuldigte sie sich bei den Kriminalbeamten. »Ich bin nur noch müde. Kann ich mich jetzt hinlegen?«

Britta wartete die Antwort nicht ab, sondern nahm Hilde am Arm und verließ mit ihr das Zimmer.

Das Kripotrio sah sich ratlos an.

Theo Lappen fand als Erster wieder Worte. »Das stellt alles auf den Kopf. Die Wagner ist Opfer und unser Haupttäter nicht nur untergetaucht, sondern aktiv im Spiel. Gefährlich aktiv.«

»Wenn es stimmt«, warf Brockmann ein. »Nehmen wir an, die Wagner sagt die Wahrheit. Warum wurde sie entführt? Warum geht der Täter dieses Risiko ein? Könnte er dieser mysteriöse ›Doktor‹ sein?«

»Möglich. Der Doktor entführt sie, weil sie etwas weiß, das ihm gefährlich werden kann«, überlegte Schäbe laut.

»Genau!«, rief Manfred aus. »Dass Hilde sich nicht erinnert, hat er nicht mitbekommen.«

Britta kehrte zurück. »Sie schläft. Ich habe ihr eine von Jagenmanns Schlaftabletten gegeben. Besser so.«

»Noch mal zum Mitschreiben.« Brockmann hob seine rechte Hand mit ausgestrecktem Zeigefinger. »Tun wir mal so, als ob die Wagner die Wahrheit sagt. Sie erinnert sich an Luuk in der Motte, sie erinnert sich an den Drogenhandel, sogar an die Ziegelei. Dann wird sie überfallen, und ab dem Moment setzt der Blackout ein. Sie weiß nichts mehr von dem Überfall bis zu dem Zeitpunkt, als sie in der psychiatrischen Klinik aufwacht. Falls sie uns alles bis zum Überfall erzählt hat, gab es da nichts, was ihr gefährlich hätte werden können. Es muss also in der Zeit ab dem Überfall liegen.«

»Vielleicht hat sie die Täter erkannt, die sie überfallen haben?«, mutmaßte Manfred.

»Selbst wenn, das waren wahrscheinlich nur Handlanger. Unser Doktor war bestimmt nicht dabei«, konterte Brockmann.

»Also kann es nur im Krankenhaus gewesen sein, oder?«, folgerte Theo Lappen.

»Genau.« Brockmann nickte zustimmend. »Wir müssen nochmals ins Hilla. Das Personal befragen, auch den Arzt, diesen Oberarzt Doktor … Wie heißt der noch?«

»Andreas«, antwortete Manfred. »Ich kenne nur den Vornamen. Der ist im Sommer öfters mit uns Rad gefahren. Bei meiner Sporttour.«

»Andreas Keller, der Oberarzt heißt Keller.« Schäbe war in seinen Notizen fündig geworden.

Britta sprang von der Couch auf. »Das ist der Doktor, hundertpro! Keller, versteht ihr? Es geht nicht um Hildes Keller, sondern um Doktor Keller!«

Brockmann stand abrupt auf. »Wir fahren ins Hilla. Jetzt!« Und an Manfred gewandt: »Du bleibst hier. Wenn du da auftauchst, hau ich dir in die Rippen. Gib lieber deiner Frau einen dicken Kuss für ihren Geistesblitz. Sie ist die Beste! Danke, Britta.«

Eine Minute später waren die drei Kriminalbeamten in Lappens Wagen auf dem Weg zur Grawenhorster Arbello-Klinik, und Manfred fiel seiner Frau um den Hals.

Anschließend redete er so lange auf Britta ein, bis sie nachgab und ihn zum Mobilfunkshop fuhr. Dort suchte er sich ein neues Smartphone aus. Ein gebrauchtes. Die neue SIM-Karte, die er bei seinem Mobilfunkanbieter angefordert hatte, war am Morgen per Post gekommen. Er ließ sie noch im Laden einsetzen und sofort aktivieren.

Hoffentlich klappt das mit den Daten, dachte er. Die letzte Sicherung seines Handys hatte er vor über drei Wochen gemacht. Er hoffte inständig, dass nicht zu viele Adressen und Termine verloren gegangen waren.

DIENSTAG

Manfred wachte auf, als Britta mit ihrem alten Betttablett, das sie zuletzt vor Jahren genutzt hatten, zur Tür hereinkam.

»Wo hast du das denn gefunden? Wir können auch am Tisch frühstücken.« Manfred wollte sich aufrichten, zuckte vor Schmerz aber zusammen und blieb liegen.

»Du bleibst heute im Bett und schonst dich. Keine Widerrede!«

Wenn Britta so energisch wurde, war es Gesetz, und Manfred ergab sich in sein Schicksal.

Sie half ihm vorsichtig in die Sitzposition, goss Kaffee ein, und stellte das Tablett mit Brötchen, einer Schale Müsli und frischen Apfelstücken über seine Beine. »Bei der Gelegenheit kannst du auch ein bisschen abnehmen. Tut dir sicher gut. Lass es dir schmecken. Bis gleich.«

Manfred aß das Brötchen mit Genuss, anschließend das Müsli. Zuerst mit Verdruss, dann fand er Geschmack daran. »Gar nicht so schlecht. Mal eine Abwechslung. Muss nicht jeden Tag sein, aber ab und zu.«

Nach der zweiten Tasse Kaffee wollte er mit seinen Freunden bei der Kripo reden, fand aber sein neues Handy nicht. »Britta«, rief er laut in Richtung Flur, sodass sich seine Rippenprellung schmerzhaft meldete. Im Gegensatz zu Britta, die ihn nicht gehört hatte. Er warf er eine Schmerztablette ein und hoffte, dass seine Frau gleich nach ihm sehen würde.

»Hast du gut geschlafen?« Britta weckte ihn mit einem Lächeln. »Gleich fünf. Jetzt solltest du mal aufstehen, sonst schläfst du in der Nacht nicht.«

Manfred konnte es nicht fassen, er hatte sechs Stunden geschlafen. Am helllichten Tag!

»Ich habe eben mit Dr. Jagenmann telefoniert. Der sagt, dass eine Rippenprellung nach ein paar Tagen noch schmerzhafter wird und erst danach langsam abklingt. Wenn du dich schonst, dauert es drei bis vier Wochen, andernfalls können die Schmerzen acht Wochen anhalten.« Britta sah ihn ernst an. »Du kannst also selbst entscheiden, wie lange du aufs Radfahren verzichten willst.«

Manfred wollte sich aufrichten, schaffte es aber nicht. Britta half ihm aus dem Bett, dann in Hose und Hemd. Vorsichtig hangelte er sich die Treppe hinunter und war froh, als er es endlich in seinen Sessel geschafft hatte.

»Jürgen hat heute Mittag angerufen. Du sollst ihn zurückrufen.« Britta reichte ihm sein Handy. »Seine neue Nummer hab ich gespeichert.«

Manfred suchte und fand Jürgen Schäbe in den Kontakten. Enttäuscht hörte er nach dem dritten Signalton die Ansage der Voicebox. »Der Teilnehmer ist zurzeit nicht erreichbar.« Hoffentlich meldete sich Schäbe bald zurück.

Schon nach ein paar Minuten klingelte sein Telefon. Schnell, zu schnell, versuchte Manfred, nach seinem Handy zu greifen. Der Schmerz in seiner Brust ließ ihn nach Luft schnappen. Er drückte die grüne Taste. »Habt ihr den Keller eingebuchtet?«

»Tach, Herr Hanraths, hier Lürenscheidt, wollte mal hören wie es Ihnen geht. Welcher Keller ist verhaftet worden?«

Manfred erschrak, überlegte kurz und log. »Tut mir

leid, Herr Lürenscheidt, ich kann nicht sprechen, unser Hausarzt ist gerade hier. Ich melde mich, wenn es wieder geht. Zu dem Kellner kann ich Ihnen nichts Genaues sagen. Bitte vergessen Sie das. Tschüüüs.« Manfred hoffte, dass der Pressemann auf seine spontane Änderung des Namens Keller in »Kellner« hereingefallen war.

Da meldete sich sein Handy erneut. Manfred sah auf das Display. Dieses Mal war es Schäbe. »Hallo, Jürgen, wie ist die Lage? Habt ihr den Doktor geschnappt?«

»Nicht so einfach. Der streitet alles ab. Behauptet, er sei am Sonntag bis in den späten Abend mit seiner Frau unterwegs gewesen. In Grawenhorst. Wir haben ihn zur Vernehmung ins Präsidium mitgenommen. Da sind sofort seine Frau und sein Anwalt aufgelaufen. Der hat uns eine Klage angedroht, wenn dieser Vorwurf ohne Beweise öffentlich werden sollte.« Schäbe wirkte niedergeschlagen.

Manfred dachte mit einem unguten Gefühl an sein Telefonat mit Lürenscheidt. Hoffentlich war der nicht auf der richtigen Spur. »Was ist mit seinem Auto? Habt ihr das kontrolliert?«

»Beide Autos sind okay, nicht mal eine Schramme.«

»Der Unfall an der Zabelsberger muss doch irgendjemandem aufgefallen sein!«

»Ja, aber niemand hat was gemeldet. Sonntagnacht ist in ganz Grawenhorst kein einziger Unfall polizeibekannt geworden. Das ist schon seltsam … und gibt uns zu denken. Vielleicht hat Hilde uns doch Märchen erzählt? Manni, ich muss Schluss machen. Marti kommt gerade, ich soll dir einen schönen Gruß bestellen und dich an unser Konzert an Neujahr erinnern.«

»Konzert? Was für ein Konzert? Und wo denn?«, fragte Manfred, doch Schäbe hatte bereits aufgelegt.

Britta hatte mitgehört und klärte ihn auf. »Die Einladung für uns beide hängt am Kühlschrank. Hatte ich dir gezeigt. Neujahrskonzert des Polizeichors gemeinsam mit der Musikschule. Für einen guten Zweck. An Neujahr um 15 Uhr im Theater. Martin und Theo singen mit. Und Mitch hat mit dem Jugendchor auch einen Auftritt. Ist das nicht fantastisch?« Seiner Frau stand die Freude im Gesicht geschrieben.

Manfreds Begeisterung hielt sich in Grenzen. Konzerte waren nicht so sein Ding. Aber dass Mitch mitsingen würde, fand auch er toll.

Wieder piepste sein Handy, wieder war es Jürgen Schäbe. »Noch was, Manni, ich treffe mich wegen der Ziegelei morgen Vormittag mit meinem Bekannten von der Viersener Gruppe. Du weißt schon, der, der sich mit den Internet-Landkarten auskennt. Und Martin hat tatsächlich vorgeschlagen, dass du mitfährst. Weil du dich mit dem Thema beschäftigt hast.«

»Marti hat das vorgeschlagen? Du machst Witze!«

»Nein, im Ernst. Ich fände das auch gut. Hast du Zeit? Um elf?«

Manfred überlegte nicht lange. »Sollte klappen. Du fährst und holst mich ab?«

»Ja, bis morgen dann.«

Manfred fragte sich, wie er das seiner Frau beibringen könnte. Die hatte den Inhalt des Telefonats nicht mitbekommen, weil sie das Wohnzimmer verlassen hatte.

Da rief sie aus der Küche: »Essen ist fertig. Schaffst du es ohne Hilfe aus dem Sessel, Liebling?«

Er schaffte es, mit zusammengebissenen Zähnen. Die Tränen wischte er ab, bevor er in die Küche kam. Freddy bemerkte es, sagte aber nichts. Mitch saß bereits am Tisch.

Britta hatte Hühnersuppe gekocht, und danach gab es einen Chicoréesalat mit Speck und Äpfeln. Auf die Hauptspeise wartete Manfred vergeblich, er war auf Diät gesetzt. Wahrscheinlich hatte Britta sich zu lange mit Dr. Jagenmann unterhalten.

»Britta, Jürgen kommt morgen um halb elf. Er braucht meine Hilfe. Wegen der Ziegelei, die aus den Internetkarten verschwunden ist. Wir fahren nach Viersen zu einem Spezialisten.«

»Da will ich mit.« Mitch haute zur Bekräftigung seines Ansinnens auf den Tisch.

Manfred merkte, dass Britta sich mit Mitchs Forderung beschäftigte und weniger an seine Rippen dachte. Er nutzte die Gelegenheit. »Ich frage Jürgen. Wenn er zustimmt, darfst du meinetwegen mit.«

»Jow!« Mitch sprang auf. »Das muss ich Lion erzählen.« Er lief nach oben in sein Zimmer.

Britta rief ihm nach: »Mitch, komm zurück, wir essen jetzt! Bei Lion kannst du dich später melden.« Sie sah ihren Mann an. »Wenn das nicht klappt, wird er furchtbar enttäuscht sein.«

Manfred nickte und tippte eine Nachricht an Schäbe.

MANNI:

> Mitch hat eben mitgehört.
> Will unbedingt mit nach
> Viersen. Lass ihn uns mit-
> nehmen, will ihn nicht
> enttäuschen. Ich bin doch
> auch nur inoffiziell dabei.

19:10

Freddy legte ihr Besteck beiseite. »Papa? Kannst du vier zusätzliche Karten für das Konzert an Neujahr besorgen?«

»Für wen?«

»Sven hat frei und würde gerne mitgehen. Zusammen mit seinen Eltern.« Freddy lächelte.

Britta strahlte. »Schöne Idee, Freddy, dann lernen wir endlich die Kolvenbergs kennen.«

Manfred hatte den Verdacht, dass sie längst Bescheid wusste. »Okay, ich frage Jürgen.«

Da meldete sich sein Handy.

SCHÄBE:

> Ok, ich hoffe Martin reißt
> mir nicht den Kopf ab.
> Bis morgen.

19:14

MANNI:

> Prima, danke. Noch was:
> Kannst du noch vier
> Karten für Donnerstag
> besorgen? Freddy, Sven
> + Eltern wollen mit.

19:18

SCHÄBE:

> Ich frag morgen früh im
> PP-Büro nach, melde
> mich dann. Schöne Nacht.

19:20

MANNI:

> 👍 Gute Nacht.

19:22

»Alles klar«, gab er seiner Familie Bescheid, auch Mitch saß nun wieder am Tisch. »Mitch darf mit, und Jürgen kümmert sich um die Karten.«

Nach dem Essen wurde Manfred wieder müde. »Ich gehe ins Bett, muss morgen zeitig raus und fit sein.« Und zu Britta gewandt: »Wird nicht so lange dauern, wir werden am frühen Nachmittag zurück sein.«

MITTWOCH

»Papa, Papa, es ist schon neun. Jürgen kommt gleich.«
Mitch stand im Schlafanzug an Manfreds Bett, hob die
Bettdecke an und kuschelte sich neben ihn auf die Matratze.

»Vorsicht, Mitch, denk an meine Rippen!« Manfred
unterdrückte seine Schmerzen und genoss den seltenen
Moment. Er erinnerte sich gar nicht mehr, wann sein Sohn
zuletzt zu ihm ins Bett gekrochen war.

Der unerwartete Glücksfall dauerte nicht lange. Mitch
sprang schnell wieder auf, und wieder bekamen Manfreds
Rippen einen Stoß. »Muss mich anziehen. Und Zähne put-
zen.«

Manfred presste schmerzerfüllt zwischen den Zähnen
hervor: »Langsam, Mitch. Jürgen kommt erst um halb elf.«

Doch Mitch war schon verschwunden.

Sein erster Versuch, sich aufzurichten, scheiterte bereits
im Ansatz. Als er es endlich in einen aufrechten Sitz
geschafft hatte, atmete er tief durch und nahm eine der
Schmerztabletten, die auf dem Nachttisch neben der Was-
serflasche lagen.

Manfred blieb einige Minuten sitzen, bevor er langsam
aufstand. Seine Frau sollte nicht merken, wie unbeweg-
lich er war. Er wollte seinen Ausflug nach Viersen nicht
gefährden.

Mit den Händen an der Wand schaffte er es ins Bad
und dort unter die Dusche. Heute war er froh, dass sie
damals auf eine normale Duschwanne verzichtet und sich

für die teure ebenerdige Lösung entschieden hatten. Das heiße Wasser tat ihm gut, und er fühlte sich wie neugeboren, als er fertig war.

Das Abtrocknen brachte ihn zurück auf den Boden der Tatsachen, der Schmerz kam mit aller Macht wieder. Er brauchte lange, bis er endlich seine Unterwäsche angezogen hatte. Eine kleine Ewigkeit später hatte er es auch in Jeans und Pulli geschafft.

Auf dem mühsamen Weg nach unten dachte er mit Grauen an seine Schuhe. Wie sollte er die bloß anziehen?

»Hab Frühstück gemacht«, begrüßte Mitch ihn überschwänglich.

»Wo ist Mama?«

»Hier.« Britta kam aus dem Keller. »Ich habe dir den Spazierstock deines Vaters geholt. Den kannst du mitnehmen, hilft dir vielleicht.«

Manfred sah seine Frau empört an. Er mit Krückstock? Sicher nicht!

Pünktlich um 10:30 Uhr klingelte es. Manfred hatte sich von Mitch in die Schuhe helfen lassen, im Wohnzimmer, damit Britta es nicht mitbekam. Er war mühsam in seine dicke Steppjacke geschlüpft, und Mitch warf ihm seinen grün-schwarzen Borussiaschal um.

45 Minuten Fahrt lag vor ihnen. Jürgen fuhr, Manfred saß auf dem Beifahrersitz, sein Sohn und Theo Lappen hinten. Schon nach Kurzem ermahnte Manfred Schäbe, er solle nicht so hektisch fahren. Jedes Schlagloch und jedes ruckartige Abbremsen führe zu einem Stechen in seiner Brust wie von Messerstichen.

Mitch breitete seine topografische Karte aus und erklärte Theo die Gegend um die Ziegelei.

Später erkannten sie in der Ferne vor sich einen hellen

bauchigen Turm. »Wir sind gleich in Dülken. Das weiße Ding da vorne ist die Windrose, der Dülkener Wasserturm. Seht ihr ganz oben die dunkle Fensterfront über dem Wasserbehälter? Die geht um den ganzen Turm herum, darin war früher ein Restaurant. Da waren Mama und ich mal essen, mit unseren Eltern, bevor wir geheiratet haben. Das war Anfang Januar nach dem Millenniumswechsel.«

Manfreds Eltern lebten inzwischen beide nicht mehr. Seine Mutter hatte Mitch noch kennengelernt, sein Vater war verstorben, als Britta gerade zum zweiten Mal schwanger gewesen war.

»Was ist ein Milenninnumwechsel, Papa?« Mitch meldete sich von hinten.

»Das war die Jahrtausendwende, Mitch. Der Wechsel von Silvester 1999 ins Jahr 2000. Das war damals ein großes Ereignis. Gibt's nur alle 1.000 Jahre. Viele hatten Angst, dass schlimme Sachen passieren in dem Moment um Mitternacht. Dass Flugzeuge abstürzen oder der Strom ausfällt.«

»Warum?«

Manfred überlegte, wie er das in aller Schnelle erklären konnte, da sprang Theo ein. »Vor der Jahrtausendwende schrieb man Jahreszahlen oft nur zweistellig, also zum Beispiel 98 und nicht 1998. Und genau so waren auch fast alle Computer programmiert. Viele Fachleute befürchteten, dass der Wechsel von 99 auf 00 zu einem Crash führen würde.«

Schäbe stimmte zu. »Genau. Die Programmierer haben sich deshalb in den 90er-Jahren weltweit eine goldene Nase verdient mit der Anpassung der Software an vierstellige Jahreszahlen.«

»Sind denn Flugzeuge abgestürzt?«

»Nein, Mitch, kein einziges. Jedenfalls nicht deswegen.« Manfred sah auf dem Navigationsdisplay, dass sie gleich am Ziel waren. »Wohnt der in der Grawenhorster Straße im Stadtteil Dülken?«

»Ja, Hausnummer 182. In zwei Minuten sind wir da.« Schäbe gab Gas, die Ampel an der Querung war auf Gelb gewechselt, und wegen Manfred wollte er nicht bremsen.

Für einen Sekundenbruchteil waren sie geblendet, ein Blitzer hatte ausgelöst. »Schei...benkleister, so ein Mist, Manni! Die Knolle zahlst du, wegen dir durfte ich nicht bremsen.«

Manfred entgegnete: »Ist doch eine Dienstfahrt. Gefahr im Verzug!«

Schäbe warf ihm von der Seite einen bösen Blick zu. »Bestimmt. Und der Polizeipräsident schickt mir ein Blümchen obendrauf.«

Schäbes Bekannter, Robert Meyer, war nicht irgendein GPS-Verrückter, sondern ausgebildeter Kartograf und Stadtplaner bei der Viersener Kreisverwaltung. Zuerst wollte er nicht glauben, dass jemand die Geodaten im freien OSM-System manipuliert haben könnte. »Eigentlich kontrollieren sich alle Einträge selbst. Wenn einer etwas falsch erfasst, kommt bald der Nächste, findet vor Ort den Fehler und korrigiert ihn. Dass ein Weg oder ein Gebäude in den Karten einfach verschwindet, ist sehr unwahrscheinlich.«

Manfred erklärte, dass der Weg zur Ziegelei nicht mehr erkennbar und der Mauerrest völlig verdeckt war. »Das wurde mit Absicht zugepflanzt, mit Kirschlorbeer. Perfekt getarnt.«

Meyer überlegte, sah sich Mitchs Papierkarte an und verglich die mit der Online-Version. »Theoretisch ist das möglich. Wenn es keiner korrigiert. Und wenn sich niemand mehr an die Ziegelei erinnert, sucht sie auch keiner.«

Mitch meldete sich zu Wort. »Kann man nicht nachprüfen, wer an den Online-Karten gearbeitet hat? Gibt es keine Logs, keine History?«

Alle sahen ihn verwundert an, vor allem Manfred war erstaunt. »Wie kommst du darauf?«

»In der Schule hatten wir ein Projekt. Alle aus der Klasse haben an einem Text gearbeitet, der in einer Cloud lag. Unser Lehrer konnte immer genau sehen, wer was geschrieben oder geändert hat.«

Meyer lächelte. »Interessant, leider ist das beim OSM-Portal nicht so einfach. Lasst mir ein paar Tage Zeit. Ich höre mich mal um, vielleicht hat ein Kollege eine Idee.«

Manfred fiel noch etwas ein. »Wir sind lange im Grenzwald herumgeirrt, immer längs dieser Sandkuhle. Dort hat der GPS-Empfang verrücktgespielt. Obwohl die Bäume nicht besonders dicht standen.«

»Habt ihr mal nach einem Jammer gesucht?«, wollte Meyer wissen. Weil alle ihn verständnislos ansahen, erklärte er seine Frage. »Es gibt GPS-Störsender, englisch: Jammer. Die erzeugen den Effekt, dass die Standortanzeige hin und her springt. Gibt es auch mit Batterie. So ein Ding könnte auf einem Baum hängen. Die brauchen ganz wenig Strom, weil das GPS-Signal extrem schwach ist. Fast so, also würde auf dem Mond eine kleine Glühbirne leuchten.«

Als sie wenig später wieder im Auto saßen, rief Schäbe Gerda von der KTU an und fragte sie nach dem Störsender. »Habt ihr etwas in der Art gefunden? Nein? Kann sein, dass das Ding irgendwo außerhalb der Ziegelei hängt, vielleicht an einem Baum.«

Unterwegs redeten sie nicht viel. Viel weiter hatte sie die Fahrt nach Dülken nicht gebracht. Manfred fiel Lürenscheidt ein, und er setzte sich eine Erinnerung ins Handy, um nicht zu vergessen, die RP anzurufen. Er wollte aber nicht mit dem Redaktionschef reden, sondern mit Tobias Schalk. Der RP-Chef hatte ihn versetzt, nun würde er ihn versetzen. Manfred empfand Genugtuung. Putz wider Putz.

Schäbes Handy klingelte, er nahm das Gespräch an, und eine weibliche Stimme plärrte aus dem Lautsprecher.

»Grabert hier. Der Polizeipräsident will wissen, warum der Hanraths weitere vier Karten braucht.«

»Moment, bin im Auto.« Schäbe schaltete hektisch den Lautsprecher aus, fuhr rechts ran und nahm sein Handy ans Ohr. »Herr Hanraths würde gerne seine Familie mitnehmen und auch die Schwiegereltern in spe seiner Tochter. Wäre eine nette Geste, wenn wir das möglich machen könnten. Immerhin hat er uns nicht zum ersten Mal bei den Ermittlungen unterstützt.«

Nach dem Telefonat lenkte Schäbe das Auto wieder auf die Fahrbahn. »Sie schaut, was sie tun kann. Braucht aber alle Namen, Manni.«

»Muss Britta fragen, die weiß das.« Manfred grinste in sich hinein. Die gute Frau Grabert hatte sehr laut gesprochen, und er hatte auch mit deaktiviertem Lautsprecher ihre abschätzige Bemerkung, »Ja, der nervt uns regelmäßig«, gehört.

»Wir brauchen jedenfalls die Namen.«

Zurück in Minssen ließ Schäbe die beiden Hanraths aussteigen. Theo Lappen setzte sich nach vorne, und sie verabschiedeten sich.

Auf der Treppe zur Haustür merkte Manfred wieder seine Rippen und er nahm sich vor, gleich eine Schmerztablette einzunehmen. Zuerst ging er in die Küche und wollte sich ein Bier aus dem Kühlschrank holen. Er war müde und sehnte sich nach seiner Couch.

»Nee, nee, nee, lass das mal mit dem Alkohol.« Britta nahm ihm die Altflasche aus der Hand und stellte sie zurück in den Kühlschrank. »Du hast doch sicher schon eine Schmerztablette intus, wenn nicht sogar mehrere. Sonst würdest du hier nicht so flott herumspringen.«

»Flott ist anders«, brummte Manfred und humpelte betont schwerfällig ins Wohnzimmer. Ihm fiel ein, dass er Schäbe die Namen für das Konzert durchgeben wollte. »Britta, schreib bitte die Namen von Svens Eltern auf, die brauche ich für die Konzertkarten.«

Kurz darauf schlief er im Sessel sitzend ein.

»Pübüpp.«

Sein Handy. Eine Nachricht.

Schlaftrunken griff Manfred danach und setzte seine Brille auf. Freddy hatte geschrieben.

FREDDY:

> Sven Kolvenberg
> Dr. Susanne Kolvenberg
> Gerhard Kolvenberg
> und ich ;-)

20:33

MANNI:

> Danke, melde mich.
> Hoffe, es klappt.

20:38

Manfred leitete die Nachricht an Schäbe weiter und schloss wieder seine Augen.

»Pübüpp.«
Schon wieder.

SCHÄBE:

Wer ist ich??

20:39

MANNI:

Ahh, sorry:

Freddy Hanraths

20:41

SILVESTER

Britta kam wieder mit dem Frühstückstablett, gab Manfred einen Kuss und reichte ihm eine Tasse mit dampfendem Kaffee.

»Lieb von dir, danke, Schatz. Bringst du mir noch mein Handy? Jetzt gleich, bitte.«

Britta verzog das Gesicht, tat ihm aber den Gefallen. »Da.« Sie warf ihm das Handy aufs Bett und verließ das Schlafzimmer.

Manfred wählte Schäbes Nummer, der sofort dranging.

»Ich hab was vergessen.«

»Was?«

»Habt ihr eigentlich Hildes Rad an der Motte mitgenommen? An Nikolaus?«

Schäbe am anderen Ende der Leitung atmete hörbar auf. »Haben wir. Bei dem Schloss kam wirklich die Flex zum Einsatz. Das Rad steht im Präsidium.«

Manfred war erleichtert. »Apropos Schloss ... Seid ihr mit dem Zahlenschloss weitergekommen? Das mit der 8153 oder so ähnlich?«

»Die Spur war ne Schnapsidee. Aff ist draufgekommen und hat gerade noch verhindert, dass ich die Bergen vom Rechtsmedizinischen Institut anrufe. Wäre so was von peinlich gewesen.«

»Wieso? Und wer ist Aff?«

»Unser Aktenführer und zweiter Mann in der Mordkommission. AF wie Aktenführer. Außerdem sind das auch seine Namensinitialen, darum nennen ihn alle nur Aff. Die Ziffern am Schloss sind unwichtig, Manni. Denn als der Täter damit zugeschlagen hat, muss ja nicht der richtige Code eingestellt gewesen sein. Hat Aff mir breit grinsend unter die Nase gerieben. Ich bin fast im Boden versunken. Gott sei Dank ist Greta deswegen nicht extra nach Düsseldorf gefahren.«

Manfred fasste sich an den Kopf. Ihm fiel sein Besuch beim Fahrradhändler in Kempen ein. Wie dumm! Die Aktion war völlig unnütz gewesen. Dass er nicht selbst darauf gekommen war!

Nach seinem Frühstück im Bett half Britta ihm auf.

»Schaffst du es allein ins Bad?«

»Das wird gehen, danke.«

Manfred duschte, zog sich vorsichtig an und putzte sich die Zähne. Er bewegte die Bürste wie gewohnt von einer auf die andere Seite, was jetzt aber viel zu ruckartig war. Ein stechender Schmerz durchzuckte seine Brust, und die Zahnbürste landete mit einem Knall zwischen Schränkchen und Wäschekorb auf den Bodenfliesen.

»Alles in Ordnung, Manni?«, rief seine Frau von unten. Wie immer hatte er die Tür aufgelassen.

»Alles gut, nix passiert. Aber kannst du mir mal helfen?«

Gegen Mittag saßen sie im Auto auf dem Weg nach Düsseldorf. Zwischen Wäschekorb und Schränkchen hatte Britta nicht nur seine Zahnbürste gefunden, sondern auch den lange vermissten Steuerordner. Wahrscheinlich hatte Manfred ihn zur Durchsicht mit ins Bett genommen und am Morgen danach im Bad auf dem Deckel des Wäschekorbs abgestellt. Irgendwie musste der Ordner heruntergerutscht sein.

Manfred hatte seinem Steuerberater per Nachricht ihr Kommen angekündigt.

Der hatte zurückgeschrieben: »Was ist denn so wichtig, Manni?«

»Lass dich überraschen, bis später.«

In Düsseldorf angekommen, stieg Manfred aus dem Auto und klingelte bei Frank Sieben. Er begrüßte ihn mit den Worten: »Ich hab ihn endlich gefunden! Gerade noch rechtzeitig.« Manfred präsentierte den schwarzen Ordner wie einen wertvollen Schatz.

Frank schüttelte den Kopf. »Du erwartest aber nicht, dass ich heute an Silvester deine Steuererklärung mache?«

»Nicht?«

»Ich habe längst eine letzte Fristverlängerung beantragt. Trotzdem danke. Jetzt muss ich los, meine Frau wartet.«

Britta hatte den Steuerberater aus dem Auto heraus begrüßt. Sie war sitzen geblieben und lauschte gespannt der sonoren Stimme von Helmut Gote, der den WDR-2-Hörern sein Silvesterrezept verriet.

Frank Sieben warf ihr einen Handkuss zu, legte den Ordner auf den Rücksitz seines Wagens und brauste davon.

Manfred war es recht, seine Frau musste nicht wissen, dass die weite Fahrt überflüssig gewesen war. Wo sie aber schon mal da waren, bot Manfred Britta an, einen Spaziergang an den Rheinwiesen zu machen. Pakko war schließlich auch dabei und würde sich über ein bisschen Bewegung freuen.

In Oberkassel gingen sie Arm in Arm unter der Brücke hindurch bis fast zum Strandbad Lörick. Pakko genoss die weiten Wiesen und sprang begeistert ins flache Rheinwasser.

Manfred litt mit jedem Meter mehr, wurde nach drei Kilometern zusehends langsamer und setzte sich zuletzt auf die erstbeste Bank. »Britta?«

»Ja?« Seine Frau ahnte, was er sagen wollte. Sie ging mit Pakko zurück zum Auto und holte es, sodass Manfred nur noch den Deich hinaufzugehen und einzusteigen brauchte.

Wieder daheim, schleppte Manfred sich ins Wohnzimmer, sackte erschöpft in den Sessel und schlief sofort ein.

Britta ließ ihn schlafen. Bis um 23:15 Uhr. Dann weckte sie ihn vorsichtig mit einem Kuss. »Mannischatzi, gleich ist Neujahr.«

Manfred war sofort hellwach. Er erhob sich, und der Schmerz in seiner Brust holte ihn in die Wirklichkeit zurück. Er hatte am Abend seine Pille vergessen.

Britta half ihm aus dem Sessel, reichte ihm ein Sektglas, und gemeinsam gingen sie nach draußen, um wie immer, seitdem sie hier lebten, das neue Jahr auf der Straße vor ihrem Haus zu begrüßen.

Mitch kam hinter ihnen her, auch er hielt eines ihrer guten Sektgläser in der Hand.

»Was trinkst du da?« Britta äugte misstrauisch in Mitchs Glas.

Der zog es weg und grinste. »Sprudel mit ganz wenig gelber Limo, Mama. Damit die Farbe stimmt.«

Britta sah ihn skeptisch an, beließ es aber dabei.

Britta hatte in der Früh nach Hilde gesehen und sie gefragt, ob sie mit ihnen ins neue Jahr rutschen wolle. Aber die war in Gedanken bei Luuk, und ihr stand der Sinn nicht nach feiern.

NEUJAHR

Punkt zwölf stießen sie zu dritt an, und im selben Moment meldete sich Freddy mit einem Neujahrsgruß per Handy.

FREDDY:

> Alles Gute zum Neuen
> Jahr, auch von den drei
> Kolvenbergs! Liebe
> Grüße, Freddy.

00:00

Britta versuchte ihre Tochter anzurufen, kam aber nicht durch. Also tippte sie ebenfalls eine Nachricht, zeigte sie ihrem Mann, und als der nickte, schickte sie sie ab.

BRITTA:

> Danke. Auch dir und Sven
> nur das Beste. Und grüß
> bitte seine Eltern herz-
> lich von uns. Alles Liebe,
> Mama, Papa und Mitch

00:03

Mitch bestückte derweil eine von Manfreds Weinfla-schen mit einer Neujahrsrakete, zündete mit einem lan-gen Stabfeuerzeug die Lunte an und sprang in sichere

Entfernung, aufmerksam beäugt von seinen Eltern. Diese Prozedur wiederholte er mit neun weiteren Raketen. Er machte das sehr gut, doch seine Eltern entspannten sich erst, nachdem ihr Sohn die zehnte und letzte gezündet hatte.

Manfred und Britta standen eine Weile vor dem Haus und bestaunten die vielen kleinen und großen Feuerwerke in Minssen und über der City. Nachdem die größte Knallerei vorbei war, drehten sie eine kleine Runde durch die Weinstockstraße und plauschten mit dem einen und anderen aus der Nachbarschaft.

Als sie zurückkehrten, war Mitch in seinem Zimmer mit Pakko, der während der wilden Knallerei geheult hatte wie ein Schlosshund. Nun war er ruhig, Manfred vermutete, dass sein Sohn ihn mit Leckerchen verwöhnte.

Am Morgen ließen sie es langsam angehen. Statt Brötchen toasteten sie Weißbrot und genossen das Frühstück zu zweit. Mitch lag in seinem Bett und schlief, Hilde ebenfalls.

»Du musst gleich raus, den Knallermüll aufsammeln.«

Manfred hatte bereits mit dem Hinweis seiner Frau gerechnet und machte sich direkt an die Arbeit. Er ärgerte sich, dass er nicht noch in der Nacht gekehrt hatte, denn vorhin hatte es geregnet, und die Pappreste der Raketen klebten beharrlicher am Betonsteinpflaster, als ihm lieb war. Britta hatte ihm am Morgen eine Pille genehmigt, trotzdem schmerzten seine lädierten Rippen bei jeder Bewegung mit dem Besen. Britta sah aus dem Fenster, hatte ein Einsehen und kam mit Mitch, der gerade aufgestanden war, dazu, um zu helfen. Als sie fertig waren, erhielt Manfred eine Nachricht von Schäbe.

4 Karten liegen auf dei-
nen Namen an der Thea-
terkasse.

11:42

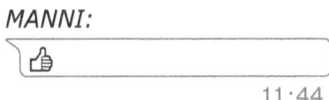

11:44

Später drehten sie eine kleine Runde mit Pakko, zuerst durch ihr Viertel, dann ein Stück an der Landwehr entlang und zurück. Ab und zu hörten sie einen Böllerknall oder das Zischen einer Rakete. Ihr Hund nahm es heute gelassen. Von der Leine ließen sie ihn aber nicht.

»Gleich kommen die Kolvenbergs. Wir müssen heim.« Britta mahnte zur Eile.

»Treffen wir uns nicht am Theater?«

»Die kommen um zwei, wir stoßen aufs neue Jahr an und fahren dann gemeinsam zum Konzert. Sekt steht schon kalt.«

Manfred war erleichtert, er hatte Small Talk bei Kaffee und Kuchen befürchtet. Hilde wollte auf ihrem Zimmer bleiben und am Nachmittag auf Pakko aufpassen.

Um 14:40 Uhr stellten sie ihre Autos nebeneinander im Theaterparkhaus ab. Manfred war entspannt, denn die Kolvenbergs waren nett, die Begrüßung und das kurze Gespräch ungezwungen gewesen. Svens Eltern hatten Minssen erst um 14:20 Uhr erreicht und sich für ihre Verspätung entschuldigt. Den Sekt hatten sie im Stehen getrunken.

Im Theater stürzte Polizeipräsident Haydenfeldt ihnen entgegen und hieß sie alle willkommen. Am überschwänglichsten begrüßte er Svens Mutter. »Frau Dr. Kolvenberg, wie schön, Sie bei uns in Grawenhorst zu sehen.«

Manfred entdeckte Schäbe und ging zu ihm. »Woher kennt der PP die Kolvenberg?«

»Weißt du das nicht? Sie ist Oberstaatsanwältin in Krefeld.«

Manfred wurde übel, er dachte an seinen Besuch in Kempen mit der Polizeimarke seines Vaters.

Das Konzert dauerte Manfred viel zu lang. Nach jedem Lied klatschte er höflich Beifall, auch weil Britta ihn mehrfach anstieß. Dank der zweiten Pille am Mittag konnte er einigermaßen schmerzfrei sitzen. Im letzten Drittel wurde es lebhafter, einige Gospelsongs und entsprechend flotte Rhythmen brachten das Publikum in Schwung. Als dann der Jugendchor der Musikschule mit »Merry Xmas Everbody« von Slade auftrat, tobte der Saal. Mitch war mittendrin, sang aus voller Brust und strahlte über beide Ohren. Britta und Manfred platzten fast vor Stolz. Nach dem Lied gab es sogar Standing Ovations. Etliche Musikschuleltern trugen ihren Teil dazu bei.

Der Polizeipräsident persönlich bat die Hanraths und die Kolvenbergs nach dem Konzert, zur After-Show-Party zu bleiben. Er verwickelte Svens Mutter sofort in ein angeregtes Gespräch.

Manfred schaute sich um, entdeckte Brockmann, Schäbe und Theo Lappen in einer Ecke und entfernte sich unauffällig. Britta unterhielt sich gerade mit Svens Vater, die Gelegenheit war günstig.

Brockmann sah ihn kommen, griff hinter sich an die Bar und begrüßte ihn mit einem Alt. Sie wünschten sich alles Gute für das neue Jahr und stießen an.

Manfred war beeindruckt von Brockmanns Outfit, er

trug einen eleganten schwarzen Zweireiher, ein weißes Hemd mit Krawatte und eine dazu passende Hose. Brockmanns Telefon klingelte, er zog ein großes Smartphone aus seinem Sakko, entfernte sich zwei Schritte von der Gruppe und nahm das Gespräch entgegen.

Manfred stupste Jürgen Schäbe an. »Hat Marti ein neues Handy?«

»Nee, das ist das, welches er angeblich verloren hatte. Stell dir vor, er hat vergessen, dass er den Anzug, den er heute trägt, in die Reinigung gegeben hatte. Erst gestern Morgen fiel es ihm ein, weil er den heute ja brauchte. Zu seinem Glück hatte die Reinigung an Silvester geöffnet. Der Inhaber war heilfroh, dass Marti den Anzug abholte, denn er hatte das teure Handy vor der Reinigung in der Sakkotasche gefunden, jedoch weder Namen noch Adresse von Marti gekannt. Marti hatte zuvor vergeblich versucht, das Ding orten zu lassen, ging aber nicht, weil der Akku selbstverständlich leer war.« Schäbe lachte lauthals, verstummte jedoch schnell, als er sah, dass sein Chef die letzten Worte wohl gehört hatte.

Am Eingang wurde es laut. Vier vermummte, dunkelblau gekleidete Menschen stürmten das Foyer.

Manfred erschrak. »Die Ghost Riders. Ein Überfall!«

Doch Brockmann und Schäbe applaudierten, ebenso wie alle anderen. Manfred verstand die Welt nicht mehr.

PP Haydenfeldt ergriff das Mikrofon. »Meine Damen und Herren, ich darf Ihnen stolz den Kern der Radsportgruppe der Grawenhorster Polizei vorstellen, die unter uns Kollegen auch die ›Mordsradler‹ genannt werden.«

Die vier hatten inzwischen Helm und Mundschutz ausgezogen. Manfred erblickte drei Männer und eine junge Frau mit langen blonden Haaren. Sie standen stramm vor ihrem Chef, der sie einzeln mit Handschlag begrüßte.

»Herzlich willkommen, liebe Kollegin, liebe Kollegen. Wir sind stolz auf Sie und drücken Ihnen die Daumen für die Tour.« Dann wandte er sich an alle Anwesenden. »Diese Polizeibeamten und, äh, diese Polizeibeamtin, meine Damen und Herren, trainieren seit Wochen in ihrer Freizeit für die Benefiz-Radtour mit unseren niederländischen und belgischen Kollegen. Wir wünschen ihnen viel Erfolg bei der ›Tour de Blauw‹ über 1.300 Kilometer von Rotterdam über Grawenhorst nach Münster. Bleiben Sie gesund!«

Brockmann stieß Manfred an, der völlig verdattert war. »Hast du eben ›Überfall‹ gesagt?«

»Quatsch, ich meinte, das ist ja wie ein Überfall.«

Schäbe grinste übers ganze Gesicht, er wusste, was Manfred umgetrieben hatte.

»Seid ihr denn mit euren Ermittlungen weitergekommen?« Manfred konnte seine Neugier nicht mehr zügeln.

Schäbe und Theo hielten sich zurück, Brockmann überlegte kurz. »Steht am Montag sowieso alles in der Zeitung. Also … Jürgens Kartenspezialist hat sich gemeldet.« Brockmann nickte Schäbe zu.

Der fuhr fort: »Es gibt in der OSM-Datenbank tatsächlich ein Archiv, in dem jede Änderung und jede Löschung dokumentiert wird und nachvollzogen werden kann. Geht aber nur sechs Monate zurück. Wir haben keine Chance, den zu finden, der die Karte, wahrscheinlich vor Jahren, manipuliert hat. Aber wir wissen nun, wem der Grund und Boden gehört, auf dem die Ruine steht. Allerdings konnten wir den Eigentümer bisher nicht erreichen. Wir wissen nicht mal, wo der wohnt. Darum gehen wir damit an die

Öffentlichkeit.« Schäbe suchte, bevor er weitersprach, den Blick seines Chefs, der ihm auffordernd zunickte. »Neben der Ziegelei hat die KTU auf einem Baum einen aktiven Jammer gefunden, der das GPS-Signal störte. Und, Manni, hör gut zu, die Kollegen haben auch eine Wildkamera entdeckt, die Bilder über Wi-Fi sendet. Die Batterien waren jedoch ratzeputz leer, was euer Glück war. Sonst hätten die Ganoven euch entdeckt.«

Manfred wurde ganz bleich, hoffentlich erfuhr Britta das nie.

Brockmann übernahm. »Wir wissen immer noch nicht, wer der Tote im Grenzland ist. Auch das geben wir jetzt an die Presse. Die DNA an der Luftpumpe, die dein Köter gefunden hat, stammt von dem Toten. Fingerabdrücke konnten die Kolleginnen leider keine feststellen. Keller, der Doktor Keller, hat ein Alibi von seiner Frau, und wir haben die Bewegungsdaten seines Handys kontrolliert. Er oder die beiden kurvten an dem Abend demnach nur durch Grawenhorst.«

Theo Lappen kramte ein Blatt aus der Tasche und reichte es Manfred. Der erkannte eine Straßenkarte von Grawenhorst und eine fette schwarze Linie, die wie eine Rundfahrt durch die Stadt aussah.

»Mama vermisst dich, Papa.« Freddy war neben ihn getreten und warf nun einen Blick auf das Kartenblatt. »Der 772?« Sie merkte, dass niemand sie verstand. »Das ist die Strecke des 772ers, von meinem Bus, mit dem ich jeden Morgen zur Schule fahre.«

»Sind die Kellers dem Bus gefolgt?« Manfred schüttelte den Kopf.

»Oder mit dem Bus gefahren?« Theo Lappen klang auch nicht überzeugt.

»Oder ... nur das Handy des Doktors ist Bus gefahren«, stellte Brockmann fest und stieß Lappen an. »Schnell, Theo, schauen Sie, ob Gerda bereits gegangen ist. Eben habe ich sie noch gesehen.«

Der junge Kriminalkommissar trabte auf der Stelle los und kam bald mit der Kriminaltechnikerin im Schlepptau zurück.

Die funkelte Brockmann böse an. »Ich hab Feierabend, seit gestern Mittag!«

»Ja, ja, ich weiß, Gerda, ist aber wichtig.« Brockmann erklärte ihr die Sache mit dem Bus.

Sie verstand auf Anhieb, worum es ging. »Ich soll also so was wie Kleberreste unter den Sitzen und daneben am besten Fingerabdrücke suchen.«

»Genau. Allerdings sollten wir vorher herausfinden, welches Fahrzeug an diesem Tag zu besagter Uhrzeit die Strecke gefahren ist. Dieser Bus darf morgen gar nicht erst aus dem Depot. Wie schaffen wir das?«

»Ich hab eben den GVB-Chef gesehen«, antwortete Gerda. »Der stand beim Präsidenten.« Sie war im Karnevalsverein und kannte die Honoratioren der Stadt bestens. »Ich schau mal, ob er noch da ist.« Sie wollte sich abwenden, entdeckte jemanden an der Bar und eilte dorthin. Kurz darauf kehrte sie mit einem Mann zurück. »Darf ich vorstellen? Herr Jörgens, Chef der GVB. Herr Brockmann, leitender Ermittler im KK 11.«

Gerda, Brockmann und Jörgens entfernten sich ein Stück von ihnen und stimmten die Vorgehensweise ab.

»Der Niederrhein ist echt ein Dorf. Gehst du ins Konzert, triffst du alles, was Rang und Namen hat. Wie praktisch.« Manfred grinste.

Nun trat auch Mitch zu ihnen. »Papa, du musst mal

kommen. Mama ist sauer, glaube ich.« Er zog seinen Vater am Jackett und schaute wütend auf seine Schwester, die vor lauter Aufregung ihren Auftrag vergessen hatte.

»Oje, Papa. Svens Eltern wollten los, hoffentlich sind sie nicht schon weg.« Freddy nahm Manfred am Arm, verabschiedete sich von den Kriminalbeamten und schob ihren Vater mit Mitchs Unterstützung zu ihrer Mutter, Sven und seinen Eltern.

Britta empfing ihren Mann mit eisigem Blick. Manfred entschuldigte sich vielmals, erklärte, warum er so lange weg gewesen war, und erwähnte auch die Dringlichkeit wegen der ungeklärten Todesfälle.

»Ach ja, Sie sind hier in Grawenhorst als Ermittler unterwegs, wir haben davon gehört. Interessant, aber nicht ungefährlich.« Svens Mutter kommentierte das freundlich ohne Unterton.

Ihr Mann nickte und ergriff Manfreds Hand. »Wir haben uns mit Ihrer Frau, also mit Britta, auf das Du geeinigt. Ich bin Gerhard, und meine Frau heißt Susanne. Einverstanden?«

»Prima, selbstverständlich. Ich bin Manfred, für meine Freunde Manni. Trinken wir darauf ein Bier?«

Die Kolvenbergs entschuldigten sich, es sei bereits spät. Manfred wäre gerne zurück zu seinen Kripofreunden gegangen, aber Britta wollte auch heim.

Im Wagen redeten sie nicht viel. Nur Freddy berichtete ihrer Mutter freudestrahlend, wie sie der Kripo mit der Buslinie 772 auf die Sprünge geholfen hatte. Sie saß mit Sven und Mitch auf der Rückbank.

Als sie zu Hause und die Kinder in ihren Zimmern verschwunden waren, las Britta ihrem Mann die Leviten. »Du hast sie ja nicht alle! Erst gehst du klammheimlich zu deinen Kripokumpels und lässt mich mit Svens Eltern alleine. Die sitzen auf heißen Kohlen, weil sie heim wollen, und dann tauchst du auf und willst Brüderschaft trinken. Du bist manchmal so ein Stoffel, Manfred. Denk mal drüber nach. Gute Nacht!«

SAMSTAG

Manfred hatte am Abend noch lange in seinem Sessel gesessen und nachgedacht. Seit Britta und er sich kannten, war sie selten so sauer auf ihn gewesen. Er musste sich etwas einfallen lassen.

Heute Morgen war er früh aufgewacht, hatte sofort eine seiner Schmerztabletten genommen und nach der Dusche das Frühstück vorbereitet.

Als Britta in die Küche kam, redete sie nicht viel. Sie war in Eile, wollte pünktlich im Kolumbarium sein, denn sie hatte an diesem Samstag die Vertretung für einen Kollegen übernommen. Immerhin verabschiedete sie sich mit einem Kuss von ihrem Mann, worüber Manfred froh war.

Er überlegte, ob er sie am Abend zum Essen einladen sollte, vielleicht in das sternedekorierte Restaurant im Schloss Mildenrath. Den Gedanken verwarf er jedoch schnell wieder. Damit würde er den Vorfall unnötig aufbauschen, und außerdem wäre das viel zu teuer. Britta würde deswegen möglicherweise erneut verärgert sein.

»Hast du ne Minute?«

Erschrocken drehte Manfred sich zur Küchentür. »Ah, guten Morgen, Hilde. Wie geht's dir? Setz dich, magst du einen Kaffee?«

Hilde bejahte die Frage, und Manfred schüttete ihr eine Tasse ein und stellte Milch und Zucker daneben.

»Was gibt's?«

»Äh, ich hätte euch gestern fast angerufen, wollte aber nicht stören.«

Manfred war alarmiert.

»Als ihr weg wart, später, so um sechs, wollte Pakko unbedingt aus meinem Zimmer, er ist ständig zur Tür gelaufen. Ich dachte, ihr seid vielleicht zurück, und hab aus dem Fenster geschaut. Vor dem Haus stand ein Mann. Er ging hin und her und hat dann eine ganze Zeit da hinten in seinem Auto gesessen. Mich konnte er nicht sehen, ich hatte kein Licht an.«

»Kanntest du ihn?«

»Nein, ich habe ihn noch nie gesehen, daran würde mich erinnern. Er war irgendwie auffällig. Er trug eine knallrote Kappe und darunter lange schlohweiße Haare, nicht grau, richtig weiß. Das habe ich erkannt, als er an der Laterne vorbeiging.«

Wie ein Blitz schoss eine Erinnerung durch Manfreds Kopf. »Hilde, ich muss noch einmal weg. Bleib oben und mach keinem auf. Pass bitte wieder auf Pakko auf.«

Er wählte Brockmanns Nummer, der ging jedoch nicht an sein Telefon. Manfred versucht es auch vergeblich bei Schäbe. Schnell nahm er eine weitere Schmerztablette, zog sich warm an, schlüpfte in seine Handschuhe und holte Brittas Rad aus der Garage. Äußerst vorsichtig stieg er auf das Damenrad, biss die Zähne zusammen, radelte langsam los und vermied jedes Schlagloch und jede Unebenheit auf der Straße, so gut es ging.

Im Präsidium schloss er sein Rad neben Brockmanns Mountainbike an und schleppte sich in die erste Etage. Die Tür war verschlossen. Am Ende des langen Ganges sah er eine offene Tür, ging hin und klopfte leise.

Eine junge Frau stand von ihrem Schreibtisch auf. Manfred erkannte sie an ihren langen blonden Haaren, sie gehörte zu den Ghost Riders, den »Mordsradlern«, wie sie im Präsidium genannt wurden.

»Ach, Herr Hanraths, nett, Sie kennenzulernen, wir haben alle schon viel von Ihnen gehört. Ich bin Martina Küppers, Kollegin vom Martin, auch KHK, aber im KK 21.«

Manfred wusste nicht, ob sie ihm ein Kompliment gemacht hatte oder ob das Gegenteil der Fall war. »Tach, Frau Küppers. Chapeau, hab sie oft unterwegs auf dem Rad gesehen. Immer nur kurz, sie waren zu schnell für mich.« Manfred lachte. »Wissen Sie, wo sich die Herren Brockmann und Schäbe rumtreiben?«

»Die sind in der Pressekonferenz mit Oberstaatsanwalt Lautenbach.« Sie sah auf die Uhr. »Sie müssten gleich zurück sein, die PK war für heute früh um zehn angesetzt. Ungewöhnliche Zeit, erst recht an einem Samstag.«

»Danke, ich setz mich auf die Bank und warte.« Er bemerkte, dass es unhöflich war, die Kommissarin so abrupt stehen zu lassen. »Womit beschäftigen Sie sich denn, wenn Sie nicht gerade Rad fahren? Also beruflich, meine ich.« Manfred wurde rot.

»Kaum zu glauben, aber wir jagen momentan Leergutsammler. Eigentlich keine Sammler, sondern Betrüger, die manipulierte Büchsen in Leergutautomaten einlösen. Pfandfreie Dosen aus Holland erhalten einen Aufdruck, sodass sie von den Erkennungssystemen akzeptiert werden. Das ist zufällig aufgefallen, als es bei einem Discounter einen Stromausfall im Transportlauf gab und einige Büchsen nicht in der Presse landeten. Ein Mitarbeiter bemerkte die holländischen Dosen. Der Umfang des Schadens ist unklar, weil die Blechbüchsen, wenn sie gepresst sind, nicht mehr zu identifizieren sind. Wenn da eine Bande unterwegs ist, die das in großem Stil macht, könnte es um Zigtausende Euro gehen.«

Manfred nickte. »Ja, 100 Stück ergeben 25 Euro Pfand. Mit einer kleinen Tampondruckmaschine ist das schnell verdientes Geld.«

»Wie kommen Sie auf Tampondruck?«

Manfred biss sich auf die Lippen. »Liegt doch nahe, früher wurden so Millionen Werbekugelschreiber produziert. Dann mal gutes Gelingen, dass Sie die Bande bald schnappen.«

»Danke!« KHK Küppers nickte und verschwand in ihrem Büro.

Manfred setzte sich auf die Bank und nahm sich vor, mit Hartmut zu reden. Dann lehnte er den Kopf zurück, schloss die Augen und überlegte, wie er seinen Freunden von der Kripo erklären würde, was ihm eingefallen war.

»Hallo, Manni, lange nicht gesehen. Hast du was vergessen?« Brockmann stand an der Tür zu seinem Büro und öffnete sie.

Manfred folgte ihm hinein, auch Schäbe und Lappen kamen hinterher.

Manfred setzte sich unaufgefordert. »Vergessen nicht, aber mir wurde erst heute Morgen klar, dass es wichtig ist. Wir, also Britta, die Kinder und ich, waren am zweiten Weihnachtsfeiertag zum Eislaufen in Venlo. Ich hab nur zugeschaut wegen meiner Rippen. Da hab ich jemanden gegenüber der Bahn gesehen, ein Mann mit schwarzem Bart. Er kam mir bekannt vor, ich konnte ihn aber nicht einordnen. Er unterhielt sich mit einem anderen Mann mit roter Franzosenkappe und langen weißen Haaren.«

»Der mit dem Bart war Keller.« Brockmann war das sofort klar.

Manfred nickte. »Genau. Das ist mir erst bewusst geworden, als Hilde heute Morgen erzählt hat, dass sie gestern Abend jemanden vor unserem Haus gesehen hat. Einen Mann mit roter Kappe und langen, schlohweißen Haaren.«

»Wir müssen Hilde nochmals befragen. Am besten sofort. Wir fahren zu dir, Manni«, ordnete Brockmann an. »Das geht schneller, als Hilde hierher zu bitten.« Er stand abrupt auf, wandte sich zum Ausgang und bekam fast die schwere Bürotür an den Kopf.

Gerda stürzte in den Raum. »Das Team der Bergen hat die Luftpumpe noch mal genauer untersucht. Das Blut stammt von der Leiche, das ist eindeutig, aber sie haben eine winzige Haarsträhne gefunden. Und die ist nicht vom Toten. Die molekularbiologische Analyse hat ergeben, dass sie von einem nahen Verwandten stammen muss.«

»Also sollten wir schleunigst herausfinden, wer der Tote ist. Dann haben wir bald auch den Täter. Danke, Gerda, gute Arbeit! Grüß bitte Frau Dr. Dr. Bergen von mir.« Brockmann grinste. »Jetzt aber los!«

Manfred war froh, dass er nicht mit dem Rad zurückfahren musste, und stieg vorsichtig hinten in den grauen Dienstwagen ein. Theo saß am Steuer.

»Lasst mich bitte vorgehen«, bat Manfred kurz vor Minssen. Er wollte Hilde schonend beibringen, dass die Kripo sie erneut sprechen wollte und dass es um ihre Beobachtung gestern Abend ging. Außerdem fiel ihm ein, dass Hilde auch ein Auto erwähnt hatte, von dem er nun seinen Freunden erzählte.

Zehn Minuten später saßen sie an ihrem Wohnzimmertisch. Manfred hatte Mitch gebeten, auf seinem Zimmer zu bleiben, solange die Kripo da war.

Brockmann begann mit dem Auto. »Hilde, haben Sie gesehen, was für ein Modell der Wagen war?«

»Ein BMW, ganz sicher, ich hab diesen blau-weißen Propeller am Kühler erkannt. Keine Ahnung, welches Modell. Aber das Kennzeichen war gelb, ein Holländer.«

»Das passt zu Venlo.« Manfred dachte an die Eisbahn.

Die Beamten fragten noch dies und das, hofften auf weitere Hinweise, doch Hilde wusste nicht mehr. Sie hatte den Mann nur von oben und kurz im Licht der Laterne gesehen. Nur die rote Kappe und die weißen Haare. Brockmann dankte ihr für die Hilfe, fast ein bisschen übertrieben, wie Manfred meinte. Hilde ging nach oben.

»Du kannst ja richtig nett sein«, sagte Manfred und grinste Brockmann an.

»Ich wollte sie nur nicht beunruhigen.«

»Warum, Marti? Woran denkst du?«

»Ich frage mich, was der Typ hier wollte. Hat er es auf dich abgesehen, oder vermutet der, dass Hilde hier ist?«

Manfred erschrak. Martin hatte recht, daran hatte er bisher nicht gedacht.

»Woher könnte er wissen, dass Hilde bei euch wohnt? Hast du es jemandem erzählt?«

Manfred wurde es heiß. »Ja, also, äh … Harry wusste Bescheid.«

»Harry, wieso Harry?«

»Hilde hatte ihn nach ihrer Flucht angerufen, und der hat mich um Hilfe gebeten. Aber Harry wird mit niemandem darüber gesprochen haben.«

Brockmann kochte, rieb sich die Stirn und schloss die Augen für ein paar Sekunden. »Das klären wir noch. Jetzt ist anderes wichtiger. Jürgen, du hast den Kontakt zu den Limburger Kollegen. Ruf dort an und gib die Beschreibung durch. Ist zwar dünn, aber diese rote Kappe und die Haare könnten markant genug sein. Vielleicht ist der aktenkundig. Und Theo …«

»Ja, Chef?«

»Wenn es Manfred recht ist, ziehst du hier ein. Sicherheitshalber.«

»Was?« Manfreds Kinnlade klappte runter. »Und was soll ich Britta sagen? Die dreht doch durch! Und den Kindern?«

Brockmann zuckte mit den Schultern. »Manni, wir können von Glück sagen, dass der Typ nicht bereits gestern hier eingestiegen ist. Wer weiß, ob der heute Nacht nicht mit Verstärkung wiederkommt. Theo bleibt hier, basta!« Der Kommissariatsleiter sah seinen Mitarbeiter an. »Hast du deine Dienstwaffe dabei?«

Theo nickte. Bei aller Aufregung war ihm nicht entgangen, dass sein Chef ihn duzte. Er interpretierte das als gutes Zeichen und freute sich.

Manfred wurde bleich. »Lass die Knarre bloß nicht meine Frau sehen.« Er überlegte fieberhaft, wo die Kinder übernachten könnten und wie er seiner Frau den zusätzlichen Gast erklären sollte.

Schäbes Telefon klingelte. »Gerda, was gibt's?« Er hörte zu und steckte das Gerät zurück in die Tasche. »Die KTU hat Klebestreifen gefunden. Ganz hinten unter dem letzten Sitz. In dem Bus, der am Sonntag als Linie 772 durch Grawenhorst unterwegs war.«

»Fingerabdrücke?«, fragte Brockmann.

»Sogar deutliche. Wir haben allerdings keine Vergleichsabdrücke von Herrn Keller. Das hat sein Anwalt am Dienstag verhindert.«

»Die bekommen wir schon noch. Auch wenn er wieder mit seinem Rechtsverdreher auftaucht. Jürgen, beide vorladen, sofort, den Doktor mit Frau. 15 Uhr. Wenn er nicht erscheint, holen wir ihn aus dem Hilla. Kannst du ihm ausrichten.« Brockmann rieb sich die Hände. »Nun aber los! Ach, Manni?«

»Ja?«

»Kein Wort zu Lürenscheidt, ist das klar?«

»Ja, Marti, versprochen.«

Die Polizisten verabschiedeten sich, Theo würde am frühen Abend wiederkommen.

Manfred war erschöpft. Die Wirkung der Schmerztablette ließ nach. Er rief nach Mitch.

Der kam prompt. »Was gibt's, Papa?«

»Hast du heute Abend was vor?«

Mitch sah seinen Vater misstrauisch an, diese Frage hatte er lange nicht gehört. Höchstens, wenn der Rasen gemäht werden musste. »Willst du Radfahren?«

»Nein, geht leider noch nicht so gut. Ich will mit Mama Essen gehen, und Hilde ist vielleicht auch nicht da.« Das war gelogen, aber es ging nicht anders. Er konnte seinem Sohn unmöglich die Wahrheit sagen. »Kannst du bei Lion schlafen?«

»Gute Idee, ich ruf gleich an und frag ihn.« Mitch lief in sein Zimmer und rief kurz darauf die Treppe runter: »Das geht. Ich pack meine Sachen und fahre, so lange es noch hell ist.«

Manfred war zufrieden und versuchte Freddy zu erreichen. Die ging nicht ans Telefon. Also tippte er eine Nachricht.

MANNI:

Bist du heute daheim, Freddy?

11:23

Geh mit Sven ins Kino,
schlafe bei den Kolven-
bergs.

11:25

»Schlafe bei den Kolvenbergs.« Er musste unbedingt mit Britta über Freddy reden. Für den Moment jedoch war er froh, seine Kinder außer Haus und damit außer Gefahr zu wissen. Nun musste er nur noch seiner Frau erklären, dass und warum Theo sich heute Nacht bei ihnen einquartieren würde. Und klären, wohin sie essen gehen würden. Er beschloss, dass Britta das entscheiden sollte, und schlief bald darauf in seinem Sessel ein.

Als er aufwachte, lag seine Frau schlafend auf dem Sofa. Leise richtete er sich auf, ging in die Küche und fand den Einkaufszettel an der üblichen Stelle. Er griff die Schlüssel, zog die Haustür sorgfältig zu und kontrollierte unwillkürlich die Straße links und rechts. Einen BMW mit gelbem Nummernschild sah er nicht.

Manfred beschränkte seine Tour auf das Nötigste. Ihren Korb ließ er wohlweislich im Auto, packte stattdessen nach dem Einkauf Stück für Stück aus dem Einkaufswagen in den Korb im Kofferraum.

Als er eine gute Stunde später zurückkam, öffnete Britta ihm die Tür.

»Warst du einkaufen? Ein Wunder ist geschehen!«

Manfred brachte Britta auf den neuesten Stand, denn er sah, dass Theo heranfuhr.

Britta erschrak, doch Manfred beruhigte sie und sagte, dass sie keine Angst haben müsse, er habe mit Martin und Jürgen alles abgesprochen. Außerdem würde Theo heute über Nacht bei ihnen bleiben und auf Hilde und sie beide aufpassen, da komme er schon. »Wir zwei sind sowieso erst mal weg, wir gehen nämlich essen.«

Ohne auf Brittas Reaktion zu warten, ging er auf Theo zu, der gerade ausstieg, und bat ihn, den Einkaufskorb ins Haus zu tragen.

Der kam der Bitte sofort nach und stellte Manfreds Besorgungen auf den Küchentisch.

Britta kam hinter ihnen in die Küche. »Wo gehen wir denn essen?«

»Hast du eine Idee?«

Britta dachte nach und lächelte Manfred schelmisch an. »Was hältst du von Schloss Mildenrath?«

Manfred war fassungslos, zeigte es aber nicht. »Schloss Mildenrath? Hatte ich auch schon überlegt.«

»Ich frag mal, ob sie noch einen freien Tisch haben.« Britta nahm das Telefon. »Für zwei Personen, um 20 Uhr. Wunderbar, ich danke Ihnen!«

Britta hatte Mitchs Bett für Theo frisch bezogen und war dann zu Hilde gegangen. »Kann Pakko wieder bei dir bleiben?« Die hatte sofort zugestimmt. Zu der möglichen Gefahr, in der sie schwebten, hatte sie keinen Ton gesagt.

Nun saßen sie im Auto, Britta fuhr. An der Kirche bog sie nicht in Richtung Schloss Mildenrath ab, sondern nahm die entgegengesetzte Abzweigung.

»Wo fährst du hin? Da geht es nicht zum Schloss.«

Britta lachte. »Reingefallen! Erstens hätten wir dort Wochen vorher reservieren müssen, und zweitens ist der Laden viel zu teuer.«

»Wo hast du denn angerufen?«

»Lass dich überraschen.«

Britta parkte im Theaterparkhaus und führte Manfred danach zielstrebig auf den Wellingplatz zum Pétros.

»Dafür hätte ich nicht meinen guten Ausgehanzug anziehen müssen!«

»Doch, wir gehen ja aus.« Britta hakte sich bei ihm ein.

Im Restaurant hatten sie gerade an ihrem Lieblingstisch Platz genommen, da ging die Tür auf, und Martin Brockmann kam in Begleitung einer dunkelhaarigen Frau herein. Sie begrüßten sich, und der Kriminalbeamte stellte sie vor. »Das ist Anne, meine Frau, das sind Britta und Manfred Hanraths.«

»Ex, ich bin seine Ex-Frau.« Anne Brockmann lachte ungezwungen.

Sie war Manfred sofort sympathisch. »Wollt ihr euch nicht zu uns setzen?«

Die beiden nickten. »Gute Idee.«

»Aber nur, wenn ihr Männer euch nicht pausenlos über Mord und Totschlag unterhaltet«, forderte Anne und zwinkerte Britta zu.

»Genau!« Britta pflichtete ihr bei.

Manfred fragte sich, ob Martin und seine Ex wieder zusammen waren. Brockmann hatte nie eine Andeutung gemacht.

Es war ein launiger Abend, und sie stellten bald gemeinsame Interessen fest. Anne war vor Jahren auf vegane Küche umgestiegen und längst Solawi-Mitglied. Martin hatte großen Spaß an seinem neuen Rad gefunden und deutete an, dass er im Sommer mal an Manfreds Touren teilnehmen werde. Die beiden Männer vermieden jede Bemerkung zum aktuellen Fall, aber als die beiden Frauen die Toilette aufsuchten, konnte Manfred sich nicht mehr zurückhalten.

»Seid ihr weitergekommen?«

»Du schweigst wie ein Grab!« Brockmann sah ihn drohend an.

»Jaja, versprochen.«

»Ich glaube, wir nähern uns dem Schlussakt, Keller hängt am Haken. Die Fingerabdrücke im Bus stammen von ihm, wir haben seine heute Nachmittag abgenommen und verglichen. Noch verweigert er die Aussage, aber ich erwarte, dass sein Anwalt ihm bald klarmachen wird, dass es besser ist zu kooperieren. Und dein Weißhaariger ist unseren holländischen Kollegen bestens bekannt. Das dürfte nur eine Frage Zeit sein, bis die ihn haben.«

»Und die DNA? Habt ihr den Vergleich mit der Luftpumpe?«

Brockmann schüttelte den Kopf, denn Anne und Britta kehrten zurück.

»Na, Martin, will mein Mann mal wieder wissen, wie weit eure Ermittlungen gediehen sind?« Britta kicherte.

Manfred merkte, dass sie einen kleinen Schwips hatte. Sie konnte definitiv nicht mehr fahren. Er sah auf seinen Deckel: fünf Striche für fünf Alt. Ihr Wagen musste wohl im Parkhaus stehen bleiben.

»Nehmen wir ein Taxi.« Britta war seinem Blick gefolgt und hatte die Striche auch gezählt.

»Ich kann euch fahren, ich hatte nur Wasser.«

»Anne trinkt keinen Alkohol, nie«, erklärte Martin.

»Wie praktisch.« Manfred ärgerte sich sofort, dass ihm die Bemerkung herausgerutscht war, und vermied es, Britta anzuschauen.

Die Männer tranken ein letztes Bier. Dabei redeten sie über Gott und die Welt, Martin erwähnte, dass Anne im Stadtrat sitze, und Anne erzählte von einem Besuch im Museum auf dem Abteiberg in Mönchengladbach. »Unsere Tochter studiert an der Hochschule Niederrhein und hat mir das Museum gezeigt. Allein die Architektur ist ein Erlebnis, innen mit tollen Sichtachsen. Über die Kunstwerke lässt sich trefflich streiten: Beuys, Warhol, Richter und riesig große Sigmar Polkes. Mir hat vieles davon sehr gut gefallen. Danach waren wir essen. Kleines, nettes Restaurant in Rheydt. War köstlich, vor allem das Ratatouille.«

»Dieses Museum würde ich mir auch gerne mal anschauen, Manni.« Britta sah ihren Mann an.

Der nickte.

Britta gähnte und sie baten um die Rechnung.

Annes Auto stand ebenfalls in der Tiefgarage. Als sie das Fahrzeug startete und zur Ausfahrt lenkte, geschah das völlig lautlos.

»Wie fährt sich so ein Elektroauto?«, wollte Manfred wissen.

»Bis jetzt bin ich zufrieden. Hab ihn erst seit zwei Monaten und warte auf meine Wallbox, dann geht das Aufladen endlich schneller. Soll nächste Woche kommen, wurde mir versprochen.«

Sie unterhielten sich fast die ganze Fahrt über Elektroautos, Manfred hatte immer neue Fragen auf Lager.

Als sie in die Weinstockstraße einbogen, wurde er von Martin heftig unterbrochen. »Schnauze, Manni, sei mal ruhig. Und du, Anne, fahr einfach weiter. Nicht an Manfreds Haus anhalten. Und dreht euch nicht um!« Brockmann betonte jedes Wort, seine Stimme klang eisig. »Habt ihr den BMW mit niederländischem Kennzeichen gesehen? Nicht umdrehen!«

Anne fuhr angespannt daran vorbei.

Brockmann griff zu seinem Handy. »Scheiße, der Lappen geht nicht ran.«

»Saß in dem Auto jemand?«, wollte Manfred wissen.

»Nein, eben nicht!« Brockmann überlegte. Inzwischen hatten sie die kleine Kreuzung erreicht. Er lotste Anne nach rechts und ließ sie dann anhalten. »Ihr bleibt im Auto. Du auch, Manni, ist das klar? Gebt mir euren Hausschlüssel, bitte.«

Britta kramte in ihrer Tasche, fand den Schlüsselbund und reichte ihn Brockmann. »Der mit dem roten Ring.«

»Anne, du rufst die 110 an und alarmierst die Kollegen. Wir brauchen Verstärkung. Und zwar schnell, ohne Blaulicht und Sirene.«

Brockmann reichte Manfred sein Handy. »Und du, Manni, versuchst weiter, Theo Lappen zu erreichen. Egal wie. Auch per SMS und Messenger. Du lässt es klingeln. Die ganze Zeit. Bis er sich meldet. Wenn die Mailbox reagiert, brichst du ab und versuchst es erneut. Ich geh rüber. Ihr bleibt hier sitzen!« Den letzten Satz sagte Brockmann fast drohend, dabei öffnete er die Beifahrertür, schloss sie leise hinter sich und verschwand in der Dunkelheit.

SONNTAG

Manfred schlug die Augen auf. Erschrocken richtete er sich in seinem Bett auf. Was für ein Albtraum!

»Was für eine Nacht! So ein schöner Abend und dann das. Ich bin noch ganz zittrig.« Britta seufzte und legte ihm den Arm um die Schulter.

Manfred wurde klar, dass er nicht geträumt hatte. Er drehte sich zu Britta und drückte sie an sich. Sie hatten gestern Abend eine ganze Weile in Annes Auto gewartet, doch irgendwann hatte Manfred es nicht mehr ausgehalten und war unter Protest seiner Frau und Anne ausgestiegen. Er musste ihnen versprechen, dass er nur bis zur Ecke ging und schaute, was passierte. Daran hielt er sich und wurde Zeuge, wie der Weißhaarige mit einer Waffe in der Hand aus ihrem Haus gestürzt kam und zu seinem Wagen rannte. Genau in dem Moment rasten drei Streifenwagen aus zwei Richtungen heran und stellten den Mann. Er ließ seine Pistole sofort fallen, hob die Hände hoch, und die Polizisten konnten ihn widerstandslos festnehmen.

Brockmann kam wenige Sekunden später aus der Tür, und kurz danach auch Theo Lappen, der sich im Laufen den Gürtel zuschnallte.

»Alles safe. Theo, du kannst Anne, Britta und Manni holen, die sitzen dahinten im Auto.« Brockmanns Stimme schallte bis zu Manfred an der Straßenecke.

Die Frauen hatten das Kreischen der Reifen gehört und

waren Manfred an die Straßenecke gefolgt. Nun kamen sie Theo zu dritt entgegen.

Brockmann berichtete, dass der gesuchte Holländer im Haus gewesen sei und ihn gehört habe. »Daraufhin ist er geflüchtet. War auch besser so, ich habe meine Waffe nicht dabei. Wo warst du eigentlich, Theo? Hast du den Mann nicht bemerkt?«

»Im Bett, ich ... ich habe geschlafen«, hatte Theo gestammelt.

Brockmann hatte nichts dazu gesagt, sondern ihn schroff angewiesen: »Du bleibst trotzdem bis morgen hier. Sicher ist sicher.«

Nun war es fast 10 Uhr. Britta setzte Kaffee auf, Manfred deckte den Frühstückstisch.

»Ich geh mal hoch und sage Theo und Hilde Bescheid.« Oben angekommen, klopfte Manfred leise an Mitchs Zimmertür. Weil er keine Antwort erhielt, öffnete er sie. Das Zimmer war leer, und das für Theo frisch bezogene Bett offensichtlich unbenutzt. Er schmunzelte und sagte mit lauter Stimme, sodass Hilde und Theo ihn hören konnten: »Wir frühstücken demnächst, ich hole Brötchen. Bis gleich.« Er ging nach unten, zog sich Jacke und Schuhe an und holte seinen Geldbeutel aus der Küche.

Da kam Hilde herein. »Theo fragt, ob er eure Dusche benutzen kann.«

»Gerne.« Britta nickte und zwinkerte Manfred vielsagend zu. »Gibst du ihm bitte ein Badetuch, bevor du gehst?«

Er führte den Auftrag aus und fuhr anschließend zum Bäcker. Auf dem Rückweg rief er Tobias Schalk an, seinen Leidensgenossen aus dem Ziegeleigewölbe.

»Wenn du morgen Mittag Zeit hast, erfährst du die

ganze Geschichte. Aber nur du! Und du musst mich da raushalten, jedenfalls als Quelle.«

Der Volontär der Rheinischen versprach ihm das, und sie verabredeten sich um 13 Uhr im Pétros.

Zu Hause kam Theo Lappen die Treppe herunter, als Manfred das Haus betrat. Sie gingen gemeinsam in die Küche, und der junge Kripomann begrüßte Britta und Hilde, Letztere mit einem zärtlichen Kuss.

Hilde strahlte. Manfred hatte sie lange nicht so glücklich gesehen. Und Britta strahlte auch.

Sie setzten sich an den Frühstückstisch und nippten gerade an der ersten Tasse Kaffee, als Theos Handy klingelte.

»Ja?« Er hörte zu, nickte und beendete das Gespräch. »Ich muss los, ins Präsidium. Geht aufs Finale zu. Hoffentlich. Keller will aussagen, mit seinem Anwalt. Tut mir leid.« Er gab Hilde einen Kuss und sagte Tschüs zu Britta und Martin. An der Tür drehte er sich noch einmal um. »Ups, ich hab ja gar kein Auto hier.«

»Ich fahre dich.« Manfred nahm seine Autoschlüssel, folgte ihm nach draußen und lachte dann. »Und unser Wagen steht im Theaterparkhaus. Haben wir gestern stehen gelassen.«

Sie riefen eines der Grawenhorster Taxiunternehmen an und bestellten einen Fahrer in die Weinstockstraße. Keine fünf Minuten später hielt das Taxi vor ihnen.

Manfred fiel etwas ein, als sie einstiegen. Leise wandte er sich an Theo. »Hast du deine Knarre eingepackt?«

Theo wurde bleich, stoppte den Fahrer, der gerade losfahren wollte, sprang aus dem Wagen, rannte ins Haus und kam einen Augenblick später wieder zurück.

Atemlos bedankte er sich bei Manfred. »Das wäre nicht gut gewesen, um nicht zu sagen: die reinste Katastrophe.«

Manfred nickte.

Am Präsidium stieg Theo vor der Schranke aus, und Manfred ließ sich am Theater absetzen.

Am Nachmittag saßen alle Hanraths – die Kinder waren inzwischen von ihren jeweiligen Schlafstätten zurückgekehrt – im Auto auf dem Weg nach Neuss. Mit dabei war auch Mitchs Freund Lion. In Neuss wollten sie sich mit den Kolvenbergs treffen. Es war einer der letzten Ferientage, an dem sie gemeinsam etwas unternehmen konnten. Britta hatte den Ausflug gestern nach dem Konzert mit Svens Vater vereinbart. Ursprünglich hatten sie an den Schluff in Krefeld gedacht, der auf schmalen Schienen regelmäßig vom Nordbahnhof zum Hülser Berg pendelte. Leider waren die Touren mit der Museumsbahn alle ausverkauft gewesen. Gerhard Kolvenberg hatte dann die Skihalle in Neuss vorgeschlagen, wovon die Kinder hellauf begeistert waren. Die Jungs und Freddy saßen hinten, Britta am Steuer, Manfred auf dem Beifahrersitz.

»Papa, wann machen wir mal wieder eine Radtour zusammen? Also du draußen, ich auf Mamas Hometrainer«, wollte Mitch wissen.

»Tja, Mitch, das wird noch ein paar Wochen dauern. Meine Rippen tun noch immer richtig weh, vor allem, wenn ich mich anstrenge. Leider.«

»Schade. Aber nicht sooo schlimm. Lion und ich melden uns morgen bei den ›Adlern‹ an. Die haben eine Jungengruppe, die bald wieder mit dem Training anfängt, hat Theo erzählt.«

»Wann willst du das noch machen?« Manfred ahnte eine Terminkollision, war von Mitchs Idee jedoch durchaus angetan.

»Montags, sobald es wieder bis sieben hell ist.«

»Montags hast du Hockey.«

»Hab mich abgemeldet.«

»Wasss?« Britta mischte sich ein.

»Die wollten mich ins Tor stellen, weil ich so groß bin. Hockeytorhüter stinken und sind unbeliebt.«

»Du kannst dich nicht einfach abmelden, ohne uns zu fragen.« Britta schüttelte energisch den Kopf. »Darüber reden wir noch, außerdem brauchst du unsere Unterschrift. Auch für die ... die ... Wie heißen die? Und was machen die überhaupt?«

»Das ist ein sehr renommierter Radsportverein. RSV Adler«, antwortete Manfred. »Die sollen dort richtig gute Jugendarbeit machen, hab ich gehört.«

»Dass dir das gefällt, war mir klar.« Britta ärgerte sich. »Darüber reden wir zu Hause noch mal. Außerdem dauert es noch ein paar Wochen, bis es abends länger hell ist. Bis zur Zeitumstellung. Mindestens!«

»Profiradsportler nehmen alle Drogen, kennt man ja von der Tour de France«, meldete sich Freddy von hinten. »Außerdem geht eine reine Jungsgruppe gar nicht mehr. Das ist ja regelrecht sexistisch! Auaaa!«

Mitch hatte seine Schwester in die Seite geboxt. Freddy gab ihm einen Pferdekuss auf den Oberschenkel, und Manfred musste das Gerangel der Kampfhähne mit einem Machtwort beenden.

Der Parkplatz vor der Skihalle war gut gefüllt. Fast gleichzeitig mit ihnen kamen die Kolvenbergs an. Das kurze Stück am Kletterpark und dem großen Biergarten vorbei gingen sie zu Fuß zur Halle. Freddy hielt ihre Skischuhe in den Händen, Mitch und Lion liefen mit ihren Boards vorneweg, Sven hatte seine und Freddys Ski auf der Schulter. Alle vier hatten schon daheim ihre Skianzüge angezogen.

An der Kasse kaufte Britta vier Jausentickets und löste dabei die Geschenkgutscheine ihrer Eltern für Freddy und Mitch ein. Für ihren Sohn bezahlte sie außerdem die Leihgebühr für Snowboardboots. Das junge Paar und die Jungs gingen sofort in die Schneehalle. Britta bat Freddy und Sven, dass sie sich auf der Piste um Mitch und Lion kümmern mögen.

Die vier Erwachsenen hatten Glück, ergatterten einen Fenstertisch zur Piste und verfolgten bald, wie die Kinder den Sessellift bestiegen. Britta sah zufrieden, wie Sven ihrem Sohn mitsamt Board auf den Vierersitz half.

Mitch und Lion kamen als Erste wieder unten an, zwängten sich in die kurze Liftschlange und hopsten, ohne ihre Boards abzuschnallen, in den nächsten freien Sessel. Freddy und Sven folgten, Hand in Hand im harmonischen Parallelschwung.

Die Kolvenbergs luden Britta und Manfred zum Essen ein, und sie fachsimpelten über Skifahren und die Orte in den Alpen, die sie allein oder mit den Kindern besucht hatten. Svens Eltern schwärmten vom französischen Val d'Isère und der Sella Ronda in Südtirol. Manfred erzählte von seinen Skikursen im Zillertal und dass dort, in Hochfügen, auch Britta und viel später die Kinder das Skifahren gelernt hatten.

Nach zwei Stunden stürmten Mitch und Lion an den Tisch. »Wir haben Hunger!«

Freddy und Sven kamen hinter ihnen her. Im Jausenticket war ein Essen inklusive. Die jungen Leute zwängten sich zwischen ihre Eltern und verspeisten kurz darauf mit Heißhunger je eine Portion Spaghetti bolognese.

»Gibt's die Soße ohne Fleisch?« Manfred sah Sven verwundert an.

Der lachte. »Beim Skifahren gehört das einfach dazu. Eine Pause ohne Bolognese, das geht gar nicht!«

MONTAG

Manfred war gerade auf dem Rückweg vom Solawi-Hof, zu dem ihn Britta geschickt hatte, als sie anrief. Sie wollte backen und brauchte Butter für den Kuchen. Deshalb lenkte er das Auto nun zum Supermarkt in Minssen.

Vor dem Eingang erkannte er Hartmuts Fahrrad und den Anhänger mit der blauen Plane. Prompt fand er den Chef der Rentnergruppe im Nebenraum mit einer großen Tragetasche. Er war emsig damit beschäftigt, Bierdosen einzuwerfen.

Manfred sah sich unauffällig um. Überwachte die Polizei vielleicht die Leergutautomaten? Aber er bemerkte niemanden und beobachtete Hartmut weiter. Der faltete, als alle Dosen im Automaten verschwunden waren, seine Tragetasche zusammen, zog den Bon heraus und warf ihn im Hinausgehen in die Spendenbox neben der Eingangstür. Anschließend schloss er sein Rad auf und verließ mit dem nun wohl leeren Anhänger den Parkplatz.

Zurück in ihrer Weinstockstraße, eilte Manfred in die Küche, um Britta das Gesehene zu berichten.

»Wo hast du die Butter?« Britta wusste sofort, dass er die vergessen hatte.

»Mist! Ich fahre gleich noch mal los. Das ist echt ein Ding, dass Hartmut das Pfand anscheinend spendet, oder?«

»Gut gemeint, dennoch kriminell«, antwortete Britta, und zusammen überlegten sie, wie sie Hartmut davon abbringen könnten. Manfred hatte bereits eine Idee.

Pünktlich um 13 Uhr saß er mit Tobias Schalk im Pétros. Gregor hinter der Theke begrüßte sie herzlich und stellte ihnen als Neujahrsgruß je einen Ouzo hin. Manfred trank ihn in einem Zug und schüttelte sich, mittags war das eher nichts für ihn. Auch Tobias kippte den griechischen Schnaps tapfer hinunter.

»Also, was weißt du?« Diesmal war es der angehende Journalist, der ungeduldig war.

»Zuerst muss ich dir eine andere Geschichte erzählen. Auch die hast du nicht von mir. Ist das klar?«

»Jaja, großes Presseehrenwort.«

Und Manfred berichtete von den holländischen Bierdosen, die in mehreren Grawenhorster Leergutautomaten aufgetaucht waren. Dass die Kripo einen größeren Schaden von ein paar Tausend Euro vermutete und den Betrügern auf den Fersen sei.

»Haben die Flaschen-Fritzi im Verdacht?«

»Nein, nein.« Manfred winkte erschrocken ab. »Fritzi hat definitiv nichts damit zu tun. Lass ihn bloß da raus, Tobias.«

»Wieso bist du so sicher? Du weißt doch mehr.«

»Ein bisschen musst du selbst recherchieren. Aber ich sag dir etwas, das nicht mal die Kripo weiß. Und es ist auch nur eine Vermutung. Einige Grawenhorster Vereine haben möglicherweise in den letzten Monaten größere Einzelbeträge aus den Leergutspendenkästen erhalten.«

»Euer ADFC auch?«, fragte Tobias.

»Keine Ahnung, wirklich nicht.« Manfred hielt die Luft an. »Tobias, wenn mein Name irgendwo in diesem Zusammenhang auftaucht, ist das das Ende unserer kurzen Freundschaft.«

»Schon gut, und danke für den Tipp. Ich telefoniere mich mal durch die Vereine der Stadt. Wird sicher eine schöne Geschichte. Jetzt aber zu unserem eigentlichen Thema.«

Den restlichen Nachmittag und Abend setzte Manfred sich zu Hause mal wieder an seinen Schreibtisch, las und beantwortete E-Mails und erledigte den verhassten Schreibkram.

»Pübüpp.«

Sein Messenger. Manfred war im Sessel eingeschlafen.

SCHÄBE:

> Vertraulich, nur für dich!!! Alles geklärt, Keller hat gestanden.

21:20

MANNI:

> Hammer! Danke. Grüß mir die Kollegen und schlaf gut.

21:22

SCHÄBE:

> Werde ich, wird kein Problem sein. Gute Nacht!

21:23

Manfred kam eine Idee. Er rief Harry an und erinnerte ihn an seine Einladung zum T-Bone-Steak. Sie vereinbarten morgen Abend um 19:30 Uhr, ausnahmsweise. »Und bitte im Hinterzimmer, für elf Personen.«

»Was? Die Einladung galt dir und Britta!«

»Keine Sorge, Harry, für alle anderen bezahle ich natürlich.«

Manfred öffnete seinen Messenger und verschickte zehn Einladungen.

DIENSTAG

Während des Frühstücks blätterte Manfred die Zeitung durch. Auf den überregionalen Seiten der RP fand er keinen Beitrag über Keller und die Drogenküche. Und die Titelseite des Grawenhorster Lokalteils beherrschte ein anderes Thema.

Pfandbetrug mit holländischen Bierdosen
Bande trickst Leergutautomaten aus und spendet das Geld
Von Tobias Schalk

Einem groß angelegten Betrug mit manipulierten niederländischen Getränkedosen ist eine Sonderkommission der Grawenhorster Polizei auf die Spur gekommen. Wie unsere Redaktion erfuhr, wurden in den letzten Monaten auffällig häufig große Mengen pfandfreier Dosen aus unserem Nachbarland so umgekennzeichnet, dass die vollautomatischen Leergutannahmesysteme sie als Pfanddosen akzeptierten.
Pikant an dem Fall ist, dass in diesem Zeitraum etliche hiesige Vereine hohe Einzelbe-

träge aus den Spendenkästen erhalten haben, die in vielen Discountern und Supermärkten neben den Leergutautomaten hängen. Dort werden üblicherweise nur Bons mit Kleinstbeträgen im Cent- oder einstelligen Eurobereich eingeworfen. In den vergangenen Monaten aber immer wieder Bonbeträge von 25 Euro, was einer Anzahl von genau 100 Büchsen entspricht.

Angaben zum Stand der Ermittlungen, vor allem zum Kreis der Verdächtigen, machte die Grawenhorster Polizei aus ermittlungstaktischen Gründen nicht. Den Umfang des Schadens schätzen Experten auf etliche Tausend Euro. Die genaue Höhe sei noch nicht absehbar.

Manfred war beeindruckt. Was sein Kellergenosse in der Kürze der Zeit aus seinen spärlichen Andeutungen gemacht hatte, war beachtlich. Wahrscheinlich hatte Tobias noch am Nachmittag mit jedem Vereinskassierer gesprochen, der den Hörer abgenommen hatte. Und einige hatten Manfreds Vermutung und sogar eine 25-Euro-Spende bestätigt. Beim letzten Satz musste er lachen, mit den »Experten« war wohl er gemeint.

Die Mordfälle griff die Lokalredaktion erst auf Seite drei auf, ohne wirklich Neues zu berichten. Der Artikel war von Lürenscheidt. Tobias hatte die Informationen, die Manfred ihm gestern gegeben hatte, anscheinend nicht weitergereicht.

Manfred überlegte. Wenn Jürgens Nachricht von gestern Abend stimmte, fand heute Vormittag eine Pressekonferenz statt, bestimmt um 10 Uhr. Wie könnte er sich unauffällig da reinschmuggeln?

Natürlich, Brittas Fahrrad stand ja noch am Präsidium!

Manfred setzte sich ins Auto und zermarterte sich während der Fahrt den Kopf, wie er in den Konferenzsaal gelangen könnte.

Vor der Schranke hielt er an und ließ das Seitenfenster herab. »Ich muss das Rad meiner Frau abholen, das steht da hinten unter dem Dach.«

»Guten Morgen, Herr Hanraths.« Der Uniformierte in der Pförtnerkabine begrüßte ihn freundlich. »Kollege Brockmann hat Sie angekündigt und das Rad Ihrer Frau bereits zu mir gebracht. Ich soll Ihnen einen schönen Tag wünschen.« Er kam aus seiner Box, schob Brittas Rad zu Manfreds Auto und half ihm, es einzuladen.

Manfred war stocksauer. Anscheinend kannte Brockmann ihn noch besser als er sich selbst.

Zu Hause startete er missmutig seinen Computer und arbeitete seine E-Mails ab. Der Chefredakteur der Textil-Inside fragte nach seinem Text über die Ligatrikots. Manfred war nahe daran, den Beitrag zu canceln, denn all seine Recherchen waren ins Leere gelaufen.

Auch sein Kunde Flossmann hatte geschrieben. Manfreds Laune erreichte einen Tiefpunkt. Seine Idee, im Katalog Metallicfarben zu verwenden, war verworfen worden. Zu teuer. Bender hatte sich durchgesetzt.

Quälend langsam vergingen die Stunden bis zum Abend, doch endlich war es so weit und er fuhr mit Britta, Mitch und Pakko ins Dartvatter.

Vor der Kneipe stand Hartmuts Fahrrad, und Manfred musste lachen. »Schau mal, Britt, den Anhänger hat er nicht mehr dabei.«

Sie betraten die Gaststätte, begrüßten Hartmut, der am Tresen saß, und steuerten zielsicher auf die Vorhänge zum Hinterzimmer zu, an denen wieder das Pappschild »Geschlossene Gesellschaft« hing, wie Manfred schmunzelnd feststellte.

Zusammen mit Theo und Hilde, die schon seit dem Nachmittag hier waren, hatte Harry aus sechs Tischen ein großes Karree zusammengestellt, weiße Tischdecken darüber ausgebreitet, Blumenschmuck arrangiert und Kerzen, Wasser- und Weingläser bereitgestellt. Es war eine richtige Festtafel. Nur die Teller fehlten, aber das wunderte in Harrys Kneipe niemanden.

Bei Theo und Hilde saß Tobias Schalk, den Manfred ebenfalls eingeladen hatte.

Mitch hatte seine Topo-Karte mitgebracht, breitete diese nun aus und zeigte Hilde, wo die Ziegelei lag.

Eine Viertelstunde später zwängten sich zuerst Anne, dann Brockmann und schließlich Schäbe durch den Vorhang. Jetzt waren nur noch zwei Stühle unbesetzt.

Harry brachte eine große Schüssel voll Wasser und stellte sie unter den Tisch neben Britta, wo Pakko lag. »Für den besten Apportierhund der Welt.« Und verschwand wieder in der Küche.

»Woher weiß Harry von der Luftpumpe?« Brockmanns kriminalistisches Gespür machte nie Feierabend.

Der zuckte unschuldig mit den Schultern und erhob sich schnell. »Ich freue mich, dass ihr alle gekommen seid. Das ist heute etwas Besonderes, noch nie gab es um diese frühe Uhrzeit Harrys T-Bones.«

»Und wird es auch nie wieder so früh geben.« Harry hielt die Finger seiner rechten Hand wie zum Schwur hoch.

Manfred fuhr fort: »Ihr seid heute meine Gäste. Ich wünsche guten Appetit und einen schönen Abend.«

Brockmann bedankte sich, wollte aber die Ursache für die Einladung ganz nach Kommissarsart sofort ermitteln. »Sagst du uns auch, lieber Manni, was der Grund für diese außergewöhnliche Feier ist?«

»Alles zu seiner Zeit, Martin, du bist heute nicht beruflich hier. Wo sind eigentlich Freddy und Sven?«, fragte er Britta, als er sah, dass zwei Stühle noch immer nicht besetzt waren.

»Die helfen Harry in der Küche und gleich beim Servieren. Sven wollte außerdem die Vorspeise machen.«

Da ging die Nebentür zur Küche auf. Harrys Küchenhilfe Trude, Freddy und Sven trugen das Entree herein, und Sven verkündete: »Ein Mousse aus Orangen und Cashewkernen an feiner Schokolade und Minze.« Das Arrangement war ein Augenschmaus.

Sven und Freddy setzten sich nun ebenfalls an den Tisch und ließen es sich schmecken. Sven erzählte, dass er die Schokolade im Herbst mit seinem Lastenrad bei den Chocolatemakers aus Amsterdam geholt habe.

Im Anschluss an die Vorspeise wurde ein »Gruß aus der Küche« serviert, danach die Hauptspeise, selbstverständlich T-Bones, und zuletzt das Dessert. Sven präsentierte alles mit malerischen Worten.

Harry wieselte regelmäßig um sie herum und versorgte seine Gäste mit Getränken.

Um 22 Uhr waren alle satt. Nun konnte Manfred sich nicht mehr zurückhalten, stand auf und hob sein Glas. »Ein schöner Abend! Wunderbar, dass ihr alle da seid. Es war ein fantastisches Essen! Danke, Harry, und danke, Sven und Freddy. Auf euch!«

Alle klatschten, hoben ihre Gläser und prosteten einander zu.

»Ich will mich außerdem bedanken bei allen, die geholfen haben, dass wir heil aus dem Kellerloch gekommen sind. Und bei dir, lieber Tobias, dass du mehr oder weniger freiwillig an meiner Seite warst. Ohne dich wäre es in der Ziegelei sehr einsam gewesen.« Manfred prostete ihm zu. »Nun liegen diese aufregenden Wochen endlich hinter uns, wir können gemeinsam darauf zurückblicken und darüber sprechen, wie alles ausgegangen ist. Das, lieber Martin, überlasse ich gerne dir. Du kannst das sicher am besten, immerhin hast du bei eurer Pressekonferenz heute Morgen schon geübt.« Manfred setzte sich wieder hin und rieb sich unter dem Tisch die Hände. Er war zufrieden, diese Überleitung hatte er prächtig hinbekommen.

Schäbe verdeckte mit der Hand sein Gesicht, Theo wandte sich ab und gab Hilde einen Kuss, damit der Chef sein Lachen nicht sah.

Brockmann verzog keine Miene. Nach kurzem Zögern räusperte er sich. »Ähm, ja, hatte ich sowieso vor. Danke, Manni, für die Erinnerung. Also, dieser Keller, der Doktor, hat ein umfassendes Geständnis abgelegt. Als wir ihn damit konfrontiert haben, dass der Weißhaarige festgenommen wurde, brach er zusammen. Vor vier Jahren hatte Keller gerade eine Scheidung hinter sich und große Spielschulden. Ihm stand das Wasser finanziell bis zum Hals. Seine neue Frau durfte das alles nicht wissen, für sie war er der erfolgreiche Arzt mit teurem Haus. In einer illegalen Spielhölle in Sevenum nahe Venlo stand er mit Zigtausend

Euro in der Kreide. Dort hat er auch den Weißhaarigen kennengelernt.« Brockmann nickte Schäbe auffordernd zu.

Der fuhr fort: »Als ich den Weißschopf meinem Bekannten bei der Limburger Polizei beschrieben habe, wusste der sofort, wen wir suchen. Hinter der Grenze ist er bekannt als *Franse Wit*, wegen des französischen Baretts und seiner Haare. Seinen richtigen Namen kennen wir nun auch. Die niederländischen Kollegen haben ihn seit Jahren im Visier, konnten ihm jedoch nie etwas Handfestes nachweisen. Wir haben inoffiziell …«

»Lass mal gut sein, Jürgen«, unterbrach Brockmann ihn. »Was inoffiziell ist, soll es auch bleiben«, sagte er mit einem Seitenblick zu Tobias Schalk.

Der wiegelte ab. »Ich bin gar nicht hier, ich höre nicht mal zu. Können Sie sich drauf verlassen, Herr Brockmann.«

»Okay, trotzdem. Was die holländischen Akten angeht, warten wir auf den offiziellen Kanal über die Verbindungsstelle Benelux des LKA. Die können auch mal wieder was tun. Haben sich schnell abgeseilt nach dem ersten Fehlschlag in der Sandkuhle. Da waren sie zu früh weg aus unserem schönen Niederrhein.« Brockmann grinste und lehnte sich zufrieden zurück.

»Jedenfalls hat der *Franse Wit* schnell erkannt, welches Potenzial Doktor Keller hat«, erzählte Schäbe weiter, »vor allem wegen dessen Erststudium. Er hat nämlich auch ein Examen in Chemie gemacht, vor seinem Medizinstudium. Der Holländer hat die Schuldscheine des Doktors aufgekauft und ihn damit massiv unter Druck gesetzt. Theo, übernimm du, bitte, sonst wachsen mir Fusseln am Mund. Mach mit der Ziegelei weiter.«

Theo Lappen nahm seinen Arm von Hildes Schultern und setzte sich aufrecht hin. »Die Ziegelei und die Sandkuhle gehörten vor Jahrzehnten zusammen. Genau genommen ist die Kuhle wegen der Ziegelei entstanden. Da wurde früher Lehm abgebaut. Beides gehörte demselben Eigentümer. Erst in den 1980ern hat ein Unternehmer aus Grawenhorst die Kuhle gekauft und für die Sandgewinnung weiterbetrieben. Die alte Verbindung, vor allem den alten Lastenlift, die Rohrpost und die Stromleitung im hinteren Teil der Kuhle, kannte keiner mehr. Nur der *Franse Wit* wusste davon, denn er ist der Neffe des ursprünglichen Besitzers der Ziegelei, hat sogar denselben Nachnamen. Und dieser Onkel ist der Tote aus dem Grenzwald, darum hatten wir die DNA-Ähnlichkeit. Mit den Spuren an der Luftpumpe, die euer Pakko gefunden hat, können wir das eindeutig beweisen. Die Kollegen aus Holland haben uns den genetischen Fingerabdruck übermittelt, und den Rest wird der Holländer auch noch zugeben. Wir sind sicher, dass beide Morde und der Überfall auf Hilde auf sein Konto gehen. Sein Onkel und Luuk mussten dran glauben, weil sie hinter alles gekommen sind und er befürchten musste, dass sie ihn auffliegen lassen. Und bei Hilde wollte er auf Nummer sicher gehen, immerhin hätte es sein können, dass Luuk ihr alles erzählt hat.«

Brockmann griff während Theos Ausführungen auf Brittas Teller, die ihr Steak nicht geschafft hatte, und legte den Knochen mitsamt Fleisch unter den Tisch vor Pakko.

»Bist du verrückt, Marti, der Hund ist dick genug!« Britta warf Brockmann einen ernsten Blick zu.

»Hat euer Pakko verdient! Er ist der beste Pumpenhund ever. Theo, weiter im Text, bitte.«

»Stopp mal.« Britta war etwas eingefallen. »Wie kam denn die Fahrradpumpe in den Grenzwald?«

Brockmann antwortete: »Die KTU hat rekonstruiert, dass der Onkel mit einem Schlag auf den Kopf getötet wurde. Mit einem Zahlenschloss, wie auch Luuk. Wir nehmen an, dass er gemerkt hat, dass etwas Seltsames in seiner alten Ziegelei vorgeht. Deshalb hat er sich mit seinem Neffen dort getroffen. Der ist, wie alle Holländer, viel mit dem Rad unterwegs und kam damit in den Wald. Wir vermuten, dass der Alte neben *Franse Wits* Fahrrad zu Fall kam, als dieser auf ihn eingeschlagen hat. Wahrscheinlich hat er in seiner Verzweiflung nach der Pumpe gegriffen, um sich damit zu wehren.«

Nun erzählte Schäbe weiter. »Keller brachte das Knowhow ein, hat dezidiert aufgeschrieben, was im Labor gebraucht und wie das Ecstasy produziert wird, war aber selbst nie da oben. Hat er jedenfalls gesagt. Er wusste, dass einer der Sandkuhlenarbeiter aus Holland kommt und dass der sich einen Nachschlüssel vom Tor besorgt hat. Ihn beauftragte er gegen gute Bezahlung, den Strom vor dem Hauptschalter ins Labor umzuleiten.«

»Wie war das mit der Entführung von Hilde?«, wollte Manfred wissen.

Theo legte seinen Arm wieder um Hilde und übernahm den Bericht. »Keller kannte sich gut aus in der Klinik in Süchteln. Er hat sich am Abend dort einschließen lassen, ist zu Hilde ins Zimmer, hat sie betäubt und durchs Fenster gehoben. Der Holländer hat sie angenommen, und dann haben die beiden sie in Kellers Kofferraum gesteckt. Keller ist vorangefahren, der *Franse Wit* hinterher. Der Doktor hatte Panik, dass er angehalten wird, und hat deshalb die Verkehrsregeln überkorrekt befolgt. An einer gelben

Ampel ist er voll auf die Bremse getreten. Der *Franse Wit* hat nicht rechtzeitig reagiert, ist ihm hinten drauf und war kurze Zeit desorientiert. Zum Glück.« Theo gab seiner Hilde einen Kuss auf die Wange, bevor er fortfuhr: »Beide Autos waren in Holland gemeldet. Sie haben sie noch in der Nacht über die Grenze gekarrt und bei einem Autoverwerter in die Presse gegeben. Die Unfallstelle haben sie vorher gesäubert. Die KTU hat aber kleinste Glas- und Lacksplitter gefunden, sodass wir bald wussten, dass Hilde kein Märchen erzählt hat.«

»Das Verrückte an der ganzen Nummer ist«, warf Brockmann ein, »dass Hilde bis heute keinerlei Erinnerung an Keller hat. Nicht wahr, Hilde? Der Doktor hat Sie im Hilla systematisch mit Medikamenten zugedröhnt. Sie haben unterbewusst gespürt, dass er Sie bedroht. Darum wollten Sie weg aus der Klinik. Die Verlegung nach Süchteln war Ihr Glück. Jedenfalls, bis die beiden Sie entführt haben.«

»Haben Ihre Leute denn unser Radio gefunden?«, fragte Tobias Schalk.

»Ach, das Radio.« Brockmann nickte. »Das lag in der Ecke unter euren Jutedecken. Darauf waren sogar Fingerabdrücke, aber wir haben keine passenden in unserer Kartei gefunden. So, das ist die ganze Geschichte. Noch Fragen?« Brockmann schaute in die Runde.

»Ja, ich hab noch eine Frage.« Mitch hob den Arm und zeigte auf.

Brockmann nickte Mitch aufmunternd zu.

»Ist denn eine Belohnung ausgesetzt? Ich meine, wegen der Ziegelei. Die hab ich, die haben wir doch gefunden.«

Alle lachten, und Mitch wurde rot vor Verlegenheit.

»Lacht nicht, so blöd ist seine Frage gar nicht«, verteidigte Brockmann ihn. »Das müssen wir prüfen, Mitch, ausgeschlossen ist es nicht. Theo, notiere das bitte. Wir klären das in den nächsten Tagen.«

Mitch strahlte, Theo klopfte ihm auf die Schulter, und alle klatschten.

»Aber …« Brockmann stand auf und klopfte mit dem Fingernagel gegen sein Glas. »Es gibt noch etwas Wichtiges am Rande dieser leidigen Angelegenheit. Dazu habe ich eine gute und eine schlechte Nachricht. Zuerst die schlechte: Der Polizeipräsident hat mich heute Morgen informiert, dass … dass der Kriminalkommissar Schäbe uns leider zum Ende der Woche verlässt.«

Alle sahen bestürzt zu Jürgen Schäbe, es wurde mucksmäuschenstill im Raum. Schäbe schien davon nichts zu wissen, denn ihm stand die Fassungslosigkeit ins Gesicht geschrieben.

»Ja, Jürgen, so ist es nun mal.« Brockmann nickte ihm ernst zu. »Nun die gute Nachricht: Wir bekommen Verstärkung im KK 11. Und zwar durch einen Kriminaloberkommissar. Kriminal*ober*kommissar Schäbe. Herzlichen Glückwunsch zu deiner Beförderung, Jürgen! Die Urkunde bekommst du am Freitag vom PP persönlich.«

MITTWOCH,
HEILIGE DREI KÖNIGE

Nach Mitternacht drängte Britta zum Aufbruch, zumindest ihre Kinder. Manfred fragte sie erst gar nicht, sie wollte ihm den Spaß mit seinen Freunden nicht verderben.

»Denk an die Medikamente«, mahnte sie ihn zum Abschied. Ganz verkneifen konnte sie es sich nicht.

Mit Britta und den Kindern gingen auch Hilde und Theo, Anne sowie der Volontär Tobias Schalk. Manfred, Brockmann und Schäbe blieben noch.

»Ist Luuk eigentlich schon unter der Erde?« Manfred hatte die Frage in der Runde mit Hilde vermieden.

Brockmann nippte an seinem Bier. »Sein Bruder war bei uns die Tage. Luuk soll verbrannt werden, in seinem Heimatort Utrecht. Das kann aber noch dauern. Bei einem Gewaltverbrechen wartet die Staatsanwaltschaft oft lange, bevor sie die Leiche zur Verbrennung freigibt.« Brockmann machte eine Pause. »Es gibt auch noch ein paar Unklarheiten, die ich gerne ausräumen würde. Wie bist du auf die Ziegelei gekommen? Und wie hängt Harry mit drin? Was denkst du, Manni?«

Harry brachte ihnen gerade drei Bier und hatte die Bemerkung von Brockmann gehört. »Last Order, gleich ist Feierabend«, sagte er streng und verschwand schnell aus dem Hinterzimmer.

»Das hast du jetzt davon, Marti«, tadelte Manfred.

»Du meinst, wir sollten diese Unklarheiten auf sich beruhen lassen?«

Manfred zuckte die Achseln. »Vielleicht besser so.«

Schäbe hob sein Glas. »Es ist Dreikönigstag, Leute. Lasst uns auf uns trinken. Auf die drei Könige der Ermittlungsarbeit!«

Brockmann fiel noch etwas ein, er konnte es einfach nicht lassen. »Hast du eigentlich Post von der Staatsanwaltschaft bekommen? Und wann rückst du endlich die Kripomarke deines Vaters raus, Manni?«

»Geht nicht mehr. Die ist weg.« Manfred senkte den Blick und murmelte: »Hab sie in der Niers versenkt.«

Brockmann erstarrte. Schäbe versuchte verzweifelt, ernst zu bleiben, schaffte es jedoch nicht und prustete los. Selbst Brockmann konnte nicht anders, als in das Lachen einzufallen. Bis ... ja, bis Brockmanns rechte Hand mit voller Wucht auf Manfreds Schulter landete – und der vor Schmerz in Ohnmacht fiel.

Da war der Abend endgültig zu

ENDE

Manches in diesem Buch, liebe Leserin, lieber Leser, wird Ihnen bekannt vorkommen. Sicher kein Zufall, denn die Menschen der erfundenen kleinen Großstadt Grawenhorst samt Umgebung leben am schönen Niederrhein und freuen sich an der wunderbaren Landschaft, den Sehenswürdigkeiten und anderen schönen Ausflugszielen. Genau wie Sie und ich.

DANKE

Großer Dank gebührt meiner Frau Margit, die unzählige Tage meine mentale Abwesenheit und das Klappern der Tastatur ertragen hat.

Sie, Georg, Guido, Heinzi und Michael waren erste Testleser und haben Fehler gefunden, die ich korrigieren konnte.

Birgit und Stephan erklärten mir das Prinzip der solidarischen Landwirtschaft (Solawi), Bart aus Rotterdam hat meine *nederlandse* Brocken korrigiert und Ivan mein rudimentäres *español*. Martina informierte mich über Finanzamtfristen, Guido steuerte vegane Köstlichkeiten bei. Susanne Titz nannte mir die bemerkenswerten Künstler des Mönchengladbacher »Museum Abteiberg«, Renate wusste, was nicht wirklich als Schmerzmittel angewendet werden sollte, und Caty beschrieb mir den Rotalarm. Gregor vom Viersener OpenStreetMap-Stammtisch nordete mein GPS-Wissen ein und wusste auch, was ein Jammer ist.

Besonderer Dank gebührt einem ungenannten Kriminalhauptkommissar, der mir früh wichtige Tipps gab. Auch die Pressestelle der Mönchengladbacher Polizei hat Details bei Kollegen nachgefragt und mich fachlich unterstützt.

Zuerst Elmar, dann Franz haben unzählige Kommas und etliche Tippfehler korrigiert, bevor meine Lektorin Christine Braun dem Manuskript den letzten Schliff gab.

Michael Boenke
Camping mortale
Kriminalroman
313 Seiten, 13 x 21 cm,
Premium-Klappenbroschur
ISBN 978-3-8392-0458-0

Die Ruhe auf Friedas Camping-Stellplatz wird nach-
haltig gestört, als der »Probecamper« und Ortsvor-
steher Eginbert Bilsner mit einem Zeltthering im Kopf
von Bönles Sprössling Korbinian tot aufgefunden
wird. Als auch dem Hund des Ermordeten und der
Bienenkünstlerin Bibibee Böses widerfährt, und Tizian,
der beeinträchtigte Freund Korbinians, zum Sünden-
bock gemacht wird, überschlagen sich die Ereignisse im
herbstlichen Ried. Nachdem Vorahnungen einer blin-
den Seherin grausame Realität werden, ermittelt Bönle
mit seiner Motorrad-Gang auf eigene Faust.

GMEINER SPANNUNG

WWW.GMEINER-VERLAG.DE
Wir machen's spannend

Daniel Verano
Canaria Criminal
Kriminalroman
256 Seiten, 12,5 x 20,5 cm,
Paperback
ISBN 978-3-8392-0459-7

Im Wahlkampf springt der polarisierende Politiker
Francisco Fraude mit dem Fallschirm über Gran
Canaria ab. Felix Faber, deutscher Auswanderer und
Journalist auf der Insel, beobachtet den Sprung von
seinem Bungalow aus. Es geschieht das Unvorstell-
bare, vor laufender Kamera schlägt Fraude auf einem
Felsen auf und ist tot. Faber beginnt zu recherchieren
und kreuzt dabei den Weg der taffen Ermittlerin Ana
Montero. Zusammen decken sie nach und nach eine
Verschwörung auf.

GMEINER SPANNUNG

WWW.GMEINER-VERLAG.DE
Wir machen's spannend